QUI
TE CROIRA ?

KIM CHOWN

Traduit de l'anglais (Royaume-Uni)
par Fanny Montas

City
Témoignage

Publié pour la première fois au Royaume-Uni par John Blake Publishing,
une marque de Bonnier Books UK sous le titre *Who will believe you?*.
Photo de couverture : Shutterstock/Studio City
ISBN : 978-2-8246-1892-0
Code Hachette : 59 1288 2

Collection dirigée par Christian English et Frédéric Thibaud
Catalogues et manuscrits : city-editions.com

Dépôt légal : Juin 2021

Note de l'auteur

Je souhaite dédier cet ouvrage à plusieurs personnes…

Aux victimes d'aujourd'hui et à ceux et celles qui ont survécu à ce fléau encore largement ignoré et qui ravage encore notre société, que vous ayez ou non trouvé la force, le soutien, les moyens nécessaires (ou les trois ensemble) pour parvenir à affronter les souffrances vécues dans votre chair, je souhaite dire qu'il ne faut pas perdre espoir : il arrive parfois que les coupables soient démasqués, contraints à affronter les conséquences de leurs actes, et souvent, rongés par la honte et l'humiliation, ils mettent fin à leurs jours. J'aimerais que cet ouvrage, qui porte non seulement ma voix, mais la vôtre aussi, vous apporte un peu de réconfort.

À Jonathan, mon merveilleux époux : tu as estimé que pour moi, cela valait la peine de se battre. Sans le savoir à l'époque, tu étais déjà « le vent qui souffle sur mes ailes ». Merci, mon amour, tu as tellement fait pour moi, tu t'es accroché, tu es toujours resté près de moi. Grâce à toi, nous pouvons désormais envisager le deuxième volet de notre vie l'un près de l'autre.

À nos enfants chéris, Harry et Clara : vous êtes ce que j'ai de plus précieux au monde. J'ai fait tout ce que j'ai pu pour vous tenir à l'écart de mes démons, mais je n'ai pas toujours été assez forte pour vous épargner. Vous avez été témoins du tourment lié au lourd passé de votre mère et des enfants ne devraient jamais être exposés à ce genre de blessure.

Et enfin, à ma chère mère, dont la personnalité a toujours illuminé son entourage.

Prologue

Juin 1996, comté du Yorkshire

« Allez, c'est parti. »

Je retrousse mes manches, sors l'aspirateur rangé sous l'escalier et allume la radio. Les basses du tube d'Abba, *Dancing Queen*, se propagent dans la salle à manger.

J'adore ce morceau. Je monte le son en chaloupant. On est vendredi, je me demande si ce ne serait pas l'occasion de se faire livrer un petit repas à domicile, ce soir. Des plats chinois ? Une pizza, peut-être ? Je passe la brosse de l'aspirateur sous le canapé, tapote les coussins puis retire une toile d'araignée sur le cadre d'un tableau.

Et je chantonne, gaiement. Dans une heure, il faudra aller à l'école chercher les enfants – Harry, six ans, et Clara, cinq ans. Il me reste juste assez de temps pour finir le ménage. Je n'ai pas un instant de répit entre ma formation d'infirmière et mon rôle de maman, mais cette vie bien remplie me convient parfaitement.

Un spray nettoyant à la main, je dépoussière notre photo de mariage. Cinq ans déjà. Ça n'a pas toujours été facile mais je suis drôlement fière de notre petite famille. Mon plumeau voltige sur le manteau de la cheminée, et soudain je me fige.

Aux premières notes du morceau suivant, j'ai la boule au ventre. Dans le soleil, la poussière argentée tourbillonne et retombe lentement.

La basse de *Telephone Man*, de Meri Wilson, je la reconnaîtrais entre mille.

Quelque chose tombe par terre. Le vaporisateur m'a échappé des mains quand j'ai entendu les paroles de la chanson, qui parlent de « le faire dans le vestibule et dans la chambre ». Et d'un coup je suis propulsée en arrière dans les années 1970.

Me voilà de retour là-bas. Au Kenya, dans la maison. Dans la chaleur. Son souffle chaud sur ma joue. Son menton rasé de frais tout près de mon visage. Son odeur familière de savon me donne la nausée. Il a mis une de ses chansons préférées sur la platine, *Telephone Man*, de Meri Wilson.

Tout en moi crève d'envie de hurler « Non ! » et pourtant il me plaque contre le mur, exactement comme le suggèrent les paroles de la chanson. Je sais qu'il est inutile de résister, mon corps se désarticule comme celui d'une poupée mécanique. Voilà bien longtemps que j'ai retenu la leçon : plus j'essaierai de l'en empêcher, plus il me fera mal.

— Papa, arrête.

Ma supplication n'est guère qu'un faible murmure. À quoi bon crier ? Ma mère se trouve à plus six mille kilomètres. Personne ne m'entendra. Et puis, comme il me l'a dit à maintes reprises… Qui te croira ?

— Moi, je suis un professeur d'université respecté, et toi, rien qu'une petite écervelée.

Voilà ce qu'il dit. De toute façon, je sais très bien ce qu'il fera si je décide de parler. Dans son laboratoire, il peut se procurer de l'acide sulfurique. Il m'a expliqué que s'il me balance dans une baignoire remplie d'acide, on ne retrouvera que mes dents.

Je ferme les yeux et me concentre sur la sensation du tapis sous mes pieds, pour me rappeler où je suis. Qui je suis. Une épouse. Une mère. Bientôt une infirmière.

Une femme sous son propre toit, chez elle. Pas une petite fille qui étouffe ses cris tandis que son père la viole une nouvelle fois. Je me précipite sur la radio pour l'éteindre. Silence.

Pourtant, un sanglot incontrôlable résonne dans le salon. C'est bien moi. Et je me rends compte que des torrents de larmes coulent sur mes joues.

— Kim, tu deviens folle, dis-je à voix haute. Qu'est-ce qui t'arrive ?

Agacée, je prends une profonde respiration pour calmer mon rythme cardiaque. Comme souvent, le tsunami de souvenirs se retire peu à peu.

Jusqu'à la prochaine fois.

Il faut vraiment que je me reprenne.

1

Lagos, Nigeria, 1968

Avale.

J'avais beau m'appliquer à actionner les mâchoires, dans ma bouche le morceau de steak caoutchouteux et filandreux ne diminuait pas de volume.

— J'ai dit « avale », a répété mon père.

Une grosse larme s'est écrasée dans mon assiette. Malgré mes efforts, la viande ne passait pas.

— C'est trop dur, ai-je dit.

Comme j'aurais aimé être plus petite pour ne pas avoir à manger ces plats d'adulte. Mais à présent, à trois ans, je devais me nourrir comme papa et maman. J'étais seule avec mon père car notre nounou s'occupait de Lucy et Sean, mon frère et ma sœur cadets, et je ne me rappelle plus où se trouvait Susan, ma grande sœur.

J'ai continué à mastiquer en regardant tourner les aiguilles de l'horloge fixée au mur. Mon père nous obligeait à rester assis à table jusqu'à ce que nous ayons ingurgité la totalité de notre repas, et peu importait si nous détestions ce qu'on nous servait. S'il était sévère, disait-il, c'était parce qu'il fallait nous inculquer les bonnes manières, et notamment nous apprendre à finir nos assiettes.

Une demi-heure plus tard, tandis que dehors le soleil se couchait et que la température baissait, j'ai finalement réussi à finir mon repas. La corvée du dîner était enfin terminée pour ce soir-là.

Les repas constituaient une source quotidienne de stress, certes, mais nous adorions cette vie sous le soleil d'Afrique. Parmi mes premiers souvenirs, je me revois quittant notre maison aux murs blanchis à la chaux, marchant en direction de la crèche, le long d'une avenue flanquée de grands arbres. Notre singe Monica était toujours de la partie. La petite bête pétulante gambadait devant nous et grimpait aux arbres bordant le chemin, puis elle nous attendait, en baragouinant gaiement toute seule. Ma mère me tenait par la main, et lorsque nous arrivions au niveau de Monica, la bestiole descendait de son arbre et filait vers le tronc suivant. Maman me laissait à la crèche puis elle retournait à la maison. Elle ne travaillait pas. Même sans comprendre ce que faisait exactement mon père, je savais qu'il occupait un poste important à la faculté, qu'il enseignait des choses en rapport avec les sciences.

La vie a changé vers la fin de cette année-là. Quand mon père était au travail, ma mère m'emmenait parfois chez son ami Grant. Là, on me faisait asseoir sur une chaise, dans le couloir, devant la porte de la chambre.

— Reste là, attends et ne bouge pas, m'ordonnait ma mère avant de disparaître dans la pièce avec Grant.

Je m'ennuyais à l'attendre, alors je battais des jambes, je chantais les mêmes chansons en boucle, je priais le ciel pour qu'ils sortent bientôt de cette chambre.

Je crois que Grant faisait partie du cercle d'amis d'expatriés auquel mes parents appartenaient. Il avait une licence de pilote d'avion léger. Mes parents l'avaient sûrement rencontré dans un de ces nombreux clubs dont ils étaient membres.

C'est à cette époque que la guerre a éclaté au Nigeria. Un après-midi, juste avant que les barrages soient mis en place, mon père et ma mère sont venus me chercher à la crèche et nous nous sommes rendus dans un endroit sécurisé en attendant qu'un vol soit mis à notre disposition pour rentrer en Angleterre. Je pense que mon père était au courant des aventures de ma mère (apparemment, elle était coutumière du fait), mais il ne faut pas croire que de son côté, il se comportait comme un saint. Il est resté au Nigeria tandis que ma mère, accompagnée de ses quatre enfants, dont moi, donc, est rentrée au Royaume-Uni. Nous nous sommes installés à Horsforth, dans les faubourgs de Leeds, dans l'ouest du comté de Yorkshire. Ma mère nous a expliqué que c'était là qu'ils vivaient avant de partir en Afrique.

Au début, nous avons habité chez mon grand-père. Il vivait seul depuis le décès de sa femme (la mère de ma mère) en 1965. Quelques mois plus tard, nous avons déménagé dans une HLM, un peu plus loin, dans King Edward Avenue. Passer d'une splendide demeure avec jardin à Lagos à un trois-pièces humide avec un minuscule jardin typique des années 1970 a rendu notre existence encore plus maussade, plus pénible. Ma mère avait très peu de moyens, les dîners consistaient souvent en quelques tranches de pain tartinées de confiture. Après avoir eu ses enfants, elle n'a plus retravaillé. Avant de rencontrer mon père, elle avait occupé un poste de couturière dans une grande usine de Leeds. Une fois mariée, elle passait ses journées à se prélasser au soleil, boire du sherry et des Martini, s'occuper de son intérieur.

Nous avions du mal à joindre les deux bouts mais ma mère se démenait pour que nous ne manquions jamais de rien. Le jour de notre première rentrée à l'école primaire de St Margaret's Church of England, à Horsforth, elle n'était pas peu fière de nous faire enfiler de grandes chaussettes blanches impeccables et de nouer de beaux rubans dans nos cheveux brillants. Sean étant son seul garçon, il occupait une place toute particulière dans son cœur. Quelle allure il avait dans son nouveau pantalon, avec ses souliers bien cirés !

— Regardez-moi ça un peu, s'émouvait-elle avec un sourire en nous regardant franchir le portail de l'école.

Nos voisins ne manquaient jamais de nous complimenter sur nos belles tenues. Ma mère aussi était belle. C'était une femme toute menue avec des yeux de biche, elle n'avait pas besoin de se maquiller à outrance pour faire tourner les têtes. Elle portait de splendides perruques, certaines blondes, d'autres brunes, des modèles bouffants, dans le style « choucroute », avec les cheveux peignés vers l'arrière et gonflés. La touche finale était cristallisée dans un nuage de laque. Au début des années 1970, je n'ai quasiment jamais eu l'occasion de voir ses vrais cheveux, sauf lorsqu'elle se faisait poser des extensions, fixées sur la couronne pour créer une impression de hauteur ou pour donner de la longueur à la chevelure. Et parfois elle portait un simple carré court.

Ma mère a continué à fréquenter Grant quelque temps. Il venait chez nous, arrivant de je ne sais où, quelque part dans le Sud. Il ne m'aimait pas beaucoup, peut-être parce que ma mère lui avait dit que j'avais parlé de lui à mon père lorsque nous étions au Nigeria. Quand je me retrouvais seule avec lui, il lui arrivait de me frapper au visage avec mes poupées.

Après avoir repris l'école, nous avons appris que notre père était rentré du Nigeria pour s'installer en Angleterre et qu'il avait une nouvelle petite amie du nom de Janet. J'ai entendu ma mère raconter que les parents de Janet n'appréciaient pas mon père parce qu'il avait trente-trois ans, et Janet seulement dix-sept. Ils ont fini par se marier et ont eu une fille en 1971, Lisa. Mais la pauvre petite a eu une fin tragique puisque Janet a apparemment retrouvé sa fille de dix-huit mois morte dans son lit. Mon père était au

Kenya à ce moment-là, il avait un nouvel emploi. En 1973, il s'est installé définitivement au Kenya mais il revenait souvent, assez souvent en tout cas pour faire un nouvel enfant à Janet. Robert est né 1974. Puis mon père les a abandonnés pour de bon. D'après ce que je sais, il ne les a jamais revus après la naissance de Robert, moment à partir duquel mon père et Janet pouvaient être considérés comme officiellement séparés. Je crois qu'il a même autorisé le nouveau compagnon de Janet à adopter Robert.

Le nouveau poste de mon père à l'université de Nairobi était dans l'enseignement de l'histologie et de l'histopathologie. Les deux sujets sont liés. Je crois que ma mère n'avait aucune idée de ce que faisait mon père, elle se contentait de dire qu'il donnait des cours à la fac. L'histologie est l'étude des tissus humains, de leur structure et de leur fonction, tandis que l'histopathologie, c'est l'étude microscopique des tissus, notamment de tissus malades. Je me souviens avoir observé mon père déposer des échantillons de tissu sur des plaques de verre, les teinter en rose (ou en d'autres couleurs), puis les examiner au microscope.

Nous ne le voyions quasiment jamais mais j'imagine qu'il envoyait de l'argent à ma mère pour notre éducation. Une ou deux fois par an il débarquait à la maison sans prévenir, les bras chargés de cadeaux enchanteurs. Un jour, il m'a offert une robe en batik traditionnel, aux couleurs vives, qui s'arrêtait juste au-dessus du genou. Lucy a également reçu la même et Susan, notre sœur aînée, a eu un haut assez voyant, noir et moutarde, qu'elle portait rentré dans son jean. Sean, quant à lui, s'est vu offrir un haut en batik bariolé, dans les tons bleus, qui retombait sur son pantalon. Mon père m'a étonnée, il avait eu le compas dans l'œil pour les tailles. Ma mère nous a tous fait enfiler ces nouveaux vêtements colorés un peu bizarres et nous sommes allés poser dans le jardin. C'est mon père qui a pris les photos. Après, ma mère nous a entourés de ses grands bras et nous a serrés très fort. Elle nous faisait tout le temps de gros câlins comme ça.

Il arrivait encore parfois que mes parents s'embrassent et s'enlacent, ce qui datait d'ailleurs de bien avant la séparation de mon père et Janet.

Les enfants que nous étions se sont finalement bien habitués à leur nouvelle vie. Nous nous sommes fait de nouveaux copains et passions nos week-ends à jouer dehors. Pour ma mère, en revanche, ç'a été plus dur. Avant d'aller vivre au Nigeria, elle avait certes été couturière, mais après avoir connu la vie luxueuse d'expatriée au Soudan et au Nigeria, elle a eu beaucoup de mal à se faire à la vie dans un lotissement de HLM. Elle est devenue proche de notre voisine Patricia, qui, à l'instar de ma mère, était femme au foyer. Dès le premier été, les deux femmes avaient pris l'habitude de passer leurs après-midi à bronzer ensemble. Souvent, quand je regardais ma mère, je me disais qu'elle avait vraiment un beau teint hâlé, qu'elle était resplendissante, et je ne rêvais que d'une chose, lui ressembler un jour.

Avec le temps, ma mère a eu de plus en plus de mal à se lever le matin, et parfois, elle ne se levait pas du tout. Ma sœur aînée Susan prenait alors le relais et nous préparait pour aller à l'école. Quand ma mère émergeait tard, il lui arrivait de nous courir après dans l'escalier avec une ceinture et de nous frapper l'arrière des jambes. Lorsque j'ai eu six ou sept ans, plus jamais ma mère ne se préoccupait de nous nouer des rubans dans les cheveux ou de nous faire porter correctement nos chaussettes, bien remontées sur les mollets.

Deux ou trois ans après notre retour en Angleterre, elle a rencontré un homme, Barry, un type propriétaire d'un garage. Quand il venait chez nous, il portait toujours un bleu de travail maculé de taches d'huile et de graisse. La plupart du temps, un bon repas chaud l'attendait. Mais quand ma mère a commencé à boire sérieusement, elle était souvent trop ivre pour cuisiner et Barry trouvait une maison froide en arrivant chez nous, et ma mère en train de ronfler sur le canapé. En été, elle restait dans le jardin avec Patricia la voisine, avide du moindre rayon de soleil, un verre dans une main, une cigarette dans l'autre. Plus d'une fois en rentrant de l'école nous avons trouvé ma mère en bikini, bretelles rabattues sur les bras pour éviter les marques de bronzage, un Martini à la main.

Susan demandait ce qu'il y avait pour le dîner et ma mère lui disait d'aller se servir dans le réfrigérateur. Il n'a pas fallu longtemps à Susan pour tout bonnement arrêter de demander et prendre elle-même l'initiative de préparer un repas pour les enfants. Un jour, en rentrant, nous avons senti de délicieux parfums en provenance de la cuisine. Malheureusement, la nourriture qui dégageait ses arômes sublimes ne nous était pas destinée : le plat était pour Barry et ma mère. D'un geste du revers de la main elle nous a indiqué quatre petites assiettes sur la table de la salle à manger et nous a annoncé que pour nous, ce serait hareng fumé.

Je n'avais jamais mangé de hareng fumé. Mon frère, mes sœurs et moi avons pris place autour de la minuscule table de la salle à manger, une pièce froide et humide. J'ai fait la grimace en examinant le poisson dans mon assiette. Il restait un œil intact sur la tête de la pauvre bestiole, on aurait dit qu'il me fixait.

— Allez, mangez donc, a dit ma mère en passant derrière nous avec, à la main, une assiette remplie d'un genre de pot-au-feu très appétissant.

Elle a filé au salon et s'est installée devant le radiateur électrique. La musique familière de la bande-annonce de

Coronation Street[1] a résonné dans la maison. Tout à coup, les lumières se sont éteintes.

— J'ai peur ! s'est mise à hurler Lucy.

Cette situation n'avait rien d'inhabituel chez nous : il n'y avait plus d'argent dans le compteur électrique, il fallait y mettre des pièces. Pour acheter une bouteille de sherry ou de Martini, ma mère avait dû se servir largement dans le pot de monnaie prévue pour le compteur. Après quelques bruits d'assiettes dans le salon, de pas et de sons métalliques, puis un *tchac* !, la lumière a été rétablie. Barry et ma mère mangeaient toujours sur un coussin ou sur une feuille de journal posée sur leurs genoux, devant le radiateur du salon, en regardant la télévision. Et nous, les enfants, dans le petit espace qui servait de salle à manger. J'ai regardé nos poissons froids et me suis mise à rire, pointant du doigt l'assiette de Lucy.

— Regardez, Lucy a mangé les yeux. Les yeux ont disparu... Beurk, il va te regarder l'intérieur du ventre, ai-je dit pour plaisanter.

Lucy s'est mise à pleurer et n'a consenti à s'arrêter qu'une fois bien certaine que je blaguais.

Les beaux-parents de Barry, Donald et Elaine, habitaient près de chez nous et nous accueillaient toujours à bras ouverts. Chez eux, il faisait bien plus chaud que chez nous, il y avait des radiateurs électriques et à paraffine un peu partout dans la maison, des moquettes moelleuses et, dans le four, quelque chose était toujours en train de cuire et diffusait des odeurs enivrantes. Tout le contraire de chez nous !

L'arrivée de Barry dans notre vie a non seulement permis à notre foyer de disposer d'un peu plus d'argent, mais pendant quelque temps, ma mère s'est également remise

1. *Soap opéra* britannique très populaire dont la diffusion a commencé en 1960 et continue encore à ce jour.

à vivre normalement. De temps à autre, le matin elle nous brossait les cheveux, à mes sœurs et moi, et nous mettait des rubans.

Hors de la maison, la vie était plus rigolote. À l'école, j'avais quantité de petites copines avec qui jouer à la marelle, à la corde à sauter, à l'épervier, à cache-cache. J'étais tellement forte aux billes qu'on m'avait surnommée « la reine des marbres ». Pendant les vacances, ma mère nous fichait dehors dès le matin et nous disait de ne pas rentrer avant l'heure du dîner. Pas loin de chez nous il y avait un grand verger, on y restait à jouer pendant des heures, on mangeait des pommes pas encore mûres le midi, ou bien on passait chez June, une boutique de bonbons avec des douzaines et des douzaines de grands pots en verre remplis de toutes sortes de sucreries. Avec mes 2 pence au creux de la main, je me jetais sur un pot. Je ne pouvais pas me payer autre chose que des Rainbow Sherbets, à moins de mettre toutes mes pièces de 2 pence de côté pendant la semaine, et le week-end je choisissais alors les dragées torpille à la réglisse.

Je suis devenue une petite fille à problèmes. J'étais toujours enjouée mais il m'arrivait de faire pipi au lit et je redoutais de me faire rouspéter ou de recevoir encore des coups de ceinturon. Comme je dormais dans le même lit que Lucy, je tirais le côté mouillé du drap vers ma sœur pour faire croire que c'était elle qui avait fauté.

Notre niveau de vie s'est nettement amélioré quand Barry s'est installé chez nous. La maison semblait mieux chauffée, tout paraissait plus stable. Ma mère avait l'air plus heureuse, enfin parfois, car il arrivait aussi qu'elle reprenne ses mauvaises habitudes, refuse de se lever, demandant à Susan d'aller lui chercher ses cigarettes.

Un jour, devant la porte arrière de la maison, je suis tombée sur une bouteille de Martini pleine, toute neuve. Plus tard, j'ai appris que ma mère demandait à notre voisine

Patricia d'aller tous les jours lui acheter une bouteille et de la déposer devant la porte une fois que Barry était parti travailler et que la voie était donc libre. Moi, je ne comprenais pas pourquoi elle tenait à ce que Barry ne sache pas qu'elle buvait de telles quantités.

Régulièrement, le soir, ma mère et Barry allaient au pub du coin, le Stanhope Arms. Susan devait s'occuper de nous. À onze ans, c'était une énorme responsabilité pour elle, mais elle adorait endosser le rôle de la cheffe et n'hésitait pas à rapporter à notre mère si quelqu'un faisait une bêtise.

Une fois, j'avais tellement faim qu'après le départ des adultes je suis descendue à la cuisine pour chiper un morceau de pain. Susan m'a surprise la main dans le sac.

— J'ai cru que c'était un voleur, Kim ! Tu m'as fichu une de ces frousses !

Je me suis excusée et ai promis que je ne le referais plus, mais quelques heures plus tard, j'ai été réveillée par la voix de ma mère. Elle m'appelait, en hurlant. Je suis descendue et ai trouvé Susan, ma mère et Barry dans le salon, debout devant le radiateur.

— Viens là, toi ! a crié Barry.

J'avais à peine fait un timide pas en avant qu'il m'avait déjà attrapée par le poignet.

— Voilà ce que tu mérites pour être descendue à la cuisine et avoir fichu la frousse à ta sœur !

Il m'a tirée à lui et m'a frappée avec une telle force sur les fesses que je suis tombée sur le petit tapis. En larmes, je me suis relevée, et là, j'ai senti que je venais de me faire pipi dessus. Ma longue chemise de nuit était trempée et sur le tapis il y avait une flaque. Ma mère a exigé de moi que je nettoie tout ça avant de retourner me coucher.

J'étais choquée par ce qui venait de se passer, mais surtout profondément heurtée par le fait que ma mère soit restée imperturbable devant la correction que Barry m'avait infligée.

Nous nous réjouissions toujours à l'idée d'une visite de notre père car à chaque fois ma mère faisait des efforts et nettoyait la maison. La plupart du temps, il se présentait à la maison sans avoir prévenu qui que ce soit, et d'ordinaire c'était dans la journée, quand Barry était au travail. Quand il était là, nous étions fous de joie. Il ne faisait guère plus d'un mètre soixante-dix mais paraissait plus grand avec son beau teint bronzé, ses cheveux bruns et son corps athlétique. Toujours tiré à quatre épingles, il était vraiment très différent de tous les hommes que nous côtoyions. Et il parlait différemment, aussi, avec un accent que je ne pouvais qualifier que de « chic » à l'époque, c'est-à-dire qu'il parlait un anglais pur, comme la reine d'Angleterre, détachant soigneusement chaque syllabe. Il souriait, il blaguait avec nous, il nous donnait l'impression d'être aimés ; et il était généreux, de surcroît, toujours à nous faire des cadeaux, à nous emmener manger des *fish & chips*.

Il nous parlait de son nouveau travail et nous disait qu'un jour il n'était pas impossible qu'on puisse aller le voir. Il me restait peu de souvenirs de notre vie en Afrique mais j'adorais l'idée d'y retourner un jour.

En 1976, une semaine ou deux avant le début des vacances d'été, je crois, mon père a débarqué à la maison. Il avait quelque chose à nous annoncer.

— Kim, toi et ton frère Sean, vous venez avec moi en vacances au Kenya, a-t-il déclaré, un grand sourire aux lèvres. Qu'est-ce que vous en dites ? Vous pourrez profiter du soleil, et on ira même faire un safari.

Je n'en croyais pas mes oreilles.

— Wahou ! Génial !

Il nous a annoncé la nouvelle pendant que Susan et Lucy étaient dehors, et moi, je me disais qu'elles allaient être drôlement jalouses. La perspective de passer les grandes vacances, jusqu'à la rentrée de septembre, à jouer avec mes copines me plaisait bien, mais tout ça pourrait bien attendre : à présent l'aventure africaine m'attendait et il me tardait d'aller annoncer mes nouveaux projets de vacances à la terre entière !

Ma mère ne semblait pas voir d'inconvénients à ce que nous partions avec notre père, ce qui me rassura. Mon père avait également une autre surprise pour nous.

— Toi et ton frère, vous êtes bien trop pâlots. Vous me feriez honte si mes amis voyaient vos teints blafards. Ce qu'il vous faut, c'est quelques séances d'UV.

Il nous a emmenés à Leeds, dans un endroit qui s'appelait Tinshill in Cookridge. Un de ses amis disposait de son propre banc à UV. Je ne savais pas exactement ce qu'était un banc à UV, mais mon père m'informa que je serais aussi bronzée que lui et ma mère après quelques séances, ce qui me ravit.

En arrivant dans la maison de son ami, on nous a fait entrer dans une pièce où trônait une longe boîte, avec une sorte de couvercle. Ça m'a fait penser à un cercueil.

— Bon, alors vous deux, vous vous déshabillez, a ordonné mon père. Ça, c'est la machine à UV.

Sean et moi nous sommes regardés. J'avais alors onze ans et l'idée de me déshabiller devant des gens me mettait mal à l'aise. Mais mon père me fixait d'un air impatient alors je me suis exécutée, retirant lentement mon tee-shirt et le maillot de corps dessous. J'ai gardé ma culotte néanmoins. Mon père s'est approché de moi avec une bouteille de crème hydratante puis il m'en a enduit le corps. Il m'a donné une paire de grosses lunettes qui ressemblaient à des lunettes de piscine et m'a dit de grimper dans la machine. Mon petit corps était un peu perdu dans cette énorme boîte, mes pieds n'atteignaient pas le bout.

— OK, maintenant je vais rabaisser le dessus. Tu ne bouges pas jusqu'à ce que je te dise de sortir, compris ?

— D’accord, papa.

Il a baissé la partie haute de l’appareil. J’ai fermé les yeux quand les lampes se sont allumées. Au bout de quelque temps ma peau chauffait tellement que je croyais bien devoir appeler mon père au secours, mais il n’a pas tardé à relever le couvercle du caisson pour me laisser sortir. Je me suis rhabillée à toute vitesse tandis que Sean prenait ma place.

— C’est pas si terrible que ça, ai-je rassuré mon petit frère. Ça passe très vite.

J’étais persuadée que tous les gamins qui allaient dans un endroit exotique comme l’Afrique devaient se soumettre à ce genre de séance.

Pendant que Sean rôtissait à son tour, mon père m’a donné quelques informations alléchantes sur l’endroit où il habitait.

— Ma maison est très grande par rapport à celle de ta mère. J’ai un chien, qui s’appelle Mickey, ce sera ton animal de compagnie, et un domestique aussi, du nom de Johnny. Il me fait à manger et s’occupe aussi du ménage.

Mon père vivait donc dans un palace, comparé à notre petite baraque rongée par l’humidité. Et moi j’étais tellement fière de ce père que je ne connaissais pas vraiment ! Peut-être qu’en voyant notre père plus souvent, la vie allait-elle enfin nous sourire.

Quelques jours après, j’ai dit au revoir à mes copines et leur ai donné rendez-vous avant la rentrée.

— Je ne pars pas pour toujours. Je reviendrai pour vous battre aux billes !

2

En bouclant ma ceinture, j'ai eu un petit rire de pure joie. Par le hublot de l'appareil j'ai regardé l'aéroport. À moi le Kenya ! J'avais encore du mal à le croire : j'allais vivre ce qui n'était alors qu'un rêve pour beaucoup de gens. La plupart de nos amis n'avaient jamais pris l'avion, sans parler de partir en vacances pour six semaines vers une destination ensoleillée.

Dire au revoir à tout le monde m'avait fait de la peine mais j'avais rassuré ma mère : ce serait la grande aventure et Susan avait même ajouté que j'avais bien de la chance. Elle ne comprenait pas pourquoi notre père m'avait choisie moi, plutôt qu'elle, l'aînée, ce à quoi ma mère avait répondu que c'était ce que souhaitait notre père et qu'il fallait l'accepter comme ça. Il avait également promis que Susan pourrait à son tour bientôt partir en vacances avec lui, ce dont elle mourait d'envie, bien entendu.

Au décollage, un sourire jusqu'aux oreilles, je me suis tournée vers mon père ; comme il me tardait de passer du temps avec lui ! Il ne nous restait que très peu de souvenirs d'enfance de lui et jamais nous n'avions eu l'occasion de rencontrer sa famille. Je savais qu'il avait trois frères mais ma mère m'avait confié qu'ils étaient fâchés depuis un certain temps. Un jour, j'avais cru entendre que l'un des frères s'était retrouvé en prison et s'était suicidé. Mais nous ne posions jamais de question à ce sujet. Mon père était visiblement le plus intelligent de la fratrie, certainement celui qui avait le mieux réussi, et aujourd'hui il était tout à nous pour plus d'un mois.

À l'atterrissage à Nairobi, nous étions épuisés. À la sortie de l'avion, l'odeur de l'air chaud et poussiéreux nous a enveloppés d'un coup. Tout était déjà très différent ici, l'obscurité dense, les collines que j'apercevais vaguement à l'horizon. Mon père nous a guidés vers la zone de contrôle des passeports puis on a pris un taxi. J'avais du mal à garder les yeux ouverts.

— Le trajet est assez long pour aller à la maison, a-t-il dit. Mais elle va drôlement vous plaire, vous verrez.

Sean et moi nous sommes endormis dans le taxi. Mon père nous a réveillés en arrivant.

— Allez, les marmottes, debout ! Nous voilà chez nous.

Jamais je n'oublierai le son assourdissant produit par le chant des insectes. J'ai ouvert la portière du véhicule et fait mon premier pas dans l'air chaud de la nuit africaine. Il n'y avait aucun lampadaire dans la rue, pas une voiture non plus. J'avais beau être fatiguée, tout me semblait totalement magique.

— Vous entendez les criquets ? a demandé mon père. Ce sont eux qui font ce bruit.

J'ai pouffé de rire. Moi, le seul criquet que je connaissais, c'est Jiminy Cricket, celui de *Pinocchio*.

Un homme à la peau sombre d'une trentaine d'années a surgi de l'obscurité. Il avait un visage doux, chaleureux.

— Je vous présente Johnny, a dit papa. Le boy de la maison.

Johnny nous a gratifiés, Sean et moi, d'un large sourire.

— *Jambo* [salut], a-t-il dit avec un fort accent.

Il a pris nos sacs, et moi je suis restée là, un sourire aux lèvres. Tout cela semblait irréel : mon père disposait d'un domestique, un vrai, pour sa maison. Quel luxe royal.

Johnny nous a conduits dans la maison de Jamhuri Crescent. Située dans la banlieue de Nairobi, c'était une grande demeure de plain-pied, fraîche, aux murs de briques blanches, dans le quartier de Kabarnet Gardens, en bordure de Parklands et Westlands. Pendant notre visite de la maison, un gros chien a soudain surgi. De sa langue mouillée il a léché ma main tendue.

— Oh, comment il s'appelle ? ai-je demandé en me penchant pour fourrer mon nez dans le pelage fauve du chien.

— Je vous présente Mickey, a répondu mon père. C'est un croisé Rhodesian Ridgeback et dogue allemand. Et Minette devrait bientôt montrer le bout de son nez, aussi.

J'ai balayé du regard le salon en parquet et ses quelques meubles, et ai bientôt aperçu un gros chat noir.

Dès que j'ai vu Johnny, la maison, le chien et le chat, je savais que l'endroit allait me plaire.

— C'est drôlement propre et bien rangé, ai-je murmuré à Sean.

Johnny n'a pas tardé à remarquer que je me retenais de bâiller et il a empoigné ma valise. Je ne comprenais strictement rien de ce qu'il disait mais je l'ai suivi. Sean nous a emboîté le pas. Nous avons traversé un couloir donnant sur d'autres pièces. On se serait crus dans un hôtel plutôt que chez des particuliers. Ma chambre se situait tout au bout du couloir. La première sur la gauche était pour Sean, pratiquement en face de la salle de bains, puis venait celle de mon père, toujours à gauche, et la mienne était au fond, tout près de celle de mon père. Ce genre de couloir n'était pas rare dans une maison de plain-pied, mais pour nous, habitués aux habitations à étage typiquement anglaises, c'était presque une curiosité. Certes, nous avions vécu dans ce genre de maison au Nigeria et au Soudan, mais je n'en avais que très peu de souvenirs.

— Bonne nuit ! nous a lancé papa du bout du couloir. Attendez un peu de voir le jardin demain matin !

Après une nuit de profond sommeil, j'ai eu l'impression de me réveiller dans un autre monde. J'ai entendu des sons étranges d'oiseaux qui chantaient, et senti une formidable odeur. C'était le parfum des pluies nocturnes sur l'herbe sèche et la terre. Au lieu de prendre peur, j'ai repoussé ma couverture d'un coup et ai bondi du lit, impatiente d'aller explorer. Après m'être habillée, j'ai traversé le couloir pour arriver dans la grande pièce qui faisait office de salle à manger et de salon. Johnny était là, en train de préparer le petit déjeuner.

— Bienvenue à Jamhuri Crescent, Kim, a dit mon père, déjà assis à table. Tiens, goûte un peu le café kenyan.

Chez nous, les enfants ne buvaient pas de café. C'était une boisson amère, réservée aux grandes personnes, et je n'aimais pas trop ça. Mais puisque mon père insistait pour que je goûte, j'ai eu à cœur de lui faire plaisir.

Sean aussi était levé, il déambulait dans le jardin à l'arrière de la maison, en compagnie du chien Mickey. Il y avait une grande pelouse bordée de végétation luxuriante et une mare surmontée d'un petit pont. Mon père nous avait dit qu'il avait construit ce pont, ce qui avait forcé mon admiration : rendez-vous compte, mon père avait construit un pont, quel exploit ! Le long des murs du jardin grimpaient des plantes aux fleurs violettes, des bougainvilliers, avait précisé mon père, et tout autour de la pelouse poussaient des tas de fleurs et de plantes exotiques que je n'avais jamais vues. J'ai été totalement hypnotisée en apercevant un lézard émerger d'un massif de feuilles et détaler le long d'un mur de la maison. On aurait vraiment dit que nous avions atterri au beau milieu d'un livre de contes merveilleux.

— Ce jardin est à peu près quatre fois plus grand que celui de chez nous, s'est écrié Sean. On va pouvoir s'éclater à jouer à cache-cache !

J'ai touché l'épaule de mon frère.

— Un, deux, trois, épervier, touché ! ai-je dit avant de partir en trombe.

Sean a bondi de sa chaise et s'est lancé à ma poursuite, suivi de près par Mickey.

Voilà, j'allais passer les plus belles vacances de ma vie.

Un peu plus tard, après avoir exploré le jardin paradisiaque, Johnny nous a préparé à déjeuner. Il nous a servi différentes salades et des chapatis faits maison – un festin exceptionnel, à mille lieues du pain tartiné de confiture auquel nous avions droit d'ordinaire en guise de repas. Se retrouver à table avec un adulte m'a fait tout drôle : cela n'arrivait jamais en Angleterre puisque ma mère et Barry s'asseyaient de leur côté dans le salon pour manger. Les assiettes et les couverts étaient disposés bizarrement et nous avions un couteau supplémentaire. Je me demandais bien à quoi il pouvait servir mais je me suis abstenue de demander, ayant peur de passer pour une idiote.

Pendant le repas, alors que nous bavardions, mon père nous a soudain dévisagés et a froncé les sourcils.

— Votre façon de parler est très vulgaire, a-t-il dit très sérieusement en déchirant un morceau de chapati en deux. Cet accent de l'ouest du Yorkshire est tout à fait insupportable.

Mon père avait bien articulé chaque syllabe, comme à son habitude. Mes amis disaient qu'il parlait comme un grand monsieur, et j'imagine qu'ils avaient raison.

— J'aurais honte de vous présenter à mon entourage tant que vous parlerez comme ça. Vous avez tous les deux besoin d'apprendre à parler correctement le bel anglais, celui de la reine. J'y tiens absolument. D'ailleurs, Kim, commençons tout de suite par toi. Je t'ai entendu dire « p'tit déj'ner ». Ça ne se prononce pas comme ça, on dit « pe-tit dé-jeu-ner », compris ? Vas-y, répète.

J'ai répété le mot comme il me le demandait, d'une voix qui ne me paraissait pas être la mienne.

— Si on parle de « petit déjeuner », c'est parce que cette collation vient avant le déjeuner, voyez-vous. Je ne veux plus vous entendre dire « p'tit déj'ner ». C'est bien d'accord, tous les deux ?

Mon chapati avait soudain du mal à passer. Mon père ne nous avait jamais critiqués auparavant. Je n'aimais pas ça, mais peut-être avait-il raison, après tout. Nous étions des petits gosses de lotissement HLM et il fallait essayer de faire bonne figure maintenant que nous étions dans un endroit aussi beau que la demeure de notre père. Je tenais absolument à éviter qu'il ait honte de nous parce qu'il occupait un poste important à l'université, et ses amis seraient forcément des gens très instruits.

— D'accord, papa, ai-je répondu en me forçant à articuler bien distinctement.

Les jours qui suivirent, mon père se rendait le matin à son travail tandis que nous restions à la maison avec Johnny ou dans le jardin à jouer avec Mickey. Johnny était de bonne compagnie, il nous parlait de sa femme, de ses enfants, de la tribu à laquelle il appartenait – une tribu étant quelque chose dont j'avais seulement entendu parler dans des livres. Il vivait sur la propriété dans les dépendances réservées aux domestiques, à côté de la cuisine, et il s'occupait de toute la cuisine, du rangement, du ménage, permettant ainsi à mon père de se consacrer entièrement à son travail important, expliquait Johnny.

Mon père revenait déjeuner à la maison, et à chaque fois il ne manquait pas de corriger notre grammaire et notre prononciation. En quelques jours nous nous sommes mis à parler comme si nous avions une patate dans la bouche. Nous l'imitions, à vrai dire, mais cela avait l'air de lui plaire puisqu'il a vite cessé de se plaindre de notre façon de parler. Et puis, après tout, peut-être n'avait-il pas entièrement tort : nous étions probablement un peu trop communs pour le petit monde des expatriés du Kenya.

Un après-midi, mon père nous a emmenés chez Pam, une femme de sa connaissance (apparemment ils avaient un arrangement qui semblait convenir aux deux parties). Elle avait des enfants dans nos âges, un garçon et une fille, et n'habitait pas loin en voiture. Sa maison, là encore, n'avait rien à voir avec la nôtre, cachée par un formidable jardin.

— On se croirait au paradis, ai-je dit tout bas à Sean.

Pam nous a accueillis chaleureusement cependant que mon père s'excusait déjà de nos accents et de notre teint pâle. Il lui a chuchoté quelque chose à l'oreille mais elle l'a ignoré, passant devant lui pour nous prendre par la main.

— Venez, je vais vous présenter Penny, elle doit être derrière, dehors, à siroter une limonade. Vous aimez la limonade ?

Acquiesçant sans réserve, nous l'avons suivie derrière la maison où des bougainvilliers en fleurs couvraient les murs blancs à la chaux. Cette maison était tout simplement magnifique.

Dans le jardin il y avait une fillette mince, pieds nus, un verre de limonade à la main. Elle s'est levée pour nous saluer et j'ai dû lever les yeux. La fille de Pamela, bien qu'âgée seulement d'un an de plus que moi, était très grande. Mon père s'est matérialisé derrière nous.

— Tu vois ce que je te disais, Pam. Leur croissance a été ralentie. J'ai du boulot pour les reprendre en main.

L'après-midi a été très agréable, j'étais contente de savoir que j'allais fréquenter ces gens régulièrement. Seulement, il ne m'a pas fallu bien longtemps pour comprendre que mon père n'entretenait pas une relation sérieuse avec Pam. Finalement, nous ne l'avons revue qu'une fois de temps en temps au Woodley Club, où mon père organisait des soirées dansantes le vendredi soir.

Les sorties au Woodley Club ont bientôt fait partie de notre routine hebdomadaire. Mon père s'habillait avec soin, il enfilait une chemise à motifs et une cravate de couleur vive. Il faisait le DJ, il passait de la musique qu'il sélectionnait parmi sa belle collection de vinyles. Le premier soir, mon frère et moi avons été éberlués de voir la piste de danse rapidement bondée. Je savais que mon père aimait la musique, à la maison il passait souvent des disques sur sa platine, mais voir comment il parvenait à faire danser tout ce petit monde m'a épatée. Il choisissait des morceaux en vogue comme *I Love to Boogie* et *Ride a White Swan* des T.Rex, et d'autres tubes devenus classiques comme *Save All Your Kisses for Me* de Brotherhood of Man et *Leaving on a Jet Plane* de Peter, Paul and Mary.

En voyant que les gens plébiscitaient les choix de mon père, Sean et moi avons nous aussi commencé à nous dandiner. Je ne manquais pas de remarquer qu'autour de la platine du DJ gravitaient pas mal de jeunes filles très jolies, qui se penchaient vers mon père pour lui soumettre leurs requêtes. Comment ne pas être fière de son papa quand il a tant de succès ?

J'adorais ma mère, bien entendu, mais elle passait beaucoup de temps dans un état semi-comateux sur le canapé, ivre morte, tandis que mon père se révélait être une mini-célébrité qui apportait la joie à tout son entourage.

Pendant ces premières semaines, un nouveau lien de proximité s'est créé entre mon frère et moi. En Angleterre, chacun avait son propre cercle d'amis, mais ici, il n'y avait que nous deux. Ensemble, nous partions à la découverte du monde au-delà du portail du jardin, et pendant que mon père était au travail nous allions à la rencontre des autres gamins du quartier. En tant que Mzungus (terme bantou qui désigne les Blancs), notre carnation claire et nos yeux bleus, couleur inhabituelle là-bas, suscitaient beaucoup de curiosité. En peu de temps nous avons trouvé un petit groupe d'enfants avec qui jouer à l'épervier.

Nous ne savions pas où nos nouveaux amis habitaient, et n'ayant jamais vu leurs maisons, nous ignorions tout des cabanes en tôle situées près du *duka* (mot swahili pour « boutique »). Pour qu'ils nous remarquent, nous parcourions à toutes jambes la route poussiéreuse creusée de sillons laissés par le passage des motos, en hurlant les mots que Johnny nous avait appris, « *Kuja hapa pasi pasi* » (qui signifie « Venez par là, vite, vite »). Et quand on les entendait se passer le mot « *Mzungu, mzungu* », on savait qu'ils nous avaient entendus.

Je fus étonnée de constater que nos nouveaux petits copains ne portaient pas de chaussures. Certains, rares, portaient de vielles claquettes, mais la plupart d'entre eux jouaient pieds nus. Nous n'avons jamais raconté ces escapades à notre père, nous savions très bien qu'il désapprouverait, pour la simple et bonne raison que ces gamins n'étaient pas blancs. Il nous avait déjà fait la leçon sur les Africains. Ici au Kenya, il fallait s'en méfier, c'étaient des gens qui volaient dès qu'on avait le dos tourné. Et quand nous en avons parlé à Johnny, il a secoué la tête et pris un air inquiet. « *Bwana* en colère, *kali sana.* » Ce qui devait vouloir dire qu'en effet son patron ne serait pas du tout content s'il apprenait que ses enfants jouaient avec des gosses de la rue.

Un soir, mon père est rentré à la maison avec une cage. C'était un cadeau pour nous.

— Voici vos nouveaux animaux de compagnie. Des hamsters russes, a-t-il lancé fièrement. Comme ça, ça vous rappellera la maison en Angleterre.

Dans la cage, deux magnifiques hamsters de couleur grise nous dévisageaient, le nez collé contre les barreaux.

— C'est du surplus de stock du boulot, a expliqué mon père. Je me suis dit que ça vous ferait plaisir de les avoir.

— Oh, super ! Merci papa !

Sean était tout aussi enthousiaste que moi et nous avons immédiatement voulu les prendre dans nos mains. Mais les bestioles n'avaient de toute évidence pas l'habitude d'être manipulées. Elles émettaient de petits cris angoissés, haut perchés, un son que je n'avais encore jamais entendu. Nibbles, mon hamster en Angleterre, n'avait jamais produit ce genre de son.

— Aïe ! ai-je couiné en retirant vivement ma main. Il y en a un qui m'a mordue !

J'ai relevé la tête vers mon père et tout de suite vu son changement radical d'expression.

— Petite idiote ! On ne met pas la main comme ça dans une cage sans prévenir. Ils sont apeurés. Referme la trappe et mets la cage dans la cuisine, a-t-il conclu d'un ton agacé.

Une goutte de sang perlait au bout de mon doigt. J'ai pris la cage et j'ai filé dans la cuisine. Le doigt sous le robinet d'eau froide, j'ai senti les larmes me monter aux yeux. Je ne comprenais pas pourquoi mon père nous ramenait des animaux aussi dangereux et après se fâchait. Ces hamsters n'avaient rien à voir avec Nibbles.

Mon père m'avait suivie dans la cuisine, son humeur semblait redevenue normale.

— C'est à la fac qu'on me les a donnés, a-t-il dit calmement. Ce sont des animaux qui ont servi à faire des expériences mais je les ai sauvés de leur triste sort, ils vont pouvoir se reproduire. Comme ça, tu apprendras les choses de la vie.

Sean ne pouvait pas nous entendre là où il se trouvait. Quant à moi, je n'avais aucune idée de ce à quoi mon père faisait allusion. En Angleterre, on ne nous enseignait pas ce genre de chose à l'école, même si une fois, à la maison, nous étions tombés sur un magazine cochon, sous le lit d'appoint. Mais je m'étais toujours dit qu'un de mes oncles ayant séjourné chez nous avait dû l'oublier là.

Mon père a décrété qu'il nous incombait de nettoyer les cages. Nous avons bien essayé d'apprivoiser les hamsters, mais ils nous mordaient sans cesse. Moi, je me demandais s'il nous faudrait les ramener en Angleterre dans quelques semaines. Je décidai à remettre la question à plus tard. Je faisais semblant de trouver les bestioles mignonnes pour ne pas froisser mon père.

Ce soir-là, j'ai écrit une première lettre à ma mère.

Chère maman, cher Barry,
On s'amuse comme des fous au Kenya. Il fait super chaud, le soleil brille tout le temps. La maison et le jardin sont très beaux. Aujourd'hui, papa nous a même ramené des hamsters ! Vous me manquez, Susan et Lucy aussi.
Je vous embrasse fort,
Kim, Mickey et Minette

J'ai soigneusement glissé la lettre dans une enveloppe et l'ai remise à mon père. Il m'a dit qu'il la posterait en personne le jour même et que la réponse arriverait à son travail puisqu'il y disposait d'une boîte postale. J'ai récupéré mon enveloppe sur-le-champ et j'ai inscrit au dos : « Répondre à Miss Kim Beaumont, Université du Kenya, PB Box 52428 ».

Après avoir fourré la lettre dans sa poche, mon père nous a annoncé que nous allions partir en safari.

— On va voir des lions, des léopards et des hyènes, s'est-il enthousiasmé.

Personnellement, voir des hyènes en vrai ne m'emballait pas plus que ça, mais comme mon papa vivait ici depuis des années, je me suis dit qu'il saurait probablement comment réagir si on en croisait une.

Environ un mois après notre arrivée, un soir, au dîner, mon père a soudain pris un air grave. Nous avions déjà, à plusieurs reprises, essayé de parler de notre date de retour en Angleterre mais jamais encore il n'avait su nous répondre clairement sur ce sujet. Et soudain, la réponse a fusé.

— Je crains que votre mère ne veuille plus de vous, a-t-il lâché tout de go. Vous allez vivre avec moi désormais, et aller à l'école ici.

Sean s'est arrêté net de mastiquer et m'a jeté un regard anxieux.

— Mais, euh… Que veux-tu dire, papa ? ai-je demandé.

Je n'avais plus besoin de faire des efforts pour bien parler et avoir un bel accent, c'était devenu naturel, et pourtant quand mon père était là je redoublais de vigilance.

— Votre mère ne veut plus de vous, voilà tout, et surtout de toi, Kim, a-t-il ajouté brutalement avant de poser son couteau et sa fourchette pour nous regarder droit dans les yeux. C'est une ivrogne, elle ne peut plus s'occuper de vous. C'est pour ça que vous êtes ici. Vous êtes beaucoup mieux avec moi.

Le mot « ivrogne » pour décrire ma mère m'a mise très mal à l'aise. Même si je n'avais pas la meilleure mère du monde, ça restait ma mère, tout de même. Et je ne comprenais pas ce qu'il voulait dire quand il prétendait qu'elle ne voulait plus de nous. Jamais je n'avais entendu de propos aussi hargneux. En revanche, je savais que certains couples se fâchaient au moment du divorce, donc je pensais qu'ils s'étaient peut-être disputés récemment.

— Kim, tu resteras donc ici jusqu'à nouvel ordre. Tu iras dans une bonne école, ne t'inquiète pas. Dans celle d'Horsforth, tu n'aurais rien appris. Quand tu es arrivée ici, tu ne savais ni te tenir à table, ni parler correctement, pas vrai ? Eh bien voilà, ici on s'occupera correctement de toi, pas comme ta mère qui était incapable de t'habiller ou de te nourrir correctement.

J'ai ouvert la bouche pour réagir mais il a enchaîné sans me laisser le temps de dire un mot.

— Pourquoi crois-tu qu'elle t'a laissée venir ici, toi plutôt que les autres, hein ? Elle m'a dit que tu lui causais trop de soucis, que tu faisais constamment des bêtises, que tu réclamais tout le temps son attention. Tu sais, non seulement elle ne t'aime pas, mais je ne suis même pas sûr qu'elle t'apprécie beaucoup en tant que petite fille.

Sur ces entrefaites, il a ordonné à Johnny de débarrasser la table et s'est versé un whisky avec une *ginger ale*. Ma tête est retombée toute seule, une larme s'est écrasée sur ma cuisse dénudée. La douleur était telle que j'avais l'impression que mon cœur venait de se briser.

Non seulement ma propre mère ne m'aime pas, mais en plus elle ne m'apprécie même pas. Était-ce vraiment possible ?

Certes, je savais que j'avais fait quelques bêtises, notamment quand j'avais volé une tranche de pain ou quand j'avais mal parlé de mes frère et sœurs, mais rien de plus. Ma mère n'avait jamais dit que je lui causais des soucis, et si j'avais su qu'elle me chasserait de la maison, j'aurais tout de suite changé d'attitude.

Une fois mon père hors de la pièce, Sean s'est approché de moi.

— On peut rester ici pour toujours. Ce que papa a dit sur maman, ça m'a pas du tout plu.

J'ai fait « oui » de la tête en essayant de ne pas montrer mes larmes.

— De toute façon, ai-je répondu, maman va forcément vouloir qu'on rentre. Forcément. Je suis sûre qu'elle le dira à papa et alors on rentrera tout de suite en Angleterre.

Je voulais le rassurer, mais au fond de moi tout n'était que confusion. Je n'arrivais pas à croire que ma mère nous aurait simplement « remis » à notre père sans même nous en parler. Il n'y avait qu'une façon de le savoir, c'était de lui écrire pour le lui demander.

Le lendemain, j'ai demandé à mon père d'envoyer une nouvelle lettre à notre mère. Il m'a longuement dévisagée, sans que je puisse interpréter clairement son expression, mais il a fini par dire oui. Avant de refermer l'enveloppe, j'ai relu une dernière fois la missive, priant le ciel pour que ma mère m'entende.

Chère maman, chez Barry,
Papa nous a dit que nous devons aller à l'école ici et je ne comprends pas pourquoi. Est-ce que j'ai fait quelque chose de mal en Angleterre ? Si c'est le cas, je vous demande pardon et promets de ne plus recommencer.
Quand pourrai-je vous revoir ? Je croyais qu'on serait ici juste pour six semaines. On ne veut pas rester ici, tout le monde nous manque. À bientôt j'espère. Dites à Susan et Lucy qu'on a hâte de les revoir aussi.
Je vous embrasse,
Kim, Mickey et Minette

J'ai commencé à me demander pourquoi ma mère ne nous avait jamais écrit depuis notre arrivée. Pourquoi elle n'avait jamais appelé non plus. Pour la première fois, une pensée m'a traversé l'esprit : et si c'était vrai ? Si maman ne m'aimait véritablement pas… L'idée était trop atroce pour être sérieusement envisagée, mais comment savoir ?

Ce soir-là, mon père nous a expliqué qu'il allait commencer à nous faire suivre des cours à la maison.

— À la bonne école où je comptais vous envoyer, il n'y a pas de place actuellement. Et de toute façon, je ne pense pas que vous seriez acceptés avec notre niveau d'instruction. Ce sera moi qui m'occuperai de vous enseigner une partie du programme scolaire, et j'espère que vous pourrez rattraper le niveau.

Je n'avais aucune envie de suivre des cours à la maison. Ce que je désirais avant tout, c'était me faire de nouveaux copains, parce que mes amis en Angleterre me manquaient terriblement. À l'heure qu'il était, d'ailleurs, ils devaient tous être en train d'acheter leur nouvel uniforme pour entrer au collège en septembre. À cette idée, j'ai vraiment eu le mal du pays.

Mon père me fixait, on aurait dit qu'il pouvait lire dans mes pensées. Il s'est avancé vers moi, les yeux plissés, et a posé brutalement son verre de whisky devant moi. Les vapeurs d'alcool m'ont piqué les yeux. L'odeur était ignoble, bien pire que celle des Martini de maman.

— Kim, pour les filles, l'éducation est plus importante que pour les garçons. Tu veux des gosses ? Tu veux te retrouver esclave d'une maison, passer tes journées dans une cuisine à t'occuper de mioches qui hurlent ? Eh bien c'est ce qui arrivera si tu ne t'instruis pas correctement. Il faut que tu te méfies des garçons. Ne t'en approche pas, ils n'amènent que des soucis, tu m'entends ?

Je ne comprenais pas d'où sortait cette subite leçon de morale et ne tenais pas non plus à poser de questions. Les garçons, je jouais avec eux, en Angleterre, et jamais je n'avais eu de problème. Mais je me suis contentée d'acquiescer en silence. Avec un peu de chance, ma mère me répondrait bientôt et on pourrait retourner chez nous sans délai.

3

Le lendemain matin, mon père nous attendait, une pile de manuels scolaires sur la table du petit déjeuner. Il a pressé Johnny de débarrasser la table une fois nos tartines englouties. Il voulait que l'on se mette au travail au plus vite.

Il lui arrivait souvent de mal parler à Johnny, notamment s'il avait bu un whisky ou une de ses bières maison. Moi, je me figurais que c'était normal de se comporter comme ça avec un domestique. Je voyais bien que Johnny s'échinait à toujours faire au mieux, qu'il se hâtait de ranger ou de nous servir nos repas, mais pour mon père, ce n'était jamais assez bien.

— Oui, *Bwana*, a dit Johnny en s'activant autour de la table pour tout emporter au plus vite.

Ce qui me mettait le plus mal à l'aise, c'était le discours que tenait mon père sur toute personne qui n'était pas blanche. Il les traitait de noms d'oiseau que je n'avais jamais entendus auparavant, comme « *ces satanés singes* ».

— Alors, voilà le programme, a décrété mon père en tapotant la feuille du bout de son stylo. Je vous laisse l'apprendre pendant que je vais travailler. Pour commencer, vous faites l'algèbre.

Je me suis retenue de faire une grimace. Les maths n'étaient pas ma matière préférée, loin de là. Moi, j'aimais le sport, surtout le netball et la course de fond. Mais, toujours volontaire quand il s'agit de faire plaisir, j'ai feint l'enthousiasme.

— Très bien, papa.

Il est parti au travail et nous avons attaqué les exercices du manuel. Au bout d'une demi-heure, Sean bâillait et je commençai moi-même à peiner. Il y avait trop de distractions. La table se trouvait le long d'une grande fenêtre donnant sur le splendide jardin où nos animaux de compagnie batifolaient – tout cela était bien plus intéressant que ces problèmes d'un ennui mortel.

— J'y arrive pas, a capitulé Sean. Je vais jouer dehors. Papa m'aidera quand il rentrera.

Nous avons bondi de nos chaises et sommes sortis sous le chaud soleil africain. Sous le ciel bleu où pas un nuage ne se profilait, la tête en l'air, je me suis dit que la vie ici était vraiment très différente de celle à Leeds.

Vers midi, lorsque nous avons entendu la voiture de papa se garer devant la maison, nous avons couru vers lui, surexcités à l'idée de lui parler des grands oiseaux que nous avions vus passer dans le ciel et de l'énorme souris que Minette avait attrapée. Mais l'expression de son visage indiquait clairement qu'il s'en fichait.

— Qu'est-ce que vous fichez là ? Vous devriez être à votre table de travail.

Il nous a ramenés à la table où se trouvaient nos livres, puis a appelé Johnny.

— Johnny ! JOHNNY !

— Oui, *Bwana*, je suis là.

— Arrête avec ce « *Bwana* », espèce d'idiot ! Je t'ai dit de ne pas laisser les enfants s'éloigner de la table. Tu tiens à garder ton travail, non ? Allez, hors de ma vue, maintenant !

Bien que Johnny ne parle pas beaucoup l'anglais, il comprenait plus de choses qu'il ne le laissait paraître et il s'est empressé de partir. J'étais vraiment peinée de constater que nous lui avions causé des soucis – je ne voulais pas qu'il perde son travail et qu'il parte, je l'aimais bien, je le considérais comme un ami.

Mon père a frappé du poing sur la table juste devant mon nez.

— Vous tenez absolument à me contrarier, c'est ça ? s'est-il mis à hurler.

Son visage était à quelques centimètres du mien, son haleine empestait le whisky et la cigarette. Minette a sauté sur ses genoux comme pour le calmer, mais il l'a attrapée par la peau du cou et l'a jetée par terre. Puis il s'est retourné vers moi.

— Espèce de petite imbécile ! Je crois vraiment que tu ne seras bonne à rien quand tu seras plus âgée, à part à faire des gosses.

Il a laissé Sean quitter la table en disant qu'il était plus jeune, que c'était moi qui devais montrer l'exemple.

— Arrête de pleurnicher et finis ton travail. Tu as intérêt à ce que ce soit terminé quand je rentrerai du travail ce soir.

Je me suis mise à pleurer tellement violemment que je pouvais à peine lire les formules d'algèbre devant mes yeux.

Quand mon père se mettait en colère, c'était presque comme s'il s'en voulait de se laisser irriter. Comme s'il était incapable de se maîtriser, même s'il essayait.

Ce soir-là, je me suis couchée en larmes, dévorée par la nostalgie. Je n'avais aucune idée de ce qui se passerait le lendemain, mais je m'attendais au pire. Et comme je le craignais, la journée fut une réplique exacte de la précédente, sauf que cette fois, nous fîmes tout notre possible pour que les choses se passent au mieux.

Bien que mon père se soit emporté à plusieurs reprises à cause de nos travaux scolaires, j'espérais que rien d'autre ne viendrait déclencher sa colère. Je me disais que les choses s'arrangeraient une fois que l'école aurait commencé, mais peu à peu, les repas sont à leur tour devenus une source d'angoisse.

Mon père mangeait toujours avec nous. Depuis notre arrivée, il nous répétait que nous étions trop malingres et nous encourageait à nous servir de généreuses portions. Au début, nous trouvions cela formidable étant donné que notre mère n'avait jamais été une grande cuisinière. Ici à Nairobi, il y avait toujours beaucoup à manger. Nous prenions généralement une soupe à la tomate avec des chapatis faits maison à l'heure du déjeuner. Parfois nous allions dans la petite annexe de Johnny une fois que mon père était parti travailler et goûtions son plat traditionnel de *posho* (une sorte de farine de maïs mélangée avec de l'eau, puis cuite) avec des haricots. En soi, c'était assez insipide, ça me faisait penser à un gros morceau dur de purée de pommes de terre mal cuites, mais avec la sauce que Johnny préparait, c'était délicieux.

Comme beaucoup enfants en pleine croissance, nous étions souvent affamés, mais mon père s'est mis à nous forcer à finir entièrement notre assiette, même si nous étions largement rassasiés à la moitié.

— Profitez-en tant que vous êtes jeunes, disait-il. Moi j'aimerais bien pouvoir manger comme ça sans prendre de poids.

Un jour, il m'a appelée dans la cuisine. Il tenait à la main une grande bouteille d'un liquide pâle et doré, une huile, peut-être, me suis-je dit.

— C'est de l'huile de foie de morue, m'a-t-il expliqué en versant le liquide doré sur une cuillère à dessert. Ça va favoriser ton développement, tu es bien trop maigre.

Je n'ai pas eu le temps d'objecter, il m'a fourré la cuillère d'huile dans la bouche. Le goût était infect.

— Avale bien tout. Tu dois en prendre tous les jours.

Un soir, avant de sortir pour la nuit avec des amis, il m'a appelée dans la cuisine, comme tous les jours, pour me faire ingurgiter l'huile de foie de morue.

— Je n'ai pas d'huile de foie de morue aujourd'hui alors je te donne ça pour l'instant, a-t-il dit.

J'ai aperçu une boîte métallique de Kimbo, de la graisse végétale bon marché du Kenya. Mon père l'avait fait fondre dans une poêle avant de me la servir, brûlante, dans une cuillère. Physiquement incapable d'avaler, j'ai eu haut-le-cœur.

— Pour l'amour de Dieu, dépêche-toi, avale, nom d'un chien ! s'est-il impatienté.

Dans un mouvement rapide il s'est penché sur moi et m'a pincé les narines pour me bloquer la respiration.

— Maintenant tu avales, c'est compris, oui ?

J'ai ouvert la bouche pour respirer, recrachant violemment l'huile sur son costume. Il m'a jeté un regard noir avant de se précipiter pour aller se changer. Déjà en retard, il n'avait guère le temps de me gronder, mais je savais déjà que quand il rentrerait, j'aurais droit à une punition mémorable.

Petit à petit, Sean et moi en sommes arrivés à redouter les heures de repas, car souvent nous ne parvenions pas à terminer les portions gargantuesques que mon père nous servait. Une fois, il avait préparé des croquettes de poisson avec des frites et de la purée de petits pois. Il avait utilisé de très grosses pommes de terre, les avait coupées en deux tranches épaisses puis avait inséré un morceau de poisson entre les deux. Johnny faisait ensuite frire le tout. Au lieu de préparer une croquette par personne, il nous en fit, à Sean et moi, trois ou quatre chacun. Johnny avait posé les assiettes devant nous avec une certaine pitié dans le regard – il savait pertinemment que nous n'arriverions jamais à tout engloutir.

J'ai regardé Sean. Son petit visage exprimait un profond désarroi.

— Bien, a dit papa. Je veux qu'il ne reste plus rien dans ces assiettes.

Malgré nos efforts, quinze minutes plus tard nos estomacs étaient prêts à éclater. Plus nous prenions de temps pour manger, plus mon père buvait, et plus son humeur se détériorait. La pâte à frire était devenue comme une boule de plâtre dans ma bouche. J'ai demandé à boire un peu d'eau mais il a refusé.

— Vous êtes deux sales petits ingrats ! s'est-il emporté. Tout ça, c'est la faute de votre mère. Et il me reste encore Susan et Lucy à arracher des pattes de cette bonne femme.

En désespoir de cause, j'ai saupoudré ma croquette de poivre, espérant que l'épice la rendrait plus mangeable. Quand le poivre est remonté dans mes narines, j'ai éternué et ça nous a fait rire, Sean et moi.

— C'était quoi, ça, Kim, je te prie ?

— J'ai éternué, ai-je baragouiné tout en réprimant mon ricanement.

Il m'a regardée bizarrement, comme si un souvenir lui revenait en mémoire.

— Tu es bien comme ta crétine de mère, qui trouvait ça drôle elle aussi d'éternuer, a-t-il dit en me donnant une tape dans le dos. Elle a bien dû vous dit que je m'emportais quand elle mettait trop de poivre sur ses plats, n'est-ce pas ? Eh bien tiens, voilà…

Il a attrapé le poivrier et a vidé tout son contenu sur les croquettes de poisson restantes.

— Maintenant, on va voir si vous trouvez toujours ça aussi drôle.

Dépitée, je me suis efforcée de continuer à manger. De l'autre côté de la pièce, mon père me surveillait tandis qu'il se servait un autre verre de bière locale. Lorsqu'il s'est endormi, assommé par l'alcool, c'est Johnny qui est intervenu : il s'est silencieusement emparé de mon assiette et a vidé le contenu dans la poubelle.

Au cours des jours et des semaines suivants, nous avons appris à attendre que mon père se serve un verre avant d'essayer de nous débarrasser de nos assiettes remplies de montagnes de victuailles. On en jetait une partie par terre, pour Mickey, ou on recrachait dans une serviette.

— Vous ne bougez pas de vos chaises tant que tout n'est pas avalé, répétait mon père.

Chaque repas se terminait par des bouchées interminables, nous pleurions tout en mâchonnant à n'en plus finir, et mon père hurlait, se plaignant de notre ingratitude.

Souvent, après le dîner, avant d'aller me coucher, j'écrivais une lettre à ma mère.

Chère maman, cher Barry,
Nous voudrions rentrer. On n'a plus envie de rester ici. On ne veut pas aller à l'école. Papa n'est pas très gentil avec nous. Vous me manquez tellement. Répondez-nous, s'il vous plaît.
Bisous,
Kim, Mickey et Minette

Le lendemain, mon père a accepté de prendre l'enveloppe quand je lui ai demandé de l'envoyer. Au fil du temps, j'ai commencé à le soupçonner de ne pas les poster, ou du moins de les ouvrir, et j'ai donc fait plus attention à ce que j'écrivais, au cas où il lirait mon courrier. Souvent, après lui avoir donné une lettre destinée à ma mère, et notamment si j'y avais laissé entendre que je n'aimais pas le Kenya, comme par hasard le soir même, lorsqu'il rentrait du travail, il était d'emblée fâché contre moi. Il insistait lourdement sur le fait que maman ne m'aimait pas, ce qui me faisait me sentir encore plus mal.

Nous n'avions aucun autre moyen de contacter notre mère. Nous n'avions pas le droit d'utiliser le téléphone de mon père sans sa permission et je ne pouvais pas me rendre à la poste toute seule pour envoyer une lettre – nous habitions trop loin. Les semaines passant, nous avons compris que nous étions désormais coincés au Kenya. Impossible d'acheter des billets d'avion pour rentrer chez nous et aucun autre moyen non plus d'envoyer un message à la maison. Nous étions maintenant condamnés à des « vacances » sans fin avec un père qui ne semblait pas nous aimer beaucoup.

Un jour, il nous a annoncé que nous partions en safari à Mtito Andei, dans le parc national de Tsavo Ouest. Nous n'avions pas oublié sa promesse de nous faire vivre une belle expérience comme ça, il en avait parlé avant notre départ de Leeds.

Ce sera peut-être l'occasion de le voir se radoucir un peu, me suis-je dit, *peut-être qu'il sera moins grognon et susceptible dans un contexte de vraies vacances.*

De mon côté, je n'ai pas pu contenir ma joie, et mon père s'est lui aussi laissé gagner par un large sourire en entendant mon rire communicatif. Je me mise à raconter ce que je ferais si je voyais un lion, ce que j'allais porter comme tenue, imaginant comment je raconterais l'aventure à ma mère et aux autres. Sean s'est joint à mes élucubrations, mon père a dû augmenter le volume de son tourne-disque pour noyer notre flot de paroles. Il s'est installé sur une chaise en nous ignorant, tandis qu'il remplissait son verre de bière directement à un tonneau de bière artisanale – il la fabriquait de manière traditionnelle avec du houblon importé d'Angleterre. Sa valise était toujours pleine de houblon ! L'odeur était si forte que tout le reste de la valise s'imprégnait de ce parfum.

Le jour de notre départ, le chargement de la voiture constituait déjà une grande aventure. Mon père voulait surtout s'assurer d'avoir tout son matériel photo. Il se promenait souvent avec un appareil photo ou une caméra autour du cou – c'était un de ses passe-temps favoris. J'observais mon père finir de remplir le coffre de la voiture.

— Il est rigolo, papa, avec son chapeau bizarre, ai-je dit à Sean en souriant.

Avec sa tenue de safari kaki, mon père ressemblait à un personnage de film, un aventurier dans la jungle. En dépit de son caractère imprévisible et irascible, dans des occasions comme celles-ci, nous ne pouvions nous empêcher d'être fiers de notre papa.

— Dites-moi, vous deux, qu'est-ce qui vous ferait le plus plaisir de voir ? nous a-t-il demandé en prenant place au volant.

— Des éléphants ! me suis-je écriée.

— Des hyènes ! a renchéri Sean.

Je lui ai donné un petit coup de coude dans les côtes.

— Je me demande si elles ont le même rire que toi.

Nous nous sommes lancés sur les routes criblées de nids-de-poule, laissant notre maison disparaître dans le rétroviseur. Je pensais à Johnny, il allait nous manquer, mais j'avais hâte de découvrir l'Afrique sauvage. Et surtout, mon père semblait à nouveau plus détendu en notre compagnie.

Le voyage m'a semblé durer une éternité, mais finalement, en fin d'après-midi, nous sommes enfin arrêtés devant un grand portail en fer forgé noir, en forme de rhinocéros. Au-dessus d'un crâne d'animal gigantesque, un buffle, apparemment, on avait fixé un grand panneau qui n'avait rien de rassurant :

INTERDICTION FORMELLE
DE SORTIR DE VOTRE VÉHICULE

Mon père a bavardé quelques instants avec un indigène près du portail en forme de rhinocéros, puis il lui a donné de l'argent. Je n'entendais pas bien ce qu'ils se disaient mais j'ai clairement identifié les mots « lions » et « éléphants ». Quand l'imposant portail s'est ouvert et que mon père a fait redémarrer la voiture, je lui ai demandé ce que l'homme lui avait dit.

— Oh, rien de particulier, a-t-il répondu. Juste qu'il faut faire particulièrement attention parce qu'une famille entière a été piétinée par les éléphants du parc, la semaine dernière.

— Et ils vont bien, maintenant, les gens ? me suis-je enquise.

— Bien sûr que non, ils ne vont pas bien, Kim, voyons ! Ils sont tous morts, a-t-il ajouté presque naturellement. Ils ont été écrabouillés dans leur tente en pleine nuit et le type m'a dit que les hyènes et les lions en ont dévoré un ou deux.

Une violente nausée m'a saisie, Sean s'est mis à sangloter.

— Je ne veux pas y aller, ai-je dit dans un filet de voix. On ne pourrait pas plutôt dormir à l'hôtel ?

Mon père n'a pas daigné me répondre, il s'est contenté d'arborer un petit rictus amusé.

Il nous conduit à la mort, me suis-je dit, terrifiée. Une violente envie de rentrer chez nous en Angleterre m'a envahie d'un coup. Je voulais revoir Leeds, là où il n'y avait pas de lions dangereux dans la nature.

Située sur l'Équateur, la région où nous nous trouvions laissait place à la nuit à peu près à la même heure tous les jours, c'est-à-dire vers 7 heures du soir. Il était 5 h 30, nous avions encore un peu de temps devant nous pour monter le camp avant d'être enveloppés par l'obscurité.

Le camp de Mtito Andei Tsavo West se trouvait tout près du portail d'entrée, à 200 mètres maximum.

On n'apercevait cependant ni le portail ni la route principale parce que les arbres et le bush étaient très denses. Mon père a garé la voiture. Devant nous, un grand bâtiment délabré.

— Là, ce sont les toilettes et les douches, a expliqué mon père.

À part ça, il n'y avait rien. Le camp était désert, on ne voyait aucune barrière, aucun système d'éclairage.

— Il n'y a personne ? ai-je demandé.

Mon père a haussé les épaules.

— Peut-être que l'incident de la semaine dernière a dissuadé les touristes.

Ensuite, il nous a raconté l'histoire d'un couple de lions mâles mangeurs d'hommes, responsables de la mort de nombreux ouvriers lors de la construction du chemin de fer Kenya-Ouganda qui avait eu lieu entre mars et décembre 1898. Sans omettre le moindre détail effrayant, il nous a expliqué que les ouvriers avaient plusieurs campements répartis sur une zone de huit miles, et que l'un des camps se trouvait à Tsavo. Les lions avaient traqué les campements puis, de nuit, s'étaient jetés sur les hommes un par un, dans leurs tentes, pour finir par les dévorer. Il nous a également informés, non sans enthousiasme, qu'un livre sur le sujet, intitulé *Le Mangeur d'hommes de Tsavo*, avait été publié.

Sean et moi étions certes un peu inquiets en partant, mais nous nous étions dit qu'il ne devait pas y avoir de danger puisque de nombreux touristes occidentaux partaient en safari. Seulement, une fois que mon père a eu fini de raconter ces atroces histoires tirées du livre, nous étions littéralement paralysés d'effroi.

— Allez, a enchaîné mon père d'un air impatient, tout le monde dehors, maintenant ! Il faut dresser la tente et aller chercher du petit bois pour le feu avant que la nuit tombe.

Nous étions bien obligés de lui obéir. En premier lieu, il a fallu monter la tente. Perfectionniste, mon père a tenu à ce que tout soit fait dans les règles de l'art. La tension des cordes devait être précise (lorsqu'il pleuvait, nous n'avions pas le droit de toucher la toile du plafond de l'intérieur parce qu'apparemment, prétendait-il, cela provoquait des fuites d'eau). Nous détestions ce genre d'activité avec lui parce qu'il nous houspillait constamment. Cette fois-ci, il nous a fait maintenir chacun des dix piliers dans une certaine position pendant une éternité. Et si nous bougions d'un pouce, il hurlait.

— Soyez prudents, hein ! nous a-t-il dit en nous envoyant ramasser du bois pour le feu de camp. Dans le bois mort il y a plein de scorpions, et si vous vous faites piquer, c'est la mort assurée, et une mort atroce, qui plus est.

Évidemment, nous avions du mal à comprendre pourquoi un père envoyait ses propres enfants accomplir une mission aussi périlleuse. J'ai ramassé un long morceau de bois bien rigide et m'en suis servie pour frapper sur le bois mort et retourner les pierres, dans l'espoir de faire fuir toute bestiole potentiellement mortelle.

— Et méfiez-vous dans les herbes hautes, là-bas, il pourrait y avoir des serpents, a ajouté mon père. On est tellement loin de l'hôpital, ici, qu'on n'y serait jamais à temps pour sauver celui qui se ferait mordre.

Nous avons ramassé à la hâte les premières branches de bois mort que nous avons trouvées. Mon père, d'une main experte, a disposé le bois et lancé le feu. Je pouvais enfin me détendre à côté des flammes crépitantes. Mais mon père a réussi à rendre effrayant même le simple fait de s'asseoir autour du feu. Il avait placé sur le sol poussiéreux un lecteur de cassettes à piles que nous n'avions pas le droit de déplacer, puis il nous a demandé de ne pas laisser nos pieds traîner par terre car les vibrations du lecteur attiraient les scorpions. Je me suis souvent demandé, après coup, pourquoi il prenait le risque d'attirer des créatures aussi mortelles à nos pieds.

Assis autour du feu, il nous a gratifiés d'un cours de géographie, pointant du doigt, dans le lointain, le mont Kilimandjaro. Il s'agissait de la plus haute montagne d'Afrique et la plus haute montagne isolée du monde. Elle appartenait autrefois au Kenya, mais à l'époque coloniale, la reine Victoria l'avait offerte à son petit-fils, qui régnait alors sur ce qui allait devenir la Tanzanie. Un cadeau d'anniversaire des plus somptueux, a fait remarquer notre père. De là où nous étions, on voyait le mont Kilimandjaro très nettement par temps clair et, en fin d'après-midi, on distinguait même de la neige sur les sommets.

Quelques heures plus tard, nous sommes allés nous coucher, impatients malgré tout d'être au lendemain.

Nous étions réveillés dès l'aube, fin prêts pour notre premier safari. Durant deux heures nous avons traversé des paysages incroyables. J'aurais vraiment aimé avoir un appareil photo comme celui de mon père. Apercevoir des rhinocéros, des buffles, des lions, des éléphants et d'innombrables zèbres, girafes et gazelles en pleine nature était comme un rêve devenu réalité. Nous avons croisé un large troupeau d'éléphants. Certains avaient des défenses énormes, il y avait même un petit parmi eux. Mon père nous a dit qu'il préférait garder ses distances car les éléphants sont très protecteurs envers leurs petits, leur comportement est imprévisible, et ils risquaient de charger notre véhicule. Je ne les ai pas quittés des yeux un seul instant.

— Bon, maintenant qu'on les a bien vus, ai-je dit, sentant la nervosité de la mère éléphant, on pourrait peut-être y aller, non ?

Alors que nous nous éloignions du troupeau, mon père s'est mis à nous raconter toutes sortes d'horreurs sur le braconnage dans le coin, avant d'ajouter :

— Ah, on dirait que ces éléphants viennent dans notre direction. Ils seront au camp à la tombée de la nuit, ou un peu plus tard.

Figée sur place, j'ai perçu un tas d'autres sons que ceux des éléphants. Non loin, dans l'obscurité, on a entendu une sorte de caquetage étrange.

— Ça, c'est le bruit d'une hyène, a dit mon père.

Il a braqué la torche sur le buisson derrière nous, et là, des centaines d'yeux luisants semblaient nous observer.

— C'est quoi, ça ? s'est écrié Sean en attrapant la main de mon père, qui a immédiatement lâché la main de son fils et commencé à courir vers la voiture.

— Je n'en sais trop rien, et je n'ai pas spécialement envie d'attendre gentiment ici pour le découvrir, a-t-il dit en détalant à toutes jambes vers la voiture, avant de sauter dans le véhicule et de verrouiller la portière.

Et nous, nous étions restés là, près du feu. Mon père a baissé la vitre.

— Je vous rappelle que les hyènes ont des mâchoires très puissantes, qu'elles peuvent vous briser un os d'un seul coup et vous déchiqueter. Vous feriez mieux de grimper dans la voiture tant qu'il est encore temps.

Mais Sean et moi demeurions cloués sur place, près du feu, paralysés par la peur. Nous l'avons supplié de venir nous chercher, mais il s'est contenté de s'esclaffer.

— Je ne sors de la voiture pour personne, a-t-il dit.

Il a remonté la vitre, éteint les phares et la seule lumière dont nous disposions était celle de la lune et des braises mourantes du feu. Terrorisée, j'ai attrapé la main de Sean et lui ai dit que nous devions nous lancer. Nous avons couru, puis, arrivés à la voiture, avons martelé la vitre de la voiture et dû supplier mon père de nous ouvrir. Après ce qui nous a paru une éternité, il a ouvert la portière et nous a dit d'aller dormir sur la banquette arrière.

J'ai passé une nuit blanche à me faire piquer par des moustiques. Quand le soleil s'est levé, j'étais couverte de piqûres douloureuses.

— Ils cherchent le mauvais sang, a ricané mon père en découvrant mes boursouflures. Prends bien tes pilules contre la malaria, sinon tu vas être très malade ou pire encore, tu mourras.

Loin d'être un plaisir, ces vacances ont vite tourné au cauchemar. Quand la température le permettait, nous passions la journée dans la voiture, en safari, pendant de longues, longues heures. De temps à autre nous croisions une fourgonnette à toit ouvrant, bondée de touristes, allemands pour la plupart. Sur le côté du van, on pouvait lire le nom de l'hôtel qui les accueillait. Je les enviais. Moi aussi j'aurais aimé séjourner dans un de ces lodges, dormir dans un vrai lit, et ne pas me faire piquer par les moustiques ou devoir ramasser du bois sous lequel se cachaient des scorpions menaçants. Nous nous rendions d'ailleurs souvent dans ce type de lodges, pour boire un verre et utiliser quelque service. À chaque fois mon père se moquait des touristes, il disait qu'ils étaient gros et paresseux, que c'est ce qui arrive quand on reste dans un lodge coûteuse et qu'on se goinfre de nourriture calorique.

J'ai arrêté de demander si nous pouvions nous aussi loger dans ce type d'hébergement car plus je demandais, plus mon père s'emportait. Alors j'ai tout bonnement cessé de demander.

Le dernier jour, Sean et moi étions plus qu'heureux de retourner à la civilisation, même si cela signifiait la reprise des cours à domicile.

Alors que je prenais une douche dans le bloc de sanitaires très rudimentaire, j'ai été piquée au pied par un énorme insecte. La douleur était cinglante. Mon père m'a dit que ça devait être un frelon et que c'était de ma faute puisque c'était moi qui lui avais marché dessus.

— Tu as toujours été maladroite, Kim, et tu ne regardes jamais où tu mets les pieds, a-t-il affirmé avec dédain en s'éloignant, me laissant me tordre de douleur.

Une fois, je lui ai avoué à quel point j'avais toujours peur quand je me rendais au bloc de douches ou que j'en revenais, ventre à terre. Je redoutais constamment qu'un babouin ou un autre singe, ou, pire encore, qu'une bête sauvage se glisse dans le bâtiment en passant par l'énorme espace sous la porte ou en sautant par-dessus, et se jette sur moi.

— Tu vois, Kim, a-t-il dit, voilà ce qui arrive quand tu t'éloignes de moi. Tu dois rester près de moi, tout le temps.

4

Peu de temps après le safari, j'étais de retour à la maison, au lit, cherchant le sommeil, lorsque j'ai entendu un bruit étrange. Peut-être l'armoire qui a grincé, me suis-je d'abord dit. Mais non, on aurait dit des pas juste derrière la porte de ma chambre. Le matin, j'en ai parlé à mon père.

— Ah oui, a-t-il répondu sans lever les yeux de son journal. Je ne t'ai pas dit ? Je crois que cette maison est hantée. J'entends régulièrement des bruits bizarres depuis que je suis ici. Mickey grogne souvent et fixe le couloir devant ta chambre, Kim.

J'ai posé mon toast, sentant mon cœur battre plus vite.

— Et tu as déjà vu quelque chose ? ai-je demandé.

Mon père a eu un petit sourire en coin.

— Finis donc ta tartine. Tu sais bien que je n'aime pas qu'on gaspille la nourriture.

Cette nuit-là, dans mon lit, j'ai tiré les couvertures sur ma tête car le moindre bruit jouait des tours à mon esprit. Les ombres sur les murs avaient l'air de bouger et chaque bruissement dans le jardin me semblait plus fort qu'à l'ordinaire. Soudain, une chanson a résonné dans la maison, une mélodie mystérieuse avec des paroles tout à fait effrayantes. C'était *Brain Damage*, de Pink Floyd. Mon père aimait beaucoup l'album *Dark Side of the Moon* et cette chanson parlait d'un fou dans un couloir. Et maintenant ces paroles étaient bel et bien là, dans notre couloir.

J'ai resserré les couvertures autour de ma tête. J'écoutais ces paroles épouvantables et me figurais un fantôme se rapprochant à mesure que les mots devenaient de plus en plus forts. J'osais à peine respirer au cas où il entrerait dans ma chambre. Le volume de la musique augmentait à mesure que le groupe parlait de ce fou qui se trouvait dans un couloir, ce fou qui était en vérité dans la tête du chanteur, sans être vraiment lui.

Un rire horrible et sinistre a retenti au fond du couloir, juste devant ma chambre. Terrorisée, j'ai hurlé, bondi du lit et ouvert la porte de ma chambre à la volée.

— Papa !

Il se tenait là, tout près de la porte, un petit sourire aux lèvres. Moi, je ne savais pas si j'avais rêvé, je ne comprenais rien de ce qui venait de se passer.

— Eh bien, tu as l'air d'avoir eu une de ces frousses, Kim, a-t-il dit. Qu'est-ce qui se passe ?

En larmes, je lui ai raconté le bruit devant ma porte de chambre, le rire dans le couloir.

Est-ce que je deviens folle ? me suis-je demandé. Était-ce à cause de la chanson ou y avait-il vraiment un fantôme ?

Comme s'il lisait dans mes pensées, mon père a simplement dit :

— C'est un fantôme. Il est probablement contrarié que tu occupes sa chambre. Viens, tu peux dormir dans ma chambre ce soir.

Je ne sais plus comment il a fait, mais il a réussi à me convaincre qu'il avait lui aussi entendu des rires glaçants dans le couloir, et dans le jardin, aussi, juste sous ma fenêtre de chambre. Il était venu vérifier que tout allait bien, m'a-t-il affirmé, voilà pourquoi il se tenait devant ma porte quand je l'avais ouverte.

En entrant, la lumière de la chambre de mon père m'a fait cligner des yeux. Je me suis glissée dans le lit de mon père et me suis lovée en chien de fusil. La pièce était baignée d'une lueur provenant des ampoules rouges des lampes de chevet, renvoyée par les rideaux orange typiques du style des années 1970. C'était une lumière étrange qui me donnait l'impression que j'allais avoir mal à la tête, alors j'ai fermé les yeux. Papa s'est installé de l'autre côté du lit et s'est tourné vers moi.

— Au moins, tu es loin du fantôme maintenant, a-t-il murmuré. Tu sais, moi aussi, une fois, j'ai vu un fantôme au fond de mon lit. Il m'a parlé. Mais ne crains rien, tu peux dormir tranquillement, il n'est pas là pour l'instant.

Je me suis endormie dans ses bras. Quelques heures plus tard, j'ai été réveillée par un son étrange qui provenait de lui – il grognait et secouait le lit. Dans l'obscurité, je ne pouvais pas comprendre ce qu'il faisait, alors j'ai préféré me rendormir au plus vite. Mais plus tard, je me suis réveillée quand j'ai senti ses mains sur ma poitrine. Je n'avais pas encore de seins et je me demandais ce qu'il faisait. J'ai gigoté un peu pour m'éloigner de lui, mais il s'est à nouveau rapproché pour toucher ma poitrine. Je n'avais plus de place pour lui échapper alors je suis restée allongée, immobile, priant le ciel pour qu'il arrête. Je savais très bien que si je disais quoi que ce soit, ça le mettrait en colère.

Au matin, quand j'ai ouvert les yeux, Sean était allongé de l'autre côté du lit – il avait dû avoir peur pendant la nuit lui aussi. Mon père était en train de se préparer pour aller travailler, j'en ai profité pour m'habiller.

Récemment, mon père m'avait suggéré de ne pas porter de pantalons aussi souvent, même si moi, j'adorais me mettre en jean pour aller jouer dehors.

— Je t'ai acheté des jupes, Kim, m'a-t-il annoncé un jour en me tendant plusieurs modèles. Tu es grande, maintenant, et tu dois essayer de ressembler à une *lady*, pas à un garçon.

Je ne tenais pas à porter de jupes, mais je ne voulais pas non plus que mon père se fâche. À contrecœur, j'ai donc enfilé une jupe. Plus tard, alors que mon père était encore au travail, je me suis débarrassée de la jupe et ai passé mon jean pour aller dans le jardin.

Quand je suis rentrée de mon après-midi de jeux, mon père était à la maison. Je me suis affalée sur le canapé, il m'a réprimandée.

— On ne s'assied pas avec les jambes écartées comme ça, Kim, m'a-t-il grondée. Ce n'est pas une posture correcte. Serre les jambes, veux-tu ?

Et pourtant j'étais en pantalon, ce n'était pas comme si on pouvait voir ma culotte. Néanmoins, j'ai sagement replié un genou sur l'autre.

Papa a peut-être raison, après tout, je devrais faire un effort pour avoir l'air plus adulte.

Peu après, il a décrété que je n'avais le droit de porter de jupes qu'en sa présence. De ce jour, il a fallu que je me change chaque fois qu'il me le demandait. J'étais prête à tout pour éviter de le contrarier. Il était d'humeur instable, imprévisible : un instant il était horrible, et l'instant d'après il semblait redevenu très gentil.

Peut-être qu'ils sont comme ça, les adultes, imprévisibles et dévorés de stress.

Une autre chose tout à fait déroutante était le nombre de hamsters que mon père continuait à nous ramener à la maison. Nous aimions bien les animaux de compagnie, certes, mais nous n'en avions pas besoin de plus.

Le dimanche était déjà un jour pénible, nous n'avions vraiment pas besoin d'ajouter à notre calvaire avec des heures de nettoyage de cages à hamsters souillées. Ensuite, il s'est mis à acheter des cochons d'Inde et à construire des petits clapiers sur pilotis dans le jardin, devant la cuisine.

Moins d'une semaine après, il a fait l'acquisition de hamsters dorés à poils longs importés du Royaume-Uni.

— Ils sont plus dociles, ceux-là, s'est-il justifié. Nous allons les élever, Kim, et les vendre à l'animalerie.

C'est toi qui t'en occuperas. Ne les laisse pas mourir, ils valent cher.

Angoissée à l'idée de le décevoir, j'ai pris soin des bestioles du mieux que j'ai pu. Quelques semaines plus tard, j'ai trouvé mon père dans la cuisine, l'air furieux. Il s'est avancé vers moi, m'a conduite aux cages de hamsters où vivaient maintenant une vingtaine de petites bêtes.

— Regarde là-dedans et dis-moi ce que tu vois, m'a-t-il dit.

J'ai regardé dans la cage et ai été saisie d'horreur. La femelle hamster à poils longs tenait un bébé hamster entre ses pattes ; elle lui a relevé la tête et l'a arrachée, puis l'a mâchée et avalée sous mes yeux, avant de passer au petit suivant. Il y avait déjà plusieurs minuscules corps décapités éparpillés dans la cage, il ne restait plus que deux petits rongeurs roses, chauves et aveugles, dans le nid.

— Oh là là, mais pourquoi est-ce qu'elle les mange ? me suis-je écriée.

— C'est de ta faute, tu les as dérangés ! La mère va manger les autres et je veux que tu regardes, puis tu nettoieras la cage.

J'ai donc continué, les larmes aux yeux, à regarder la mère prendre le bébé suivant, puis le suivant, arracher leurs petites têtes et les grignoter comme si c'étaient des cacahuètes.

Ensuite, mon père m'a ordonné de nettoyer la cage pleine de sang.

— J'ai aussi déduit de ton argent de poche ce qu'ils nous auraient rapporté, m'a-t-il informée.

Bien que mon père m'estime responsable, je savais bien que ce n'était pas de ma faute. L'injustice de la situation me mettait hors de moi, j'enrageais. La cage des hamsters avait été placée dans la cuisine où tout le monde, y compris Johnny, passait fréquemment. Visiblement, l'emplacement ne convenait pas à la mère.

Quelques jours plus tard, mon père nous a également offert un nouveau chat – un siamois qui s'appelait Bandit. Un matin, j'étais assise au salon dans une chaise en fer forgé rembourrée de coussins orange vif, avec Bandit sur les genoux. Quand mon père est arrivé, le chat s'est levé, puis s'est éloigné en voyant mon père s'approcher avec son appareil photo.

— Que vas-tu faire de beau aujourd'hui, Kim ?

— Je ne sais pas trop. Sûrement jouer dehors avec Sean.

Il a pris place dans le fauteuil en face de moi et procédé à un tas de réglages sur son appareil. Puis il l'a porté à son œil pour faire la mise au point.

— Kim, a-t-il dit sèchement, redresse-toi un peu.

Je me suis exécutée. Si ça se trouve, il prenait une photo que je pourrais peut-être envoyer à ma mère. Elle n'avait toujours pas répondu à mes lettres.

— Maintenant, écarte un peu les jambes.

Gênée, j'ai souri et rabattu le bas de ma jupe. Elle était trop courte, si je m'asseyais avec les jambes écartées, il verrait ma culotte.

Je ne comprenais plus rien. Ne venait-il pas de me dire que s'asseoir les jambes écartées n'était pas correct pour une jeune fille ?

L'obturateur de l'appareil photo a fait *clic !* alors que je lissais la jupe pour la rabattre sur mes cuisses.

— Allez, écarte plus, a dit simplement mon père.

À contrecœur, j'ai écarté un peu les jambes tandis qu'il braquait l'appareil sur mon entrejambe. Bandit est passé devant moi, je l'ai attrapé et l'ai installé sur mes genoux, histoire de me redonner un peu de dignité.

— Fais-moi déguerpir cet animal tout de suite ! s'est énervé mon père.

J'ai éloigné Bandit et mon père a pris quelques clichés. Le chat est revenu vers moi, et craignant que mon père ne le jette à travers la pièce comme il l'avait fait une fois avec Minette, je l'ai repoussé doucement.

— Je veux que tu restes assise là, toute seule, sans le chat.

Je n'aimais pas ça, et surtout, je ne comprenais pas pourquoi il prenait des photos de ce genre. Mais comme je redoutais sa réaction si j'avais l'audace d'émettre la moindre objection, j'ai obtempéré et fixé l'objectif, attendant impatiemment que la séance prenne fin.

À partir de ce moment-là, quand Sean n'était pas là, mon père exigeait régulièrement que je pose pour lui, toujours en jupe. Il me faisait porter des petites socquettes avec des sandales à talons rouges qu'il m'avait achetées. Au boîtier principal de son appareil photo était toujours fixé un objectif supplémentaire. Et il ne me montrait jamais les clichés qu'il avait faits.

Huit semaines s'étaient écoulées et nous savions que nous ne rentrerions pas en Angleterre. Ma mère me manquait cruellement. Je regardais souvent les étoiles ou la lune et je me disais que maman voyait elle aussi cette même lune, qu'elle n'était pas loin. Je me demandais si elle pensait à moi.

Ça m'était égal qu'elle boive ou que nous ayons de la confiture et du pain pour tout dîner, j'aimais ma mère plus que tout au monde et elle me manquait terriblement. Avant de me coucher, je m'agenouillais et je priais : « Mon Dieu, veillez sur ma mère et mon père, surtout sur ma mère. J'espère que je pourrai la voir bientôt. Je sais bien que je n'ai pas toujours été sage par le passé mais je promets d'être exemplaire à partir de maintenant. Amen. »

Je m'adonnais ce rituel tous les soirs, ou du moins chaque fois que je le pouvais, car je croyais que quelque chose de terrible pouvait arriver à ma mère à tout instant, ou que je ne la reverrais plus jamais si je ne faisais pas régulièrement mes prières.

À ce stade de notre séjour, mon père a eu d'autres nouvelles pour nous : il nous avait inscrits, Sean et moi, dans une école privée, Braeburn. Nous avions déjà manqué un trimestre complet, il nous faudrait redoubler d'efforts pour rattraper les autres élèves, mais au moins, cela signifiait que pendant la semaine nous pourrions enfin quitter la maison durant la journée.

Derrière les portes closes, notre père ressemblait au personnage de Jekyll et Hyde. J'avais l'impression de constamment marcher sur des œufs, sans jamais savoir quand une coque allait céder. Pour le monde extérieur, c'était un professeur d'université respectable, charismatique et intelligent, qui avait fait une mauvaise affaire en acceptant de prendre en charge ses enfants turbulents issus d'un précédent mariage – le pauvre homme n'avait guère eu le choix puisque la maman avait sombré dans l'alcool.

Un soir, alors que mon père faisait le DJ au Woodley Club, un couple apparemment tout à fait respectable s'est approché de moi. Je me tenais près des disques, je les remettais soigneusement dans leur pochette, comme me l'avait demandé mon père. Ils ont d'abord parlé à mon père et j'ai dû m'esclaffer en entendant l'un d'eux dire : « Oh, Bernie, comment diable fais-tu pour t'occuper de deux jeunes enfants tout seul ? » Je n'avais encore jamais entendu personne appeler mon père Bernie et je trouvais ça très rigolo. L'homme s'est ensuite adressé à moi, bien qu'il regarde mon père. « Tu sais que ton papa fait une chose remarquable en s'occupant de deux enfants de votre âge comme ça ? Peu d'hommes en feraient autant. » J'ai opiné. Ce que je me demandais à cet instant, c'est si quelqu'un saurait un jour la vérité.

De temps à autre, comme pour se mettre en valeur, mon père racontait aux gens à quel point j'étais difficile comme petite fille.

— Oh, heureusement que j'ai la patience d'un saint ! Kim peut être bien pénible parfois, n'est-ce pas, Kim ? Et elle est paresseuse, aussi. Elle veut que je lui achète tout un tas d'animaux domestiques mais madame rechigne à nettoyer derrière eux.

Il disait cela avec un air goguenard, sachant que je n'avais guère d'autre choix que de faire bonne figure. C'est ça, je n'avais d'autre choix que de sourire et faire semblant d'accepter sa version des faits, étant donné que visiblement, ça le rendait heureux. Et si j'avais osé le contredire, il me l'aurait fait payer cher.

Seuls Sean et moi connaissions la vérité.

Mon père trouvait toujours un moyen de se mettre en avant devant les autres. Il aimait inviter des amis et des collègues à la maison pour boire un verre, et les dîners aussi. Ce qui lui plaisait, c'était d'être le centre d'attention de tout le monde. Il disait à Johnny quoi cuisiner, il servait les boissons pour tout le monde. Tous les expatriés avaient des patates dans la bouche ; leur façon de parler semblait empruntée, maniérée, fausse. Sean et moi rigolions bien dans leur dos. Quand nous imitions leur anglais, celui de la reine, hors de la vue de notre père, bien entendu, mon frère et moi étions pliés de rire. « Oh, Bernie ! les singions-nous. Ce que tu fais est tout bonnement for-mi-dable ! »

Johnny était en congé le dimanche, donc il ne voyait pas toujours ce qui se passait chez nous ce jour-là, jour que j'ai fini par détester. Le dimanche, il m'incombait de faire absolument tout, y compris préparer un repas complet avec viande rôtie et tout le tralala. La première fois que mon père m'a demandé de m'en charger, je lui ai dit que je ne savais pas comment faire.

— Je vais t'apprendre, a-t-il décrété.

Debout dans la cuisine, un verre de whisky à la main, il a commencé à sortir casseroles et poêles. Il voulait que je fasse cuire un poulet, que j'épluche les pommes de terre et que je fasse bouillir les autres légumes.

Il a sorti d'un placard un énorme sac de pommes de terre, beaucoup trop pour nous trois.

— Tu m'épluches tout ça, a-t-il dit en me tendant l'outil adéquat.

L'économe était difficile à manier avec mes petits doigts et j'essayais de travailler le plus rapidement possible, redoutant ses critiques. Soudain une pomme de terre mouillée m'a glissé des mains et a roulé par terre.

— Ramasse-moi ça tout de suite ! a rugi mon père.

La séance d'épluchage est alors devenue encore plus laborieuses, mes mains tremblaient. Tout à coup, je me suis éraflé la jointure extérieure du pouce.

— Aïe !

Dans un geste automatique j'ai plaqué mon autre main sur la blessure.

— Ne va pas infecter les pommes de terre, petite imbécile ! Va vite te chercher un sparadrap, a aboyé mon père.

J'ai jeté l'économe dans l'évier et suis allée fouiller dans un tiroir pour dégoter un pansement. Et pendant tout ce temps, mon père me criait dessus, il me répétait que je n'étais qu'une bonne à rien. *Mon père se soucie plus du sang sur les pommes de terre que de ma blessure au doigt*, me suis-je dit.

Il a ramassé lui-même la pomme de terre, l'a rincée sous le robinet, puis m'a ordonné de continuer. Ensuite, il a sorti plusieurs pots de confiture. Éplucher des pommes de terre avec le pansement sur le pouce n'était guère aisé, alors mon père m'a dit d'enfiler un gant en latex, beaucoup trop grand pour moi, bien entendu, mais je n'ai pas osé me plaindre.

— Et pendant que tu y es, tu vas nous faire de la confiture.

Il m'a donné quelques instructions sommaires pour stériliser les pots en verre avec de l'eau, en veillant à ce que l'eau soit suffisamment chaude pour tuer les microbes, mais pas trop non plus, sinon le verre risquait de se fêler. Je devais mettre le sucre et les fruits dans une casserole et touiller continuellement. Si ça brûlait, ne serait-ce que légèrement, il faudrait tout jeter, l'ensemble serait immangeable.

En proie à la panique, je regardais mon père manipuler toute une batterie d'ustensiles devant moi. Il y avait tellement de bocaux ! Et de pommes de terre ! Et maintenant, des fruits en plus. Et j'avais encore la viande à cuire ! Mon père, debout, un verre à la main, aboyait ses ordres, me pressant sans cesse : le déjeuner devait être sur la table à 15 heures.

Pendant les quatre heures qui ont suivi, je me suis affairée à maintenir les pommes de terre à ébullition, remplir des bocaux, touiller des fruits. J'en avais le tournis. Il a exigé que je nettoie le poulet correctement, que je retire les abats et que je remplisse la cavité avec un mélange d'herbes séchées. Une fois, s'est-il mis à me raconter, cet imbécile de Johnny avait fourré le poulet de ce mélange sans avoir préalablement retiré les abats du poulet dans la cavité. Autant dire que mon père n'avait pas apprécié puisque ce jour-là, il recevait justement des amis.

J'ai fini par enfourner le poulet, plutôt fière de moi.

— Pas la peine de prendre ce petit air triomphant, jeune demoiselle, m'a rabrouée mon père. Continue donc à remuer la confiture sinon elle va attacher au fond de la casserole.

Je me suis immédiatement reconcentrée sur la grande casserole de confiture où le liquide continuait à mijoter. J'ai touillé, touillé encore, de sorte qu'au bout de quelques minutes ma main et mon coude me faisaient mal. Puis j'ai entendu le son familier d'une aiguille sur un vinyle et, bien sûr, la musique a commencé : la chanson *Sailing* de Rod Stewart a rempli la maison.

Le son était à fond, la musique me cassait les oreilles. Quelques minutes plus tard, je suis allée vérifier ce que je savais déjà : mon père était soûl, il s'était assoupi sur le canapé. Le temps que le repas soit prêt, il s'est réveillé, encore éméché, chancelant.

Finalement, le repas a été servi à 18 heures. Sean était alors rentré, après avoir passé l'après-midi à jouer dehors, tout seul. Trop exténuée pour avoir faim, je savais néanmoins qu'il valait mieux ne pas essayer de me soustraire au repas, alors je me suis assise et me suis forcée à manger.

Les dimanches suivants ont suivi le même schéma : mon père se soûlait en se tenant derrière moi comme un chef cuisinier intimidant qui donne des ordres à son commis de cuisine. Une fois, j'ai accidentellement versé de l'eau trop chaude dans un des bocaux et il a éclaté en mille morceaux. Une autre fois, quand mon père a goûté la confiture, il est devenu comme fou parce qu'elle avait un léger goût de brûlé. J'ai dû tout recommencer à zéro, préparer tous les fruits, peser le sucre, etc., pendant qu'il m'aboyait dessus et mettait sa musique à fond. Il achetait toujours trop de fruits pour une seule tournée de confiture, il fallait donc que j'en fasse deux.

Un dimanche, fatiguée d'avoir passé des heures à préparer le dîner, j'ai commencé à m'assoupir à table. Mon père a crié si fort que je me suis redressée d'un coup, me demandant si un voleur n'était pas entré dans la maison.

La nuit non plus je n'avais pas un seul instant de paix. Mon père continuait à passer le morceau de Pink Floyd, *Brain Damage*. Affolée, je me précipitais dans sa chambre. Un soir, alors que j'essayais de m'endormir dans mon lit, le matelas s'est même soulevé. C'était comme si quelque chose le poussait par-dessous au niveau de mes pieds. Environ cinq minutes plus tôt, j'avais entendu frapper à ma fenêtre. Je m'étais enfouie sous les couvertures et avais essayé de contrôler ma respiration, mais au bout d'un moment j'ai quitté mon lit, le cœur battant si fort que j'ai cru qu'il allait éclater dans ma poitrine. Ne voyant mon père nulle part, j'ai sauté dans son lit et me suis tapie sous l'édredon. Quelques instants plus tard, j'ai entendu mon père entrer dans la chambre.

— Mon matelas… il a bougé… ai-je bredouillé.

— Ah, ça, je t'avais prévenue, a-t-il dit dans un soupir. Ça doit être la période de l'année où le fantôme a besoin de sentir qu'il peut encore faire peur, il veut qu'on remarque sa présence.

Ce n'est que bien plus tard que j'ai compris que mon père s'était caché sous mon lit pour faire bouger le matelas, simplement pour m'effrayer.

Une nuit, il s'est allongé à côté de moi dans le lit et a de nouveau posé ses mains sur ma poitrine. Comme d'habitude, je me suis figée, ne comprenant pas pourquoi il faisait ça. Et quand il a fourré ses doigts dans ma culotte en émettant le grognement que j'avais entendu auparavant, je me suis vraiment sentie mal.

— Frotte-le, m'a-t-il intimé.

Il a pris ma main et l'a glissée dans son pantalon. Je savais bien que c'était mal. Je n'aimais pas ça du tout, mais une fois encore je ne comprenais pas pourquoi il faisait ça, surtout après tous ses avertissements sur les garçons. Mais quand j'ai essayé de retirer mon bras, il m'a saisie par le poignet.

— Frotte, j'ai dit, a-t-il répété sur un ton menaçant.

Je ne savais pas ce que je faisais, alors j'ai frotté jusqu'à ce que ma main me fasse mal. Soudain, ma main était humide et collante. Mon père m'a repoussée.

— Va te laver la main, maintenant. N'en mets pas sur les draps. Allez, dépêche-toi !

Alors que je me dirigeais vers la porte, il m'a rappelée.

— C'est notre petit secret, rien qu'à nous, hein.

Perturbée, je suis allée me laver les mains dans la salle de bains. Puis après avoir baissé l'abattant des toilettes, je me suis assise et ai éclaté en sanglots. Trop effrayée pour retourner dans ma propre chambre, je ne voulais pas non plus retourner dans la chambre de mon père. Alors j'ai attendu qu'il se soit endormi pour retourner dans son lit.

La nuit suivante, il a attendu patiemment que Sean aille se coucher. Quand mon frère est parti dans sa chambre, je me suis à mon tour levée du canapé pour aller me coucher. Je ne voulais pas rester seule avec mon père. Mais il m'a interpellée.

— Reste là, Kim, j'ai des choses prévues pour toi, a-t-il dit en me reluquant de haut en bas.

Il m'a fait signe de le suivre dans sa chambre. Il avait bu un mélange de whisky et de bière maison, alors j'ai commencé à avoir peur, anticipant le pire.

— Enlève ta chemise de nuit.

Frissonnant, je me suis exécutée.

— Tu as des seins minuscules et il y en a un plus gros que l'autre, a-t-il commenté, un sourire aux coins des lèvres. Mais je peux arranger ça.

Il m'a tirée brutalement à lui et a commencé à sucer si fort le sein qu'il disait être le plus petit que j'en ai eu les larmes aux yeux.

— Il va falloir que je fasse ça tous les jours sur celui-là, sinon il restera plus petit que l'autre et tu auras l'air ridicule, a-t-il expliqué.

Je ne savais pas vraiment si ce qu'il disait était vrai, mais je n'ai pas osé discuter. Il a bien insisté sur le fait que c'était pour m'aider.

— Tu ne tiens pas à être de traviole à ce niveau-là, que je sache, hum ?

Ensuite, il m'a obligée à le frotter à travers son pantalon, puis l'a retiré et m'a forcée à continuer, même si je me plaignais parce que ça me faisait mal à la main.

— Et n'oublie pas que c'est notre petit secret. C'est ce que tous les papas font à leurs petites filles. Mais tu le savais déjà, n'est-ce pas ?

J'ai secoué la tête.

— Ah. Remarque, ce n'est étonnant, somme toute : si personne ne te l'a dit, c'est parce que personne ne doit en parler. C'est un secret pour tout le monde.

J'avais la gorge serrée, et une irrépressible envie d'aller me laver de lui, mais il m'a attrapée par le bras et a serré très fort.

— Et puis, qui te croira, hum ? a-t-il ajouté en articulant chaque syllabe bien distinctement, dans son bel anglais. Personne ! Personne ne te croira jamais, toi, une simple gamine, alors que moi, je suis professeur d'université.

Il a fini par me lâcher et je me suis retournée. Il s'est vite endormi, mais moi, je suis restée éveillée pendant des heures. Mon oreiller était imbibé de larmes. Je me sentais perdue, sale et piégée.

Pourquoi mon père me faisait-il ça ?

Le lendemain était un samedi. Au petit matin, mon père, plongé dans la lecture d'un livre à la table du petit déjeuner, a à peine levé les yeux quand je suis arrivée. Épuisé par le manque de sommeil, mon esprit en pleine tourmente tourbillonnait. J'avais la tête qui tournait, mais j'avais bien trop peur de dire quoi que ce soit.

Il a esquissé un vague sourire, m'a servi un café et m'a demandé quels étaient mes projets pour la journée, comme si rien ne s'était passé la veille. Alors j'ai pris place sur ma chaise et à mon tour, j'ai fait comme si effectivement rien ne s'était passé.

5

En l'espace de quelques semaines, la petite fille de onze ans que j'étais a vu sa vie basculer. J'avais perdu tous mes repères, presque toute ma famille et je devais à présent vivre avec un homme qui prenait un malin plaisir à me maltraiter. Pour survivre, j'ai essayé de me convaincre que ça ne durerait pas éternellement. Je comptais les jours jusqu'à la rentrée des classes et ne perdais pas espoir que maman réponde prochainement à une de mes lettres. Je rêvais de mon retour à la maison. J'imaginais ma mère venir nous chercher ou nous envoyer des billets d'avion. Même si, au fil des jours, cela semblait de moins en moins probable.

Entre-temps, Pam, la petite amie de mon père, lui a annoncé qu'elle quittait le Kenya pour retourner en Angleterre. Mon père a déclaré qu'il en avait assez que les femmes dirigent sa vie, qu'aucune ne valait vraiment la peine qu'il se mette en quatre pour elle. Mais il ne s'agissait que de paroles en l'air puisque peu de temps après, une femme appelée Jane Morris s'est installée chez nous pour six semaines.

Il ne l'avait jamais vue auparavant, j'ignore comment il l'avait dégotée, lui étant au Kenya et elle en Angleterre. J'ai préféré ne pas poser de questions à ce sujet car tout ce qui comptait pour moi, c'était que s'il avait une nouvelle petite amie, il me laisserait probablement tranquille.

Au début, mon père s'est en effet mieux comporté, de manière générale. Il proposait à Jane de lui servir son café le matin ou de l'emmener déjeuner. Mais son attitude envers elle a vite changé. Un soir, ils devaient sortir au Woodley Club et Jane a passé des heures dans sa chambre à se préparer. Pendant ce temps, mon père buvait. Plus il attendait, plus son humeur se dégradait.

Quand Jane est sortie de la chambre, maquillée et sur son trente-et-un, mon père était devenu passablement irritable.

— Tu as mis un temps fou à te préparer et pourtant tu n'es pas plus jolie pour autant, lui a-t-il jeté à la figure.

Comment pouvait-il être aussi dur avec elle ? Je ne voulais pas assister à cette scène, je refusais de voir comment il traitait cette femme tout à fait charmante.

Les yeux de Jane se sont emplis de larmes, elle a tourné les talons et est retournée dans la chambre de mon père. On l'entendait sangloter, mais mon père a simplement monté le son de la chaîne pour noyer les pleurs de Jane. Sa méchanceté était à couper le souffle. J'avais beau n'être qu'une petite fille, ce soir-là j'ai pris conscience d'une terrible réalité : mon père détestait les femmes.

Jane est restée chez nous jusqu'à ce qu'elle réussisse à faire changer son billet de retour au Royaume-Uni. Elle parlait très peu et était plutôt discrète. Le jour de son départ, en fin d'après-midi, c'est mon père qui l'a conduite à l'aéroport. Moi, j'aurais donné tout l'or du monde pour me cacher dans sa valise et rentrer au pays avec elle.

Je me demande encore ce qu'est devenue cette femme si gentille. J'aimerais pouvoir lui dire combien je suis désolée qu'elle ait rencontré un monstre pareil, lui dire que moi je voyais bien qu'il la traitait comme un chien. Et combien j'aurais aimé pouvoir lui prêter main-forte ! Mais je n'étais qu'une enfant, à l'époque, moi-même encore une proie entre ses griffes.

Même lorsque Jane était chez nous, mon père ne m'avait pas laissée tranquille, il avait continué à me forcer à le frotter dès que l'envie lui en prenait, ou bien il me tripotait les parties intimes quand personne ne regardait. Il m'avait bien fait comprendre qu'il trouvait Jane extrêmement ennuyeuse et qu'elle mettait trop de temps à se mettre « dans le bain », expression que je ne comprenais qu'à moitié à onze ans, mais que je savais ne pas être très respectueuse.

Après le départ de Jane, j'ai eu très peur de ce qui m'attendait. Dès que Mickey s'est levé en remuant la queue et s'est précipité vers la porte, j'ai su que mon père était de retour. Je me suis instantanément sentie mal et ai disparu à la hâte dans ma chambre, comme pour essayer de m'y barricader. Je savais très bien ce qui m'attendait ce soir-là.

Mon père est donc rentré et, comme d'habitude, il a mis un disque sur la platine, puis il s'est servi un verre. Sean est parti se coucher, et là mon père a chuchoté quelque chose derrière ma porte. Il fallait que je sorte de ma chambre et que je le rejoigne dans sa chambre à lui.

— Viens, Kim, je t'attends.

Rongée d'angoisse, j'ai ouvert la porte de sa chambre et l'ai trouvé assis dans la lumière orange de sa chambre, en caleçon. Il s'est approché de la commode et en a sorti un paquet et une boîte. Il a posé la boîte par terre avec un tel soin que je me suis demandé ce qu'elle contenait. Puis, très lentement, il a sorti quelque chose du paquet, quelque chose qui ressemblait un peu aux collants que maman portait.

— Ce sont des bas, a-t-il expliqué. C'est plus hygiénique que les collants. Mets-les, mais fais très attention, hein !

Je les ai fait glisser sur mes jambes tandis qu'il attachait un porte-jarretelles autour de ma taille. Il n'arrêtait pas d'ajuster les coutures sur mes petites jambes fines, visiblement obsédé par l'idée d'obtenir une ligne droite. Puis il m'a ordonné d'enfiler des sous-vêtements féminins. Timidement, j'ai retiré ma culotte et l'ai remplacée par une culotte noire en soie. Mon père avait l'air satisfait du résultat. Pour finir, il m'a demandé de mettre une paire de chaussures à talons rouge brillant. Je me trouvais tout à fait ridicule, j'avais l'air d'un poulet ligoté. Il m'a dit de faire quelques pas. J'ai trébuché, il m'a rabrouée.

— Fais un effort, voyons ! Voilà. Arrête. Maintenant, tourne-toi, dos à moi, et penche-toi en avant.

J'ai fait ce qu'il a dit, et derrière moi, j'ai commencé à entendre ses grognements habituels. J'ai fermé les yeux. Le sang me montait à la tête. Comme je haïssais tout ça.

Et au moment où je pensais que c'était enfin terminé, il a ouvert la boîte. Son visage s'est illuminé. Il tenait un objet noir en plastique à la main.

— Tu sais ce que c'est ?

J'ai jeté un coup d'œil entre mes jambes – il ne m'avait pas encore dit que je pouvais me relever et me retourner

— Non.

Il m'a informée qu'il s'agissait d'un jouet appartenant à Jane. Dans la boîte, il y avait un tas d'autres choses aussi. J'étais trop jeune pour savoir ce que c'était, mais quelque chose me disait que je n'allais pas tarder à le découvrir.

— Viens là et allonge-toi sur le lit. Je vais être gentil et utiliser ça sur toi, a-t-il ajouté en agitant l'objet noir. Ce serait mieux si je le faisais moi-même, mais j'ai une certaine morale, tout de même, et tu es encore un peu trop jeune. En plus, je n'ai pas envie d'avoir du sang partout, merci bien.

Je ne savais absolument pas de quoi il parlait. Il a retiré ma culotte et a essayé d'enfoncer l'objet noir en moi. La douleur a été atroce, j'aurais voulu crier, mais sa main libre était déjà plaquée sur ma bouche.

— Tais-toi donc, tu vas réveiller Sean, nom de Dieu !

J'ai tendu puis serré les jambes pour essayer de l'arrêter mais il m'a dit de les écarter. Ne parvenant pas à introduire l'objet noir en moi, il s'est emparé d'une grande bougie blanche posée sur la coiffeuse et l'a utilisée à la place pour tenter de forcer l'entrée de mon entrejambe.

— Arrête un peu de te débattre, a-t-il pesté alors que je me tordais de douleur.

Comble de l'horreur, il passait d'un objet à l'autre, essayant d'enfoncer chacun d'eux plus profondément en moi alors que je hurlais de douleur. Il a fini par abandonner, regardant mon visage couvert de larmes d'un air déçu. Il m'a obligée à le frotter puis il a poussé ma tête vers le bas pour m'obliger à prendre son pénis dans la bouche. Vers la fin, au bord de l'étouffement, j'ai failli vomir. Il m'a forcée à avaler, me disant que son sperme était plein de vitamines et que c'était bon pour mon teint pâle. En pleurs, j'ai fermé les yeux et ai fait ce qu'il voulait. Puis il s'est enfin assoupi. Pendant qu'il s'endormait, j'ai baissé les yeux, horrifiée : du sang coulait entre mes jambes.

Je suis en train de mourir, ai-je pensé.

Trop sidérée pour faire le moindre mouvement, je m'inquiétais néanmoins de mettre du sang sur son matelas. Finalement, je suis allée m'asseoir dans sa salle de bains, le visage ruisselant de larmes. J'étais terrifiée à l'idée de faire une hémorragie interne et de mourir. Au bout d'une heure, mon père a émergé de son sommeil d'ivrogne.

— Je suis blessée, ai-je gémi en lui montrant le sang.

Il a eu un petit rire moqueur et m'a simplement dit de laver la bougie et l'objet noir. Mais avant, il fallait aussi retirer soigneusement les bas, pour ne pas les salir. Mon père les a remis précautionneusement dans le paquet, comme s'il s'agissait d'objets précieux.

— Et tu nettoies bien tout le reste, compris ? Je ne tiens pas à ce que Johnny pose des questions demain.

J'ai passé des heures à récurer le lavabo. Mes larmes se mélangeaient au sang. Quand j'ai eu fini, les oiseaux commençaient à gazouiller. Leur chant joyeux a fait redoubler mon envie de pleurer.

Qu'est-ce qui pouvait bien les rendre si heureux, eux ?

Je venais à peine de m'endormir quand mon père m'a réveillée. Il fallait que je me lève. J'étais accablée de fatigue et j'avais mal entre les jambes. Sean était déjà à la table du petit déjeuner, il m'a taquinée en me taxant de « grosse feignasse ».

Comme à son habitude, mon père avait mis en route le tourne-disque.

— C'est une chanson de Sandie Shaw, a-t-il précisé. Une femme extraordinaire. Elle chantait toujours pieds nus.

Comment faisait-il pour se comporter comme si rien ne s'était passé hier soir ? S'il n'y avait pas eu un drap maculé de sang dans mon armoire, j'aurais pu croire que je venais simplement de faire le pire cauchemar de ma vie.

Si mon père s'était targué d'avoir « une certaine morale », affirmant qu'il ne ferait pas l'amour avec moi avant que je sois plus âgée, il a décidé finalement de ne pas attendre plus longtemps. La nuit suivant l'incident de l'objet noir – j'ai appris plus tard qu'il s'agissait d'un vibromasseur –, il m'a grimpé dessus et m'a violée pour la première fois.

Toute la journée il s'y était préparé. Il n'avait pas arrêté de me regarder comme si j'étais un appétissant morceau de viande. Le midi, il m'a fait porter une jupe et a dit à Sean de sortir jouer pendant qu'il m'aidait à préparer le déjeuner dans la cuisine. Et alors que je coupais les légumes, il m'a tripotée sous ma jupe. J'ai essayé en vain de me soustraire à son ignoble étreinte.

Désormais, il buvait du whisky ou sa bière artisanale dès le matin et toute la journée. Sa musique était aussi toujours à fond. Souvent, j'essayais d'utiliser ça à mon avantage, engageant une conversation sur la musique, histoire de le faire penser à autre chose qu'à me violer. Une des chansons qu'il passait régulièrement était *Ben*, de Michael Jackson. Mon père m'avait raconté que la chanson parlait d'un rat apprivoisé. Je ne pense pas qu'il ait interprété la chanson comme moi, il s'était contenté de dire que Ben avait été tué et que c'était bien triste. Mais de mon côté, la chanson me faisait penser à moi, et aujourd'hui encore, elle me ramène à cette petite fille toute seule en Afrique avec son père, un père qui lui donnait l'impression d'être une petite fille rejetée, cafardeuse et en pleine confusion. Moi aussi je fuyais la peur, moi aussi j'avais envie d'un ami comme le Ben de la chanson.

La nuit du viol, je n'avais aucune idée de ce qui m'attendait. Quant à mon père, il ne s'est jamais excusé, jamais il ne m'a demandé pardon. Sans rien dire de particulier, il a fait couler un bain et m'a ordonné d'aller me laver, « à l'intérieur aussi », avec du savon. Il ne m'a pas violée une fois, mais plusieurs. J'étais devenue son nouveau jouet, un jouet dont il s'était tellement entiché qu'il ne pouvait pas me laisser tranquille une seconde. Si mon existence avait été très pénible jusque-là, elle devenait à présent insupportable.

Quand il en a eu terminé avec moi, je suis restée allongée en silence, les larmes roulant sur mes joues et dans mes cheveux. Il n'a pas eu besoin de dire quoi que ce soit, mais je voyais bien que pour lui, il s'agissait d'une sorte d'accomplissement – il avait obtenu ce qu'il voulait.

— N'oublie pas, me menaça-t-il en se penchant sur sa table de chevet pour prendre une gorgée de whisky et allumer une cigarette, que c'est ce que tous les pères font à leur fille. C'est juste que personne n'en parle. Si un garçon t'avait fait ça, je peux te dire qu'il ne se serait pas montré aussi attentionné que moi.

Je ne savais même pas ce qu'était « ça », je savais juste que ce n'était pas bien du tout, et que ça me dégoûtait. Était-ce réellement ce que tous les pères faisaient ? J'avais du mal à le croire, mais qui allait croire que cela m'était arrivé à moi aussi ? Je suis restée étendue là à pleurer, en silence, car je ne voulais pas qu'il me voie sangloter, je savais que ça l'aurait mis en colère. Puis j'ai tourné la tête vers le mur et je suis restée allongée pendant ce qui m'a semblé être des heures, mais qui n'était que des minutes en réalité, dans une incompréhension totale de l'acte que venait de commettre mon père. Je voulais rentrer chez moi en Angleterre. Puis, incapable de passer un instant de plus auprès de cet homme, j'ai filé dans ma chambre et ai pleuré jusqu'à ce que le sommeil me gagne.

À partir de cette nuit-là, papa m'a violée pratiquement tous les soirs. D'une certaine manière, c'était encore pire, parce que je ne savais jamais exactement quand ça allait se passer. J'étais toujours sur mes gardes, m'attendant à entendre la porte de ma chambre s'ouvrir la nuit, pour me réveiller le lendemain matin et découvrir qu'il m'avait laissée seule. Le pire, c'est que je ne profitais même pas du fait de savoir que rien ne m'arriverait cette nuit-là, au contraire, chaque soir j'appréhendais l'heure du coucher. Même dans la journée, il me faisait asseoir sur ses genoux ou me tripotait, toujours quand Sean était sorti ou simplement dans le jardin ou dans sa chambre. Une fois, il a monté le volume du tourne-disque (sur *December, 1963 [Oh, What a Night]* de Frankie Valli & The Four Seasons) et m'a forcée à m'asseoir sur ses genoux pour me violer. Et pendant ce temps-là, Johnny était à côté, dans la cuisine. Quand mon père a eu fini, il m'a dit d'aller chercher un chiffon, m'accusant d'avoir renversé de la boisson sur son short.

Ma vie était devenue un véritable cauchemar – je ne savais pas où et quand il allait me violer ou me demander de lui masser le sexe. C'était pire quand Sean n'était pas là, car mon père faisait des remarques obscènes toute la journée et je savais qu'il me réservait alors une longue nuit de supplice.

Un dimanche, alors que Johnny n'était pas là et que Sean se trouvait chez un ami, j'étais en train de jouer dans le jardin, dans un endroit en retrait, invisible de l'allée ou depuis le portail. Mon père est sorti et m'a appelée. Comme un bon chien obéissant, je suis allée vers lui, pensant qu'il voulait me montrer des chouettes, ou quelque animal. Au lieu de cela, il m'a ordonné d'enlever mon pantalon et ma culotte, et de toucher mes orteils. J'ai trouvé ça étrange mais j'ai obtempéré. Et soudain, j'ai ressenti une vive douleur : il s'est enfoncé si profondément en moi que j'ai failli tomber à la renverse. Il m'a attrapée par les cheveux tout en poussant d'avant en arrière. J'essayais de me maintenir en équilibre mais je me suis mordu la lèvre si fort qu'elle s'est mise à saigner. Au bout d'un moment, tout était fini, il s'est éloigné et est allé s'allumer une cigarette. Puis il est revenu avec un verre de whisky dans sa glacière, comme à son habitude.

Il aimait me violer avec n'importe quel objet (le vibromasseur, une bougie, des bouteilles), tout ce qui lui tombait sous la main. Il s'émerveillait de l'anatomie féminine, comme s'il s'agissait d'affronter un défi malsain, de voir combien d'objets il pouvait faire disparaître en moi malgré mes cris.

Non seulement mon père m'avait fait jurer de garder le secret, mais il s'est débrouillé pour que je sois trop terrorisée pour envisager d'en parler à qui que ce soit. Il n'a jamais prononcé les mots « Je vais te tuer », c'était inutile.

Quelques semaines après le premier viol, une fois son énième assaut terminé, il s'est emparé d'un sac en plastique et, d'un geste rapide, m'a fourré la tête dedans. D'une main ferme il a maintenu le bas du sac bien fermé. J'essayais de lutter, mais il tenait bon, sans rien dire. Presque immédiatement, j'ai été incapable de reprendre mon souffle, je me suis mise à haleter, la panique m'a envahie. J'ai essayé en vain de le repousser alors que déjà je me sentais faiblir.

Je vais mourir. Je vais mourir...

J'ouvrais la bouche pour hurler mais aucun son ne sortait. J'ai commencé à me sentir partir, et c'est à ce moment-là qu'il a retiré le sac. Les mains sur la gorge, cherchant l'air, j'ai détourné la tête mais son haleine empoisonnée de whisky était là, tout près de mon oreille.

— Tu sais ce que je fais comme travail, Kim ? Je travaille dans un laboratoire. Je peux dissoudre des corps avec de l'acide sulfurique. Personne n'en saurait jamais rien. La seule partie que je ne peux pas dissoudre, ce sont les dents. Alors comment crois-tu que je me débarrasserais des dents, Kim ?

— Je ne sais pas, ai-je sangloté.

— Quand on fera un autre safari, ce sera très facile. Je pourrai simplement les jeter dans le *bundu* (« brousse » en swahili) et dire que les lions t'ont dévorée.

Alors que je tremblais encore de choc et de peur, il a pris ma main et m'a forcée à le toucher. J'ai fermé les yeux, priant le ciel pour que ça dure le moins longtemps possible. J'ai alors décidé qu'il serait plus facile de le laisser faire ce qu'il voulait. Le sac en plastique était en permanence sous son oreiller, comme pour me rappeler ce qui pourrait arriver si j'envisageais ne serait-ce que la moindre résistance.

Heureusement, juste avant notre premier Noël au Kenya, en 1976, nous avons enfin commencé à aller à l'école. Dans des circonstances plus normales, je me serais peut-être sentie un peu nerveuse à l'idée d'être la nouvelle de la classe, mais là, j'avais tellement hâte d'échapper à mon père des journées entières que j'ai accueilli la vie scolaire à bras ouverts.

Je me suis rapidement fait des amies, d'autres filles de familles d'expatriés, qui m'ont à leur tour intégrée à leur groupe. L'une était une Canadienne pétillante du nom de Claire Harrison, et une autre s'appelait Bridget Tooley. Même si mon père avait changé ma vie à jamais, il n'avait pas entièrement détruit ma personnalité. J'aimais toujours rire avec mes copines et faire le pitre dès que j'en avais l'occasion. Ma façon de survivre consistait à profiter au maximum de chaque seconde passée à l'école. Personne ne savait ce qui se passait à la maison, et l'école représentait le seul endroit où je pouvais tenter de me sentir à nouveau « normale ».

Nous partagions toutes la même aversion pour Alison Long, la propriétaire très chic de l'école que nous fréquentions, connue pour être une femme assez riche. Nous nous moquions de la lenteur avec laquelle elle parlait aux Africains en swahili. Aucune d'entre nous n'osait contrarier cette femme à l'allure sévère, au visage dur. Elle avait deux filles, Kirsty et Claudia. Selon mon père, l'aînée, Kirsty, avait des difficultés scolaires. J'étais souvent invitée chez mes amies, mais mon père m'autorisait rarement à y aller. Une fois seulement, Bridget est venue chez nous après l'école.

— C'est super d'être lesbienne, me dit-elle soudain alors que nous étions en train de bavarder tranquillement.

— Ça veut dire quoi ?

Kirsty a pouffé.

— Eh bien, ce sont des filles qui embrassent des filles.

Je venais à peine de commencer à découvrir la sexualité, j'ai préféré changer de sujet, ne comprenant pas bien ce qu'elle voulait dire. Plus tard, pendant le dîner, j'ai innocemment rapporté la conversation à mon père. Il me bombardait systématiquement de questions sur ma journée et je lui racontais toujours tout en détail. Au cours de ces conversations, il semblait vraiment s'intéresser à moi, tout le contraire de l'attitude de ma mère. Je crois qu'une partie de moi se sentait flattée par cette attention paternelle ordinaire, malgré ce qu'il me faisait la nuit. Il a pris un air choqué quand je lui ai dit ce qui s'était passé.

— Tu ne dois plus jamais recevoir cette Bridget, a-t-il tranché.

— Pourquoi ?

— Parce que je ne veux pas de lesbienne dans cette maison. Ce ne sont pas des femmes normales, elles devraient être euthanasiées à la naissance.

J'étais contrariée. Moi je l'aimais bien, Bridget. Mais puisque mon père me la présentait comme une fille tordue, après cet incident je n'ai plus souhaité la fréquenter.

Quelques semaines plus tard, un soir où mon père devait s'absenter toute la nuit, j'ai été autorisée à dormir chez Claire Harrison. Quand je me suis réveillée dans la nuit pour aller aux toilettes, j'ai aperçu son père et sa mère se promener dans la maison, tout nus, ce qui m'a donné envie de poser quelques questions à Claire.

— Oh, ils sont naturistes, a-t-elle expliqué dans un haussement d'épaules. Ça veut dire qu'ils ne portent pas toujours de vêtements.

Plus tard, quand mon père m'a interrogée sur mon séjour, je lui ai dit ce que j'avais vu.

— Être naturiste, ça veut qu'on n'aime pas porter de vêtements, lui ai-je expliqué à mon tour.

— Quoi ? Mais c'est dégoûtant ! Ce sont des vrais cinglés, des pédophiles, ces gens-là. Tu ne t'approcheras plus jamais de cette maison, compris ?

Je n'avais pas la moindre idée de ce que le mot « pédophile » signifiait, mais vu le ton menaçant que mon père avait employé, j'ai préféré ne pas parler de sa réaction à mon amie Claire.

Vers mars 1977, mon père m'a offert un galago pour mon douzième anniversaire. Dans sa cage, le minuscule primate tout à fait adorable, aux grands yeux et grandes oreilles, ne me quittait pas des yeux. J'en suis tombée amoureuse dès que je l'ai vu, et j'ai décidé que si c'était un mâle, je l'appellerais Ben, comme dans la chanson que j'aimais tant.

Je trimbalais la cage partout avec moi et je caressais constamment la timide créature pour qu'elle s'habitue à moi. Un jour, après l'école, les parents de mon amie Kathryn l'ont déposée à la maison pour que nous puissions faire nos devoirs ensemble, ce qui était extrêmement rare. Le chien de Kathryn, qu'elle avait pris avec elle, a passé la tête dans la cage, sorti mon animal adoré et l'a réduit en charpie. Alors que nous sanglotions toutes les deux comme des hystériques et que je faisais de mon mieux pour réconforter mon amie, mon père est arrivé pour voir ce qui se passait. Il est devenu fou de rage et a exigé que Kathryn fasse ses devoirs toute seule pendant que moi, je devais nettoyer la scène du massacre. Kathryn est rentrée dans la maison, et moi, après avoir ramassé les restes du pauvre Ben, j'ai filé dans ma chambre et pleuré toutes les larmes de mon corps.

Le niveau de l'enseignement de mon école était bien plus élevé qu'à Horsforth. Les enseignants encourageaient les élèves à exploiter leurs talents. Là-bas, j'ai découvert que j'excellais en sport. J'étais très bonne en saut en hauteur, saut en longueur et sprint, et je faisais également partie des équipes de hockey et de netball. Mes professeurs d'éducation physique voyaient bien que j'étais douée, à tel point qu'ils m'ont proposé de suivre une formation complémentaire dans l'espoir que je fasse un jour partie de l'équipe olympique.

Il me tardait d'en parler à mon père. Quelque chose en moi recherchait toujours son approbation, probablement parce que je n'avais que lui auprès de qui obtenir cette approbation. Je n'avais par ailleurs aucun autre adulte à qui parler – il était mon unique référence adulte, ce qu'il tournait constamment à son avantage. Je le considérais comme la personne de loin la plus intelligente de toute de la famille, mais une partie de moi espérait également qu'il arrêterait de me faire du mal s'il voyait à quel point je faisais des efforts à l'école.

Je m'attendais à ce qu'il soit fier de sa fille, mais ce ne fut pas le cas : mon père a séance tenante posé son véto lorsque j'ai évoqué la perspective d'une formation sportive.

— Le sport, ça n'est pas un métier, Kim, m'a-t-il expliqué avec désinvolture. Mais qu'est-ce qu'on t'enseigne donc dans cette école ? Tu ne pourras jamais gagner le moindre kopeck à faire du sport, alors ôte-toi ça de la tête. En plus, je ne veux pas que tu portes des shorts et que tu montres tes jambes à tout le monde.

Je me suis sentie complètement écrasée, dévalorisée. Je n'ai plus jamais envisagé de carrière sportive, malgré mon rôle actif dans les équipes de netball et de hockey, même après avoir remporté le titre de « meilleure athlète toutes catégories » lors du gala sportif à l'école.

À l'heure du déjeuner, j'avais pour habitude de me promener dans l'immense enceinte de l'école et un jour, j'ai aperçu un chien de garde, très maigre, le pelage ébouriffé, assis auprès d'un *askari* (un agent de sécurité autochtone). J'ai compris, d'après ce qu'il m'a dit, que le chien s'appelait Usiku, ce qui signifie « nuit » en swahili. Le lendemain, j'ai revu Usiku, il était tout seul, attaché à une longue chaîne dans un endroit ombragé où aucun élève ne s'aventurait. Malgré sa stature impressionnante et même quelque peu effrayante, il y avait dans le regard de cet animal une solitude que je reconnaissais. Je me suis sentie étrangement attirée par ce chien.

Il a fallu des heures de cajolerie pour que le chien apprenne à me faire confiance, mais il a fini par céder. Quand j'avançais prudemment vers lui, il grognait. Lorsqu'au bout de quelque temps j'ai tendu la main pour qu'il puisse la renifler, il a dressé les oreilles. Je me suis alors assise près de lui. Par la suite, je lui ai rendu visite chaque fois que je le pouvais. Je lui donnais en douce une partie de mon déjeuner jusqu'à ce qu'il comprenne qu'il pouvait me faire confiance. Le chien dévorait avidement la nourriture et me léchait la main, cherchant à en obtenir encore plus. Il n'était pas toujours là, mais il a vite appris à me reconnaître. Il levait sa queue d'entre ses pattes pour la remuer, gémissait un peu, les oreilles bien plaquées contre sa tête, ce qui me laissait penser qu'il était en fait craintif et timide. Malgré cela, je voyais bien qu'il aimait l'attention que je lui portais, que quelqu'un soit gentil avec lui. Si une autre personne s'approchait, il reculait ou partait se cacher. Sentant que je pouvais moi aussi lui faire confiance, dans un monde où j'avais l'impression de ne pouvoir faire confiance à personne, j'ai commencé à lui parler de mon horrible père et à lui raconter comment un jour j'allais m'échapper de cet enfer.

— Il s'en prend à moi tous les soirs, confiais-je à mon nouvel ami. Il m'oblige à le toucher. J'ai horreur de ça. Rien que de le voir, son odeur, tout en lui me donne envie de vomir. Et si tu savais comme il me fait mal. Mais personne ne doit le savoir. Mais à toi, je peux le dire, pas vrai ?

Usiku inclinait la tête comme s'il m'écoutait avec compassion. Il avait de très beaux yeux.

Un soir que j'allais lui rendre visite, je ne l'ai plus trouvé à l'endroit habituel. Le lendemain, il n'était pas là non plus, et le surlendemain non plus. Je ne l'ai plus jamais revu. J'avais perdu un ami, j'en ai été très affectée.

À la maison, les sautes d'humeur de mon père continuaient à plonger mon frère et moi dans un état de fébrilité et d'incompréhension. D'un côté, il se comportait parfois comme un père tout à fait « normal », il nous avait acheté des vélos, avait offert un imposant circuit de petites voitures à mon frère, et le lendemain, sans aucune raison apparente, sa générosité se transformait soudainement en une perte totale de contrôle de soi.

Un soir, il devait sortir et nous a laissés, Sean et moi, à la maison avec Johnny comme baby-sitter. Je suis allée me coucher dans ma propre chambre, mais vers minuit, j'ai été réveillée : il y avait de l'agitation dans la maison, mon père était rentré. Johnny s'était déjà retiré dans ses quartiers de service et mon père a gagné sa chambre, où il a trouvé Sean dans son lit. Il m'a appelée en beuglant. À moitié endormie, je me suis précipitée dans sa chambre. Par terre, il y avait un énorme sac à moitié mangé de caramels à la réglisse noir. La plupart des bonbons avaient été déballés et étaient collés dans les draps et les couvertures. Sean avait une saleté noire et gluante sur son visage, qui s'étendait sur la taie d'oreiller où il dormait paisiblement. De toute évidence, mon petit frère s'était endormi en suçant les bonbons !

J'aurais bien ri, car cette scène avait quelque chose de drôle, mais je n'ai pas osé. Je n'étais pas mécontente que le lit de mon père soit devenu une sorte de poubelle toute collante. Sean a commencé à remuer, se demandant visiblement ce que tout ce bruit signifiait.

Mon père l'a tiré du lit et lui a intimé l'ordre d'aller se laver. C'est moi qui ai été jugée responsable de ne pas l'avoir surveillé, car mon frère était beaucoup plus jeune, et il aurait pu s'étouffer. Il a fallu que je retire les draps et que j'en mette des propres. Le lendemain matin, mon père s'est enfin laissé aller à rire du petit incident. Alors, comme il riait, Sean et moi avons pu rire à notre tour.

Un samedi, mon père a acheté tout un ensemble de figurines à peindre. Au début, l'idée nous plaisait bien, ce serait sûrement amusant à faire, mais mon père a rapidement transformé ce qui aurait dû être une activité agréable en une véritable corvée. Nous avons dû rester assis, un minuscule pinceau à la main, pendant des heures. Sean trouvait cette activité très rébarbative mais mon père se contrefichait de savoir si ça plaisait ou non à ses enfants. Nous avions ordre de peindre un certain nombre de figurines par jour, sous peine de punition. De temps en temps, Sean s'éloignait quelques instants pour se dégourdir les jambes et moi je peignais rapidement ses figurines pour lui. Je supportais mal qu'il se fasse punir par mon père. Souvent, pour la moindre chose, mon père le frappait ou lui donnait une fessée. Sean a commencé à passer beaucoup de temps chez ses amis pour échapper à son père. Situation qui convenait parfaitement à mon père, notamment le week-end ou la nuit. Ainsi, il avait toute liberté de me violer aussi souvent qu'il le voulait, ou pas, selon ses envies, et ça, c'était idéal à ses yeux. Je n'ai jamais su si Sean avait entendu quelque chose quand il était là. En tout cas, il n'a rien dit et n'a pas essayé de venir voir ce qui se passait – j'imagine qu'il était trop effrayé pour faire quoi que ce soit.

Mon père prenait également soin de s'assurer que Johnny n'était pas là non plus quand il voulait abuser de moi. Le soir, je redoutais le moment où il lui donnait congé. Johnny retournait dans ses quartiers, juste à côté de la cuisine, qui n'étaient pas rattachés à la maison principale, donc je savais qu'on ne pouvait rien entendre de là où il se trouvait. Le week-end, il rentrait chez lui pour rejoindre sa famille. Il savait néanmoins très bien que mon père me battait, parfois je le voyais observer mes bleus. Il était d'une nature chaleureuse et douce et je me doutais bien qu'il éprouvait de la pitié pour moi, mais que pouvait-il y faire ? Il comptait sur ce travail pour nourrir sa famille. Même si, de l'extérieur, nous avions l'air d'être une famille normale, lui savait très bien que c'était loin d'être le cas.

Même un simple jeu de société pouvait faire perdre son sang-froid à mon père. Il nous forçait à jouer à Risk, un jeu des plus fastidieux où les joueurs déplacent des troupes sur un champ de bataille. Bien sûr, mon père aimait endosser le rôle de l'ennemi. Sean et moi essayions de trouver n'importe quelle occasion pendant le jeu pour rire un peu, mais mon père était insensible à l'humour de mon frère, qui lui-même ne voyait pas les coups de pied que me donnait mon père sous la table. Mon père s'énervait, finissait par faire voler le plateau, renversant les pièces un peu partout, puis il nous criait dessus. Effarés, nous restions assis, le visage impassible, ne sachant pas quoi faire, et parfois nous partions même en courant.

Nos dimanches, jour le plus redouté de la semaine, continuaient d'empirer.

Un jour, mon père a acheté une bouteille de sauce Worcestershire Lea & Perrins. Comme elle était importée d'Angleterre, elle devait coûter cher. Il ne l'avait achetée que pour avoir la liste des ingrédients, utiliser les mêmes pour en préparer à la maison et comparer le goût de la version commerciale avec celui de la sauce maison. Il a donc exigé que je lui fasse une sauce qui ait exactement le même goût. Après m'avoir communiqué les ingrédients – de la mélasse, des anchois, du vinaigre de bonne quantité, etc. –, il est resté derrière moi, un verre de whisky à la main, et ne m'a plus quittée des yeux. J'étais en larmes, j'essayais de concocter quelque chose mais il n'y avait pas de recette, il fallait donc faire tout un tas d'essais, recommencer, goûter, cela a pris des heures. Chaque fois qu'il goûtait la sauce, il disait qu'elle n'était pas bonne, que je devais recommencer, et lui continuait à m'aboyer ses ordres. Finalement, à la énième fois, il a opiné de la tête.

— Le goût est exactement le même, a-t-il tranché, satisfait.

Il a appelé la sauce « sauce Worcester des Beaumont » (d'après son nom de famille), créé sa propre étiquette et m'a demandé de transvaser le mélange dans des bouteilles. Les semaines suivantes, nous avons dû fabriquer du ketchup et de la sauce aux champignons pour les vendre dans un magasin local. Sean a été recruté pour nous aider. Souvent, nous nous brûlions les mains en essayant de stériliser les bouteilles en verre sans les casser. Mon frère et moi devions également coller toutes les étiquettes sur les bouteilles une fois qu'elles avaient refroidi.

Lorsque la saison des haricots verts a commencé, nous devions en servir au dîner dominical. Mon père nous a montré comment arracher les filaments entièrement, d'un seul mouvement, à partir de la queue. Si le filament cassait, il nous réprimandait brutalement. Il était obsédé par le fait de retirer complètement ce petit filament. Si à table il en trouvait un dans son assiette, il s'en prenait violemment à moi. Ces repas sont devenus très stressants, je craignais constamment qu'un haricot mal équeuté atterrisse dans son assiette. Et mon père répétait à l'envi que j'étais bien comme ma mère, et que c'était entièrement de ma faute si je finissais comme elle.

Sean se faisait gifler aussi souvent que moi. C'étaient les Yorkshire puddings que nous redoutions le plus de faire. Mon père estimait qu'ils devaient être cuits avec ce qu'il considérait comme le croustillant idéal et la hauteur parfaite. Les moules devaient contenir la bonne quantité de saindoux et être brûlants. Il fallait que le four soit le plus chaud possible et la grille, placée en haut. Je devais faire chauffer la graisse pendant environ cinq minutes, ouvrir rapidement la porte du four sans laisser sortir la chaleur, et verser la pâte dans la graisse bouillante à la vitesse de l'éclair, puis remettre le plateau dans le four encore plus rapidement, sans rien renverser. La quantité de pâte à verser dans les creux du moule était bien précise, sinon on n'obtenait pas la bonne hauteur pour chaque pudding.

Je priais le ciel pour que les puddings lèvent correctement, sinon je savais ce qui m'attendait. Souvent, je me brûlais les mains en manipulant les plaques avec un torchon trop fin, mais je n'osais pas me plaindre. Mon père aurait crié que la graisse refroidissait si je prenais trop de temps. La sauce, également, devait être faite dans les règles de l'art. Nous n'avions pas le droit de manger du Bisto[1] (nous ne pouvions pas nous en procurer au Kenya, de toute façon) et il fallait donc la faire en partant du vrai jus de bœuf. Si les puddings et la sauce n'étaient pas bons,

1. Sauce au bouillon de bœuf, en poudre, à laquelle on rajoute de l'eau pour agrémenter le traditionnel rôti de bœuf du dimanche, généralement servi avec des Yorkshire puddings.

l'humeur et l'atmosphère à table pendant tout le repas étaient terriblement pesantes.

Quand arrivait l'heure du dîner, je prenais place à table, vannée, avec une seule hâte, aller me coucher. Sean et moi nous sentions extrêmement mal ces soirs-là. Quand la nourriture n'était pas au goût de mon père, ses crises étaient tout simplement épouvantables. Je me mettais en quatre pour faire en sorte que tout soit parfait, mais je n'étais qu'une fillette qui faisait ses premiers pas en cuisine, et le niveau d'exigence de mon père était délirant.

Les coups de poing et les coups de pied à table sont devenus si fréquents que j'attendais qu'ils pleuvent sur moi. Et je m'efforçais de ne pas pleurer. Mon père faisait souvent des allusions, devant les autres, au fait que quelque chose ne tournait pas rond chez moi.

— Kim est un vrai bébé, elle pleurniche constamment. Avec elle, il y a toujours des larmes sans raison, disait-il en s'adressant à Johnny, à Sean ou à un voisin passé nous voir.

Bientôt, j'ai arrêté de pleurer. Mon père se fichait que je pleure ou non. Personne ne s'en souciait, de toute manière, alors je me suis dit que ça ne servait à rien. Et puis, j'avais presque l'impression de ne plus avoir de larmes à verser.

Le week-end, nous devions aussi boire du vin pendant les repas. Sean détestait ça, il se pinçait le nez et buvait très lentement. Au début, moi non plus je n'aimais pas ça, mais la boisson m'a permis de me déconnecter plus facilement de la réalité, de croire que mon corps ne m'appartenait plus lorsque, plus tard dans la soirée, je me retrouvais étendue sous mon père.

6

La vie n'avait jamais été facile en Angleterre aux côtés de notre mère, mais au moins, nous savions qu'elle nous aimait. Elle nous faisait des câlins, nous appelait « mes poussins ». Certes, il nous arrivait de recevoir une gifle de temps à autre, mais ce que je retenais de mon enfance, avant tout, c'était le souvenir de ma mère nouant des rubans dans les cheveux de mes sœurs et moi, c'était ma mère faisant enfiler un pantalon chic et un joli pull à Sean, c'étaient les photos qu'elle prenait de nous. Les filles avaient toutes les trois le même manteau et Sean une parka verte, la capuche relevée pour montrer les bords en fourrure.

Plus nous passions de temps loin de notre mère, plus j'étais obligée d'endurer assauts et mauvais traitements, plus je rêvais de rentrer à la maison. Ma mère ne nous avait jamais dit de mal de notre père. En revanche, lui n'hésitait pas à la rabaisser dès qu'il en avait l'occasion. Après avoir descendu son whisky, le soir, il nous racontait des histoires dont nous n'avions jamais entendu parler. Mon père lui reprochait d'avoir dû quitter son travail au Nigeria, puis d'avoir été contraint à quitter le Soudan, où Sean était né.

— Elle draguait ouvertement mes collègues, l'attitude typique des garces en son genre, nous a-t-il dit un soir. C'est une femme vulgaire, et une alcoolique. À ses yeux, un fond de bouteille, c'est plus important que ses propres enfants.

Quoi qu'il puisse dire sur notre mère, ça ne changeait rien, elle me manquait. Je m'endormais en pensant à elle, espérant qu'elle aussi pensait à nous. Cela peut paraître étrange mais je ne me souviens pas que Sean ait jamais abordé le sujet. Je ne pense pas que son existence était aussi misérable que la mienne – il pouvait sortir et aller dormir chez des amis, par exemple. Je pense qu'il se contentait de suivre le mouvement et de ne pas faire d'histoires.

Environ six mois après notre arrivée, mon père nous a annoncé que nous avions enfin le droit de téléphoner à Leeds.

— J'ai son numéro et vous pouvez l'appeler depuis le téléphone de la maison, a-t-il dit, observant attentivement notre réaction.

Sean et moi étions aux anges. Nous allions enfin pouvoir parler à maman, après tout ce temps ! Je souriais, mais au fond de moi, j'avais aussi des réserves. Après tout, je lui avais écrit plusieurs fois et elle ne m'avait jamais répondu. Je lui avais dit que nous n'aimions pas vivre ici, mais il ne m'était jamais venu à l'esprit d'expliquer ce que mon père me faisait subir – j'étais encore persuadée qu'il me tuerait si je parlais.

Mon père a expliqué que c'était lui qui allait appeler notre mère car elle n'avait pas les moyens de passer ce genre d'appel, puis elle devait accepter un appel de Nairobi. Avant de décrocher le combiné, il nous a jeté un regard étrange et j'ai compris que nous n'aurions pas beaucoup de temps.

J'ai ravalé mon envie de pleurer. Je voulais retrouver ma mère. Je voulais avoir une véritable conversation avec elle, à cœur ouvert, pour qu'elle vienne nous chercher ici. Mes sœurs Susan et Lucy me manquaient aussi. Passer nos journées dehors dans les vergers avec elles me semblait appartenir à une époque désormais révolue.

Je ne me plaindrai plus jamais du froid dans la maison ou de la faim, car tout, tout est mieux que cette vie avec mon père. Toutes ces pensées traversaient mon esprit tandis que mon père nous regardait fixement.

Finalement, l'appel fut passé et, tandis que nous entendions une série de bips, il nous a chuchoté un dernier avertissement :

— N'oubliez pas que j'écoute chaque mot de votre conversation, a-t-il menacé.

La voix de maman est apparue, faible et lointaine au début, mais c'était bien elle.

— Bonjour, Kim chérie, comment vas-tu ? Oh, comme c'est bon d'entendre ta voix ! Ça fait longtemps, hein ? Tu vas bien ?

Il y avait un léger décalage sur la ligne, nous avons dû attendre quelques secondes avant de pouvoir répondre. Rien que d'entendre le son de la voix de maman, j'avais envie de sangloter dans le combiné. Mais mon père était si près de moi que je sentais son haleine de whisky.

— Oui, maman, tout va bien, ai-je dit d'une voix claire quand mon père s'est penché pour essayer d'écouter. Et vous, comment ça va ?

Après une trentaine de secondes de conversation guindée sur le temps, nos animaux domestiques et des questions sur Susan et Lucy, mon père a commencé à perdre patience. Il a poussé Sean devant moi pour indiquer que c'était son tour.

— Maman, je dois y aller, ai-je dit, l'interrompant alors qu'elle posait d'autres questions. Désolée, au revoir !

Mon père s'est saisi du combiné et l'a passé à Sean. Après une poignée de secondes, il lui a sifflé à l'oreille :

— Cet appel me coûte une fortune, dis au revoir, maintenant !

Sean a essayé de dire au revoir mais sa voix s'est métamorphosée en sanglots. Je savais qu'une fois qu'il aurait raccroché, il recevrait une gifle pour avoir pleuré.

Quand ce fut terminé, mon père nous a dit d'aller peindre notre quota journalier de modèles réduits. Ensuite, il fallait placer les figurines une à une dans le train Hornby de Sean. Il y avait des scènes comme des pubs et des gares et chaque personnage devait être recréé comme s'il était bien réel. Papa a décrété qu'il voulait que tout soit terminé avant la fin de la semaine. Le train miniature, que notre père avait, croyions-nous, acheté pour nous faire plaisir, était devenu le jouet que nous détestions le plus dans la maison. De retour dans nos chambres, nous nous sommes assis en silence, comme assommés par un profond chagrin. La maison de Leeds nous manquait plus que jamais et nous voulions revoir notre mère.

Alors que j'appliquais de la peinture sur le visage de chaque modèle, je songeais à quel point cette figurine me faisait penser à ma propre vie. À l'instar de ces petites statues, j'étais incapable de bouger, incapable de dire quoi que ce soit.

Un simple jouet entièrement à la merci de mon père.

À présent, je menais une double vie. À l'extérieur, j'étais Kim Beaumont, une jeune fille sportive, très sociable, qui aimait les animaux. À l'intérieur, derrière les portes closes de Jamhuri Crescent, j'étais une petite fille anxieuse, renfermée et effrayée, vivant avec un père qui la violait parfois jusqu'à quatre fois par jour.

Alors que je luttais contre mes démons intérieurs, mon père était quant à lui de plus en plus sûr de son pouvoir sans limite sur moi. Il a même commencé à faire des allusions devant les gens du Woodley Club sur ce qui allait m'arriver quand nous rentrerions à la maison.

Il y avait à cette époque une nouvelle chanson plutôt entraînante, intitulée *Telephone Man*, de Meri Wilson. Mon père la passait le vendredi soir au club, puis me la chantait devant le public d'expatriés hilares. Pour eux, il devait s'agir d'une petite blague entre père et fille. Pour moi, c'était absolument terrifiant, mais je n'avais pas le choix : je devais rire à mon tour. Intérieurement, cependant, je tremblais de peur et de rage car je savais exactement ce qui m'attendait une fois rentrée à la maison.

Plus tard, mon père chantait cette chanson en abusant de moi. Il me disait que la femme de la chanson était une garce qui n'attendait que ça.

Le terrible bilan du manque de sommeil accumulé chaque nuit s'est aggravé. Au réveil j'étais déjà épuisée, et pourtant il fallait se lever pour aller à l'école. Après une longue journée de cours, je m'assoupissais au salon, j'avais vraiment besoin de me coucher à 22 heures. Mon père trouvait ça très bien que je pique du nez sur le canapé juste avant que Sean aille au lit, puisqu'ainsi, il m'avait pour lui tout seul. Si je me levais pour aller au lit en même temps que mon frère, cela rendait les choses plus difficiles pour mon père, évidemment. Dès qu'il savait que Sean était dans sa chambre pour la nuit, mon père me donnait des petits coups dans les côtes.

— Ne va pas t'imaginer pas que tu vas t'échapper aussi facilement, susurrait-il.

Les abus ont continué au même rythme, voire plus régulièrement encore. Je devais porter les horribles bas et le porte-jarretelles dans la maison quand Sean et Johnny n'étaient pas là. Mon père me reluquait dans cette tenue un moment puis il me tirait à lui.

— Tu es très sexy, tu sais. Et tu es toute à moi.

Ses remarques me donnaient la nausée. J'essayais de parler d'autre chose ou de trouver une excuse, de dire que j'avais oublié quelque chose, et j'essayais de me soustraire à ses sales pattes. Je faisais même semblant de ne pas l'avoir entendu. Je m'efforçais de ne pas m'habiller d'une manière susceptible d'attirer son attention, je portais des vêtements amples pour cacher mes formes. J'étais tellement mince que je n'avais aucune forme, de toute façon. Et je ne portais pas de soutien-gorge : mes seins avaient commencé à se développer et étaient visibles sous mes tee-shirts, ce qui, je m'en aperçois rétrospectivement, l'excitait beaucoup. Et puis, comment une petite fille qui entre à peine dans l'adolescence peut-elle demander à son père de lui acheter un soutien-gorge ?

J'étais encore si petite et tellement fluette que les bas m'arrivaient tout en haut des cuisses. Mes jambes semblaient appartenir à quelqu'un d'autre. J'avais l'impression d'être un morceau de viande, comme si mon corps appartenait à un personnage dans une pièce de théâtre étrange. Sauf que le public, c'était mon père, mon père tout à son plaisir pervers.

Un soir, Sean étant absent, mon père a sorti un objet bizarre de derrière l'aquarium où barbotaient des poissons exotiques à queue en éventail et tachetée, appelés des guppies. Il a retiré son pantalon et son caleçon et m'a dit d'utiliser la pompe sur lui pour faire gonfler son pénis.

— Je sais bien que je ne suis pas si bien doté que ça, a-t-il dit en souriant. Je veux être plus gros pour toi. Il ne faudrait pas que tu ailles voir ailleurs, hein, Kim ?

Je n'avais pas la moindre idée de ce qu'il entendait par là, mais il m'a montré comment utiliser la pompe. Je ne sais pas ce qui était censé se passer, mais tout ce que cette manipulation semblait faire, c'était stimuler encore plus son appétit sexuel. C'était abominable. J'essayais de me concentrer sur les petits poissons qui nageaient derrière la vitre de l'aquarium en me disant que j'aurais donné tout l'or du monde pour être un de ces petits poissons à cet instant, plutôt que moi.

Souvent, au beau milieu de la préparation d'un repas, l'envie subite de me violer le prenait et il laissait tout en plan. Il fallait régulièrement jeter des bouteilles de sauce à moitié faites et d'autres choses encore, car après il s'endormait, éreinté, ivre mort.

Presque toutes les nuits, il se mettait à ronfler alors qu'il me besognait encore. Et moi je restais là, comme d'habitude, les yeux grands ouverts, des sillons de larmes chaudes sur les joues.

Au moins, c'est fini maintenant, Kim, me suis-je dit un soir, en me recroquevillant, comme pour tenter de me rassurer. Alors je me suis retournée pour essayer de dormir, mais au moment où je commençais à m'endormir, mon père s'est de nouveau collé contre moi et s'est agrippé à tout mon corps. Cette attaque a duré jusqu'à 4 heures du matin. Je me suis ensuite réveillée à 7 heures, quand le réveil a sonné pour l'école.

— Debout, sinon tu vas être en retard, a-t-il grogné.

Mon père m'a fait un café en sifflotant avant d'aller se préparer pour partir au travail. Il devait être fatigué lui aussi, mais je savais qu'il se rendrait à l'université un peu plus tard ou qu'il ferait une sieste à l'heure du déjeuner pour compenser le manque de sommeil. Pour moi, il n'y avait aucune chance de rattraper le sommeil perdu.

Ce manque de sommeil a inévitablement eu des répercussions sur mon travail à l'école. Mes notes ont commencé à baisser, ce qui, je le savais, ne manquerait pas de mettre mon père dans une colère noire. Mes professeurs m'alertaient constamment des conséquences sur mon bulletin scolaire. Ils ont fini par convoquer mon père. Il s'est contenté de dire que je n'étais pas très douée, qu'une enfant comme moi devait travailler plus dur puisque je manquais naturellement d'intelligence. Je me souviens d'un professeur, visiblement assez mal à l'aise devant les propos de mon père, lequel disait : « Kim n'arrivera jamais à rien. Elle est un peu arriérée, comme son oncle. » Il faisait référence à mon oncle Jake, le frère aîné de ma mère, né avec des difficultés d'apprentissage. « C'est évident que ça vient de ce côté-là de la famille, sa mère n'est pas très futée non plus », a-t-il ajouté. En revanche, il a proposé de superviser mes devoirs, ce qui m'a encore plus démoralisée car je savais ce que cela signifiait.

Si seulement mes professeurs avaient su la vérité. Avec son bel anglais impeccable, sa chemise bien propre et sa veste fraîchement repassée, mon père était très convaincant, c'était l'exemple même du père parfait.

À cette époque, je n'avais toujours pas entamé ma puberté. Mon père continuait à me forcer à boire de l'huile de foie de morue ou à faire fondre du Kimbo, dans l'espoir de me faire grossir. Il a également continué à sucer mes seins, en soutenant qu'il « stimulait » mon développement. En même temps, il semblait soulagé que je n'aie pas encore eu mes règles, car il disait qu'ainsi il n'avait pas à s'inquiéter d'une éventuelle grossesse.

Même à cette époque, je n'avais toujours aucune idée de la façon dont une femme tombait enceinte. Ou de ce qu'était le sexe, bien que j'eusse une idée de ce que mon père faisait avec moi. Il n'y avait pas d'éducation sexuelle à l'école, personne n'en parlait. Mon corps commençait à se développer et à prendre des formes de femme, et moi, je haïssais ce corps. Le gonflement du ventre et des seins, les hanches qui s'élargissaient, tout cela me complexait encore davantage. Dès que j'en avais l'occasion, je choisissais de porter des pulls ou des pantalons amples et informes. Je ne voulais pas que l'on me regarde, je ne voulais pas être belle. Je ne voulais surtout pas que les garçons me trouvent attirante. Idéalement, j'aurais voulu me fondre dans le décor et disparaître.

Un soir, lors d'une énième agression, mon père m'a barbouillé le visage de son sperme. Il s'est masturbé sur mon visage et m'a interdit de me nettoyer. Instinctivement, je m'étais redressée pour aller m'essuyer, mais il m'a ordonné de rester assise, le visage souillé, des gouttes dégoulinant dans mes yeux et ma bouche, sur mes genoux et jusque sur le sol. Parfois, je devais demeurer assise jusqu'à ce que la semence commence à sécher sur mon visage, et là j'étais autorisée à l'idée d'aller me débarbouiller.

— Reste comme ça et n'y touche pas, a-t-il dit en souriant la première fois qu'il s'est adonné à ce nouveau rituel. Tu as des boutons, et ça, c'est bon pour ta peau, ça va t'aider à les faire disparaître.

Son visage exprimait un vrai de souci de moi, comme s'il s'inquiétait véritablement de mon bien-être, ne serait-ce qu'un court instant.

Je me suis redressée dans le lit, en position assise, clignant des yeux dans la lumière pâle de la lune qui filtrait à travers les rideaux. Le liquide gouttait de mon menton, une sensation qui me dégoûtait. Je n'avais qu'une hâte, courir à la salle de bains et me frictionner le visage. Mais je savais qu'il valait mieux ne pas défier mon père, alors je suis restée là, assise dans le noir comme un fantôme, les yeux dans le vide, attendant que le temps passe.

J'aurais voulu disparaître. Être n'importe où sauf dans cet endroit. J'aurais voulu que la mort vienne me prendre et m'emporte loin d'ici.

7

Un après-midi, après une journée d'école, Alison Long, la propriétaire et directrice de l'école, s'est approchée de Sean et moi dans la cour de récréation.

— Aujourd'hui, je vous ramène chez moi, nous a-t-elle annoncé. Et votre père viendra vous chercher plus tard.

J'ai jeté un regard étonné à mon frère. Qu'est-ce qu'elle racontait ? Sans nous laisser le temps de réagir, elle s'est dirigée vers le parking où était garée sa Toyota Corolla orange, et visiblement nous devions la suivre. Elle a ouvert la portière de la voiture et nous a fait signe de monter sur la banquette arrière. J'ai regardé par-dessus mon épaule, me demandant bien ce qui se passait et ce que mes copines allaient penser si elles me voyaient.

Nous nous sommes mis en route et j'ai tout de suite remarqué, sur le plancher de la voiture, les restes des repas de l'école, dans de grands plateaux argentés peu profonds. Quand Alison prenait les virages brusquement, le contenu débordait. J'ai froncé le nez devant Sean pour lui signifier mon dégoût. Tout le monde détestait les repas servis à l'école – les ragoûts, les casseroles, les plats de pâtes, tous avaient la même consistance de cuisine bâclée et bien trop salée.

Nous nous sommes garés devant chez Alison, une vaste maison blanche de style colonial. Toujours sans un mot, elle nous a fait signe d'entrer et nous a conduits au salon, où ses filles, Kirsty et Claudia, regardaient la télévision. Alison nous a invités à nous asseoir sur le canapé pendant qu'elle ferait réchauffer le contenu des plateaux. Et elle nous a servi ces restes dans deux assiettes, puis nous a informés que notre père viendrait nous chercher plus tard.

Nous sommes restés sagement assis, en silence, à triturer la mélasse dans nos assiettes, pendant que les enfants d'Alison nous observaient. Kirsty en particulier nous dévisageait d'un air vraiment bizarre. Je me suis souvenue que mon père avait un jour dit qu'elle rencontrait des difficultés d'apprentissage à l'école, mais moi je la trouvais tout à fait normale. Au bout d'un moment, nous avons abandonné l'idée d'ingurgiter ce dîner répugnant et nous avons regardé la télévision. Je n'avais qu'une hâte, rentrer chez moi et revoir mes animaux de compagnie. C'était la seule chose que j'attendais avec impatience chaque jour.

Quelques heures après, mon père est enfin arrivé. Quelque chose dans la façon dont lui et Alison échangeaient des regards me faisait penser qu'ils étaient ensemble. Ils formaient un couple bien étrange. Alison avait la cinquantaine et mon père, un peu plus de quarante ans. Même sans explication, il était clair qu'ils étaient maintenant ensemble. Et moi, je soupçonnais mon père de ne rechercher ce genre de femme que pour l'argent. Il ne nous a absolument rien dit au sujet de sa relation avec cette femme en nous ramenant à la maison. Nous n'avions qu'à accepter ce nouvel état de fait, un point c'est tout.

Plus tard dans la soirée, alors qu'il commençait à me tripoter dans le lit, il m'a dit qu'Alison était une vieille peau. Que moi, en comparaison, j'étais jeune et sexy. Je me suis sentie mal. Comme toujours, je me suis déplacée aussi loin que possible, à l'autre bout du lit, pour m'éloigner de lui. Je savais qu'il m'aurait de toute façon, mais c'était une réaction physique instinctive.

— Mais qu'est-ce que tu as, toi ? a-t-il pesté. Kirsty, au moins, elle aime ça, elle.

Un violent haut-le-cœur m'a envahie en pensant à la pauvre Kirsty. *Mon père violait-il aussi la fille d'Alison ?*

La nouvelle relation entre mon père et Alison s'est traduite par de nouvelles habitudes pour nous. Alison nous ramenait de l'école, pour aller chez elle, puis elle nous donnait les restes de l'école comme dîner, dans une pièce séparée, pendant que ses filles regardaient la télévision. Puis mon père venait à son tour dîner chez elle, un peu plus tard. Elle demandait à sa domestique de préparer des steaks et d'autres plats somptueux pour elle et mon père. En de rares occasions, nous mangions ensemble et nous avions droit à leurs restes. La plupart du temps, nous étions tenus à l'écart des deux tourtereaux jusqu'à ce qu'il soit l'heure de rentrer à la maison. Alison ne faisait même pas semblant de vouloir nous apprendre à nous connaître. Les adultes nous avaient dit de rester bien sages sans bouger, et de les laisser tranquilles.

L'espace de quelques heures j'avais nourri l'espoir que mon père me laisserait tranquille, maintenant qu'il avait une nouvelle petite amie. Mais je me trompais. Rien ne l'empêchait de me violer chaque nuit car, bizarrement, il ne passa jamais une seule nuit avec Alison (nous ne sommes jamais allés dormir chez elle non plus), et elle n'est jamais venue chez nous à Jamhuri Crescent. Plus tard, il a menti au tribunal en disant qu'il vivait avec Alison, ça n'a jamais été le cas. C'était une configuration étrange, mais nous avons accepté cette nouvelle normalité car nous n'avions tout bonnement pas le choix. Quelques mois après mon père nous a informés qu'il avait épousé Alison. Elle ne vivait toujours pas avec nous et n'avait pas non plus l'intention d'emménager chez nous. Cela m'a rendue encore plus soupçonneuse, j'étais convaincue que mon père en avait donc vraiment après l'argent de cette femme.

Peu de temps après, Alison a décrété que sa fille Claudia et moi devions quitter notre école pour aller au couvent Loreto de Msongari, une école pour filles située dans le quartier de Lavington de Nairobi, tandis que Sean resterait à Braeburn. Personne n'a eu son mot à dire. C'était une école catholique tenue par des religieuses. Je n'étais même pas catholique, mon père avait menti à l'école en prétendant que je l'étais. Quand on m'a remis un nouvel uniforme, j'ai beaucoup pleuré. Je devais porter un pull rouge à manches longues avec un chemisier blanc, une jupe ample bleu marine et des socquettes blanches. J'étais terrorisée. J'avais à peine eu le temps de dire au revoir à mes copines et chaque soir il fallait que je rentre à la maison, sous le même toit que mon père. Tout recommencer à zéro me semblait une épreuve insurmontable. Mais bientôt de nouveaux bouleversements vinrent rebattre les cartes.

Je n'étais pas dans ma nouvelle école depuis bien longtemps que mon père eut d'autres nouvelles pour nous : Alison voulait que Sean et moi soyons envoyés en pension. Claudia et moi avions rapidement appris à détester le couvent, dirigé par des religieuses très strictes. Tous les jours je me plaignais auprès de mon père pour lui faire comprendre à quel point cette école était abominable. La perspective d'aller en pension me ravissait.

— Moi je suis d'accord avec Alison, ça pourrait être bien pour toi, a-t-il conclu.

Après ma dernière expérience dans une nouvelle école, un sentiment d'anxiété m'a assaillie. Je ne pourrais en aucun cas supporter une autre école catholique, même s'il était clair que je n'avais de toute façon pas le choix, et que de toute évidence Alison voulait nous évincer de sa vie.

— Et on va aller où ? ai-je demandé.

— On vous a trouvé une place à Hunmanby Hall, a dit calmement mon père. Dans le Yorkshire.

Ma mâchoire a failli se décrocher. Cela faisait presque deux ans que nous étions au Kenya. Allions-nous vraiment retourner au Royaume-Uni ? Sean était lui aussi censé aller en pension, à l'école pour garçons de Woodhouse Grove, à vingt minutes à peine de la maison de ma mère. Je faisais attention à ne pas trop sourire ; je savais que mon père ne supporterait pas que je me soustraie à son emprise. Si j'avais l'air trop heureuse, il risquait de revenir sur sa décision. Mais alors que la date de notre départ approchait, j'ai commencé à avoir des doutes, je ne savais plus si je voulais vraiment quitter Johnny et mes amis. C'était grâce à eux que je tenais le coup. Oui, je serais libérée des agressions de mon père, mais l'idée de repartir à zéro ne me plaisait pas non plus. Le pensionnat en question était situé à une heure et demie de la maison de ma mère, je savais donc qu'elle ne pourrait pas venir facilement me voir sans véhicule. Bien sûr, pour mon père, c'était ce qui faisait l'attrait de la situation géographique de cette école – il ne tenait pas du tout à ce que je revoie ma mère régulièrement.

Plus le moment de mon départ approchait, plus il insistait sur la nécessité de garder notre petit secret. Il me disait que je le regretterais amèrement si je parlais de nous à quelqu'un, et qu'il l'apprendrait si j'avais eu des rapports sexuels avec un garçon (ce qui ne m'intéressait pas), et que de toute façon j'attraperais forcément quelque maladie, peut-être même mortelle. Très vite, j'ai décidé que n'importe quelle vie serait plus souhaitable que celle-ci.

Je m'étais imaginé que dès notre arrivée au Royaume-Uni, mon père nous conduirait au pensionnat et nous dirait au revoir, mais je me trompais : il a fait le voyage avec Sean et moi jusque chez ma mère à Leeds, où il est resté plusieurs jours. Mais au lieu de nous conduire directement chez elle, il s'est arrangé pour faire une halte de plusieurs jours dans un hôtel de Londres. Nous, tout ce que nous voulions, c'était revoir maman, mais mon père a fait traîner les choses. Nous avons dû nous balader dans Londres, à faire d'interminables visites d'un ennui mortel. Il continuait à me faire porter une minijupe et des talons hauts et me demandait de lui prendre le bras pour nous rendre dans sa chambre, comme si j'étais sa femme. J'étais tellement gênée que je n'osais pas regarder les gens, mais je suis bien certaine que nous avons dû être la cible de quelques regards de travers. Dès que la porte était fermée, il me sautait dessus, comme d'habitude.

Mon père a loué une voiture à Londres pour nous rendre chez ma mère. Pendant le long trajet vers le Nord, il s'est plaint amèrement d'être lié à une femme qu'il n'avait aucune envie de revoir. Il nous disait que c'était comme avoir une corde autour du cou.

— Si j'ai demandé le divorce, ce n'est pas pour rien. Je ne voulais plus jamais rien avoir affaire avec votre tarée de mère, mais parce que vous, vous tenez à la voir, pour des raisons que je ne comprendrai d'ailleurs jamais, moi aussi je suis obligé de m'y coller.

Je fermais les yeux pour l'effacer de mon champ de vision.

— Elle ne t'aime même pas, m'a-t-il dit une fois encore. Elle se fiche complètement de savoir où tu es ou ce que tu fais.

Je l'ai ignoré. Dans ma tête, je comptais les heures, les minutes et les secondes avant de revoir notre merveilleuse mère. C'était en août 1978 et je n'avais pas vu ma mère depuis près de deux ans. Deux ans, c'est tellement long pour un enfant sans voir un parent, surtout une mère. Je ne m'en rendais pas compte à l'époque, mais mon père nous avait volé deux années importantes à Sean, à moi et à notre mère – des années perdues à jamais, des années passées séparément.

De l'extérieur, notre petite maison de trois pièces n'avait pas changé. Les gouttes de pluie battaient toujours la fenêtre. Les rues semblaient tellement étroites et si grises ici. J'avais le ventre noué, soudain émue, animée d'un tel désir de voir ma mère que je ne pouvais supporter d'attendre une seconde de plus.

Lorsque nous avons vu son ombre se dessiner derrière la porte, une vague de timidité inattendue m'a envahie. Puis, lorsqu'un grand sourire s'est formé sur son visage, je me suis jetée dans ses bras. L'odeur de la fumée de cigarette sur son cardigan était si familière. On s'est serrées très fort, on a pleuré toutes les deux.

— Oh, mon petit poussin... Tu m'as tellement manqué ! Regarde-toi un peu, toute bronzée, grande comme une adulte. Tu as l'air en pleine forme.

Elle souriait, ses yeux brillaient. Je me suis mordu la lèvre pour retenir un nouveau flot de larmes. J'avais été forcée de grandir d'une manière qu'elle n'imaginait sûrement pas. Un étrange sentiment de tristesse m'a submergé. Ma propre mère ignorait tout du calvaire que je venais de traverser. Elle n'avait pas été là pour moi. J'ai compris alors que le lien entre nous ne serait jamais le même qu'auparavant.

Maman m'a fait signe d'entrer. En la suivant dans le couloir, j'ai remarqué combien ses jambes étaient maigres par rapport à son visage bouffi et gras. Âgée d'une trentaine d'années, elle était déjà fatiguée, ce qui n'était pas le cas auparavant.

Susan étant en pension, il n'y avait que Lucy à la maison, et elle me sembla beaucoup plus âgée que dans mon souvenir. Nous nous sommes saluées, presque timidement, et j'ai eu envie de sangloter à nouveau – c'était ma sœur mais nous nous sentions désormais étrangères. L'époque où nous passions des après-midi entiers à jouer dans les vergers du quartier pour voler quelques pommes ou jouer aux billes semblait bien lointaine.

Maman tenait à nous faire plaisir, à Sean et à moi, elle voulait nous faire un bon repas, a-t-elle dit. Mon père l'a suivie à la cuisine et est revenu presque immédiatement, décrétant que le contenu du réfrigérateur, immonde de crasse, était triste à pleurer, et que lui, personnellement, ne toucherait rien de ce qui en sortirait.

— Je vais aller acheter deux ou trois trucs à manger, Joan, lui a-t-il dit.

Il m'a jeté un regard entendu. Je savais qu'il ne tarderait pas à recommencer à critiquer maman. Moi, à cet instant, j'ai eu envie qu'elle nous dise que plus jamais nous n'aurions à retourner au Kenya, mais au lieu de ça, elle bavassait à propos des voisins et ses yeux cherchaient les dernières clopes de son paquet. Puis elle s'est servi un verre de Martini et s'est installée dans le canapé.

— Je sais qu'il est tôt, mais bon, c'est exceptionnel, et il faut bien fêter votre retour à la maison, a-t-elle gloussé.

J'aurais aimé la croire, mais je savais que c'était une excuse pour boire un verre.

— Allez, mes poussins, racontez-moi un peu le Kenya.

Elle a souri. Et nous, tels deux perroquets, avons énuméré tous les bons aspects – les safaris, la maison, nos animaux de compagnie, nos amis. On a juste laissé de côté les coups, la terreur, les viols. Mon père est revenu quelques minutes plus tard avec quelques courses de l'épicerie, de quoi nous préparer un repas rapide. Il a expliqué à ma mère que nous devions nous coucher tôt parce que le lendemain, nous devions nous rendre à Hunmanby pour acheter mon nouvel uniforme.

— À bientôt, mon poussin, a-t-elle dit en me serrant très fort dans ses bras pour me dire au revoir.

Sean avait le droit de rester dormir chez maman, mais pas moi. Il m'a fallu rassembler tout mon courage pour m'empêcher de me mettre à hurler. C'était tellement injuste. J'avais hâte de pouvoir enfin dormir toute une nuit sans être dérangée. Mais mon père a insisté pour que je vienne avec lui. Je mourais d'envie que maman me prenne dans ses bras et me demande si j'allais bien. Je voulais lui dire ce que mon propre père me faisait subir. Je voulais aussi lui dire que j'étais en train de dépérir intérieurement, mais je savais que cela ne valait pas la peine de prendre le moindre risque ce soir-là. Je savais déjà de quoi mon père était capable, et comme il me l'avait dit de manière explicite plusieurs fois : « Qui te croira ? » Alors, je me suis forcée à sourire, j'ai embrassé ma mère une dernière fois et je suis remontée dans la voiture avec mon père. Il nous avait réservé une chambre à l'hôtel White Swan dans le village de Hunmanby.

Lorsque nous sommes arrivés, mon père a pris un air ravi quand le réceptionniste de l'hôtel nous a pris pour un couple – mon père m'avait fait enfiler des vêtements d'adulte dans la voiture. Qui sait où il se les était procurés ? Il m'a fait signe de passer devant lui. Il me tenait courtoisement les portes ouvertes, remerciait chaleureusement tous ceux qui nous aidaient à porter nos sacs. Une fois de plus, je voyais bien que pour le monde extérieur, cet homme avait tout d'un gentleman de bonne famille, fort bien éduqué.

L'hôtel était très ancien, le parquet de guingois, et notre chambre, sombre et miteuse. J'ai frémi en pensant que l'endroit pourrait bien être hanté. Les toilettes communes se trouvaient au bout du couloir, j'espérais ne pas avoir à les utiliser pendant la nuit. Nous avons dîné de sandwichs dans notre chambre et je crois me rappeler que j'ai pris un verre de vin. Je ne me souviens pas avoir bu beaucoup, mais mon père avait acheté une grande quantité de bière pour lui. Cette nuit-là, il m'a violée plusieurs fois, pendant des heures, entre deux assoupissements d'ivrogne.

Le lendemain matin, ayant revêtu son masque de père attentionné aux yeux du monde extérieur, il m'a emmenée au magasin d'uniformes scolaires du village. Il a fallu que j'essaie un manteau et un uniforme dans les tons ocre. Alors que je me tenais dans la cabine, essayant la chemise, la jupe et le blazer en laine pour voir si la taille allait, j'ai été prise d'une soudaine envie de pleurer. Ces vêtements étaient raides, rugueux, ils étouffaient mon petit corps. Mon père a payé le tout, puis il m'a également acheté une malle rouge vif, avec mon nom dessus. Ensuite, nous sommes retournés à l'hôtel et il nous a réservé une table au restaurant, pour le dîner.

Avant de descendre, il a fallu que je me prépare pour le dîner. Mon père avait sorti un ensemble qu'il voulait que je porte : une jupe courte, un porte-jarretelles et des talons hauts. Comme un robot, j'ai enfilé la tenue. Puis il m'a dit de m'asseoir sur le lit et de fermer les yeux. J'étais sur mes gardes en le sentant tourner autour de moi. Il m'a fait relever mes cheveux et m'a maquillée. Puis il m'a fait tourner la tête pour que je puisse me voir dans le miroir en face du lit.

La fille qui me regardait avait l'air d'avoir cinq ans de plus.

— Voilà, a-t-il dit avec une certaine fierté dans la voix. Maintenant, nous voilà prêts pour aller dîner.

En descendant l'escalier du mieux que je pouvais avec mes talons, je me sentais totalement ridicule et trop bien habillée. Je percevais nettement les regards effarés des autres clients. Un serveur est venu nous demander ce que nous souhaitions commander. Nous avons dîné de sandwiches et bu un verre pendant que mon père s'écoutait parler. Il me racontait sa brillante carrière à l'université, malgré ses étudiants tous plus crétins les uns que les autres. Ces imbéciles ne voyaient pas la chance qu'ils avaient d'avoir un professeur comme lui. J'acquiesçais quand il le fallait, tout en me demandant combien de fois il allait me violer pendant la nuit. J'étais rouée de fatigue et j'appréhendais mon premier jour d'école.

Comme je le redoutais, cette nuit-là j'ai de nouveau été violée à plusieurs reprises. Quand il m'a enfin laissée en paix, j'aurais presque aimé être de retour à Nairobi, pour pouvoir au moins aller finir la nuit dans ma chambre. Ici, j'étais tétanisée ne serait-ce qu'à l'idée d'aller au bout du couloir pour utiliser les toilettes. Je suis restée éveillée jusqu'à ce que l'épuisement total ait raison de moi. Je ne pensais qu'à une chose, à la maison de ma mère, un endroit où j'aurais été en sécurité, à quelques kilomètres de là. Quelques kilomètres qui auraient tout aussi bien pu être des années-lumière.

8

Le pensionnat pour jeunes filles de Hunmanby Hall, dans l'est du comté du Yorkshire, était un vaste et imposant bâtiment en briques, situé au bout d'une longue allée. L'endroit ressemblait à un décor de film où se dérouleraient de terrifiants événements. Malgré son aspect peu engageant, c'était l'un des meilleurs pensionnats du pays, et pendant le trajet en voiture, mon père n'a pas arrêté de me dire que j'avais beaucoup de chance d'y aller. De mon côté, je restais muette. Malgré tout ce qui s'était passé, je craignais d'avoir le mal du pays. Non pas que mon père allait me manquer, bien entendu, mais mes vieux amis, mes animaux, en revanche…

L'intendant a traversé l'allée gravillonnée pour nous accueillir à notre sortie de voiture. Mon père lui a serré la main puis il m'a présentée, avec ce qui semblait être une petite fierté paternelle. Malgré moi, j'ai eu une pointe d'espoir. Pendant quelques minutes, mon père a eu l'air d'un père normal, un père qui entretenait une relation normale avec sa fille, ce que je désirais plus que tout au monde. Je ne pouvais m'empêcher de désirer son amour et son approbation, même si ce que j'obtenais en réalité, c'était exactement le contraire. C'était peut-être un monstre violent, mais c'était le seul parent que j'avais puisque je dépendais entièrement de lui. Je ne pouvais pas m'empêcher de chercher sa validation.

L'intendant nous a expliqué les règles de l'école et on nous a fait faire le tour du bâtiment rapidement. Les élèves n'étaient pas autorisés à se rendre au-delà de la ville de

Filey, à cinq kilomètres de là. Les week-ends étaient entièrement libres, mais mon père avait déjà précisé que je ne devais aller nulle part sans sa permission. Je savais déjà ce que cela signifiait : je ne devais en aucun cas retourner chez ma mère. Comme d'habitude, mon père s'est montré attentionné et gentil avec moi devant les gens, presque inquiet de savoir si j'avais vraiment tout ce dont j'avais besoin. En partant il a demandé à l'intendant combien de fois je pouvais appeler à la maison, et m'a même fait une bise sur la joue comme un père ordinaire. L'intendant a souri, manifestement convaincu que nous avions une relation tout à fait saine et pleine d'amour.

Comme j'étais pensionnaire à plein temps, il me fallait partager un dortoir avec d'autres filles. Nous avions nos propres cabines à l'intérieur de ces dortoirs. Je ne savais pas trop à quoi m'attendre : d'un côté je me réjouissais à l'idée de pouvoir enfin dormir sans interruption, mais je me sentais également seule. J'ai enfin compris que, malgré les mauvais traitements, je dépendais de mon père pour absolument tout. Il me disait quoi cuisiner, quoi manger, comment m'habiller et ce que je pouvais regarder à la télévision. Ne pas me faire dicter ma routine me faisait soudain très peur. Je me suis retirée dans mon box, me suis assise sur le lit pas encore fait et ai fondu en larmes. Mais je me suis vite endormie. Le lendemain matin, j'ai été réveillée par un son de cloche tellement fort qu'il faisait trembler les murs !

L'école était un vaste labyrinthe de couloirs. Très vite, j'ai conçu une certaine jalousie envers les pensionnaires de jour, celles qui vivaient chez elles, ou pas trop loin de chez leurs parents. Elles rayonnaient de joie en arrivant à l'école. Ma mère se trouvait à une heure et demie de route, c'était loin, trop loin. J'aurais aimé pouvoir aller dans une école plus proche d'elle, comme mon frère. Ce n'était peut-être pas la meilleure mère du monde à certains égards, certes, mais jamais je n'avais douté de son amour.

Elle me prenait si souvent dans ses bras… Je rêvais qu'un de mes parents puisse à nouveau me serrer dans ses bras, sans rien chercher à obtenir de moi.

Il m'a fallu plusieurs semaines pour trouver ma place mais j'ai fini par me faire des amies. Ma meilleure copine était une fille du nom de Lizzie. Son père était un grand avocat qui travaillait sur des dossiers de haut niveau et plaidait aux palais de justice de York et de Leeds. Un week-end, nous sommes allées chez ses parents à Weeton, près de Harrogate. Son père était au tribunal ce jour-là, nous l'avons attendu en jouant à faire des galipettes sur la rive escarpée qui se trouve juste devant le tribunal de York. Après, nous sommes allées acheter deux gâteaux à la crème pâtissière et nous nous sommes assises au fond de la salle d'audience où son père plaidait. Tout en mangeant nos pâtisseries, nous nous sommes mises à taper des pieds contre les bancs, jusqu'au moment où, ayant reçu quelques regards courroucés, nous sommes ressorties. Mes autres amies étaient elles aussi issues de la même classe sociale plutôt privilégiée. Nous étions toutes les mêmes, des gamines aussi espiègles les unes que les autres.

À l'école, comme nous étions autorisées à recevoir de l'argent de poche, ma mère m'envoyait régulièrement 5 livres dans ses courriers. Progressivement, jour après jour, j'ai appris à profiter de ma nouvelle liberté. J'ai aussi commencé à prendre des décisions toute seule : j'achetais des bonbons à la cantine, ou bien un jour, lors d'une sortie shopping avec mes copines, j'ai fait l'acquisition de mon premier jean. Nous choisissions des modèles très moulants et après avoir enfilé le pantalon, nous nous immergions dans une baignoire remplie d'eau pour le faire rétrécir encore plus. C'était merveilleux de choisir moi-même mes tenues ! Et le fait de pouvoir dormir toute la nuit, pour la première fois depuis des années, sans être maltraitée, était un véritable bonheur. Tout cela m'a permis de mieux me concentrer en classe et mes notes se sont vite améliorées. Après un mois de pension j'ai commencé à me sentir vraiment à l'aise. Dans l'ensemble, la vie était assez agréable. Le week-end, on se baladait sur les grandes berges herbeuses près du palais de justice, on achetait des flans à la vanille et on traînait en ville, comme des adolescentes ordinaires. Parfois, mes copines et moi, nous allions même au White Swan pour essayer de prendre un verre, mais comme nous étions de toute évidence mineures, on nous demandait systématiquement de quitter les lieux. Heureusement, le personnel du bar ne me connaissait pas.

Mon père m'écrivait lui aussi régulièrement. Il parlait de m'acheter un nouveau chien, quand je rentrerais à la maison. Il me racontait comment les choses se passaient au Kenya, un pays qui ne me manquait pas le moins du monde. Au premier semestre, il m'a autorisée à aller passer les vacances et les week-ends chez ma mère. J'étais aux anges ! Nous étions contraintes de voyager dans notre uniforme scolaire, d'être élégantes en public, afin de ne pas ternir la réputation de l'école, mais dès que les portes des wagons se sont refermées, nos professeurs étant restés à quai, nous nous sommes empressées de retirer nos tenues inconfortables pour enfiler nos jeans. Je me souviens même avoir jeté mes chaussettes par la fenêtre, ce qui nous a valu un beau fou rire. Pour la première fois depuis ce qui me semblait une éternité, je me suis sentie complètement libre.

Malgré l'addiction à l'alcool de ma mère, j'étais ravie d'être de retour chez elle et de revoir Lucy (Susan était partie au pensionnat de Queen Ethelburga dans le nord du Yorkshire). Maman n'était pas très douée en cuisine et nous avions souvent faim, mais c'était agréable de passer du temps avec mes frère et sœurs, comme au bon vieux temps. Ne pas se faire violer tous les soirs et avoir le droit de dormir était paradisiaque. De temps en temps nous allions dormir chez des amis de maman, Eric et Debbie, qui tenaient un

B&B à Bridlington, à une petite quinzaine de kilomètres de l'école. J'adorais les vendredis et la perspective d'un week-end entier devant moi, et le dimanche soir j'avais le cafard, sachant que je devais à nouveau quitter ma mère.

Pendant le dîner, nous écoutions l'émission *Top of the Pops* sur Radio 1 pour que je puisse enregistrer une cassette de chansons que j'écouterais pendant la semaine. Le DJ faisait le compte à rebours à partir de 40, et lorsqu'il arrivait à 10, mon cœur se serrait à l'approche de la révélation, le disque n° 1 de la semaine. Quand le dernier tube était en train de passer, c'était le signal, l'heure de me rendre à l'arrêt de bus pour retourner à l'école. Je ne disais plus un mot, je ne voulais pas partir et laisser ma mère. Après lui avoir longuement dit au revoir en la serrant dans mes bras, je pleurais pendant tout le trajet, jusqu'à mon dortoir. Il y avait quelque chose de très déstabilisant à devoir se réadapter chaque fois à la vie scolaire. Comme respecter les différentes sonneries, et chacune avait sa propre signification : autorisation de sortir seule mais seulement jusqu'à Filey (dans un rayon de cinq kilomètres maximum), cours le samedi matin parfois, messe à la chapelle tous les dimanches. Il fallait aussi réapprendre à dormir dans un dortoir commun, certes divisé en boxes, mais délimités par de simples panneaux de bois. Certaines filles faisaient du bruit aussi, la nuit, ce qui perturbait le sommeil. Pas étonnant qu'il m'ait à chaque fois fallu quelques jours pour me réhabituer.

Après les premières vacances avec ma mère, mon père a commencé, certains week-ends, à venir au Royaume-Uni pour nous rendre visite. Mais cela restait très occasionnel et n'arrivait presque jamais pendant les vacances scolaires puisque durant ces périodes, Sean et moi étions envoyés au Kenya, et ce au moins trois fois par an. Mon père rentrait parfois en Angleterre avec nous et nous ramenait chacun à l'école, et en général, dans ces circonstances, après avoir reconduit Sean, il réservait une chambre au White Swan pour lui et moi. Et à chaque fois, le soir il me mettait sur mon trente-et-un et m'emmenait dîner au pub.

Il se plaignait toujours de la vulgarité des gens, de tout le monde, et de la nourriture aussi, qu'il trouvait infecte. Puis, une fois dans la chambre, il me violait. Les agressions duraient des heures et des heures. Il était tellement ivre qu'il s'endormait en faisant la chose, alors j'essayais de m'endormir à mon tour, mais il me réveillait peu de temps après pour recommencer. Et ainsi de suite jusqu'au petit matin. Je n'ai jamais fait la moindre tentative pour lui résister car cela n'aurait servi à rien – je ne tenais pas à attirer l'attention des autres clients de l'hôtel, j'avais bien trop peur de ce que mon père me ferait si quelqu'un soupçonnait quelque chose.

Au bout de quelques mois, mon père a commencé à me mettre des bâtons dans les roues quand je voulais aller passer le week-end chez ma mère. Il disait à ma mère que je n'avais plus d'autorisation de sortie le week-end et s'arrangeait pour que je passe les vacances scolaires avec lui au Kenya. Ma mère ne discutait jamais car elle aussi était intimidée par cet homme charismatique. Il parlait fort, avait toujours le dernier mot et, souvent, hébétée par l'alcool, elle n'avait ni la volonté ni la force de se défendre.

Quand j'atterrissais à Nairobi, j'avais l'impression de replonger dans l'existence infernale à laquelle je croyais pourtant avoir échappé. Car je savais pertinemment ce qui allait se passer la plupart des nuits. Ma seule consolation était de revoir Johnny. Toujours aussi content de passer du temps avec moi, il voulait tout savoir de ma nouvelle vie.

Pendant nos premières vacances de retour au Kenya, mon père nous emmenait régulièrement dans un endroit appelé le Hunter's Lodge, une résidence de villégiature située au cœur d'un paysage magnifique à Kiboko, sur la route de Mombasa, à quatre-vingt-dix minutes en voiture de Nairobi. Malgré les mauvais traitements que j'y ai subis depuis l'âge de douze ans, j'ai toujours aimé cet endroit. C'était une aventure pour nous, les enfants, car pendant la journée, nous étions libres d'aller gambader où nous voulions. Il y avait un vaste lac où l'on pêchait le tilapia. Nous attrapions les poissons dans un grand seau et les ramenions à la maison pour les mettre dans l'étang du jardin. Il y avait aussi un lac pour faire du bateau, et nous passions des heures à ramer.

Un jour, j'ai aperçu mon premier varan. D'une longueur de plus d'un mètre, il était si énorme qu'on aurait dit un dinosaure. Nous croisions des gazelles, des singes et des hyracoïdes, des animaux incroyables qui ressemblent à des cochons d'Inde. Souvent, je partais seule en exploration. J'adorais attraper des araignées à fruits, les capturer dans des bocaux et les ramener pour les montrer à Sean. Dans le Tsavo il nous arrivait parfois d'en trouver dans nos chaussures – mon père nous rappelait pourtant toujours de ne pas laisser nos chaussures dehors. Une fois, pendant les grandes vacances, ma sœur Susan est venue nous rejoindre. Ces retrouvailles furent formidables. Sean et moi étions tellement heureux de lui faire découvrir le Kenya ! Pas une seule fois je n'ai été tentée de lui parler de ce que je subissais, toujours convaincue que personne ne me croirait. Et puis, je savais que mon père ne s'en prendrait pas à elle. Susan avait une relation très différente de la mienne avec notre père, ils se disputaient et elle lui tenait tête.

Jamais il n'oserait la violer, elle.

Un soir, alors que nous étions en vacances au Twiga Lodge de Mombasa, près de la côte, je me suis assise et j'ai écouté le bruit familier du vent chaud qui soufflait dans les palmiers bordant le rivage. J'aurais voulu pouvoir rester assise là toute la nuit, à profiter de la vue et des sons sans savoir que, dans quelques heures, tout serait gâché par ces agressions auxquelles je ne pouvais me soustraire. Ces abus étaient toujours là, en toile de fond, de tout ce qui m'arrivait dans la vie. Je n'ai jamais pu me réjouir des choses que la plupart des gens considèrent comme allant de soi, comme une simple soirée et une nuit ininterrompue. Quel bonheur de pouvoir passer une nuit entière au calme, mais pour la jeune fille que j'étais, ce n'était qu'un rêve.

Mon père était particulièrement sournois quant au moment et à l'endroit qu'il choisissait pour abuser de moi. Pendant nos voyages à Mtito Andei, en safari, il se glissait dans la douche pour me violer rapidement avant que quelqu'un d'autre n'entre. Il a également insisté pour que je dorme avec lui dans la voiture, tandis que Susan et Sean étaient dans la tente. Moi j'ai pleuré, imploré mon père pour qu'il me laisse dormir avec eux malgré ma peur des animaux sauvages, mais eux, en revanche, ont estimé que j'avais de la chance d'avoir le droit de dormir dans la voiture. Et de toute façon, mon père leur a dit qu'il n'y avait pas assez de place pour tout le monde dans sa voiture. De retour à la maison, il attendait que mes frère et sœurs soient couchés pour se faufiler dans ma chambre.

Personne ne se demandait pourquoi mon père me faisait dormir avec lui, que ce soit dans sa voiture lors des safaris ou dans sa chambre à la maison. C'était devenu la norme, personne n'osait poser la moindre question à ce sujet.

Un jour, alors que je me trouvais au bord d'une piscine près de Hunter's Lodge, dans mon maillot de bain de l'école, mon père est arrivé. Le maillot était bleu et blanc avec des rayures horizontales me faisait paraître plus ronde que je ne l'étais vraiment. D'instinct, comme à chaque fois qu'il apparaissait dans mon champ de vision, je me suis recroquevillée, j'ai croisé les bras pour dissimuler ma poitrine.

— On voit tes seins, a-t-il dit. C'est donc que tu es en train de te développer.

J'ai tourné la tête sans broncher, comme si je ne l'avais pas entendu. Mais il a poursuivi.

— J'espère que tu ne te mets pas en maillot de bain ailleurs qu'ici. Ton corps, il n'y a que moi qui ai le droit de le voir.

Je me suis déplacée quand il s'est assis à côté de moi.

— Tu prends du poids aussi, a-t-il dit en arborant une moue contrariée. Tu as des hanches de femme enceinte, pouah ! Ce maillot de bain ne te va pas du tout. Je vais te mettre au régime quand on rentrera à la maison.

Fidèle à sa parole, l'après-midi même il m'annonçait que je n'avais plus droit à aucune sorte de pain ni aucune pomme de terre.

Quelques jours plus tard, de retour à la maison, il a décidé que je devais suivre un « régime liquide », ce qui signifiait que je ne devais boire que du whisky ou son vin maison (il faisait du vin de banane ou de papaye et ramenait de l'alcool pur du travail pour l'ajouter au mélange). C'était un produit très puissant, une seule gorgée me donnait la nausée. Mais il ne tolérait aucun refus, il m'obligeait à m'asseoir et à boire un verre. En fin de la soirée, j'étais tellement ivre que je finissais par aller vomir dans la salle de bains, avec un mal de tête carabiné et complètement déshydratée.

Heureusement, les vacances scolaires avaient toujours une fin et j'étais libre de retourner à l'école. Mais avant que je parte, mon père a acheté deux autres chiens, des Rhodesian Ridgebacks que nous avons appelés Digby et Bunty. Évidemment, j'ai tout de suite adoré ces deux chiens.

— Tu vas être obligée de rester ici, maintenant, a dit mon père en m'observant jouer avec un des chiens. Digby a besoin de toi.

Il était évident que mon père avait fait l'acquisition de ces animaux pour essayer de me faire revenir plus fréquemment ou rester plus longtemps, et souvent ça marchait, car j'étais folle des animaux. Et puis, je n'avais pas vraiment le choix, de toute façon.

Je suis retournée à l'école couverte de bleus sur les bras et à l'intérieur des cuisses. Comme j'en avais constamment, je les remarquais à peine, mais je savais qu'il ne fallait pas que les autres voient mes ecchymoses. Je ne tenais pas du tout à ce que mes amies se mettent à me poser des questions. Pendant les cours d'éducation physique, je me changeais toujours avec beaucoup de précaution pour que personne ne voie rien, j'enfilais mon haut de sport sous la chemise de mon uniforme scolaire.

Quelque temps après mon retour à l'école en Angleterre, j'ai reçu des nouvelles de mon père. Il avait déménagé dans une nouvelle communauté d'expatriés haut de gamme appelée Loresho Grove et il avait licencié notre cher Johnny. Il l'avait accusé de l'avoir volé. Un mensonge, évidemment. Ma conviction, c'est que Johnny avait été trop longtemps témoin des abus perpétrés par mon père, il lui avait peut-être même dit quelque chose, qui sait ? J'ai pleuré quand j'ai appris la nouvelle. Johnny était la seule personne qui se souciait vraiment de nous dans cette maison. Je n'ai jamais pu lui dire au revoir et je ne l'ai jamais revu.

Chaque fois que l'occasion se présentait, j'allais voir ma mère, mais c'était assez rare. Un week-end, j'avais déjà quatorze ans, elle m'a emmenée dans un pub du coin, le Old King's Arms, à Horsforth. Elle buvait constamment, son alcool préféré était toujours le Martini. Parfois, lorsqu'elle me rendait visite à l'école, elle en proposait même à mes copines, et toutes la trouvaient vraiment rigolote. Quand elle avait bu, elle pouffait de rire avec mes amies, faisait des blagues idiotes et me disait de me détendre un peu. Elle me prenait dans ses bras en m'appelant « mon poussin ». Souvent, je faisais semblant de croire qu'elle était heureuse, plutôt que complètement soûle.

Un samedi soir, au pub, alors que nous commencions juste à boire, un beau type aux cheveux touffus et bouclés s'est approché de nous. Maman le connaissait, c'était Will Myers, l'assistant du boucher local, elle l'a invité à s'asseoir avec nous pour discuter. De sept ans mon aîné puisqu'il était âgé de vingt et un ans (lui, en revanche, n'avait aucune idée de mon âge), Will s'est installé à notre table et nous avons commencé à bavarder. Il avait un sourire irrésistible et une chevelure épaisse, frisée. À mesure que la conversation progressait, je me suis sentie de plus en plus à l'aise en compagnie de Will, surtout lorsqu'il m'a fait un clin d'œil. Je me méfiais déjà de tous les hommes, à cause de ce que mon père m'avait dit sur eux, mais il y avait chez ce jeune homme quelque chose de très chaleureux, quelque chose qui me donnait envie de lui faire confiance. En fin de soirée, il nous a appelé un taxi pour que maman et moi puissions rentrer sans prendre de risques. Nous sommes montées dans le véhicule et Will s'est approché de ma portière. J'ai baissé la vitre et il m'a tendu un petit bout de papier.

— Ça me ferait très plaisir de te revoir, Kim, a-t-il dit avec un nouveau clin d'œil. Tiens, voilà mon numéro de téléphone.

Maman avait l'air très contente.

— Ah, ça, pour un premier petit copain, tu es tombée sur quelqu'un de bien. Oui, il est vraiment très chouette, ce gars.

Jamais je n'avais envisagé une seule seconde d'avoir un petit ami, sachant pertinemment que mon père serait vert de rage s'il l'apprenait, mais le lendemain, sur une impulsion, j'ai appelé Will et nous nous sommes revus le jour d'après. Les week-ends suivants, Will a commencé à m'emmener régulièrement au pub, souvent à l'Old King's Arms, où nous nous étions rencontrés, ou bien à l'Old Ball. Il me tenait la main mais jamais il n'essayait de m'embrasser ou de faire quoi que ce soit d'autre. C'était comme une amitié complice et très agréable entre nous, ce qui était le maximum de ce que je pouvais supporter, de toute façon. Quand il a commencé à m'appeler sa « petite amie », cela ne m'a pas dérangée – il n'avait pas l'air de s'intéresser au sexe ou à autre chose de ce genre, Dieu merci.

Un soir, alors que nous venions de nous retrouver, il m'a longuement dévisagée puis il s'est mis à fredonner les paroles d'une chanson à la mode à l'époque. *When You're in Love With a Beautiful Woman* de Dr. Hook venait de sortir, et Will connaissait déjà toutes les paroles. En le regardant chanter pour moi, le feu m'est monté aux joues. Au fond de moi, j'étais ravie. Pendant des années, mon père m'avait martelé que j'étais stupide, grosse ou laide, et voilà qu'un homme charmant me disait exactement le contraire. J'étais hypnotisée par Will à cet instant-là. Ou peut-être était-ce de l'amour, je ne sais pas trop.

Pendant plus d'un an, Will et moi sommes sortis secrètement ensemble, nous avons passé du bon temps à rire, à faire sentir à l'autre que quelqu'un l'aimait. Chaque fois que je le voyais après avoir séjourné avec mon père, je prenais soin de cacher mes bleus. Mais Will et moi ne sommes jamais devenus intimes, je n'ai pas eu à m'inquiéter de me déshabiller devant lui. Le fait de fréquenter un homme qui ne cherchait aucune faveur sexuelle de ma part me procurait un sentiment de sécurité. J'avais dit à maman de ne pas parler de Will à mon père, ce qu'elle a respecté, jusqu'au jour où elle était tellement ivre qu'elle a fait une gaffe. C'est au téléphone, un jour où j'étais à l'école, qu'elle m'a annoncé ça.

— Mais pourquoi tu le lui as dit ? ai-je hurlé dans le combiné.

— Je suis désolée, ma chérie, ça m'a échappé.

Je redoutais la prochaine lettre ou le prochain coup de fil de mon père, mais bizarrement, il n'y a eu aucune réaction de sa part. J'ai même réussi à me convaincre qu'il n'avait peut-être rien contre. Mais quelques semaines plus tard, alors que j'arrivais en classe, un professeur m'a appelée : je devais me rendre immédiatement dans le bureau de la directrice de l'école.

— Kim, malheureusement il va falloir que tu quittes l'établissement, et ce à la demande de ton père, m'a-t-elle dit, l'air sincèrement bouleversée.

J'ai immédiatement eu peur pour ma mère ou pour mes frère et sœurs.

— Mais… Pourquoi, que s'est-il passé ?

— Rien de grave, mais ton père estime que tu n'as plus ta place dans cette école. Je dois dire que je ne comprends pas bien, j'ai vérifié ton bulletin et tu t'en sors très bien, tes notes sont en hausse. Mais ton père est ton tuteur légal et c'est ce qu'il veut, donc nous ne pouvons rien y faire, j'en ai bien peur.

On m'a dit de récupérer mes affaires, un taxi viendrait me chercher le lendemain matin. J'étais à l'école Hunmanby depuis environ un an et demi désormais et d'un jour à l'autre, sur un caprice de mon père, tout s'arrêtait. Juste avant de retourner à mon dortoir pour faire mes valises, on m'a informée qu'un appel m'attendait dans le bureau principal de l'école : c'était mon père.

— Kim, on t'a expliqué la situation ?

Le son de ma voix rauque et de mes sanglots étouffés lui a confirmé qu'en effet, on m'avait annoncé la nouvelle.

— Bien, a-t-il poursuivi. J'ai fait préparer un billet d'avion pour le Kenya, il t'attend à l'aéroport.

— Mais pourquoi, papa ? Qu'est-ce que j'ai fait ? ai-je sangloté.

— Cette école n'est pas à la hauteur, a-t-il dit sèchement.

Au fond de moi, je savais que ce n'était pas la seule raison, mais je n'osais pas le dire, bien entendu.

— Mais moi je me sens bien dans cette école, papa. Je t'en prie. S'il te plaît, je veux rester ici.

Je l'ai supplié mais cela n'a fait que le mettre en colère.

— Tu veux finir comme ta mère, c'est ça ? Alcoolique ? Vivre dans une HLM ? Parce que c'est ce qui va se passer, tu sais. Je ne te donnerai pas d'argent, donc tu seras sans rien, et elle, elle ne veut pas que tu vives avec elle, de toute façon. Donc tu vas rentrer à la maison. Et si tu refuses, tu ne reverras plus jamais tes chers animaux de compagnie.

À ces mots, je me suis mise à pleurer à chaudes larmes. Je savais très bien qu'il mettrait ses menaces à exécution. Et puis, il n'avait pas entièrement tort : je ne voulais pas finir comme ma mère – l'alcool avait pris le contrôle de sa vie. Quel autre choix avais-je que de retourner auprès de lui ?

Dans le box de mon dortoir, en vidant la table de chevet, j'ai commencé à paniquer. Je me sentais coincée entre deux choix tout aussi impossibles l'un que l'autre.

Mon père avait réservé un premier vol de Leeds à Heathrow, puis un deuxième de Heathrow au Kenya. Je devais voyager seule, mais je savais très bien qu'il m'attendrait dans le hall des arrivées. Le visage ruisselant de larmes, j'ai plié mes affaires. En mettant mon jean dans la valise, je me suis demandé si j'aurais un jour le droit de le porter à nouveau. Dire au revoir à mes amies m'a fait beaucoup de peine, mais elles étaient loin de se douter que si je pleurais, c'était parce que j'étais terrorisée à l'idée de ce qui m'attendait à mon retour au Kenya. Je n'avais même pas pu dire au revoir à Will. Des années plus tard, lorsque nous avons eu l'occasion d'en reparler, il m'a confié que mon départ soudain l'avait anéanti.

Dans l'avion, je me figurais constamment le visage outré, enragé de mon père. Je me tortillais sur mon siège à la seule pensée de ce qui m'attendait. Au moment où les roues de l'avion ont touché la piste d'atterrissage à Nairobi, j'ai eu envie de m'enfuir en ville, d'aller demander de l'aide. Mais je n'avais pas d'argent, je ne connaissais personne, et ça aurait pu être dangereux, qui plus est. Alors j'ai fermé les yeux et rêvé du jour où je reprendrais ce même avion, dans l'autre sens.

Oui, me suis-je promis à moi-même, *un jour tu le prendras, cet avion.*

9

Autour de moi, d'autres passagers, des gens ordinaires – familles en visite, hommes d'affaires, touristes –, s'avancent pour récupérer leurs bagages. *Aucun d'entre eux n'est sur le point d'affronter ce que je vais devoir subir, moi*, ai-je pensé en tirant ma valise du carrousel. J'aurais volontiers échangé la vie de n'importe lequel de ces passagers contre la mienne.

Les jambes flageolantes, j'ai franchi les portes coulissantes s'ouvrant sur le hall des arrivées. Je n'ai même pas eu à chercher le visage de mon père dans la foule, il se tenait juste en face de la porte, ses yeux scrutant les passagers comme un prédateur guettant sa proie. En quelques millisecondes, ses pupilles se sont posées sur moi, sur mon visage, avec un regard qui m'a donné le vertige. Il s'est baissé et a attrapé mon sac, en silence, et a tourné les talons. Je l'ai suivi d'un pas pressé, je ne tenais pas à l'énerver davantage. Quand nous sommes arrivés à la voiture, il a ouvert la portière et m'a poussée à l'intérieur du véhicule.

Il n'avait toujours pas dit un seul mot.

Je me suis assise sans rien dire moi non plus pendant qu'il faisait le tour de la voiture pour s'installer au volant. Il a démarré et le trajet a commencé, toujours dans le silence. À chaque battement de cœur j'anticipais le moment où il allait exploser.

Après quelques kilomètres, il s'est décidé à parler.

— Si tu savais comme tu me déçois. Mais tout ça, c'est la faute de ta mère. Elle voulait que tu rencontres un garçon pour que tu restes vivre avec elle et que tu lui payes son loyer. Alors, c'est ça que tu voulais, hein ? HEIN ?

Il m'a frappée violemment au bras avec le revers de sa main gauche.

— Aïe !

J'ai eu beau pleurer et me tenir le bras, il a continué à me taper, et quand on s'est engagés sur l'autoroute il cognait encore. Pendant tout le trajet, il s'est déchaîné sur moi.

— À coup sûr tu vas avoir attrapé des maladies ! Comment as-tu pu imaginer une seule seconde que tu pourrais t'en sortir aussi facilement ? Tu n'es vraiment pas finaude, ma pauvre fille.

Chaque insulte était accompagnée d'un coup à la poitrine, sur le bras, sur le haut de ma cuisse la plus proche de lui. Je me suis blottie contre la portière, j'aurais voulu l'ouvrir et sauter dehors. Aux feux rouges, il m'assénait d'autres coups avant de repartir.

Lorsque nous sommes arrivés à Loresho, après un voyage de quarante-cinq minutes, je me sentais contusionnée. Fatiguée et endolorie, je suis sortie lentement de la voiture. J'aurais tout fait pour ne pas avoir à entrer dans cette maison, mais il n'y avait pas d'échappatoire. Si je m'étais enfuie, il m'aurait simplement couru après. Je ne pouvais rien dire à personne – je n'avais personne à qui parler et personne ne m'aurait crue. Je n'avais pas d'argent, de toute façon.

Il n'y avait pas d'échappatoire, c'était ma vie, voilà tout.

Mon père a ouvert la porte d'entrée. Il m'a fait passer devant lui, alors je me suis avancée, anticipant ce qu'il allait me faire. Nous avions un nouveau domestique du nom de Joseph, qui était là, les yeux écarquillés, heureux de me rencontrer, mais son sourire s'est vite effacé quand il a vu le regard de mon père.

— Prends ta journée, toi, va-t'en ! a dit mon père, accompagnant ses mots d'un signe de main dédaigneux.

Ce domestique et moi, nous savions tous les deux que mon père voulait être seul pour pouvoir me punir sans qu'il y ait de témoin. Plus que jamais, c'est à ce moment-là que Johnny m'a vraiment manqué. J'avais tellement besoin de revoir au moins un visage amical, quelqu'un qui aurait un tant soit peu pris soin de moi.

Une fois Joseph congédié et parti, mon père s'est servi un whisky. Il était déjà en train de basculer dans une humeur frisant la folie. Son visage a pris la couleur d'une betterave, il s'est mis à hurler, son visage tout près du mien.

— Si tu me refiles une MST, ça va très mal se passer pour toi, je te préviens. Et tu as intérêt à n'avoir rien dit à personne à propos de nous non plus !

Puis il a posé son regard libidineux sur moi tout en continuant à me dire que j'étais une gamine lamentable, nulle, que jamais je n'arriverais à quoi que ce soit dans la vie. Après avoir mis la chanson *Matchstalk Men and Matchstalk Cats and Dogs* sur le tourne-disque, il s'est servi un autre whisky. Il s'est assis pour le boire et m'a regardée de haut en bas.

Je suis restée debout, sans oser m'asseoir. J'étais perdue, je ne savais pas quoi faire.

Soudain, il a bondi de son fauteuil et m'a emmenée dans la salle de bains. Il a pris le savon et m'a forcée à me laver l'entrejambe, et même à l'intérieur, jusqu'à ce que j'en gémisse de douleur.

— Ça t'apprendra ! Une fille sale, faut la récurer en profondeur !

Une fois séchée, je me suis assise en sanglotant sur le plancher de la salle de bains, attendant son prochain assaut. Si j'avais vaguement espéré qu'il me laisserait au moins dormir quelques heures pour me remettre du décalage horaire, je m'étais bien trompée. Il m'a fait veiller toute la nuit et m'a violée à de nombreuses reprises. Il s'endormait régulièrement en pleine besogne, puis il se réveillait et recommençait.

Moi qui pensais qu'il était impossible d'être encore plus dépravé qu'il ne l'était déjà, eh bien je me trompais encore. Il a sorti une caméra et s'est filmé en train de me violer, puis l'a rembobinée et l'a visionnée, et bien entendu il m'a forcée à m'asseoir à côté de lui. J'ai essayé de ne pas regarder, mais pourtant je l'ai vu sur l'écran se hisser sur moi, et là, mes larmes ont redoublé. J'avais tellement honte, je me sentais tellement impuissante. Me voir sur un écran, c'était comme regarder quelqu'un d'autre : mon propre corps ne m'appartenait pas.

Le lendemain soir, alors qu'il n'y avait personne à la maison, le chien de la famille, Digby, est entré dans la pièce. Mon père a commencé à caresser l'animal pour l'exciter et le stimuler, puis l'a encouragé à me lécher dans les endroits intimes et à me monter. J'ai détourné la tête pendant que mon père criait sur l'animal désorienté, la pauvre bête gémissait, elle ne comprenait pas bien ce qu'on attendait d'elle mais essayait tout de même de lécher les parties exposées. Puis mon père a trouvé un nouveau jeu, il voulait que je masturbe le chien pendant que lui filmerait la scène. Lui aussi se caressait en regardant le chien essayer de me faire… des choses. J'ai fermé les yeux, incapable de prendre la mesure de ce qui était bel et bien en train de m'arriver.

L'ignominie avait atteint un tout autre niveau, dont l'humiliation la plus complète faisait désormais partie intégrante.

Le lendemain matin, il s'est levé tôt pour aller travailler. Il m'a laissée finir mon café toute seule. J'avais mal partout. Je me suis assise et j'ai fixé le mur. Être de retour ici me brisait le cœur. Je suis restée en silence à écouter le tic-tac de l'horloge sur le mur.

L'instant d'après, ou peut-être quelques heures s'étaient-elles écoulées, j'ai entendu le bruit des pneus de la voiture de mon père dans l'allée et j'ai instantanément été prise de panique car je savais ce qui allait se passer. La seule façon de m'en sortir était de devenir complètement conciliante. Si je le laissais faire ce qu'il voulait de mon corps, tout serait terminé plus rapidement.

Les séances de viol se sont poursuivies pendant plusieurs jours, jusqu'à ce que même mon père semble se lasser de ses tortures. C'est alors qu'il m'a annoncé que j'avais une nouvelle place à l'école à partir de la semaine suivante, dans une école privée, Hillcrest. Malgré cette sensation d'être anéantie corps et âme, je pouvais au moins compter les jours avant de pouvoir m'échapper pendant la journée.

Le premier jour d'école, j'ai eu une folle envie de sortir de la maison en courant. Oubliée, la douleur de mon corps meurtri ! J'avais hâte d'y aller parce que cela signifiait sept ou huit heures entières loin de la maison et de mon père. Et de nouvelles rencontres, de nouveaux amis. Il aurait été normal pour une jeune fille de se sentir anxieuse à l'idée de tout recommencer dans une nouvelle école, mais cette fois, ce genre d'inquiétude ne m'a pas traversé l'esprit une seule seconde.

Je pouvais redevenir moi-même là-bas, même s'il fallait faire bonne figure, bien entendu.

L'école était située à plusieurs dizaines de kilomètres, mon père devait donc me conduire à un arrêt de bus, puis le trajet durait quarante-cinq minutes sur une route cahoteuse. Le bus n'était pas équipé de suspensions, nous le sentions avancer sur deux roues à chaque fois qu'il bifurquait, mais moi, chaque seconde me ravissait, je regardais défiler le paysage par la fenêtre dans une sorte d'état de grâce. Le voyage était un pur bonheur car il me permettait de faire semblant d'être à nouveau libre.

À ma grande joie, ma nouvelle école a répondu à mes attentes. En l'espace d'une semaine, je me suis fait de nouveaux amis, j'ai recommencé à m'investir pleinement dans les cours d'éducation physique que j'aimais tant, et surtout, surtout, je savourais ma liberté. Je me suis fait une nouvelle amie en particulier, une fille qui comme moi n'avait pas le droit de se maquiller : nous avons décidé de nous retrouver ensemble aux toilettes tous les matins avant le début des cours pour mettre de l'eye-liner. On l'enlevait dans le bus en rentrant à la maison. Le moindre acte de rébellion semblait redonner du goût à nos vies, qui valaient alors la peine d'être vécues.

À Hillcrest, j'ai eu mes règles pour la première fois. J'avais déjà eu très mal et saigné de temps en temps après certaines agressions de mon père, mais là il s'agissait bien de mes vraies règles. Dès que je suis rentrée à la maison, j'en ai informé mon père, espérant qu'ainsi il ne me toucherait plus.

— Ce qui veut dire que je dois t'empêcher de tomber enceinte maintenant, c'est ça ?

Ce jour-là, j'ai été humiliée une fois de plus puisqu'il a fallu que j'attende que mon père daigne aller m'acheter des protections hygiéniques pour la première fois. Il m'a jeté à la figure une boîte de tampons en marmonnant que c'était ce qu'il y avait de plus hygiénique.

Ma mère me manquait énormément. Comme j'aurais aimé avoir une présence féminine dans ma vie pour me rassurer – l'idée que mon père surveille mon cycle menstruel, ce qu'il allait faire à n'en pas douter, était vraiment trop dure à supporter.

Alors que j'étais assise dans la salle de bains, en sécurité derrière la porte verrouillée, je me suis dit qu'au moins je serais épargnée de ses attaques cette nuit-là. Je me suis même autorisée à me réjouir d'avance à l'idée d'une bonne nuit de sommeil dans ma propre chambre. Mais comme d'habitude, mon père a tenu à ce que je reste avec lui jusqu'à ce qu'il soit prêt, lui, à aller se coucher. Devant la porte de sa chambre, il a levé un sourcil en me regardant, comme s'il me mettait au défi de dire non. Docilement, je suis entrée dans sa chambre et me suis glissée sous les couvertures, lui tournant le dos. J'ai fermé les yeux, faisant semblant de dormir, quand soudain je l'ai entendu fouiller dans le tiroir de sa chambre.

— À quatre pattes ! a-t-il soudain aboyé.

La gorge serrée, je me suis exécutée, comme un robot. Mon père m'a arraché mes vêtements avant d'enfoncer quelque chose en moi. J'ai poussé un hurlement de douleur. Je me suis retournée pour voir ce qu'il faisait : il tenait une bougie à la main, qu'il insérait en moi avec force, mais sans me crier dessus. Il faut dire qu'il n'avait eu nul besoin de hausser la voix : à présent, je me pliais entièrement à son bon vouloir.

Lorsqu'il a eu terminé, je souffrais le martyre. Il m'a alors tendu la bougie dégoulinant de sang, on aurait dit l'arme d'un crime.

— Va la laver, maintenant.

J'ai saisi la bougie, attrapé mes sous-vêtements, et filé à la salle de bains. À l'aide du savon pour les mains, j'ai frotté la cire de la bougie jusqu'à ce qu'elle redevienne blanche. En regardant mon sang tourbillonner dans le lavabo et disparaître dans le tuyau d'évacuation, j'ai encore eu cette sensation de vertige nauséeux. J'aurais voulu disparaître moi aussi, frotter tout mon corps et disparaître. Puis j'ai pensé à la menace de mon père, cette histoire d'acide, et j'ai frissonné.

Peut-être finirai-je vraiment comme ça un jour.

Le lendemain, en rentrant de l'école, j'ai trouvé mon père sur le pas de la porte. Il avait l'air impatient de me voir.

— Ouvre la bouche, m'a-t-il dit.

Automatiquement, j'ai obéi. Il a percé le plastique d'une tablette de petits comprimés qu'il tenait à la main. Il en a mis un sur ma langue et m'a regardée l'avaler. Puis il m'a dit d'ouvrir à nouveau la bouche.

— Prends-en un autre, c'est plus sûr, a-t-il dit.

J'ai avalé à nouveau, sans oser demander un verre d'eau.

— Tu dois prendre cette pilule contraceptive pour ne pas tomber enceinte.

Au cours des semaines suivantes, mon père m'a fait prendre ces petites gélules. Je n'avais aucune idée de l'endroit où il se les était procurées, et je n'avais pas vu de médecin. Il n'était évidemment pas question pour lui d'utiliser un préservatif, et à l'époque, je n'aurais même pas su ce que c'était. Certains jours, il oubliait de me donner la pilule quotidienne, alors il m'en donnait quelques-unes en plus çà et là, pour compenser. Le traitement n'a pas tardé à me provoquer des nausées. J'ai commencé à vomir dans les toilettes de l'école et à la maison avant le dîner. Très vite, j'ai détesté ces pilules, je savais qu'elles me rendaient malade. Mais il était hors de question que j'ose refuser de les prendre.

C'est à cette époque que mon père a divorcé d'Alison. Ils n'avaient jamais vécu comme mari et femme, et il est clair qu'il n'avait jamais touché l'argent escompté de cette union. Peu après, elle a vendu Braeburn et je n'ai plus jamais entendu parler d'elle. C'était la fin d'une autre relation bizarre. Mon père s'adressait à moi de plus en plus souvent comme s'il me voyait plutôt comme sa femme. Il voulait que je m'habille bien, bavardait avec moi pendant le dîner comme si nous étions un véritable couple. Il m'achetait des cadeaux, parfois des vêtements coûteux qui me faisaient paraître plus vieille que mon âge, et d'autres fois il m'offrait un nouvel animal de compagnie.

Je considérais les animaux domestiques comme de véritables amis. Après tout, ils m'écoutaient toujours, eux, et ne me laissaient jamais tomber, contrairement aux adultes. Mon père aussi aimait bien les animaux, jusqu'au moment où son humeur tournait à la colère, et là, il leur donnait des coups de pied ou leur criait dessus. J'intervenais à ce moment-là, j'essayais de les éloigner. Souvent, c'était Bunty, ma chienne, qu'il malmenait. Elle devenait tellement excitée qu'elle finissait par uriner sur le porche, ce qui rendait mon père dingue.

Un soir, avant de se coucher, il a mis l'album *Surfer Girl* des Beach Boys. J'étais dans ma chambre quand la chanson *In My Room* est passée. En entendant les paroles, les larmes me sont montées aux yeux. La chanson parlait d'une chambre où ils allaient et où ils se racontaient leurs secrets, et c'était comme s'ils parlaient de moi.

Mon père me violait et j'étais toute seule dans ma chambre.

Nous étions alors en 1980 et je venais de fêter mon quatorzième anniversaire. Malgré tous les abus, toute la haine qu'il portait en lui, mon père pouvait soudainement, quand il le voulait, devenir un père aimant. À chaque anniversaire il se mettait en quatre pour me faire plaisir. Dans ces moments-là, je pensais parfois qu'il pouvait encore changer. C'était un rêve auquel je me raccrochais constamment. Il n'y avait aucune garantie que ce serait un jour le cas, mais j'avais plus que jamais envie d'avoir un père attentionné et ordinaire, un papa qui s'occupe de moi et, lorsqu'il me laissait entrevoir ce côté aimant, j'espérais que les choses s'amélioreraient un jour.

Une fois, il m'a autorisée à inviter des amis pour mon anniversaire. Il a loué un film (*The Rocky Horror Picture*

Show) avec toutes les bobines et le projecteur. Pendant que le film passait, nous étions assis, comme au cinéma, et lui restait debout, à côté, un verre de whisky à la main, riant du moindre sous-entendu, s'esclaffant en voyant les acteurs qui se pavanaient en porte-jarretelles. Je me demande ce que pouvaient bien penser mes amis.

Parfois, le week-end, il nous emmenait au cinéma. On avait droit au pop-corn et à des bonbons pendant la projection du film. C'étaient généralement des films qui ne me plaisaient pas, comme *L'Empire contre-attaque*, mais j'étais malgré tout heureuse de sortir un peu de la maison. Très occasionnellement, il pouvait aussi passer une semaine entière sans abuser de moi. Je ne savais pas pourquoi et je n'ai jamais posé de questions, j'appréciais simplement la paix.

Quand Sean était là pour les vacances, mon père nous emmenait à Hunter's Lodge pour y passer le week-end. Toute la journée il avait l'air content de nous parler de l'habitat de la faune locale. Pendant ces périodes, mon frère et moi arrivions même à nous convaincre que finalement, notre père allait peut-être finir par s'apaiser durablement. Il parlait d'une voix plus calme et se comportait en vrai papa. Mais cela ne durait jamais : la nuit, son côté agressif ne tardait jamais à réapparaître.

Sean ne rentrait à la maison que pendant les vacances et pour peu de temps en général. Il était toujours content quand il pouvait quitter la maison, où de toute façon il se terrait dans sa chambre dès qu'il le pouvait. Je me demandais s'il se doutait de ce qui se passait. Il est bien difficile de croire qu'il ne savait rien. Mais que pouvait faire un enfant de treize ans qui avait aussi peur de son père que moi ?

Quand j'ai été réglée, mon père m'a contrainte à lui faire des fellations plus souvent, et il utilisait aussi régulièrement une bouteille sur moi. Les pilules qu'il me donnait de force me faisaient toujours vomir. Lui, il suivait religieusement mes règles, il notait les dates sur un petit calepin. Il faisait des expériences avec les pilules, il me disait parfois d'en prendre à certains moments pour que je n'aie pas de saignement du tout, ce qui lui convenait mieux. Puis un jour, il m'a appelée dans la salle de bains. Il tenait son calepin à la main.

— Tu n'as pas eu tes règles depuis… eh bien, plusieurs mois. Il faut que tu fasses un test de grossesse. Fais pipi dans ce gobelet.

J'ai failli m'étrangler. J'étais comme hébétée, incrédule. Mais je ne pouvais pas discuter, alors j'ai fait ce qu'il m'a demandé. Il avait les yeux rivés sur sa montre pendant que le bâtonnet changeait de couleur. Je n'avais pas la moindre idée de ce que cela signifiait, mais son regard m'a confirmé que ce n'était pas une bonne nouvelle.

— C'est pas Dieu possible… tu es enceinte !

Je suis restée là, figée sur place, complètement abasourdie. C'était comme si j'entendais ses mots mais que je ne les comprenais pas.

Enceinte ? Moi ? De l'enfant de mon propre père ?

L'enchaînement d'événements intolérables prenait une autre dimension, même après des années de viols et d'agressions. Quelque chose d'aussi innocent qu'une grossesse ne semblait pas possible.

Je suis restée muette pendant que mon père faisait les cent pas, agitant ses mains dans tous les sens. Il m'a poussée plusieurs fois en vociférant.

— Tu as recraché tes pilules, c'est ça, hein ? Ah, on peut dire que tu me mets dans de beaux draps !

L'avortement était illégal au Kenya. Il fallait aller chez le médecin. L'opération coûterait une fortune. Tout ça, bien entendu, était de ma faute. J'ai plaqué les mains contre mes oreilles en attendant qu'il se calme.

— Je pourrais aller en prison, tu sais ! Et toi aussi !

Il est allé dans la cuisine, puis dans sa chambre. Je me doutais bien que ma grossesse ne l'empêcherait probablement pas de m'attaquer, mais je me demandais ce qu'il trafiquait.

Il est revenu avec un autre paquet de pilules. Penché sur moi, il me les a fait avaler l'une après l'autre avec un whisky et une bière. Le fait d'en avaler autant d'un coup m'a donné un haut-le-cœur. Mon corps voulait naturellement rejeter cette substance étrangère, un poison qui me rendait malade, mais je savais qu'il ne fallait pas discuter. J'en ai avalé autant que je pouvais, malgré des remontées de bile mousseuse. Sous les cris de mon père je me forçais à déglutir à répétition. Quand toutes les pilules ont été avalées, je me suis mise à transpirer, à avoir des nausées et des vertiges. J'ai réussi à me maîtriser quelques instants, assez longtemps pour qu'il sorte de la salle de bains pour aller se préparer un autre verre, et là j'ai tout vomi dans les toilettes. Quand j'ai eu fini, je me suis affaissée, totalement épuisée.

Le lendemain matin, il m'a fait refaire un test de grossesse. Puis il m'a appelée, cette fois dans la chambre. En entrant je l'ai trouvé assis au bord du lit, en train de déplier un cintre en métal. À ses pieds il y avait une torche électrique.

— Bon, il faut qu'on règle ton petit souci.

10

Mon père m'a ordonné de me déshabiller. Ma gorge s'est serrée.

— Allez ! Dépêche-toi un peu ! On n'a pas que ça à faire !

Tout mon corps tremblait. Je ne comprenais pas ce qu'il voulait faire.

— Viens là.

Le visage déjà inondé de larmes, j'ai fait ce qu'il m'a dit, je me suis approchée cependant qu'il se mettait à genoux devant le lit. Il m'a dit de m'allonger sur le lit, les jambes en l'air, puis il a allumé la torche et l'a utilisée pour regarder entre mes jambes.

— Je pense que tu dois être enceinte de douze semaines, a-t-il déclaré.

J'ai fermé les yeux. L'humiliation me brûlait le visage. Puis j'ai senti quelque chose de froid et piquant en moi. Il a enfoncé le cintre.

— Allez... marmonnait mon père en poussant l'objet de plus en plus profondément dans mon corps. J'essaie d'atteindre la poche. Une fois qu'elle sera percée, le fœtus mourra et s'en ira.

J'ai grimacé en sentant un atroce raclage à l'intérieur de mon corps. Mon père trifouillait avec une impatience croissante. Les grattements se sont vite transformés en une sensation de coups de couteau.

— Il faut extraire cette chose. Je dois aller plus haut. Reste bien allongée. Voilà, c'est ça. J'ai besoin d'un certain angle pour avoir une bonne prise, a-t-il expliqué, comme s'il était en train de bricoler.

— Aïe !

J'ai crié sans desserrer les mâchoires. Je savais que mon père n'allait pas s'arrêter ou essayer d'être plus doux. L'humiliation s'est transformée en nausée fiévreuse ; j'ai agrippé les draps de lit et ai serré très fort. La douleur est devenue intolérable, elle provenait de loin à l'intérieur, au-delà de mon nombril. Les yeux clos, j'essayais simplement de respirer. Je me sentais si faible que je craignais de m'évanouir.

Au bout d'un moment, mon père s'est finalement assis par terre. Il a examiné l'extrémité du fil.

— Il n'y a pas beaucoup de sang, a-t-il commenté. Bon, faisons une autre tentative.

Pendant les quinze minutes qui ont suivi, mon père a continué à utiliser un cintre et une torche pour pratiquer cet avortement artisanal. À la fin, j'étais à l'agonie. Des parties de mon corps, à l'intérieur, dont je ne soupçonnais pas l'existence auparavant, me faisaient souffrir le martyre. Quand il a finalement renoncé, il transpirait d'effort. Et de colère.

— Pourquoi je n'y arrive pas, nom d'un chien ? Il est têtu, ce machin, comme toi, tiens ! Bon, essayons autre chose.

Il a alors sorti de nouvelles boîtes de pilules. Mais où s'était-il procuré un tel stock ? Il a commencé à me les donner, une à une. Je savais qu'il ne fallait pas discuter, alors je les ai avalées. À chaque déglutition je manquais de m'étouffer.

— Et ne t'avise pas de les régurgiter !

J'ai continué à avaler. La tête me tournait. Il m'a tendu un verre d'eau pour que je puisse avaler les dernières.

Je haïssais ces pilules. Je haïssais mon père.

Vacillante, je me suis assise sur le bord du lit, rassemblant tout mon courage pour ne pas vomir tant que mon père restait dans la même pièce. Il est enfin sorti. J'ai attendu une ou deux minutes, espérant qu'il avait enfin abandonné sa folle entreprise. Mais il est revenu, un air triomphant sur le visage. Et une pompe à vélo à la main.

— Écarte les jambes ! a-t-il rugi.

Il a introduit le tube froid et métallique entre mes jambes, puis a commencé à pomper de toutes ses forces.

— Il faut absolument faire sortir ce truc.

Un bras sur le visage, je priais le ciel pour que la torture cesse enfin. C'était douloureux, mais heureusement pas autant que le cintre métallique.

Au bout de quelques minutes, mon père a dû de nouveau abandonner. De toute évidence, l'accessoire de la pompe n'était pas assez long pour atteindre l'intérieur de mon corps.

Cette nuit-là, rien ne l'a empêché de me violer, il a même été plus agressif que jamais. Il m'a dit que ce qu'il faisait pouvait provoquer un avortement spontané et s'est même moqué de moi parce que j'étais « grosse ». Au matin, dès le réveil il s'est à nouveau inquiété de savoir comment « s'en débarrasser ». Pour lui, cette grossesse était un problème qu'il fallait résoudre. Et au plus vite.

Et le problème, justement, c'est que l'avortement était illégal au Kenya.

Mon père surveillait certes mes règles, mais comme il me donnait des plaquettes entières de pilules à n'importe quel moment, mon cycle était complètement chamboulé. La vérité, c'est qu'il n'avait aucune idée de l'état d'avancement de la grossesse. Il s'est résigné à prendre rendez-vous avec notre médecin généraliste. Pendant le trajet en voiture, il m'a donné des instructions strictes sur ce qu'il fallait dire.

— Tu ne peux pas dire la vérité au médecin. Si tu le fais, tu seras obligée d'avoir ce bébé et on te jettera en prison. Personne ne viendra jamais te voir et on dira de toi que tu es une traînée. C'est ce que tu veux, Kim ?

Je me suis recroquevillée dans mon siège.

— Non, papa, ai-je dit d'une voix blanche.

— Tu diras que c'était une coucherie d'un soir et que tu ne te souviens pas de qui est le père.

Nous sommes restés assis dans la salle d'attente en silence. Je n'osais regarder personne, je fixais mes mains sur mes genoux, tétanisée à l'idée ce qui m'attendait. Il ne m'est même pas venu à l'esprit d'essayer de dire la vérité. En partie à cause de ce que mon père avait dit, mais aussi parce que je savais à quel point lui s'exprimerait parfaitement bien devant le médecin. Sa voix claire, son élocution parfaite et ses manières affables ont fait que tout le monde a toujours cru que mon père était un homme intelligent et gentil. Aucun médecin ne me croirait, moi, plutôt que lui, c'était évident.

Quand notre nom a été appelé, nous nous sommes levés. Au moment où nous avons franchi le seuil du cabinet, mon père m'a donné un coup discret mais ferme dans le bas du dos. J'ai compris le message. *Dis exactement ce que je t'ai dit, sinon...*

Nous nous sommes assis côte à côte et le médecin a levé les yeux de ses notes.

— Alors, que puis-je faire pour toi, Kim ? a-t-il demandé en regardant par-dessus ses lunettes à demi-lune.

Avant que je puisse répondre, mon père a pris la parole.

— Elle est enceinte et elle n'a que quatorze ans !

J'ai dégluti, incapable de regarder le docteur droit dans les yeux, qui est resté muet quelques instants.

— Kim, a-t-il demandé doucement, sais-tu qui est le père du bébé ?

— Non, elle ne le sait pas, a coupé mon père avant même que je puisse ouvrir la bouche pour répondre. Elle ne le sait pas parce qu'elle couche à droite et à gauche. Elle n'en a pas la moindre idée.

Je sentais les yeux de ces deux hommes me brûler le sommet de la tête. Ma vie ressemblait souvent à un cauchemar, mais là, je touchais le fond, le comble de l'horreur.

— Souhaites-tu garder cet enfant, Kim ? a demandé le médecin.

— Ah non, hors de question, a répondu mon père. Elle doit finir ses études, donc il faut qu'elle avorte.

— Et toi, Kim, qu'en penses-tu ? a insisté le médecin.

— Il faut que j'avorte, ai-je bredouillé d'un filet de voix.

Le docteur nous a longuement dévisagés puis il a replongé le nez dans ses notes.

— Les avortements sont interdits au Kenya… mais on peut, euh, s'arranger. Il va falloir une seconde signature d'un gynécologue. Et, bien sûr, il y aura une grosse somme d'argent à payer.

Mon père s'est crispé mais n'a pas protesté. Après avoir griffonné quelques notes, le médecin a donc accepté de « régler le problème ». Il fallait revenir dans quelques jours.

J'ai vécu les jours suivants dans une sorte d'état cotonneux. Il fallait aller à l'école comme si rien ne s'était passé. Mon père a continué à me violer presque toutes les nuits. J'avais tellement mal à cause des tentatives d'avortement précédentes que j'ai souvent pensé, pendant ces longues nuits terrifiantes dans son lit, que j'allais m'évanouir ou vomir. Je n'en ai parlé à personne à l'école, j'ai simplement continué à faire semblant que tout allait bien et je veillais à toujours porter un pull ample, quelle que soit la température extérieure.

Le jour de l'avortement, j'ai été reçue à l'hôpital par le gynécologue, un certain docteur Jones. Je le connaissais parce que son fils Michael était un copain de mon frère Sean. Je l'ai écouté, morte de honte, m'expliquer les risques possibles. Plus que tout je craignais qu'on apprenne ce qui m'était arrivé à l'école et que tout le monde se moque de moi. Il m'a dit froidement, de manière factuelle, que je devais subir une anesthésie générale et que le risque de ne jamais me réveiller existait bel et bien. La grossesse avait apparemment dépassé le stade où je pouvais prendre la pilule abortive, une intervention chirurgicale était donc nécessaire.

— Si nous décidons de faire cette opération, vous risquez de devenir stérile et de ne jamais pouvoir avoir d'enfants, a-t-il poursuivi.

Mon père a émis un petit rire sarcastique.

— Ce serait trop beau ! Elle n'en veut pas, de toute façon.

Le docteur a eu un mouvement de recul. Une infirmière assise à côté du médecin a pris la parole.

— Kim, es-tu bien certaine de ne pouvoir obtenir le soutien du père de ton bébé ?

— Elle ne sait même pas qui est le père. Cette gosse est déjà une traînée, a soupiré mon père.

J'ai secoué la tête. L'infirmière a poussé les papiers devant mon père, qui les a signés sans hésiter une seconde.

Ensuite, le médecin a réclamé le paiement. Mon père a pris une grande inspiration – il était avare et n'aimait pas gaspiller l'argent. Depuis son divorce d'Alison, il se plaignait souvent de ne pas avoir assez d'argent. Il a néanmoins sorti une liasse de billets de son portefeuille, mais à la façon dont il les a posés sur la table, on voyait à quel point cela le contrariait.

À mon tour j'ai dû signer le formulaire de consentement. Il y avait une liste de choses qui pouvaient mal tourner, y compris le fait que je ne me réveille plus jamais. Ma main tremblait en griffonnant ma signature. Je n'avais jamais subi d'anesthésie générale auparavant, cela ressemblait à un papier autorisant ma mise à mort. L'infirmière a pris le formulaire sans rien ajouter, puis elle a demandé à mon père de la suivre. En sortant, il ne m'a même pas regardée. Alors je suis restée seule, en larmes, et j'ai attendu que ce soit mon tour. Pour la salle d'opération, il fallait porter une blouse qui s'ouvrait dans le dos, sans rien en dessous. Je frissonnais. Il n'y avait ni livre ni télévision pour me changer un peu les idées. Seule avec mes pensées, j'ai fermé les yeux et prié pour survivre à cette épreuve. En même temps, une partie de moi me disait que si je mourais, cela m'éviterait d'avoir à rentrer à la maison.

Les infirmières sont arrivées et on m'a emmenée en salle d'opération. Là, on m'a mis un masque sur le visage et dit de compter à rebours. Tout est devenu noir.

En me réveillant, j'ai été parcourue d'un frisson. J'étais donc en vie… sauf que j'aurais préféré ne pas l'être. J'avais l'impression que mon estomac avait été écrasé par un bus. On avait placé un gros tampon entre mes jambes. J'ai tâté le tissu avec précaution, il était imbibé de sang. J'ai refermé les yeux et suis restée là à sangloter, rêvant que quelqu'un, n'importe qui, vienne à mon secours.

Quand j'ai rouvert les yeux, mon père se tenait au-dessus de moi.

— Ils m'autorisent à te ramener plus tôt à la maison, a-t-il annoncé. Parce que je leur ai expliqué que je faisais moi-même partie de la profession médicale. Allez, lève-toi.

J'ai fait glisser mes lourdes jambes sur le côté du lit, mais je peinais à me tenir debout. Je me souviens m'être agrippée à la blouse que je portais encore, parce que je me sentais nue, exposée, mais mon père était déjà en train de trier mes vêtements.

— Allez, enlève-moi ça tout de suite et habille-toi.

Comme je parvenais à peine à lever les bras, il les a lui-même relevés pour que j'enlève la chemise, et il m'a fait enfiler un haut, puis un pantalon et des chaussures. J'étais molle comme une poupée de chiffon. Puis il m'a prise par le bras et m'a dit de marcher correctement, bien droit, sinon on ne lui permettrait pas de m'emmener.

Arrivée à la voiture, je me suis affalée sur le siège, encore étourdie par l'anesthésie. Je ne pouvais pas m'empêcher de sangloter.

— La ferme ! a pesté mon père dans un soudain accès de colère.

Il a allumé le moteur et fait reculer la voiture en marche arrière d'un brusque coup d'accélérateur. Je savais déjà ce qui m'attendait à la maison. Il a roulé à vive allure, la route tournoyait devant moi.

Cet après-midi-là, ma sœur Susan atterrissait à l'aéroport de Nairobi. Elle allait passer un an à Hillcrest pour préparer son bac. Papa devait d'abord me déposer avant d'aller la chercher. J'avais presque oublié son arrivée, qui me procura soudain une joie intense. Même si je ne pouvais pas lui dire ce qui s'était passé, le fait de savoir qu'elle serait là était un réconfort indescriptible.

À la maison, mon père m'a traînée dans la chambre et j'ai enfin pu m'allonger. Il est parti chercher Susan et le silence est tombé dans la maison. Je suis resté étendue en pensant à ma sœur. Je savais que je ne pourrais jamais le dire à personne, pas même à elle : si je révélais mon secret, mon père pourrait me tuer et il pourrait la tuer elle aussi. Au fond de moi, je savais qu'il en était tout à fait capable. Mais au moins, elle me prendrait dans ses bras en arrivant, et tout irait peut-être un peu mieux après.

J'ai réussi à m'assoupir et je ne me suis réveillée que lorsque les chiens ont aboyé en entendant la voiture de mon père dans l'allée. J'ai entendu Susan faire du bruit dans le couloir avec sa valise. Elle prenait la chambre la plus proche du salon. Moi, j'avais celle qui se trouvait entre celle de Susan et celle de mon père (il était au bout) et

Sean, quand il rentrerait, allait avoir celle qui se trouvait de l'autre côté du couloir. Après avoir dit bonjour aux chiens, qui étaient excités de la voir, elle a demandé à notre père où j'étais.

— Oh, Kim ? Elle est encore au lit, je crois.

— À cette heure-ci ? Mais qu'est-ce qu'elle a ?

— Rien, mais elle a encore bu, c'est tout. Elle est comme sa mère, tu sais.

— Quoi ?

Je savais bien que ça la chagrinerait, surtout à cause de notre mère. Finir comme notre mère, c'était ce que nous redoutions le plus, elle et moi.

— Eh oui, a jouté mon père. Elle a beaucoup trop bu hier soir, même si elle savait très bien que tu arrivais aujourd'hui. Si tu voyais la quantité de whisky qu'elle a descendue… Je n'ai pas pu l'arrêter, tu sais. Et maintenant elle a la gueule de bois.

Susan a ouvert la porte de ma chambre et m'a trouvée couchée en chien de fusil sur le lit.

— Oh mon Dieu, Kim ! Ça ne va pas ? Tu as une mine affreuse.

Des larmes ont perlé au coin de mes yeux lorsque j'ai perçu l'inquiétude dans sa voix, mais j'ai mis un point d'honneur à faire comme si tout allait pour le mieux.

— C'est de ma faute, ai-je dit faiblement.

J'ai écouté les pas de Susan repartir vers le salon. Restée seule dans la chambre, je me suis sentie envahie d'un sentiment de solitude plus intense que jamais.

L'après-midi avançait et en début de soirée, mon père a commencé à passer ses disques, comme il le faisait habituellement. Susan lui avait apporté le dernier Top 10 des singles, comme il le lui avait demandé. Les animaux et la musique étaient les seuls moyens que j'avais de m'évader, alors j'écoutais attentivement. Olivia Newton-John chantait *Xanadu* lorsque mon père m'a appelée.

— Sors de là, Kim. Viens manger un morceau.

— Allez, viens donc, a renchéri ma sœur. Tu ne m'as même pas encore dit vraiment bonjour.

Mon père savait très bien que je pouvais à peine tenir debout.

— Mais pourquoi ne vient-elle donc pas ? a demandé Susan.

— Elle est un peu feignasse, tu sais, elle reste au lit toute la journée dès qu'elle en a l'occasion, a dit mon père en riant.

La musique s'est arrêtée vers 21 heures. Susan, fatiguée par le décalage horaire, est allée se coucher plus tôt que d'habitude. Je l'ai entendue dire bonne nuit à notre père. Une fois la musique éteinte, la maison est redevenue silencieuse et lugubre. J'ai fermé les yeux, appelant le sommeil de tous mes vœux. Au moins ce soir, il me laisserait forcément tranquille. Enfin, c'est ce que je pensais. J'ai retourné mon oreiller, trempé de larmes. L'autre côté était frais contre ma joue. Demain, je réussirai à persuader Susan que j'avais une intoxication alimentaire et que je n'avais pas bu, me suis-je dit. Je commençais à m'assoupir quand j'ai entendu le bruit familier des pas de mon père dans le couloir. Puis quelqu'un qui ouvre la porte de ma chambre. Je suis restée immobile, faisant semblant de dormir alors que je sentais le bord de ma couette se soulever. Je n'ai pas osé bouger. Le corps de mon père commençait à me réchauffer le dos. Puis son odeur familière de savon a empli la pièce. Je n'arrivais pas à croire que c'était en train d'arriver. Pas ce soir, non ! J'osais à peine respirer. Il a commencé à me toucher, après s'être débarrassé du linge entre mes jambes.

— Touche-moi, a-t-il grogné en me forçant à me retourner pour le regarder.

Les larmes me sont à nouveau montées aux yeux cependant qu'une nausée s'abattait sur moi.

— La bonne nouvelle, c'est que maintenant, il n'y a aucun risque que je te mette enceinte ce soir, a-t-il dit en souriant.

Quelques secondes plus tard, il me violait par-derrière tandis que je gémissais de douleur.

Une fois qu'il a eu fini, il m'a dit de nettoyer le lit puis il est parti et a refermé la porte doucement.

Après cela, je suis restée complètement immobile pendant des heures. J'avais tellement mal, physiquement et psychologiquement, qu'un étrange engourdissement s'est emparé de moi. La journée avait été tellement traumatisante qu'il m'était même difficile de croire tout ce qui venait d'arriver.

Mon père s'était débarrassé de son propre enfant en me faisant avorter.

11

Le lendemain matin, j'étais si faible que je pouvais à peine me lever. Cependant, étant affamée, je me suis traînée jusqu'à la table pour prendre mon petit déjeuner. Je savais que mon père ne m'apporterait rien au lit, il fallait donc bien que je me lève pour manger un peu. Le visage de Susan s'est illuminé quand elle m'a vue arriver.

— Oh là là, Kim ! Mais tu as vraiment fait la fête, toi, dis donc, a-t-elle plaisanté.

Je sentais les larmes me piquer les yeux.

— Ce qu'il te faut, c'est un café bien fort, a dit mon père en remplissant une tasse avant de me la passer, un grand sourire aux lèvres.

J'ai repensé au régime de whisky qu'il m'avait fait suivre pendant trois jours d'affilée, mais je n'ai rien dit – ce n'était pas la peine, Susan ne me croirait pas, de toute façon. J'ai grignoté quelques toasts, puis mon père m'a dit que je devais me remettre au travail. Je savais que je devais faire comme si de rien n'était et continuer à vivre comme avant.

Au cours des deux jours suivants, alors que mon corps reprenait progressivement des forces, je me suis sentie de plus en plus déprimée. J'avais l'impression que la vie ne valait plus la peine d'être vécue. J'étais piégée dans ce cycle cauchemardesque d'abus quotidiens, sans fin, sans issue. L'avortement avait été une expérience profondément traumatisante, mais je ne pouvais en parler à personne. Mon père était la seule personne qui savait ce qui s'était passé et il était la dernière personne en qui je pouvais avoir confiance pour confier ce que je ressentais.

Une semaine plus tard, alors que je prenais un bain, j'ai regardé l'étagère à côté de moi, où mon père laissait traîner son rasoir (il utilisait un coupe-chou plutôt qu'un rasoir électrique). Je l'ai pris, passant doucement mon doigt le long du côté tranchant. J'ai envisagé de me raser les jambes, chose que mon père ne me laissait pas faire car il pensait que cela attirerait les garçons. La froideur de la lame était comme une invitation… Je me suis demandé ce que ça ferait, de s'entailler la peau. Si un de mes enseignants voyait des lacérations sur moi, il se rendrait forcément compte que quelque chose ne tournait pas rond. J'ai essayé d'imaginer la réaction de mon père en voyant mes coupures : il serait rongé de culpabilité, car il le savait, tout était de sa faute, et il jurerait de me laisser tranquille et d'être désormais un père normal, correct, aimant.

J'ai passé un moment à étudier les veines à l'intérieur de mes poignets, puis j'ai commencé à enfoncer le bord de la lame, me forçant à appuyer de plus en plus fort, jusqu'à ce que des rayures rouges apparaissent. Je voulais vraiment avoir le courage de me lacérer le bras, de faire les choses comme il fallait, mais je ne l'ai pas réussi. J'ai pris une grande respiration, dans l'espoir de parvenir à passer à l'acte. Mais quand les égratignures ont commencé à piquer, je me suis mise à pleurer. Je n'avais pas assez de courage, et en plus, tout ce que je voulais, en réalité, c'était que mon père se demande enfin pourquoi j'étais si malheureuse. Il avait raison, j'étais nulle, lamentable. Perdue dans mes pensées, je n'avais pas remarqué que la porte était ouverte. Soudain mon père était là, derrière moi. Avant que je puisse réagir, il m'a sortie de l'eau du bain en me tirant par les épaules.

— Je m'en doutais, a-t-il crié, tu es folle, comme ta mère !

Il a enfoncé ses doigts dans ma peau et m'a traînée, nue et tremblante, hors de la baignoire, criant de plus belle.

— Tu es totalement égoïste ! Comment as-tu pu faire ça ? Si tu te fais du mal, je te jure que moi, je te ferai encore plus mal.

Je suis allée m'habiller, percluse de douleurs dans tout le corps, honteuse de ma propre stupidité. J'avais espéré qu'il remarquerait quelque chose. Qu'il m'écouterait. Qu'il se soucierait de la douleur que j'exprimais à travers ce geste. Qu'il me demanderait pourquoi. Mais, bien sûr, il ne l'a pas fait : il était furieux contre moi et cela n'a fait qu'envenimer notre relation. Mais j'ai enfin compris quelque chose : mon père voulait que je survive non pas parce qu'il se souciait de moi et qu'il m'aimait, non, mais parce que j'étais son jouet.

Le lendemain, je me suis réveillée au plus mal. Je savais que je ne pouvais plus vivre comme ça. Pourtant, je ne voyais aucune issue. Je me sentais bête de m'être comportée comme ça, dans la baignoire. Je n'avais pas vraiment voulu mettre fin à mes jours, simplement amener mon père à s'asseoir avec moi pour m'écouter, écouter mes sentiments. Il y avait déjà eu des années d'abus physiques, émotionnels et sexuels persistants de la part de cet homme de la bourgeoisie qui, aux yeux des autres, était un conférencier charismatique et intelligent, courageux d'avoir accepté d'élever seul sa fille perturbée à cause d'une mère incapable. Je n'avais encore que quatorze ans. Les filles de mon âge faisaient la fête avec leurs amis, elles n'étaient pas prisonnières d'une relation incestueuse avec leur père.

Au cours des semaines qui ont suivi, j'ai quasiment cessé de manger. Je n'étais pas anorexique pour autant, mais surveiller mon poids était la seule chose sur laquelle j'avais une forme de contrôle, ou du moins, c'était ce que je pensais. Mon père me raillait d'ailleurs à ce sujet, il me répétait sans cesse que j'étais grosse et que je devais donc manger le moins possible. Et à d'autres moments, il me disait que j'étais anorexique. Mais maintenant, tout ce que je mangeais avait un goût de carton. Je n'avais tout bonnement plus aucun appétit – pas d'appétit pour la vie, et certainement pas pour la nourriture. Les années de maltraitance semblaient interminables et j'avais du mal à me souvenir de ce qu'était une vie sans abus. Je rêvais de m'échapper une fois que j'aurais atteint l'âge adulte.

Je n'avais que quinze ans ; pourrais-je vraiment continuer à vivre, à supporter cette situation jusqu'à mes dix-huit ans, jusqu'à ce que je puisse enfin commencer à vivre pour moi ?

À l'école, je cachais mes sentiments tout autant que mon corps. L'un des premiers cours que je devais reprendre était la natation mais je savais que je ne pourrais pas y aller car le haut de mes cuisses était encore couvert de petits bleus de la taille des doigts de mon père. Heureusement, j'avais une amie qui exécrait la natation : elle se chargeait d'écrire mes mots d'excuse et moi j'écrivais les siens. En général, on prétextait une indisposition à cause des règles, ou d'un mal de ventre quelconque.

Heureusement, notre professeur de sport n'a jamais posé des questions. Et puis, à cette époque je détestais porter un maillot de bain, de toute façon. À cause de mon père je me sentais grosse, laide et répugnante dans cette tenue. J'avais appris à détester mon corps autant que lui le convoitait.

Malgré tout cela, à cette période je me suis fait, lentement, un ami, Keg (Anthony Kegode). Nous nous étions rencontrés devant le réfectoire, à côté des toilettes, près de la cuisine de l'école. C'est lui qui est venu vers moi ce jour-là, et comme j'étais très timide et naïve, c'est Keg qui a fait toute la conversation. À ma grande surprise, je l'ai trouvé attirant. C'était un Kenyan avec une magnifique voix grave et un visage si beau et ouvert que lorsqu'il s'est approché pour me saluer, je n'ai pas pu m'empêcher de sourire en retour. J'ai tout de suite voulu m'en faire un ami. Chaque fois que je le croisais, il prenait le temps de discuter avec moi. Il vivait au bout de notre rue, nous descendions donc au même arrêt de bus et souvent il me raccompagnait jusque chez moi.

En dehors de l'école, j'avais pris l'habitude de faire profil bas et j'évitais les garçons, au cas où mon père me verrait. Mais il y avait quelque chose de si solaire dans la personnalité de Keg que je n'ai pas eu le cœur de couper court à notre conversation alors que nous descendions la rue ensemble.

— Tu aimes les disques ? m'a-t-il demandé. J'aimerais te faire écouter les miens. Qui est-ce qui te plaît en particulier ?

Je lui ai dit que j'aimais bien Dr. Hook, mais je ne m'attendais pas à ce qu'il ait cet album, ça ne ressemblait pas au genre de musique qu'il devait écouter, m'étais-je dit. À mon grand étonnement, il l'avait dans sa collection et nous sommes convenus de l'écouter ensemble. Une petite flamme s'est allumée dans mon cœur. Il y avait quelque chose chez Keg qui me rassurait. Comme j'étais sûre que tout allait bien se passer, j'ai accepté d'aller chez lui. La maison familiale de Keg avait des murs blanchis à la chaux et était construite sur le versant escarpé de Loresho. Pour arriver à la porte d'entrée, il fallait passer par le portail du jardin et descendre quelques marches. C'était une maison sur deux niveaux, avec un salon en contrebas. Il vivait avec son père, sa mère, son frère et ses deux sœurs.

Dans sa chambre, Keg m'a fait des compliments sur mon physique. J'ai rougi d'embarras, mais il a insisté sur le fait que c'était vrai.

— Tu es vraiment belle, Kim, et tu ne t'en rends même pas compte, m'a-t-il dit.

Il a essayé de m'embrasser mais je l'ai repoussé. Non, je ne voulais pas qu'on m'embrasse. Pourtant, j'étais tout de même attirée par ce garçon craquant qui me faisait rire. Petit à petit, Keg et moi avons commencé à sortir ensemble. Une des filles de l'école m'a mise en garde : Keg ne cherchait pas une relation purement amicale. Selon elle, il exigerait bien plus qu'une simple amitié. J'ai été déstabilisée : Keg n'avait pas l'air comme ça mais les commentaires de ma copine m'ont néanmoins un peu refroidie. Comme j'appréciais vraiment beaucoup Keg, je me suis dit que je me débrouillerais bien pour gérer la situation s'il essayait d'aller plus loin. Je n'étais pas prête pour ce genre de relation et je ne voulais pas qu'il apprenne quoi que ce soit concernant mon père et moi.

La fois suivante où Keg m'a demandé de le rejoindre chez lui, j'ai dit non. Comme s'il avait deviné la raison de mon refus, il m'a assurée que rien ne se passerait.

— J'aime bien passer du temps avec toi, Kim, c'est tout, a-t-il dit. Tu es drôle.

— Bon, d'accord, alors.

Je ne faisais pas confiance à beaucoup de gens mais comme je l'ai dit, il y avait quelque chose chez lui qui me rassurait. Nous avons passé un bel après-midi assis sur son lit, tapant du pied en rythme sur la musique qu'il passait, et il a tenu parole. Il y avait les chansons de Dr. Hook, *When You're In Love With a Beautiful Woman* et *More Like the Movies*, ainsi qu'une chanson géniale que nous allions souvent réécouter plus tard, *Papa was a Rollin' Stone*, des Temptations.

Keg semblait être le parfait gentleman, mais quand il m'a demandé de sortir avec lui officiellement, mon visage s'est assombri.

— Je... Je... ne peux pas, ai-je balbutié.

— Pourquoi ? m'a-t-il demandé de sa belle voix grave et douce.

— Mon père ne voudra jamais, ai-je admis.

Anthony m'a regardée de ses yeux bruns avec une empathie que j'avais rarement vue chez quelqu'un.

— Mais personne n'en saura rien, si tu veux.

Je n'ai pas vraiment répondu et suis rentrée chez moi, mais les jours suivants, il n'a pas lâché l'affaire. Nous finissions toujours par discuter dans le bus et je me sentais tellement à l'aise en sa présence que j'ai décidé que si nous faisions attention à ne pas être repérés par mon père, nous pourrions peut-être sortir ensemble une fois de temps en temps. Au cours des mois suivants, tout s'est bien passé. Chaque fois que je savais que mon père était très occupé au travail, Keg prenait son vélo et venait à la maison. Être avec lui m'a souvent aidée à traverser des heures sombres. Il adorait jouer avec nos animaux domestiques ou écouter des disques. Je le laissais entrer dans ma chambre pour un petit baiser, de temps en temps. Au début, il était très respectueux et essayait seulement de m'embrasser, mais au fil des mois, il est devenu plus insistant. À chaque fois je le repoussais gentiment, ou je trouvais une excuse. Je me levais et disais que j'avais soif, que j'avais besoin d'un verre ou je prétendais que j'avais soudainement oublié de nourrir l'un des animaux. Finalement, un jour, chez lui, Keg m'a demandé ce qui clochait.

— Tu es une belle fille, Kim, je ne peux pas m'empêcher de vouloir te toucher, tu sais. Qu'est-ce qui ne te convient pas ?

— Mais tout me convient ! ai-je répondu avec enthousiasme. C'est juste que…

Mais je n'avais plus d'excuses en stock.

— Tu ne m'aimes pas, c'est ça ?

— Pas du tout ! ai-je protesté. Ce n'est pas ça, Keg, je t'assure.

Il avait l'air contrarié. Je savais qu'il était plus expérimenté que moi, mais je ne pouvais pas le laisser entrer dans mon intimité, et encore moins coucher avec moi.

— Je t'aime, Kim.

Je l'ai regardé fixement, éberluée. Personne ne m'avait jamais dit ça auparavant. J'ai gloussé de gêne, mais je l'ai laissé m'envelopper dans ses bras. Au chaud, en sécurité dans cette étreinte, je me suis demandé si je ne l'aimais pas un peu, moi aussi. En tout cas, notre amitié me donnait de d'espoir pour l'avenir. D'une manière ou d'une autre, j'avais réussi à m'en sortir sans avoir de relations sexuelles avec lui, jusque-là. Il devenait insistant et parfois il se mettait un peu en colère, mais je me contentais d'en rire.

Un après-midi, chez lui, Keg a voulu prendre un bain après son cours d'éducation physique. J'étais assise sur son lit et j'attendais qu'il finisse quand il m'a appelée de la salle de bains. Timidement, j'ai ouvert la porte, en essayant de ne pas regarder.

— Viens t'asseoir près de moi, Kim, a-t-il dit, assis bien droit dans la mousse.

J'ai regardé partout dans la salle de bains, sauf vers lui.

— Je t'en prie, Kim…

Légèrement angoissée, je me suis assise sur le couvercle rabattu des toilettes, les yeux furetant toujours dans tous les recoins de la salle de bains sans jamais se poser sur son corps à moitié immergé.

— Kim, pourquoi tu refuses de regarder mon corps ?

Je sentis une rougeur se propager de mon cou vers la cime de mes cheveux. J'adorais passer du temps avec Keg, il me faisait rire comme personne, il faisait ressortir chez moi ce qu'il y avait de mieux, et c'était mon meilleur ami, mais comment pouvais-je lui expliquer ce que je ressentais par rapport au sexe ? L'idée de coucher avec lui me dégoûtait.

— Je ne sais pas, ai-je dit en essayant de rire. Je suis juste timide, ça doit être pour ça.

Heureusement, il a laissé tomber et je lui ai dit que je l'attendrais dans sa chambre. Quelques semaines plus tard, Keg est venu à la maison. Alors que je nous servais quelque chose à boire dans la cuisine, j'ai entendu le bruit d'une voiture. Mon père était rentré à l'improviste ! J'ai balancé mon verre dans l'évier, manquant de le briser, et, envahie par un sentiment de terreur, j'ai pris Keg par l'épaule.

— Il faut que tu t'en ailles. Tout de suite !

Keg sirotait son verre, il ne comprenait pas l'urgence.

— Comment ça, « tout de suite » ?

— TOUT DE SUITE ! ai-je crié.

Il a perçu la terreur dans mes yeux, jeté son verre dans l'évier et m'a suivie. Nous sommes sortis en trombe par la porte d'entrée, j'ai vu que la voiture de mon père était déjà garée, mais heureusement, il avait la tête dans le coffre et était penché pour attraper un carton de livres.

— Vite ! Par là !

Nous avons fait le tour de la maison pour que Keg puisse sauter par-dessus le portail. Mais juste comme il levait la jambe pour grimper, mon père a relevé la tête et aperçu Keg.

— Mais qu'est-ce que… ? Qu'est-ce qu'il fout là, ce noiraud ?

Il s'est mis à courir vers Keg, mais Keg était rapide, il a disparu avant que mon père ne puisse l'approcher. Puis mon père s'est tourné vers moi, le visage tordu de haine.

— Alors on fait entrer des garçons en douce, c'est ça ? Viens par là un peu, toi !

J'étais figée sur place. Il m'a attrapée par le coude et m'a entraînée à l'intérieur de la maison. Il m'a dit qu'aussi instruits que soient les Noirs, il ne fallait jamais leur faire confiance. De plus, ils étaient porteurs de quantité de maladies sexuellement transmissibles. Il ne voulait plus jamais revoir Keg dans cette maison.

— Que diraient mes amis du boulot s'ils savaient que ma fille sort avec un Noir, hein ? Ils ne cherchent qu'une chose, ces garçons, comme tous les autres. Ne t'approche jamais d'un garçon, tu comprends ? Sinon tu auras des ennuis. Pff, tu es bien comme ta mère… Elle se jetait sur tous les nègres, au Nigeria. Toi aussi tu préfères le noir au blanc, c'est ça ?

Suite à cet incident, mon père est souvent rentré à la maison sans prévenir. Ramener Keg à la maison est devenu trop dangereux pour nous deux.

Quelques semaines plus tard, une fois cette affaire un peu oubliée, j'ai recommencé à revoir Keg, j'allais chez lui. Sa maison est devenue un refuge pour moi. Je lui faisais de plus en plus confiance. Il était si doux et respectueux envers moi, et il me faisait vraiment beaucoup rire.

Un jour, alors que j'étais chez lui après l'école, je me suis levée pour prendre un livre sur une étagère un peu haute, et comme je portais une jupe, elle s'est relevée dans mon mouvement, exposant mes cuisses. J'ai entendu Keg inspirer brusquement, et quand je me suis retournée, son visage avait pris une expression épouvantée.

— Kim ! Mais qu'est-ce que c'est que ça ?!?

J'ai baissé les yeux sur ce qu'il avait vu et là, sur le haut de mes cuisses, il y avait une myriade de petits bleus. Des ecchymoses violettes et bleues, comme des empreintes laissées par mon père.

— Eh bien… ai-je dit bêtement, ne sachant pas comment répondre.

— Mais qu'est-ce qui t'est arrivé ? Qu'est-ce qui s'est passé pour que tu aies des bleus comme ça ?

Keg avait l'air vraiment choqué. Les mots restaient bloqués dans ma gorge, je n'arrivais pas à formuler une réponse.

— Kim… Tu as été violée ou quoi ? a-t-il murmuré en me prenant ma main.

Je ne me suis pas écartée de lui, je ne suis pas partie en courant. Il a continué à voix basse.

— Kim… C'est un garçon plus âgé qui t'a fait ça ?

J'ai secoué la tête mais il a insisté.

— C'est ton père ?

Entendre quelqu'un dire la vérité après toutes ces années de secrets, de mensonges, de tourments et de tortures, c'était comme un miracle. Alors, j'ai fait un petit signe de tête.

— Oui, ai-je simplement dit. C'est lui.

Comment pouvais-je mentir à mon meilleur ami ? Au fond de moi, je voulais qu'il sache pourquoi je ne pouvais pas le laisser entrer dans mon intimité, et pourquoi mon père ne l'aimait pas. Mais me croirait-il seulement ?

12

La bouche de Keg est restée ouverte, sous le choc, et il s'est frotté l'arrière de la tête.

— Oh, bon Dieu, Kim !

Il avait l'air si épouvanté que je me suis presque sentie coupable. Je n'avais pas eu l'intention de l'affoler comme ça ; je ne voulais pas non plus qu'il ait pitié de moi. Personne ne pouvait rien y faire, ou du moins, c'était ce que je pensais.

— N'en parle à personne, ai-je dit doucement. Tu ne dois le dire à personne ou bien mon père nous tuera tous les deux.

Keg m'a regardée fixement, il ne savait visiblement pas comment réagir. J'avais sûrement l'air froide, détachée, habituée comme je l'étais à cacher mes sentiments. Mais j'avais aussi suffisamment de recul sur moi-même pour savoir que ce n'était probablement pas une réaction normale au vu de ce que je venais d'admettre.

Keg était un garçon de seize ans issu d'une famille normale et aimante. Ce genre de dépravation, il ne connaissait pas, et il savait encore moins quoi faire dans cette situation.

J'ai détourné le regard comme pour clore le sujet. Au fond de moi, je savais que notre relation était probablement terminée. Keg était resté assis, encore stupéfié par ce que je venais de lui avouer.

Il a tendu la main et s'est emparé de la mienne. Les yeux baissés, j'ai senti les bienfaits de sa chaleur, de sa caresse, mais lentement, j'ai retiré ma main. Nous ne savions plus quoi nous dire, alors j'ai rassemblé mes affaires pour rentrer chez moi.

— Kim, m'a-t-il dit alors que je m'arrêtais devant la porte. Je suis là pour toi, tu sais.

Je savais qu'il était sincère. Malgré son jeune âge, c'était un garçon profondément attentionné. Il aurait pu aisément me signifier de partir, parce que ce jour-là il a compris que jamais il ne coucherait avec moi, mais il ne l'a pas fait. Et là, à mon tour, j'ai compris que je comptais beaucoup pour lui. J'ai senti mes yeux s'embrumer et je suis partie rapidement pour éviter qu'il voie mes larmes.

Le lendemain, quand Keg m'a croisée à l'école, il n'a pas évoqué le sujet. J'ai su alors qu'il allait respecter mon souhait de préserver mon lourd secret. Je savais qu'il voudrait m'aider, c'était dans sa nature, mais il n'avait personne à qui parler de ça lui non plus. Il avait déjà compris que personne ne nous croirait. Mon père était vraiment très estimé dans notre petite communauté, c'était un conférencier installé dans un beau quartier, un homme blanc, riche, une personnalité éminente parmi les expatriés. Aller à la police était inutile, personne ne l'aurait cru capable d'une telle chose. Keg aurait sûrement aimé faire quelque chose, mais ça n'a pas été le cas.

Jusqu'au moment où une autre nouvelle est arrivée, une nouvelle... cauchemardesque.

Mon père, qui sentait que quelque chose n'allait pas, m'a forcée à faire un nouveau test de grossesse. À ma grande horreur, la bande a révélé un test positif. Totalement sidérée, je me suis préparée à une explosion de colère. Les yeux baissés, j'ai attendu la réaction de mon père. Mais je me suis heurtée au silence.

— Oh, Kim, a-t-il finalement dit calmement. Te voilà à nouveau enceinte.

Il a poussé un long soupir, puis un étrange sourire en coin s'est dessiné sur son visage. Je ne le quittais pas des yeux, je me demandais ce qui pouvait bien lui passer par la tête. Il n'y avait plus de colère dans ses yeux, à présent, juste une expression de mélancolie.

— Cette fois, Kim, tu peux garder le bébé. Nous fonderons une famille ensemble.

Je l'ai regardé avec un dégoût absolu, j'ai même physiquement eu un mouvement de recul alors que j'étais assise au bout de la baignoire.

— On pourrait avoir une vie normale. On déménagera, on vivra comme mari et femme, a-t-il ajouté.

Mais de quoi parlait-il ? S'agissait-il d'une sorte de blague de très mauvais goût ? En le regardant arpenter la pièce, j'ai eu cette sensation familière de nausée. Il me jetait des regards de côté et partageait à voix haute son projet totalement effarant.

— On pourrait partir, vivre dans un endroit isolé. Juste toi, moi et l'enfant.

Je ne sais toujours pas ce que mon père voulait dire exactement. Peut-être était-il sarcastique ou essayait-il d'obtenir une réaction de ma part. Peut-être ne voulait-il pas payer pour un autre avortement. Sans dire un mot, je me suis cramponnée au bord de la baignoire pour ne pas vaciller. Il a pris mon silence pour une acceptation de son plan de fou.

— Tout se passera bien, on va élever ce bébé ensemble.

Il rayonnait de joie.

Heureusement, le téléphone a sonné et il a quitté la pièce. J'ai pris de grandes respirations pour desserrer le terrible nœud qui s'était formé dans mon ventre. Je savais que mon père était cinglé, mais là, sa folie passait à la vitesse supérieure. J'étais enceinte pour la deuxième fois de l'enfant de mon père biologique et encore une fois, la situation m'échappait entièrement, tout était hors de mon contrôle. Il m'avait imposé des moyens de contraception, jamais il n'avait utilisé de préservatif et il me donnait toujours des pilules contraceptives de façon complètement aléatoire. Il buvait tellement qu'il oubliait ce qu'il me donnait, de toute façon. Il fallait vraiment que je fasse quelque chose moi-même. La seule pensée de porter un enfant de lui, et pour la deuxième fois, me donnait envie de me lacérer les entrailles pour expulser ce fœtus.

Dans un état second, je me suis habillée à la hâte pour aller à l'école, puis je me suis forcée à dire calmement au revoir à mon père, qui me déposait à l'arrêt de bus. En prenant place dans le bus, j'ai réfléchi. Je n'avais aucune idée de ce que j'allais faire, ni vers qui je pouvais me tourner. L'avortement était le seul moyen pour moi d'échapper à cette folie. Je ne voulais pas de ce bébé et il était hors de question que je le garde. Heureusement, dès qu'il est monté dans le bus, Keg a remarqué que quelque chose clochait et il est venu s'asseoir à côté de moi, l'air inquiet.

— Ça va ?

J'ai secoué la tête, essayant de retenir mes larmes.

— Oh, je me suis juste levée du mauvais pied, ai-je dit en me forçant à sourire.

Toute la journée, je me suis démenée pour paraître plus joyeuse que d'habitude. Mais Keg n'était pas dupe. Ce soir-là, il m'a demandé de venir chez lui après l'école. Comme mon père allait rester tard au travail, j'ai accepté. Nous étions dans sa chambre, en train de nous embrasser, lorsqu'il a lentement commencé à déboutonner ma chemise. Je me suis mise à pleurer.

— Je suis enceinte, ai-je sangloté.

— Quoi ? Mais comment ça ?

J'ai rajusté ma chemise puis j'ai détourné mon visage de Keg. Les larmes roulaient sur mes joues. Il ne pouvait rien faire, personne ne pouvait rien faire, mais je lui ai dit la vérité. Sa mâchoire s'est figée avec un air de détermination que je ne lui connaissais pas.

— Bon, a-t-il dit, les yeux ronds, encore marqué par le choc de la nouvelle. Laisse-moi faire, je vais régler ça.

Je ne lui ai pas demandé ce qu'il allait faire. C'était un enfant comme les autres, comme moi. Il n'avait pas plus d'argent que moi. Mais il était la seule personne au monde en qui je pouvais avoir confiance. Après tout, il n'avait plus jamais reparlé du fait que mon père abusait de moi. Maintenant, ma vie était entre ses mains.

Je n'avais aucune idée de ce qu'il comptait faire. Tout ce que je savais, c'était que quelques jours plus tard, Keg m'a dit de prendre des vêtements de rechange et de le retrouver à l'arrêt de bus comme d'habitude le matin. Il m'a dit de ne rien manger la veille parce que je devais subir une opération.

Un autre avortement.

J'ai essayé de me dispenser de petit déjeuner, comme Keg m'avait dit de le faire, mais mon père m'a demandé pourquoi je ne mangeais pas. J'ai pris un peu de papaye, ce qui a suffi à le rassurer. Mon père me déposerait à l'arrêt de bus, comme d'habitude, puis il fallait que j'attende Keg là-bas, il viendrait me chercher. Je scrutais la route lorsqu'une vieille Renault bleue s'est approchée lentement. Keg était au volant. La portière du côté passager s'est ouverte.

— Allez, monte.

Je me suis glissée sur le siège et lui ai jeté un regard interrogateur.

— C'est la voiture de mon père, a-t-il dit, répondant à la question que je n'étais même pas parvenue à poser. Et je te préviens, il va falloir rouler vite.

J'ai à peine eu le temps de boucler ma ceinture qu'il démarrait déjà sur les chapeaux de roues. Je ressentais une sorte d'étrange étourdissement, comme si rien de tout cela ne m'arrivait véritablement… à moi.

— Où allons-nous ? ai-je demandé.

— À l'hôpital. Kim, j'ai tout arrangé.

J'en ai eu le souffle coupé.

— Mais… Où as-tu trouvé l'argent ?

Les avortements étaient non seulement très coûteux mais aussi illégaux, même si les gens fortunés pouvaient toujours négocier avec les hôpitaux privés, dans certaines circonstances, s'ils étaient disposés à payer le prix fort. Le montant que mon dernier avortement avait coûté à mon père l'avait mis hors de lui.

— J'ai volé de l'argent dans la caisse du garage de mon père, a expliqué Keg. Mais ne t'inquiète pas.

Chaque soir, après sa journée de travail, Joshua, le père de Keg, vidait la caisse et emportait la recette du jour chez lui. Keg avait tout dérobé – soit 30 000 shillings – et réglé d'avance les frais pour l'avortement. Je ne savais pas quoi dire. Il s'était donné tant de mal, et risquait de sérieux ennuis. Mais il savait que sans ça, ma vie était fichue.

— Keg, tu as fait tellement de choses pour moi…

— Chut… D'abord, affrontons cette journée, tu veux bien ?

Il faisait tout son possible pour me rassurer, même si, rétrospectivement, je suis sûre que lui aussi devait être mort de peur. Une fois à l'hôpital, il m'a accompagnée dans la salle d'attente. Puis les médecins m'ont demandé de signer divers formulaires.

— As-tu mangé quelque chose ce matin ? a demandé un médecin.

Keg m'a regardée avec anxiété et j'ai admis que oui, j'avais mangé de la papaye.

— Ah, vous n'auriez pas dû, m'a dit le médecin d'un air contrarié.

L'espace d'un instant, j'ai cru qu'ils allaient annuler l'opération, mais heureusement, ça n'a pas été le cas. Le reste de l'après-midi est passé dans le flou. Au moins, cette fois, je savais que Keg serait là quand je me réveillerais. Et en effet, il était à mes côtés. Moi, j'ai effacé tout ça de ma mémoire mais lui se souvient encore de ce qui s'est passé après. Une fois l'interruption de grossesse terminée, il m'a calmement aidée à regagner la voiture et m'a conduite chez lui. Il savait qu'il n'y aurait personne et que je pourrais dormir tranquillement dans son lit, qu'il avait recouvert de serviettes de toilette.

Lorsque je me suis réveillée, endolorie, Keg était là pour me tenir la main et me dire qu'il m'aimait. Mon cher ami s'est occupé de moi toute la journée, il a même changé les serviettes hygiéniques tandis que moi, je pleurais à chaudes larmes. Les heures ont passé très vite et déjà il était l'heure pour moi de rentrer à la maison. Keg, bien que réticent à l'idée de me voir partir, savait que je devais être de retour avant que mon père ne rentre du travail. Il avait même prévu ce que je devais lui dire.

— Dis-lui que tu as fait une fausse couche et qu'une amie t'a emmenée à l'hôpital pour confirmer que c'était bien ça.

Lorsque j'ai revu Keg, il ne m'a pas reparlé de ce qui s'était passé cet après-midi-là. Je savais qu'il avait eu des ennuis pour avoir volé l'argent. Son père était furieux, bien entendu, il l'avait interrogé, ainsi que ses frère et sœurs, mais Keg n'avait pas pipé mot. C'était un garçon d'une loyauté indéfectible. Une personne admirable.

Ma sœur Susan s'était donc installée chez nous et avait commencé son année à Hillcrest pour passer son baccalauréat. J'adorais avoir ma sœur sous le même toit que moi. J'avais enfin une véritable amie à la maison, je me sentais beaucoup moins seule. Pourtant, mon père continuait à me violer presque toutes les nuits. Il prenait soin d'attendre que Susan soit couchée, bien entendu, et de son côté, ma sœur ne semblait pas se douter de quoi que ce soit.

Susan était traitée bien différemment de moi. Elle avait le droit de sortir après l'école et le week-end. Elle avait aussi le droit d'avoir des petits copains, de partir en voyage scolaire. J'étais jalouse, dans un sens, mais également heureuse pour elle qu'elle ne subisse pas le même sort que moi. Susan m'enviait aussi de son côté car mon père m'achetait souvent des vêtements, et jamais rien pour elle. Il m'emmenait faire du shopping et me choisissait de belles tenues. Rien de ce qu'il sélectionnait pour moi ne me plaisait vraiment parce qu'il prenait toujours des habits qui me donnaient l'air d'une femme de trente ans. Quand je rentrais à la maison avec des vêtements emballés dans du papier de soie, Susan ne pouvait pas se retenir de se plaindre.

— Pourquoi tu lui achètes toujours des trucs, à elle ? se plaignait-elle auprès de mon père.

Et lui, il se contentait de rire ou de changer de sujet. Il est même allé jusqu'à lui dire que je n'étais pas capable de choisir mes propres vêtements.

Susan me considérait comme la chouchoute de mon père, et moi j'enviais le fait qu'elle ait tout simplement une vie plus agréable que la mienne. Après tout, elle pouvait sortir et avoir des petits copains, et elle avait le droit de partir en voyage scolaire. Il y avait une certaine normalité dans sa vie. Mais j'aimais avoir une sœur près de moi. J'aurais souhaité voir davantage Lucy, aussi, qui avait dit qu'elle voulait venir en vacances au Kenya. Il ne m'est jamais venu à l'esprit que l'une ou l'autre puisse être menacée par mon père. J'étais convaincue qu'il m'avait choisie comme cible parmi ses trois filles parce que c'est moi qui ressemblais le plus à maman. Ou du moins, c'était ce qu'il m'avait dit.

Ma sœur aînée avait un tempérament très similaire à celui de mon père, ils se disputaient souvent pour des broutilles. Par exemple, sur ce que mon père voulait qu'elle mange, sur le fait de ramener des garçons à la maison (pour une raison étrange, il pensait que c'était moi qui les attirais, que je leur plaisais), sur ses notes à l'école, sur la durée de ses sorties. De temps en temps, pendant une conversation animée, il lui arrivait de pousser Susan pour l'écarter de son chemin, mais il ne la frappait jamais. Elle se réfugiait alors dans sa chambre en larmes et y restait pendant des heures.

L'idée de lui dire ce qu'il me faisait subir depuis des années ne m'a jamais effleuré l'esprit. C'était ma sœur, elle n'avait aucun pouvoir, et surtout pas sur notre père, qui régentait tout.

Tous les samedis, Susan et moi passions la journée ensemble, à prendre des bains de soleil ou à cuisiner, à bavarder. Se sentir comme une adolescente normale pendant quelques heures était un énorme plaisir. Elle était un peu plus forte que moi, mais mon père ne parlait jamais de ça. Au contraire, il concentrait toutes ses critiques sur moi.

— Regarde un peu Kim, plaisantait-il au petit déjeuner. Elle est complètement folle, elle pense qu'elle est grosse.

— Oh, Kim, tu serais plutôt du genre anorexique, ajoutait Susan. Tu devrais manger plus.

Ma sœur ignorait que j'avais développé un trouble de l'alimentation borderline à cause des railleries incessantes de mon père au fil des ans, mais en secret, elle se rebellait avec moi, nous nous liguions contre notre père. Une fois, un jour où il était sorti, nous avons préparé des biscuits toutes les deux et les avons dévorés à même la plaque de cuisson pendant qu'ils grésillaient encore, pour être sûres de pouvoir les manger avant que mon père ne rentre. Ensuite, on a aéré la cuisine en faisant tournoyer des torchons et en riant comme des petites folles.

Le moindre acte de rébellion comme celui-ci m'aidait à tenir le coup.

Mais le moindre commentaire innocent pouvait m'attirer des ennuis, alors que mon père n'était pas aussi pénible avec ma sœur. Dans la classe de Susan, il y avait un garçon que j'avais toujours bien aimé et une fois, ce garçon a dit à ma sœur qu'il s'était « entiché » de moi. Je n'avais jamais entendu ce mot, alors ce soir-là, quand mon père nous a demandé ce que nous avions fait de beau dans la journée, je lui ai naïvement demandé ce que signifiait le mot « entiché ». Il s'est immédiatement crispé.

— Qui a dit qu'il s'était entiché de toi, Kim ?

J'ai marmonné quelque chose de vague à propos de quelqu'un à l'école. Mon père a attrapé le lourd exemplaire de l'*Oxford English Dictionary* et l'a posé sur la table devant moi.

— Regarde. Regarde toi-même ce que ça veut dire.

Mes doigts tremblaient en tournant les pages. J'ai lu à haute voix.

— « S'enticher de, verbe, ressentir de la passion ou de l'admiration intense passagère pour quelqu'un ou quelque chose. »

Je ne savais pas si Susan avait raison au sujet du garçon de sa classe, mais ce que j'avais compris, c'était que l'idée que quelqu'un « s'entiche » de moi mettait mon père dans une colère noire.

Les années de manque de sommeil et de traumatismes ont commencé à avoir de sérieuses répercussions sur ma capacité de concentration : en classe, pendant les contrôles, j'éprouvais des difficultés. Et puis, j'ai abordé mes examens de fin d'études secondaires avec la conviction que j'étais nulle, que j'échouerais de toute façon. Après tout, c'était ce que mon père m'avait martelé pendant des années. Il avait depuis longtemps cessé de m'enseigner quoi que ce soit et se moquait de mes mauvaises notes. Même la veille des examens, il m'a empêchée de dormir jusqu'à 3 ou 4 heures du matin en me violant. Il se contrefichait que je doive me lever à 7 heures, exténuée, pour aller à l'école et passer un examen.

Le jour des résultats, comme on pouvait s'y attendre, je n'ai eu la moyenne que dans une ou deux matières. En janvier et février 1981, j'avais passé mes examens blancs, et sur mon bulletin scolaire, un de mes professeurs avait écrit le commentaire suivant :

Il faudra attendre pour savoir si Kim passera le baccalauréat en chimie. Si elle veut tenter cet examen, elle a encore de gros efforts à fournir.

En fin de collège, comme prévu j'ai eu de mauvais résultats, mes notes ont été majoritairement sous la moyenne.

Mon père s'est servi de ces résultats médiocres comme d'une excuse supplémentaire pour me torturer mentalement. Il me criait dessus, me répétait que j'étais une abrutie, il me disait que j'étais la plus bête de ses quatre enfants, que je ne trouverais jamais de travail, à part dans un supermarché, que tous mes amis passeraient dans la classe supérieure alors que moi, je redoublerais. Il me disait constamment que j'étais comme ma mère. Mais je réagissais à peine car je savais ce qui allait se passer : je savais que mon père était secrètement heureux que j'aie échoué ; cela signifiait que son contrôle sur moi se renforçait.

Sans surprise, il m'a dit qu'il était d'accord pour que je redouble et repasse mes examens. S'il régnait déjà en maître absolu sur tous les aspects de ma vie, il était désormais sur le point de franchir une nouvelle étape. Je dépendais de lui pour les voyages, pour l'argent, pour absolument tout. Il avait le contrôle total de ma vie, de mon éducation, de ce que je faisais pendant la journée, de ce que je mangeais, de ce que je buvais, des endroits où j'étais autorisée à aller ; et il contrôlait aussi mon corps.

De son côté, Susan a passé son bac et obtenu des notes qui lui ont permis d'entrer à Huddersfield Polytechnic, dans le Yorkshire. Sean était en Angleterre, en dernière année de collège à Woodhouse Grove et il devait nous rejoindre au Kenya pour entrer au lycée. Nous ne le voyions que très rarement, même s'il venait de temps en temps pour les vacances.

Mon père avait déjà des projets de carrière pour moi : je ferais un diplôme en élevage à l'Ilrad, un laboratoire international de recherche sur les maladies animales. Il connaissait quelqu'un à l'Ilrad et m'a inscrite à cette formation. Cela lui convenait car il pouvait me déposer et me récupérer au pied du bâtiment. Parfois il m'obligeait également à l'accompagner à son travail. Je restais alors assise pendant des heures dans une voiture bouillante, sur le parking de l'école polytechnique, les vitres baissées car il n'y avait pas de climatisation. Il faisait très chaud à Nairobi. Lorsqu'une chanson passait à la radio et que je l'aimais bien, je la mettais à fond, elle résonnait dans tout le parking. Je me souviens par exemple d'avoir un jour entendu *Billie Jean* de Michael Jackson dans ce parking, et quand mon père est revenu à la voiture, je lui en ai parlé avec enthousiasme.

— Si tu veux le disque, tu peux l'avoir, Kim, m'a-t-il dit.

Et il me l'a acheté.

Sans me demander mon avis, il m'a également inscrite dans un cabinet vétérinaire du coin pour observer le travail des vétérinaires. C'était une autre façon pour lui de me garder sous surveillance : je ne pouvais pas m'éloigner du cabinet car il n'y avait strictement rien autour et il savait exactement où j'étais et ce que je faisais, à tout moment.

J'aimais les animaux et je détestais les voir se faire soigner et souffrir. Le vétérinaire était un homme blanc né au Kenya. Il a bien essayé de faire la conversation avec moi, le premier jour, mais j'étais si timide et si peu sûre de moi que je peinais à communiquer, me limitant à de vagues hochements de tête. Je détestais cette sensation, je me sentais complètement stupide.

Tous les jours, pendant des semaines, mon père m'a donc déposée et récupérée au cabinet vétérinaire, où je passais des heures entières dans la salle à regarder des animaux se faire opérer ou euthanasier. J'ai vu un pauvre chien si paniqué à l'idée d'être piqué que le vétérinaire a fini par lui planter une aiguille dans le cœur. L'aiguille a pulsé un moment, tel un métronome, jusqu'à ce qu'elle s'arrête, lentement. Une autre fois, je me souviens avoir caressé un chien adorable, mais que l'on soupçonnait d'être atteint de la rage – le vétérinaire était furieux contre moi.

Fin 1981, Susan a quitté le Kenya pour entrer à la fac d'Huddersfield Poly. Lorsque nous nous sommes dit au revoir, je l'ai serrée très fort et suis restée un long moment dans ses bras, incapable de retenir mes larmes. Elle allait me manquer cruellement. J'avais placé un petit mot dans sa valise pour qu'elle le découvre en arrivant à la maison. Dedans, je lui disais à quel point elle allait me manquer. J'aurais fait n'importe quoi pour partir avec elle. *Un jour, ce sera mon tour*, me suis-je juré ce jour-là.

Nous sommes restées en contact par correspondance et quelque temps après son départ, elle m'a annoncé qu'elle avait rencontré un certain Gregory, un garçon de Northallerton, dans le nord du Yorkshire. J'étais heureuse pour elle, mais envieuse également, car moi aussi je voulais obtenir cette liberté dont elle jouissait – même si à cette époque je ne voyais toujours aucun moyen d'échapper à mon sort.

À peu près à la même époque, Sean est revenu au Kenya pour passer des examens à Hillcrest. Il semblait plus âgé, plus réservé, et faisait visiblement tout son possible pour éviter mon père. Il allait dormir chez des amis et y restait souvent tout le week-end. Mon père l'encourageait – cela lui permettait de continuer à abuser de moi sans être dérangé.

En grandissant, Sean s'est de plus en plus souvent violemment opposé à mon père. Il avait gagné en assurance grâce à l'indépendance acquise dans un pensionnat, loin de l'Afrique. Une fois, alors que Sean était chez nous pour les vacances, avant que Susan ne reparte pour le Royaume-Uni, nous étions en train de dîner tous ensemble, papa, Susan, Sean et moi. Sean avait laissé de la nourriture sur le bord de son assiette et mon père lui a ordonné de la finir. Une dispute s'est ensuivie et mon père a fini par frapper Sean parce que celui-ci lui avait dit d'aller « se faire foutre ». Après cet incident, les visites de Sean se sont faites de plus en plus rares.

12

Un jour, pendant un cours de rattrapage de littérature, je m'étais assise à côté d'un garçon du groupe, Luke. Il était plutôt gentil mais il n'y avait rien de romantique entre nous. En revanche, il m'a donné son numéro de téléphone au cas où j'aurais besoin d'aide une fois rentrée à la maison. Reconnaissante de l'aide supplémentaire qu'il pourrait m'apporter pour améliorer mes notes, je l'ai pris, me disant que je l'appellerais avant le retour du travail de mon père. Malheureusement, Luke n'était pas là quand je l'ai appelé chez lui un peu plus tard dans l'après-midi, et quand il m'a rappelée en soirée, c'est mon père qui a décroché le premier.

— Kim ! Il y a un garçon au téléphone pour toi !

Mon cœur s'est glacé. Je savais parfaitement ce qui m'attendait. Mon père est resté debout, tenant le récepteur comme s'il s'agissait d'une bombe à retardement, et pendant toute la conversation, brève, certes, il est resté là, et moi je devais faire semblant de parler à Luke comme si tout allait bien.

— Super, merci de m'avoir filé un coup de main, ai-je dit à la fin de l'appel, redoutant le moment où il faudrait raccrocher.

Dès que j'ai reposé le téléphone, mon père a attrapé le combiné, s'est jeté sur moi et m'a frappée violemment au visage. Le choc m'a fait vaciller, j'ai poussé un cri d'effroi, mais il m'a attrapée par le menton, immobilisée, et m'a asséné un nouveau coup. Un élancement fulgurant m'a traversé la mâchoire, mes dents ont vibré en émettant un craquement atroce. J'ai été projetée à terre, gémissant de douleur.

Mon père me regardait sans rien dire, sa colère déjà assouvie. Il devait bien se rendre compte qu'il venait de me faire très mal. Je le détestais encore plus pour cette capacité à s'arrêter à l'extrême limite. Il n'a même pas essayé de cacher sa satisfaction en me voyant au supplice, il s'est contenté de m'envoyer dans ma chambre, où mes pleurs n'ont fait qu'aggraver la douleur. Pendant les deux semaines suivantes, je pouvais à peine ouvrir la bouche, ne serait-ce que pour manger ou boire. Je rabattais mes cheveux autour de mon visage, je portais un col roulé et j'évitais de regarder qui que ce soit dans les yeux, à l'école. Je ne saurai jamais si quelqu'un a remarqué que quelque chose clochait, personne n'a posé la moindre question – il faut dire que la plupart de mes amis avaient désormais quitté l'école pour l'université, de toute façon.

Keg a été le seul à remarquer le raidissement dans mon faciès quand je l'ai revu le week-end. Après son baccalauréat, en 1981, il irait à l'université au Canada pour poursuivre ses études. Son frère était déjà là-bas et son père souhaitait qu'il le rejoigne. Nous ne nous voyions plus aussi souvent qu'avant, mais il m'aimait toujours beaucoup. Je lui ai dit la vérité sur ce qui s'était passé et sa réaction a été d'une telle empathie que ça m'a presque brisé le cœur de le voir bouleversé à ce point.

— Tu n'y peux rien malheureusement, lui ai-je dit.

Il a fallu environ six semaines pour que ma mâchoire se rétablisse (je n'ai jamais su s'il y avait eu une véritable fracture), et pendant ce temps-là j'ai continué à étudier. Mon père m'a fait repasser mes examens d'anglais et de biologie jusqu'à ce que j'obtienne une note qu'il jugeait suffisamment élevée.

Au début, il semblait content que je « marche sur ses traces », comme s'il était un père normal, fier de sa fille. Je me suis accrochée à ces précieux moments de normalité, où il parlait d'une voix posée, s'intéressait sincèrement à ma journée et semblait se soucier de moi. Ces jours-là, je me permettais même de rêver à la fin de ces années de maltraitance : peut-être arrêterait-il un jour, peut-être en aurait-il assez ou se rendrait-il compte que c'était mal ?

Depuis mes onze ans, mon père était le seul vrai parent que j'avais, il était donc parfaitement possible, dans ces moments bizarres, de ressentir de l'affection pour la personne dont je dépendais entièrement. Il contrôlait tout, de la façon dont je voyageais à ce que je mangeais en passant par les personnes que je voyais. Je l'aimais comme un prisonnier finit par aimer son geôlier puisqu'il ne connaît rien d'autre, mais bien sûr, je me trompais systématiquement sur toute réconciliation possible avec le côté sombre de sa personnalité. Chaque fois que j'osais imaginer que mon père pouvait changer, il se livrait à un nouvel assaut après avoir bu.

Avec le recul, je me dis que nos voisins du Kenya ont quand même dû trouver bizarre que Bernard Beaumont soit constamment accompagné de sa fille cadette Kim. Il m'emmenait partout, y compris dans les magasins pour faire la moindre course et à la faculté où il travaillait. Bien qu'il soit incroyablement pingre, mon père a commencé à m'emmener dîner dans des restaurants ultra-chics comme le Kenyatta, à l'International Convention Center, le célèbre restaurant tournant d'où l'on peut voir toute la ville de Nairobi – il met une heure à effectuer une rotation complète. Certains midis, il m'emmenait au Bacchus Club, où il m'offrait l'un de leurs cocktails maison. Nous mangions des amuse-gueules raffinés sur des plateaux en argent. Les serveurs nous appelaient souvent « *Bwana* » et « *Memsaab* », ce qui signifie « Monsieur et Madame ». Au cours de ces repas, mon père me parlait avec érudition de musique, des plantes du jardin et de la cuisine. Souvent, je trouvais ces conversations intéressantes. J'avais peu d'amis, mes relations avec d'autres personnes étaient limitées, je n'avais donc pas d'autre choix que de m'entendre avec lui dans des occasions comme celles-ci.

Un soir, à peu près à cette époque, mon père a eu une nouvelle lubie. Il m'a demandé d'arracher tous les cheveux blancs de son cuir chevelu, un à un, et de les mettre ensuite sur mon bras pour qu'il puisse les compter. Il s'est assis sur une chaise après avoir mis la platine en marche (probablement l'album *Double Fantasy* de John Lennon et Yoko Ono, il l'écoutait beaucoup à l'époque), et je me suis mise derrière lui. Ses cheveux bruns étaient parsemés de blanc maintenant, l'affaire allait prendre un certain temps. Il a fallu une heure pour faire toute la tête. Il avait l'air content à la fin en examinant la récolte sur mon bras. Ensuite, j'ai couru à la salle de bains pour laver les follicules de cheveux de mon père collés sur mon avant-bras, je trouvais ça absolument répugnant.

Un autre soir, il a eu une autre exigence : il voulait que je lui teigne les cheveux en noir avec le produit Grecian 2000. Il a insisté pour que je laisse agir le produit plus longtemps que ne le suggérait la notice, alors je n'ai pas discuté. Quand je lui ai rincé la tête, j'ai dû me réfugier dans le jardin pour qu'il ne m'entende pas pouffer de rire. Ses cheveux avaient plus blanchi qu'autre chose, et au final il avait l'air plus gris qu'avant. Il était furieux mais il n'y avait rien à faire. Quand je l'ai vu partir au travail le lendemain, j'ai ri aux éclats dès que la porte s'est refermée derrière lui.

Mais si mon père pensait s'en tirer en affichant cette relation « très proche » avec sa fille, parfois je me demandais si certains voisins n'avaient pas deviné que quelque chose ne tournait pas rond. Lors d'un des derniers déjeuners qu'il a organisés à la maison avec les voisins, beaucoup se sont sentis très mal à l'aise en constatant son mauvais caractère.

Un jour en particulier, il m'a demandé de préparer un plat de poisson avec des pommes de terre et des haricots verts. Naturellement, il est resté derrière moi à m'observer, toute la journée, critiquant chaque geste, comme toujours. Lorsque j'ai terminé, j'étais épuisée et les invités n'étaient même pas encore arrivés. Quand les gens se sont assis autour de la table, ils m'ont félicitée d'avoir réussi à préparer un si beau dîner.

— Oui, elle est bonne pour certaines choses, a gloussé mon père.

Lorsque j'ai débarrassé les assiettes de l'entrée, les gens ont continué à faire des commentaires sur la nourriture. Mon père ne me quittait pas des yeux. Au début, je pensais que personne n'avait remarqué la façon dont il me regardait – j'étais tellement habituée à son regard dur et méprisant, c'était la norme de toute façon. Mais quand j'ai apporté le plat suivant, j'ai remarqué que la conversation s'était tarie. Mon père buvait aussi plus que d'habitude, et il parlait de plus en plus fort.

— Allez, Kim, apporte la suite ! On a faim, nous.

Quand j'ai apporté les pommes de terre bouillies, j'ai vu les invités gigoter inconfortablement sur leurs sièges. Chacun s'est servi dans un silence pesant. Je me suis assise pour les rejoindre enfin autour de la table, quand soudain je me suis souvenue que j'avais oublié les haricots verts, alors je me suis précipitée dans la cuisine. J'avais oublié de les faire cuire ! Rapidement, j'ai fait bouillir l'eau, juste une minute car j'entendais mon père m'appeler. Puis je les ai égouttés et je les ai apportés dans la salle à manger. *Peut-être que personne ne remarquera qu'ils ne sont pas cuits si je ne dis rien ?* me suis-je dit anxieusement. Je m'en voulais, comment avais-je pu oublier les légumes verts ? En réalité, je m'étais tellement concentrée pour retirer chaque filament de haricot d'un seul coup, comme mon père me l'avait appris, que j'en avais oublié la cuisson. Pour montrer que tout était parfaitement normal, je me suis servi une double ration de haricots.

— Ça a l'air délicieux, a commenté un invité. Bravo, Kim !

Mon père a harponné un haricot, mordu dedans, puis l'a recraché comme s'il s'agissait d'un poison mortel.

— Ils ne sont pas cuits ! a-t-il pesté, avant de se tourner vers ses invités. Kim a la tête ailleurs en ce moment. Elle a le cerveau et la mémoire d'une personne très âgée.

— En fait, ai-je dit timidement, moi j'aime bien les haricots cuits comme ça.

Nos invités ont regardé leurs assiettes, quelques-uns m'ont jeté un regard attristé. Mon père a reculé sa chaise pour venir à mes côtés.

— Tiens, a-t-il dit en renversant le bol entier de haricots dans mon assiette. Si tu les trouves si bons que ça, tu n'as qu'à tous les manger !

J'ai tenté un petit sourire amusé, mais le cœur n'y était évidemment pas. Et j'ai commencé à manger, avalant chaque haricot croquant un par un. À ce stade, il régnait un silence de mort autour de la table, personne ne savait où poser son regard. La honte me brûlait les joues mais je mastiquais patiemment chaque haricot, me forçant à sourire.

— Hmm, ils sont bons crus, ai-je dit faiblement pour essayer de désamorcer la situation.

Mais pour toutes ces personnes assises autour de la table, c'était évident : mon père était un tyran avec ses propres enfants. Un homme bien différent du DJ du Woodley Club qu'ils avaient connu il y a des années. Mon père, quant à lui, ne semblait plus se soucier le moins du monde du regard des autres.

À cette époque, un après-midi, notre voisine Christine Layman s'est présentée chez nous alors que mon père était sorti. Elle voulait nous emprunter quelque chose, a-t-elle dit, mais en réalité c'était une excuse pour me parler. Christine était une femme remarquable. On savait qu'elle avait eu un fils appelé Colin, suite à un viol. Fait inhabituel, elle en parlait ouvertement et sans honte. Bien que le viol fasse désormais partie de ma vie quotidienne, et ce depuis des années, je ne faisais pas le rapprochement entre ce qui était arrivé à Christine et ce qui m'arrivait. Peut-être s'agissait-il de déni ou peut-être m'étais-je simplement renfermée sur moi-même, je ne sais pas, mais quoi qu'il en soit, j'admirais cette famille.

Alors que nous bavardions du temps et d'autres banalités, Christine m'a soudain dévisagée, longuement, ses yeux plantés dans les miens. Son regard pénétrant m'a mise mal à l'aise, j'ai baissé les yeux et marmonné que je devais m'occuper du dîner.

— Kim, a-t-elle dit prudemment, il y a quelque chose chez ton père qui me dérange. Si tu as besoin d'aide, je suis là, tu sais.

Elle semblait chercher des informations. J'ai été tellement prise au dépourvu que j'ai détourné le regard une nouvelle fois. Je me suis excusée, j'avais des choses à faire, je lui ai demandé de partir. Elle n'a pas insisté, mais a simplement dit quelque chose comme :

— D'accord, Kim, je te laisse. Excuse-moi de t'avoir importunée.

Par la suite, j'ai évité de trop repenser à cette occasion manquée de pouvoir enfin dire la vérité à quelqu'un. De toute manière, j'étais persuadée qu'un adulte ne me croirait jamais.

14

Lorsque mon père insistait pour que je l'accompagne sur son lieu de travail, je trouvais les journées bien longues et ennuyeuses. Je le regardais corriger des copies, ou bien j'étais obligée de m'asseoir devant des techniciens de laboratoire occupés à faire des expériences auxquelles je ne comprenais rien. Mon père ramenait à la maison des piles de manuels scolaires et me forçait à apprendre des exercices par cœur. Je ne comprenais pas à quoi tout cela servait, jusqu'au jour où il m'a annoncé, de but en blanc, que je devrais bientôt donner moi-même un cours à ses élèves. J'étais abasourdie. À tout juste dix-sept ans, je n'avais aucune qualification pour enseigner et je comprenais à peine les bases de la matière à enseigner puisque je venais juste de commencer ma propre formation. Mais tout cela n'avait aucune importance pour mon père puisqu'il avait décidé que j'endosserais à mon tour le rôle de professeur. Et puis, je pense qu'essayer de me faire comprendre sa discipline était une autre excuse pour se mettre en colère contre moi.

— Fais donc un effort, bon sang ! fulminait-il en tapant du poing sur la table. Tu ne dois pas me faire honte devant mes élèves. Rappelle-toi qu'ils m'admirent parce que je suis le meilleur enseignant dans ma discipline.

En parallèle, il continuait à me répéter que je devenais comme ma mère.

— Elle n'a rien fait de sa vie. Si tu me quittes, tu deviendras comme elle. Tu as besoin d'acquérir de l'expérience, d'obtenir des diplômes. Sinon, que vas-tu faire ? Tu n'as plus le choix si tu veux une carrière puisque de toute façon, tu rates tout le temps tes examens.

Les yeux gonflés de larmes, j'ai bien réfléchi à ce qu'il venait de dire. Le petit verre du soir que mon père me servait était le seul moment où je me sentais un peu détendue, et en effet je buvais régulièrement depuis que j'étais une jeune adolescente.

Le jour du cours, quand j'ai vu tous ces élèves plus âgés que moi s'installer dans la classe, j'ai eu envie de prendre mes jambes à mon cou. De nature, j'étais d'une timidité maladive, alors prétendre que je pouvais enseigner quoi que ce soit à quelqu'un revenait à m'humilier publiquement. Mon père, lui, me surveillait, un sourire en coin. J'ai réussi à débiter ma leçon mécaniquement, levant à peine les yeux. Non seulement j'avais honte d'être la fille de monsieur Beaumont, mais j'avais également honte de prétendre pouvoir faire son travail.

Pour mon dix-huitième anniversaire, le 26 mars 1983, personne n'a mentionné le fait qu'il s'agissait d'un anniversaire important dans une vie. J'ai eu droit à un gâteau, à aller au cinéma, mais mon père semblait vouloir minimiser l'événement. Probablement parce qu'il savait que j'étais désormais une adulte. Officiellement et légalement, j'aurais pu quitter la maison et ne plus jamais regarder en arrière. Mais en réalité, je n'avais pas d'argent, peu de qualifications et aucun moyen de me rendre dans la ville la plus proche. Rien n'avait changé : que je sois maintenant adulte ou non, je dépendais toujours de lui. J'ai bien essayé de lui faire comprendre que je n'avais plus rien à faire au Kenya, mais il ne voulait pas l'entendre.

Quelques mois plus tard, Lucy est venue vivre avec nous. Voilà longtemps qu'elle souhaitait nous rejoindre pour de bon, alors que ma mère pensait qu'elle ne voulait aller au Kenya que pour passer des vacances agréables. Bien que nous n'ayons pas grandi ensemble, j'ai adoré avoir ma petite sœur à mes côtés. Elle était différente de Susan, plus calme, et elle s'est vite intégrée. Comme notre grande sœur, elle a eu le droit d'avoir un petit ami et de partir en voyage scolaire. J'étais maintenant habituée à être traitée différemment.

À cette époque, mon père a répondu à une annonce qu'il avait repérée dans son école. On recherchait des figurants pour un nouveau film intitulé *Out of Africa*, avec Meryl Streep et Robert Redford, qui devait être tourné dans divers endroits du Kenya. L'histoire est tirée des mémoires d'une auteure danoise, Karen Blixen, qui raconte les événements de sa vie en Afrique, où elle avait vécu pendant dix-sept ans. Lorsqu'il nous a demandé si nous voulions nous aussi participer, Lucy et moi avons sauté sur l'occasion. Nous nous sommes inscrites immédiatement, mais à ma grande déception, mon père s'est lui aussi inscrit.

— Je ne vous laisserai pas y aller si moi-même je ne suis pas retenu.

Ces derniers mois, il était devenu de plus en plus solitaire. Il n'invitait plus ses amis à la maison et avait cessé depuis longtemps de faire le DJ au Woodley Club. Il ne voulait plus passer son temps qu'en ma compagnie. Il a même commencé à se cacher lorsque les voisins frappaient à la porte. Une voisine, Zoe, la mère du meilleur ami de Sean, une femme issue d'une charmante famille juive, a tout de suite compris à quoi s'en tenir avec mon père, je l'ai senti dans son attitude. Quand elle a rencontré mon père pour la première fois, j'ai bien vu qu'elle n'était pas tombée sous le charme de son accent bourgeois, et en plus elle se permettait de remettre en cause ce qu'il disait.

— Cette foutue bonne femme ! a-t-il grogné après son départ. La prochaine fois, tu lui dis que je ne suis pas là.

Il ne quittait la maison que pour se rendre au travail ou pour m'emmener dîner. Le soir, avant de sortir, il me servait de l'alcool après m'avoir habillée avec une tenue de son choix, comme une jupe arrivant au genou, orange vif, et des talons hauts. Il choisissait toujours un endroit légèrement excentré pour qu'aucun voisin ne nous repère et que les Africains qui nous servaient pensent que j'étais sa femme. Souvent, s'ils m'appelaient *memsaab* (le titre d'une femme adulte en position d'autorité), par réflexe je voulais les reprendre mais mon père m'empêchait systématiquement de dire quoi que ce soit. Me dire que nous apparaissions comme un couple aux yeux de ces gens me coupait très souvent l'appétit.

Mais malgré le besoin de mon père de se mêler une fois encore à quelque chose qui aurait pu n'appartenir qu'à moi et ma sœur, je n'ai pas pu résister à la tentation de me retrouver sur un plateau de tournage. J'adorais regarder des films et écouter de la musique. C'étaient les deux rares occasions où je pouvais prétendre que la vie était différente de la réalité. Lucy, mon père et moi sommes donc allés au casting et avons tous obtenu des rôles de figurants. Ma sœur et moi devions jouer des femmes coloniales, rôles pour lesquels on nous fournissait d'incroyables costumes d'avant-guerre. Nous avons passé plusieurs jours sur le plateau, où l'on nous faisait passer d'un endroit à l'autre, et nous essayions sans cesse d'apercevoir les grandes stars. Où que l'on me demande de me tenir, je trouvais toujours mon père juste à côté. Il me surveillait constamment, prêt à bondir si j'osais ne serait-ce que regarder un autre figurant.

Au terme de la première semaine, lors d'un rare moment où mon père n'était pas là, un assistant réalisateur s'est approché de moi.

— Bonjour. Kim, c'est bien ça ? Merci de participer. Nous t'avons observée et nous voulions te demander si tu accepterais de jouer un autre rôle, a-t-il dit.

— Pardon ?

J'avais si peu confiance en moi que je me suis demandé s'il s'agissait d'une plaisanterie. Mais le regard de ce réalisateur m'a convaincue que la proposition était sérieuse.

— Sais-tu nager ? Parce que si c'est le cas, nous cherchons quelqu'un pour jouer la doublure de Meryl Streep.

Ébahie, j'ai ouvert la bouche pour répondre, mais les mots sont sortis dans le désordre.

— Oui… oui, je, oui, je sais nager. Mais pourquoi moi ?

— Tu lui ressembles beaucoup, de profil. La même silhouette, disons.

J'étais tellement intimidée que je ne savais pas trop quoi dire, mais j'ai accepté de reparler de cette opportunité le lendemain matin. En partant, j'étais sur un petit nuage. J'ai touché mon visage, me demandant s'ils voyaient la même personne grosse et laide que celle que je voyais dans le miroir. Peut-être pas, après tout ?

Ce soir-là, j'étais tout excitée en annonçant la nouvelle à Lucy et à mon père. Il serait sûrement fier de moi cette fois-ci, forcément. Mais dès que j'ai commencé à lui en parler, j'ai immédiatement deviné quelle allait être sa réaction. Il m'a fixée de son regard pénétrant et a ricané.

— Toi ? Jouer la doublure de Meryl Streep ? Ça m'étonnerait beaucoup, a-t-il persiflé.

— Mais papa, je t'en prie !

D'ordinaire je ne discutais jamais, mais c'était une occasion unique et incroyable. Pourquoi ne pouvait-il pas se réjouir pour moi, juste une fois ?

— Hors de question que tu restes sans surveillance, a-t-il tranché. Comme si tu pouvais le faire, de toute façon, sans tout gâcher. Une doublure ! N'importe quoi, vraiment !

À table ce soir-là, des larmes ont coulé en silence sur mon visage. Savoir que j'allais devoir dire non le lendemain était vraiment une terrible déception.

Bien que Lucy se soit rapidement adaptée à la vie au Kenya, je sentais que quelque chose ne tournait pas rond. Elle perdait rapidement du poids et devenait frêle. Elle avait toujours été fluette et était de loin la plus jolie de nous toutes, mais cette perte de poids était trop importante pour être normale. Mon père a commencé à la narguer en la traitant d'anorexique, l'une de ses insultes préférées. Moi, j'étais soit anorexique, soit trop grosse, selon son humeur. Aucune de nous n'avait de relation saine avec la nourriture. Comme Susan, Lucy avait aussi droit à certaines libertés qui m'étaient interdites, comme se faire des amis et aller chez eux. Elle avait des petits copains et pouvait choisir ce qu'elle portait. Comme elle était très jolie et pétillante, elle s'est rapidement trouvé un cercle d'amis. Pourtant, je commençais à avoir peur pour elle. Un après-midi, l'école a appelé mon père pour se plaindre du comportement de Lucy. Apparemment, pendant un cours de cuisine où l'on faisait un gâteau au chocolat, Lucy avait pris une bouchée du gâteau de tout le monde à l'heure du déjeuner, puis s'était fait vomir. J'étais inquiète, elle montrait des signes de boulimie. La réaction de mon père, comme on pouvait s'y attendre, fut la colère : il essayait de la nourrir de force à l'heure du dîner, la traitant de folle, et comme elle devenait de plus en plus maigre, il se moquait d'elle en lui disant qu'elle était « dégoûtante ».

Lucy n'a pas tardé à dissimuler son corps sous des vêtements amples. Je détestais la voir comme ça, mais elle ne voulait jamais en parler. Mon père a également commencé à la forcer à préparer les repas du dimanche et la confiture, à ma place. J'étais prête à tout pour l'aider mais il m'a prévenue que si j'essayais, il me punirait. Aux yeux de Lucy, j'étais la sœur paresseuse, celle qui la laissait tout faire, mais en réalité j'étais terrorisée, et j'avais aussi très peur pour elle.

Pendant les vacances universitaires, Susan est venue nous rendre visite et a amené son petit ami Greg avec elle. Greg était un garçon adorable, mais, comme on pouvait s'y attendre, mon père s'est très mal conduit envers lui : il a été grossier, il le suivait partout dans la maison, comme son ombre. Il lui a même dit qu'il n'avait pas le droit de rester ne serait-ce qu'une nuit dans notre maison. Alors Greg est parti, et Susan l'a suivi. J'étais affreusement gênée, Greg n'avait absolument rien fait pour justifier le comportement de mon père à son égard.

Mon père aimait beaucoup donner l'impression que j'étais une mangeuse d'hommes qui séduisait tous les mâles qui franchissaient le seuil de la maison, alors qu'en réalité, j'étais si timide que je pouvais à peine regarder quelqu'un dans les yeux, et encore moins lui parler. Comme toujours, le fait d'avoir Lucy avec nous ou quelqu'un chez nous ne changeait rien à la routine de mon père, qui me violait presque toutes les nuits. Il ne m'est jamais venu à l'esprit d'en parler à Lucy non plus – j'étais totalement sous l'emprise de mon père. Cela faisait six ans que les abus duraient, je ne me souvenais même pas de ma vie sans viol quasi quotidien.

En 1984, mon père m'a acheté de nouveaux animaux de compagnie, deux bassets, un frère que j'ai appelé Hector, et une sœur, Annie (son nom complet au chenil était « Annabelle of Ehrenkreutz »). J'adorais ces chiens et j'ai voulu les dresser comme des chiens de concours, mais je me suis vite aperçue qu'Hector ne correspondait pas aux exigences de la race. Comme Annie, il était tricolore, mais légèrement plus foncé là où elle était fauve. Il avait le bon tempérament et la bonne allure pour devenir chien d'exposition, mais son os occipital n'était pas assez proéminent et ses oreilles n'atteignaient pas la longueur standard de la race. Mon père m'a obligée à le vendre à une autre expatriée (malheureusement, un mois plus tard, elle m'a dit qu'il avait été mordu par un serpent dans leur jardin et qu'il était mort). La nouvelle m'a beaucoup attristée mais je me suis lancée dans le dressage d'Annie. Les concours de beauté canins étaient un loisir que j'adorais et qui me permettait de sortir de la maison. Mon père m'accompagnait à chaque événement, bien entendu, il ne me quittait jamais des yeux, mais j'ai tout de même réussi à faire connaissance avec d'autres propriétaires de chiens et j'ai même remporté quelques médailles. Prendre soin de mes chiens et être fière de la façon dont ils étaient dressés m'a permis de me concentrer sur autre chose que les horreurs de Loresho Grove.

L'été de cette année-là, j'ai enfin terminé ma formation d'éleveuse animalière. J'avais fait ce que mon père voulait, et j'avais réussi. Le seul plaisir que j'avais encore dans la vie à ce moment-là était de montrer mon Basset Hound, Annie, devenue championne en janvier 1985. Mais même lorsque j'allais à des expositions canines ou à des réunions chez d'autres personnes, mon père était toujours là, à mes côtés, et il veillait à ce que je ne parle qu'à des femmes ou à des personnes âgées. Il était également de plus en plus évident que je n'avais pas de véritable avenir au Kenya. Nous vivions dans un endroit isolé, je ne pouvais pas travailler à la faculté avec mon père et il n'y avait aucun emploi pour une jeune femme peu qualifiée. Ma frustration a commencé à se faire sentir dans les conversations avec mon père, surtout après avoir bu quelques verres le soir. Il voyait bien que je faisais de gros efforts et il savait pertinemment que jamais je ne trouverais de travail ici. Une partie de lui se souciait sincèrement de mon avenir, je le voyais dans ses yeux.

Mon tyran de père ressentait encore un peu de compassion pour sa fille.

C'est à cette époque que nous avons quitté notre belle résidence de Loresho Grove pour emménager dans une petite maison sur Ngong Road. Mon père n'a jamais révélé la raison de ce déménagement tout à fait inattendu. Il a fait en sorte que sa chambre et la mienne soient les seules qui communiquent de l'extérieur, grâce à un balcon commun. C'était pratique pour lui : il pouvait aller et venir dans ma chambre sans que personne ne remarque quoi que ce soit de l'intérieur.

À cette époque, le poids de Lucy me préoccupait beaucoup. J'aurais voulu l'aider mais elle refusait d'en parler ou même d'admettre qu'elle avait un sérieux problème. Mon père l'interpellait souvent à ce sujet, il lui faisait des réflexions méchantes, et Lucy, bien entendu, se repliait encore plus sur elle-même. Il l'appelait « le haricot vert », il la raillait constamment. En dehors de la maison, elle était toujours joyeuse et sociable, apparemment heureuse, alors au bout du compte j'ai fini par ne plus trop m'inquiéter pour elle.

Je passais de longues journées à la maison, à cuisiner ou à nettoyer, à m'occuper des animaux domestiques et à promener les chiens. Mon père devenait de plus en plus solitaire et reclus, il voulait passer toutes ses soirées en tête-à-tête avec sa fille. Moi, en revanche, toute captive que j'étais, je n'avais pas perdu l'espoir de me libérer de lui. Un jour, j'ai osé aborder le sujet pendant le dîner, espérant qu'il desserrerait un peu l'étau autour de moi.

— Papa, ce n'est pas juste que tout le monde ait un travail et que moi, je sois coincée à la maison. C'est ce que tu veux pour moi ? Que je ne puisse pas poursuivre mes études ? Ça m'étonnerait, venant de toi, papa, hum ?

Pendant des années, il m'avait abreuvée d'insultes, j'étais une crétine finie, une imbécile, et maintenant c'était moi qui lui faisais remarquer qu'il ne me permettait pas d'échapper à mon sort. Je lui parlais de ça à chaque fois qu'il était de bonne humeur ou qu'il n'était pas trop ivre pour écouter. Après plusieurs mois de harcèlement sur mon manque de perspectives et d'avenir, mon père est rentré à la maison un soir avec des nouvelles pour moi.

— Je t'ai inscrite à une formation. Pour étudier la technologie animalière et obtenir en deux ans un certificat d'État.

J'ai eu envie de hurler… Jusqu'à présent, j'avais toujours détesté les formations qu'il m'avait suggérées et même forcée à suivre.

— C'est au collège de technologie dans le nord-est du Surrey, a-t-il continué.

— Au Royaume-Uni, donc ? ai-je dit, peinant à dissimuler ma surprise.

— C'est bien ça.

Je me suis maîtrisée pour paraître impassible, mais à l'intérieur je bouillonnais déjà de joie.

Mon père allait-il vraiment me laisser retourner au Royaume-Uni ? Toute seule ?

— D'accord. Merci, papa, ai-je répondu calmement.

Il a hoché la tête et m'a dit d'aller lui servir un verre de whisky. Je me suis exécutée, sachant ce qui allait suivre, mais ce soir-là, ce qui a rendu la chose supportable, c'était de savoir que je n'allais pas endurer cela pour le restant de mes jours. Cette nuit-là, après avoir été violée, je suis restée allongée à écouter sa respiration devenir de plus en plus profonde et lente, puis je suis retournée dans ma chambre à pas de loup. Mais même dans mon lit, impossible de dormir, je pensais à mon retour au Royaume-Uni. Je n'arrivais pas vraiment à croire qu'il me laisserait bel et bien partir. Comment se comporterait-il une fois que je vivrais loin de lui ?

Le lendemain matin, au réveil, je me suis fait la promesse de rester aussi calme que possible. Je savais qu'il ne devait en aucun cas me voir heureuse ou enjouée, sinon il changerait d'avis.

Plus la date approchait, plus mon père avait des sautes d'humeur. Il arrivait à un tournant de sa vie : son contrat de professeur à l'école polytechnique arrivait à échéance et risquait de ne pas être renouvelé. La situation politique au Kenya devenait également de plus en plus tendue, avec des affrontements entre le parti unique et les partis d'opposition. Le pays n'était plus un havre de paix pour les expatriés et plusieurs voisins avaient vendu leur maison et déménagé. Mon père avait beau vouloir maintenir le *statu quo* entre nous, il était conscient que le compte à rebours avait commencé.

Ma formation en technologie animalière devait commencer en septembre 1985, trois mois plus tard. Mon père m'expliqua qu'il possédait une maison actuellement occupée par des locataires à Guiseley, dans le West Yorkshire, mais que je pourrais y vivre avec ma sœur Susan, au moins au début. Il ferait également une demande de bourse universitaire pour moi. Je n'avais aucune idée du coût de ce genre d'études, mais il s'est occupé de tout, prenant le contrôle total sur ma situation une fois de plus. Je dois avouer que je m'en contrefichais. Tout ce qui m'intéressait, c'était que dès que l'avion atterrirait au Royaume-Uni, mon cauchemar serait terminé.

Mon père m'a dit qu'il m'avait réservé un vol pour la mi-juillet, il m'a donné la date exacte et dit que je devais m'arranger pour que mes affaires soient prêtes le jour venu. Pendant les semaines qui ont suivi, j'ai fait bien attention à ne jamais lui montrer la moindre émotion positive concernant ce projet. À la moindre manifestation de joie à l'idée de lui échapper enfin, je craignais qu'il n'annule le vol. Dans ma tête je comptais les jours, comme un prisonnier coche les petits bâtons sur le mur durant ses derniers jours de détention.

Le dernier soir, j'étais tellement euphorique que j'ai eu du mal à trouver le sommeil. De toute façon, mon père s'est arrangé pour que je ne puisse pas dormir tranquillement. Il a commencé à me violer, mais s'est endormi à cause de l'alcool. Je suis retournée dans mon lit, mais il m'a réveillée une heure plus tard. J'ai fermé les yeux, retenant mon envie de hurler, comme d'habitude, et j'ai essayé de me réconforter en pensant au moment où je descendrais de d'avion dans l'air froid de Heathrow, avant ma correspondance pour Leeds. Ensuite, le voyage serait rapide, je rentrerais enfin à la maison. J'avais tellement hâte de revoir maman et Susan. Oui, j'étais triste de laisser Lucy derrière moi, mais j'espérais qu'elle me rejoindrait bientôt. Dès qu'elle aurait passé son bac, elle aussi rentrerait au pays.

Le matin, je me suis réveillée, groggy comme tous les jours, à cause du manque de sommeil, mais j'étais pleine d'entrain au moment de boucler ma valise. Je ne prenais pas grand-chose de toute façon, juste quelques disques et les vêtements que j'aimais vraiment porter. Je planifiais déjà ce que j'allais faire en arrivant. J'avais besoin d'une nouvelle garde-robe pour me débarrasser des affreuses tenues que mon père avait choisies pour moi. J'irais peut-être aussi chez le coiffeur, pour la première fois depuis des années. Je n'avais pas un sou, hormis quelques piécettes d'argent de poche, mais décidai de ne pas me faire de souci à ce sujet pour le moment. Il était prévu que j'aille d'abord chez ma mère, puis j'emménagerais dans la maison de Guiseley, à quelques kilomètres de chez elle.

Un seul être allait véritablement me manquer : Annie, ma magnifique chienne, que je chérissais plus que tout au monde. Mon père avait promis qu'il s'occuperait d'elle, mais je ne le croyais pas. Il lui criait dessus quand il était de mauvaise humeur et je l'avais même surpris en train de lui donner des coups de pied. Je n'osais pas imaginer comment se passeraient les choses quand je serais partie… Lorsque je me suis agenouillée, le visage dans le cou de la chienne, mon père m'a surprise. J'avais les larmes aux yeux.

— Ah, tu vois, les animaux vont te manquer, n'est-ce pas ?

Quand j'étais à Hunmanby Hall, mon père avait souvent utilisé les animaux domestiques comme excuse pour essayer de me faire rentrer à la maison. Et il avait raison, parce qu'avec les animaux, j'avais l'impression que quelqu'un m'aimait vraiment.

— Oui, ai-je admis.

J'ai donné une dernière caresse à Annie puis ai empoigné mon sac. Dans un effort surhumain pour ne pas sourire, je suis montée en voiture. J'avais une folle envie de lever le poing en l'air en signe de victoire. Pendant le trajet vers l'aéroport, j'ai serré les genoux pour les empêcher de frétiller d'excitation et j'ai réussi à maintenir mon masque d'impassibilité. Dans le parking, mon père est demeuré silencieux, et moi je ne disais rien non plus. Il m'a aidée à porter mon sac jusqu'à la salle d'attente pour les vols en partance.

— Ne bouge pas, m'a-t-il dit. Tu es sur un vol de dernière minute, il faut attendre qu'on t'appelle. Je vais aller demander au comptoir.

Je ne comprenais pas bien ce qu'il y avait à demander, mais comme je n'avais pas encore vu mon billet, je me suis dit qu'il devait aller le récupérer. Au bout d'une demi-heure, certains voyageurs ont commencé à rassembler leurs affaires, les passagers du vol que j'étais censée prendre étaient appelés pour l'embarquement. Une sensation de malaise s'est logée dans mon ventre.

Mais si, si, mon père allait revenir d'une minute à l'autre avec mon billet à la main …

Finalement, son visage a émergé de la file d'attente. Il a secoué la tête.

— Désolé, Kim. Tu n'es pas sur ce vol.

— Quoi ?

— Tu étais sur la liste d'attente, ton siège n'était pas garanti si le vol était plein.

J'ai ravalé la boule qui s'était formée dans ma gorge pour cacher ma réaction.

Le pingre ! Comment avait-il osé ?

Il a haussé les épaules.

— Bon, eh bien, puisqu'il n'y a pas de place pour toi dans l'avion, on rentre à la maison, a-t-il dit, tout sourire.

Une rougeur brûlante s'est diffusée dans mon cou. J'étais comme hébétée, j'avais envie de hurler de déception... Mais je me suis contentée de cligner des yeux pour éviter le flot de larmes, et j'ai emboîté le pas de mon père, qui repartait déjà vers le parking.

C'était un véritable cauchemar.

Sur le chemin du retour, il m'a parlé de son travail, comme si de rien n'était. Lorsque nous nous sommes garés dans l'allée de la maison, il m'a dit qu'il allait réserver un autre vol dans quelques semaines. Comme s'il s'agissait de simples vacances reportées.

De retour à la maison, j'ai fait de mon mieux pour supporter la déception de me retrouver une fois encore coincée au Kenya sous le même toit que l'homme que je détestais le plus au monde. Une nouvelle vague d'engourdissement m'a envahie : savoir que la liberté était à portée de main et qu'elle m'avait été arrachée à la dernière minute était tout bonnement insupportable.

15

Quelques semaines plus tard, mon père a tenu parole et nous sommes retournés à l'aéroport. Cette fois, m'a-t-il assurée, je prendrais bien l'avion. Je n'avais aucune raison de ne pas le croire, alors j'ai mis de côté mes doutes et l'ai suivi calmement jusque dans le hall des départs. Il m'a fait asseoir et m'a dit de l'attendre pendant qu'il irait au comptoir d'enregistrement. J'ai observé de loin sa conversation animée avec un steward fort élégant, qui a froncé les sourcils et vérifié une liste. Lorsque mon père est revenu vers moi, son visage ne laissait paraître aucune émotion.

— Ils n'ont pas de siège pour toi, a-t-il dit simplement. Bon, eh bien on rentre encore à la maison, Kim !

Il ne m'est jamais venu à l'esprit de demander ce qu'il avait dit à Susan. Il était prévu qu'elle vienne me chercher à l'aéroport, mais si j'étais censée être sur les autres vols en correspondance, comment saurait-elle que je n'y serais pas ? En réalité, je pense que je n'ai jamais eu de billet réservé pour ces vols, sauf quand nous nous sommes rendus à l'aéroport pour la dernière fois. Et quand ma sœur est venue me chercher à l'aéroport de Leeds Bradford, je n'ai rien dit, je ne voulais pas qu'elle sache le petit jeu de torture auquel mon père s'était adonné. Et elle n'a jamais rien dit non plus sur ces vols « annulés », donc de toute évidence mon père avait manigancé tout ça pour me tourmenter. Je ne savais pas si le fait que ça arrive deux fois était mieux ou pire. Je voulais simplement que mon corps mette un pied devant l'autre et retourne à la voiture.

Une semaine plus tard, quand mon père a annoncé que nous repartions pour la troisième fois, j'ai failli ne pas le croire. Il avait accusé la compagnie aérienne d'avoir fait du surbooking, mais avec le recul, je pense que c'était devenu un autre de ses petits jeux de manipulation.

À l'aéroport, il nous a trouvé un siège à une table branlante sous le tableau annonçant le numéro de la porte d'embarquement, puis il est allé au comptoir de la compagnie aérienne pour voir si j'étais sur le vol cette fois-ci. J'ai à peine relevé la tête quand il est revenu… brandissant un billet ! Je l'ai fixé longuement, comme hypnotisée, résistant à l'envie de le lui arracher des mains.

— Le voilà, Kim. Ton billet pour le Royaume-Uni.

J'ai tendu la main calmement pour le prendre, m'attendant à moitié à ce qu'il me le reprenne en disant que c'était une blague. Il m'a regardée attentivement pendant que j'examinais le billet : il était valable pour ce jour-là, indiquait que j'allais de Nairobi à Heathrow, puis à Leeds Bradford.

*C'*était un vrai billet.

Les lèvres pincées, je me suis efforcée de ne pas sourire, de ne laisser filtrer aucune émotion. Mon père me dévisageait toujours. Puis il m'a dit de le suivre jusqu'au contrôle de sécurité, ce que j'ai fait, comme un mouton, en essayant de maîtriser mon cœur qui battait la chamade.

Est-ce que ça y est ? Est-ce que je vais enfin partir ?

Je n'y croyais pas encore. Dans la file d'attente suivante, je me suis mise à chercher mon passeport. J'ai vérifié plusieurs fois qu'il était bien à jour, craignant que comme par magie les numéros deviennent soudain invalides. Je l'ai remis dans ma poche, le tapotant plusieurs fois pour m'assurer qu'il était toujours bien là. Pour garder mon calme, je me suis concentrée sur le nombre de personnes qui nous précédaient dans la file d'attente. Retenant mon souffle, j'ai montré mon billet et nous avons été autorisés à passer dans une autre salle.

J'avais encore du mal à croire que j'allais vraiment partir lorsque mon père a soudain annoncé qu'il devait reparler à l'hôtesse. Il a disparu et une fois de plus, un voile d'engourdissement s'est abattu sur moi. J'avais peut-être mon billet cette fois-ci, ce qui ne m'était jamais arrivé jusque-là, mais je savais qu'il pouvait à tout instant me ramener à la maison.

Ça peut être une autre fausse alerte, me suis-je dit.

Il est revenu, visage impénétrable, puis m'a tapoté le bras.

— Tu es bien sur ce vol, Kim, a-t-il dit avec calme.

En regardant mon père, j'ai été prise d'un étourdissement : ses yeux s'étaient embués, il pleurait. Ces yeux qui m'avaient souvent terrorisée pleuraient maintenant de tristesse. Je me suis mise à pleurer à mon tout. Cet homme, mon agresseur, mon bourreau, était toujours mon père. La seule personne qui depuis près de dix ans subvenait à mes besoins. Je dépendais de lui pour tout. Et maintenant, nous nous disions au revoir. Je l'ai regardé fixement, incapable de le réconforter d'une quelconque manière. Alors que j'ouvrais la bouche pour dire quelque chose, aucun son n'a pu sortir de ma gorge. Je me suis contentée de hocher la tête pour lui signifier que je percevais sa tristesse. Il m'a répondu lui aussi en opinant et je me suis dit que pour une fois, nous avions l'air d'un père et d'une fille ordinaires, tous deux déchirés de se dire au revoir.

Le numéro de la porte d'embarquement a été annoncé par le haut-parleur. Il était temps de partir, alors j'ai pris mon sac, m'attendant presque à ce que mon père me retienne. Mon cœur battait comme un tambour déchaîné, j'avais peur qu'il l'entende, qu'il voie que j'étais folle de joie, et qu'il m'empêche de partir au dernier moment.

Je me suis composé une expression neutre pour ne rien laisser paraître.

Mon billet vers la vie, la liberté, entre les mains, j'ai dit au revoir à mon père avec une bise sur la joue, puis je me suis avancée vers le portique de sécurité, le point de non-retour. À chaque pas, je me disais : *Il va me rappeler. Je vais découvrir que ce billet n'est pas valide. Il va venir me rechercher.*

J'ai franchi la porte métallique et j'ai tourné la tête pour m'assurer que j'étais bel et bien seule.

Oui, j'étais seule.

Mon père agitait encore le bras en signe d'adieu, son visage était strié de larmes. Je lui ai fait un petit signe, une dernière fois, jusqu'à ce que je sois enfin hors de vue, et là, un immense sourire s'est invité sur mon visage, j'ai poussé un grand soupir et ai dû me retenir pour ne pas sangloter de joie.

Ça y est, j'allais enfin m'évader pour de bon !

C'était le 22 juillet 1985, presque neuf ans jour pour jour après avoir quitté l'Angleterre pour ce que Sean et moi pensions être la plus belle semaine de vacances de notre vie. Je n'avais que vingt ans en 1985, mais j'avais été forcée de grandir vite au cours de ces neuf années. Quand j'ai mis le pied dans l'avion, j'avais déjà l'impression d'être sur un petit nuage. Je redoutais encore que mon père surgisse tout à coup près de moi, comme il l'avait fait pendant tant d'années, mais à mesure que les passagers se pressaient derrière moi, la peur a commencé à disparaître. J'ai bouclé ma ceinture de sécurité et ai regardé la piste d'atterrissage par le hublot. Voilà des années que j'attendais ce moment. Assaillie par toutes sortes d'émotions heureuses, j'ai regardé les bagagistes jeter les sacs dans la soute. Au fond de moi je bondissais de joie, je riais aux éclats, dans une sorte d'extase que je n'avais jamais ressentie auparavant ; c'était mieux que n'importe quel verre d'alcool !

Quand l'avion s'est lancé sur la piste, moteur rugissant, j'ai senti mes épaules se détendre enfin. Mon père n'avait toujours pas sauté à bord, c'est donc qu'il ne me suivait pas.

J'ai atterri à Heathrow sous un ciel gris et bruineux, mais pour moi, c'était l'aube d'une nouvelle ère. Au débarquement, le souffle de l'air frais m'a semblé pur et propre, et cette impression, je l'avais ressentie à chaque retour. Savoir que mon père était à des milliers de kilomètres rendait la vie plus claire, plus nette, plus colorée. En croisant mon reflet dans une vitre alors que je traversais les contrôles de sécurité pour prendre ma correspondance pour Leeds Bradford, j'ai bien vu que j'avais l'air d'une expatriée, avec mon bronzage prononcé, mes vêtements décalés et mes cheveux longs sans aucun style. J'avais du travail à faire pour changer et réussir à m'intégrer.

Lorsque j'ai franchi la porte des arrivées après avoir atterri à Leeds Bradford, ma sœur Susan était derrière la barrière, elle me cherchait du regard. Son visage s'est illuminé d'un grand sourire en me voyant, je me suis jetée dans ses bras. Greg était avec elle, un appareil photo à la main.

— Prends une photo de nous, s'il te plaît, lui a demandé ma sœur.

Il a donc immortalisé ce moment historique. Fatiguée mais extrêmement soulagée, j'ai souri jusqu'aux oreilles. En quittant l'aéroport, je me suis surprise à regarder pardessus mon épaule de temps en temps. Comme si je m'attendais à ce que le visage fulminant de mon père émerge de la foule, qu'il me dise que tout cela n'était qu'une erreur et me remette dans le prochain avion à destination de Nairobi. Mais même si je le voyais dans chaque homme aux cheveux grisonnants, il n'était pas là, non, il était loin, très loin.

Nous sommes allés directement chez ma mère. Elle vivait désormais à Rawdon dans une maison avec trois chambres à coucher, avenue Markham. Quand nous sommes arrivés, elle était sur le pas de la porte, les bras grands ouverts, prête pour une formidable étreinte avec sa fille.

Comme d'habitude, il faisait un froid glacial dans la maison. L'intérieur paraissait plus sombre qu'il ne l'était réellement à cause des voilages aux fenêtres. Ils n'étaient plus blancs, d'ailleurs, mais plutôt d'un gris jaunâtre. L'endroit empestait l'odeur des cigarettes préférées de ma mère, mais c'était tout de même merveilleux d'être là.

— Bonjour, Kim, mon petit poussin. Si tu savais comme je suis heureuse de te revoir, a-t-elle dit en me serrant fort dans ses bras.

J'ai voulu l'étreindre moi aussi mais j'ai eu peur qu'elle se brise en mille morceaux : ses clavicules fragiles saillaient et elle flottait dans un gilet bien trop grand pour sa fluette stature. Son corps était celui d'une femme bien plus âgée que quarante et quelques années.

— Assieds-toi, assieds-toi, s'est-elle empressée de me dire. Raconte-moi un peu ton voyage.

J'ai commencé à répondre, mais elle n'a pas écouté bien longtemps. À chaque visite, ma mère était toujours la même : elle s'occupait de vous à votre arrivée, puis vous deviez vous préparer un thé vous-même, et encore, à condition qu'il y ait du lait dans le réfrigérateur et qu'il ne soit pas périmé. Susan est allée chercher quelque chose à grignoter dans la cuisine, mais elle est revenue en disant que l'odeur du réfrigérateur la rebutait. Elle a fini par proposer d'aller chercher des plats à emporter.

Maman était assise dans son fauteuil habituel, elle me regardait comme si elle avait du mal à croire que j'étais bien là.

— Tu es vraiment belle toute bronzée comme ça, a-t-elle dit plusieurs fois.

À côté de son fauteuil, j'ai vu une boisson dans une tasse ébréchée. Il y avait du vin dedans, pas du thé. J'ai préféré ne pas trop m'attarder sur l'aggravation du problème d'alcool de ma mère et ai continué à bavarder. Susan est revenue avec des plats pour tout le monde. Nous nous sommes assis autour de la table en discutant de ce que j'allais faire ensuite. Ma formation commençait dans six semaines. D'ici là, je voulais m'acheter de nouveaux vêtements, me faire couper les cheveux et me réhabituer à la vie au Royaume-Uni. Ma mère a pris son sac à main et m'a immédiatement donné de l'argent.

— Fais-toi plaisir, ma chérie.

J'ai accepté et l'ai remerciée. Je savais qu'elle n'avait pas de gros moyens, ce qui rendait le geste d'autant plus touchant. Mon père ne m'avait strictement rien donné pour venir ici. Je me demandais d'ailleurs s'il ne l'avait pas fait exprès, pour rendre mon installation ici encore plus difficile. Il n'aurait pas supporté que je choisisse mes propres sorties ou que je sois fière de mon corps, de mon allure, que j'attire le regard des hommes. Il m'avait déjà prévenue de garder mes distances avec les garçons. Ses conseils étaient tombés aux oubliettes, j'avais depuis longtemps prévu d'aller faire du shopping et de passer chez le coiffeur dès que possible. Mais d'abord, j'ai pris rendez-vous pour le lendemain chez le généraliste de ma mère. Je voulais avoir un médecin attitré, et puis, il y avait autre chose… J'avais toujours enfoui en moi le poids et la douleur du secret sur les abus de mon père. Même en ce premier jour de liberté, le poids de ce secret me semblait intolérable. Désormais, l'urgence de le dire à quelqu'un, à n'importe qui, était bien présente et j'avais décidé d'agir.

Je ne pouvais pas en parler à ma mère, je ne savais pas comment elle réagirait, si elle me croirait ou même si elle serait tellement bouleversée qu'elle se soûlerait et finirait par faire une bêtise. Et je ne pouvais pas non plus le dire à mes sœurs : Lucy était toujours là-bas, et Susan, eh bien, je l'aimais à la folie mais j'avais peur qu'elle ne me croie pas et je redoutais sa réaction. Et comment en parler à Sean ? Depuis qu'il était parti en pension, nos liens s'étaient effilochés. Encore une fois, j'avais peur qu'il ne croie pas un mot de ce que j'avais à raconter. Et je n'ai même pas envisagé d'en faire part à la police, convaincue qu'on me prendrait pour une affabulatrice. Mon père a toujours eu une telle façon de parler aux gens qu'il parvenait à leur faire croire que la personne la plus intelligente dans la pièce, c'était forcément lui. Tout le monde tombait sous son charme, il n'aurait aucun mal à les convaincre que j'étais folle. Hors de question de subir ça pour rien. Qui plus est, il y avait une autre raison pour laquelle je ne voulais pas le dire à la police : quelque chose en moi ne voulait tout simplement pas qu'il ait des ennuis. Je me serais sentie trop coupable. Après tout, il restait mon père, et je n'en avais qu'un. Pourrais-je vraiment supporter de voir mon propre père, menottes aux poignets, embarqué par des agents de police ? Cette image me terrifiait. Il ne supporterait pas la prison et m'en voudrait à mort de l'y avoir envoyé.

La seule solution était donc d'en parler à un étranger ou, mieux encore, à une personne en position d'autorité. Un médecin de famille était la seule personne à qui je me sentais à l'aise d'en parler car il se devait de respecter la confidentialité des patients. Je pouvais dire ce que je voulais, me décharger de mes responsabilités et m'en aller, sachant que mon secret était partagé mais que ma confession n'entraînerait aucune conséquence. À ce stade, je ne voulais rien de plus.

J'ai donc pris rendez-vous pour le lendemain matin avec le docteur Booth au centre médical de ma mère. J'ai pris le bus pour y aller. Dans la salle d'attente, entourée de gens qui toussaient ou avec un pansement autour d'un ongle, je me suis demandé si ce généraliste avait déjà eu un patient avec un « problème » comme le mien. J'ai calmement posé les mains sur mes genoux, bien consciente que j'avais été forcée de garder pour moi un secret répugnant. Je pensais qu'en parler à quelqu'un améliorerait les choses, d'une manière ou d'une autre. Je gigotais sur ma chaise, croisant et décroisant les jambes. Le médecin réclamerait-il des preuves ? Non, sûrement pas. J'avais juste besoin de partager ce secret pour que quelqu'un, quelque part, sache ce qui s'était passé et que je puisse ensuite reprendre ma vie en main, passer à autre chose.

— Kim Beaumont !

J'ai failli rater mon nom lorsqu'on m'a appelée. Je me suis levée promptement, comme éjectée de mon siège par une force invisible, et j'ai suivi le médecin dans son cabinet.

Le praticien, un homme d'une quarantaine d'années, a pris place derrière son bureau et a consulté quelque papier.

— Vous êtes donc une nouvelle patiente, mademoiselle Beaumont. Alors, que puis-je faire pour vous ?

J'ai frissonné en entendant ces mots, qui m'ont ramenée à ma visite chez le médecin à Nairobi lorsque j'étais enceinte. Mais j'étais ici, maintenant. Après une profonde inspiration, je me suis mise à parler.

16

— Je… je… je suis venue pour vous faire part de quelque chose, ai-je balbutié maladroitement.

Des larmes se sont formées dans mes yeux, mais j'ai essayé de ne pas y prêter attention. C'était beaucoup plus difficile que je ne le pensais… Mes mains transpiraient tandis que je prenais une nouvelle profonde inspiration, m'évertuant à faire sortir les mots de ma gorge. J'étais enfin déterminée à dire la vérité.

— Docteur, il ne faut en parler à personne, ai-je ajouté en me raclant la gorge, mais mon père… il m'a violée pendant des années.

Si le médecin a été surpris ou choqué, il ne l'a pas laissé paraître. Au lieu de cela, il m'a regardée en clignant des yeux.

— Je vois, a-t-il dit posément. Et en avez-vous parlé à quelqu'un ?

— À un seul ami.

— Et à votre mère ?

— Non.

— Pourquoi ?

— Je ne veux pas l'accabler avec ça. Déjà, elle n'est pas très bien elle-même, et puis, elle ne comprendrait pas, ai-je répondu en fixant la pile de notes sur son bureau.

Le docteur me dévisageait toujours d'un regard plein de compassion. Il a pris quelques notes.

— Avez-vous reçu de l'aide ? s'est-il enquis.

— De l'aide ? Comment ça ?

Je ne voyais pas ce qu'il voulait dire, j'ai secoué la tête. Tout ce que je savais, c'était que j'avais été violentée. Certes, je comprenais aussi qu'on m'avait fait beaucoup de mal, mais c'était du passé, maintenant, et personne ne pouvait plus rien y changer. Comme mon père me l'avait dit cent fois, personne ne croirait qu'un homme comme lui puisse faire une chose pareille. Le docteur Booth a réfléchi un moment, se demandant visiblement quelle serait la prochaine étape.

— Il ne faut en parler à personne ! ai-je répété sur un ton d'imploration.

Comme si cela clarifiait les choses dans son esprit, il a acquiescé.

— D'accord, Kim. J'ai bien pris note de tout cela. Si vous voulez me dire autre chose, à n'importe quel moment, prenez un autre rendez-vous. Ma porte vous est toujours ouverte.

Je me suis levée, soudain beaucoup plus légère. J'avais réussi ! J'en avais parlé à quelqu'un et cette personne m'avait manifestement crue ! En revanche, il n'y avait aucune chance que j'envisage d'en parler à la police. Ils ne me croiraient jamais, à cause de mon père, et je n'avais aucune preuve ; se confier à un médecin, c'était vraiment ce qu'il y avait de mieux à faire. J'ai remercié le docteur, je lui ai même souri, et je suis partie. Cela n'avait rien changé à ce que mon père avait fait, mais en avoir parlé à quelqu'un rendait la chose un peu moins difficile à supporter. Je suis rentrée chez moi, soulagée, en me disant que maintenant, il fallait que j'aille de l'avant. Il n'y avait rien d'autre à faire que de se concentrer sur le présent et l'avenir, sur ma vie ici.

Trois jours après mon arrivée, Susan m'a invitée à une fête d'anniversaire. Jonathan, le frère de Greg, fêtait ses vingt ans dans la maison de son père, à Northallerton.

— Il faut que tu t'amuses un peu, Kim, m'a dit Susan. Tu n'as encore aucune expérience de la vraie vie. Tu verras, ça te ferait le plus grand bien.

— Je ne peux aller nulle part attifée comme ça, ai-je dit en tirant sur ma robe, une robe à motifs hideuse que mon père m'avait achetée au Kenya.

— Bon, on va s'occuper de ça.

Le lendemain après-midi, je suis allée acheter de nouveaux vêtements avec l'argent que ma mère m'avait donné. J'ai acheté un jean et un haut. Des vêtements passe-partout mais à la mode, pour que je ne me sente pas trop décalée. Je me suis également fait couper les cheveux et j'ai demandé de légères boucles. À la fin, quand je me suis regardée dans la glace, chez le coiffeur, j'ai cru voir Deirdre, du feuilleton *Coronation Street*, avec ses cheveux courts et sa légère permanente. Trop gênée pour dire quoi que ce soit, j'ai remercié le coiffeur et je suis rentrée chez ma mère. Elle m'a dit que c'était très joli, mais comme elle était avachie dans son fauteuil, ivre, je ne l'ai pas crue. Je trouvais ça affreux, et quand Susan est rentrée, un peu plus tard, elle a éclaté de rire, mais sans méchanceté.

Le lendemain, nous sommes donc allées à la fête d'anniversaire de Jonathan Chown – un nom de famille inhabituel qui vient du Kent, et qui signifiait « fils de Chun » au XIIe siècle. Quoi qu'il en soit, lorsque j'ai pénétré dans le grand salon de leur élégante maison, bondée de monde, de membres de leur famille et d'amis que je ne connaissais pas, j'ai dû réprimer une envie de prendre mes jambes à mon cou. Susan m'a présenté les frères et sœurs de Greg – Jonathan, Andrew, Daryl et Joanna –, ainsi que leur père et leur belle-mère, que le père avait épousée après la mort de leur mère en 1982, décédée à l'âge de quarante-huit ans des suites d'un cancer des ovaires.

Je ne me sentais pas du tout à ma place dans ce genre de fête mondaine. Susan, en revanche, était parfaitement dans son élément. Elle connaissait Greg et avait déjà rencontré la famille Chown, alors que moi, j'avais l'impression d'être la cinquième roue du carrosse. Pourtant, je voyais bien pourquoi Susan adorait ces gens. C'était une famille de la classe moyenne aisée, disons. Jonathan, avec son sens de l'humour bien à lui, prenait visiblement un malin plaisir à taquiner sa belle-mère. Cette famille ordinaire, détendue, m'a immédiatement fascinée et fait envie. Je n'avais aucune idée de ce que signifiait vivre sans peur au quotidien, pouvoir rire et plaisanter avec les membres de sa famille sans craindre un soudain retour de bâton. Debout dans leur salon, entourée de jolis meubles propres et de photos de famille pleines d'amour sur les murs, j'avais l'impression de faire tache, littéralement, dans le décor. Et avec ma nouvelle coupe de cheveux et mes vêtements bizarres, j'étais tout sauf à l'aise dans ma nouvelle peau.

À un moment donné, j'ai observé Jonathan, assis, ouvrir ses cadeaux. Il a relevé la tête vers sa famille, souri, hoché la tête comme pour dire merci, puis il a rebaissé les yeux. Je crois qu'il détestait être le centre d'attention. Moi, je n'avais jamais eu de fête d'anniversaire avec autant d'invités, je me demandais ce que ça m'aurait fait.

Il doit se demander qui je suis et ce que je fiche là, ai-je songé en m'apitoyant sur moi-même. Peu encline à me mélanger aux autres, je me suis assise sur un canapé à trois places, observant tout le monde nerveusement. *Est-ce qu'ils ne seraient pas tous en train de se moquer de ma coupe de cheveux à la Deirdre Barlow ?* J'avais vraiment l'impression de ne pas être à ma place, et que ça se voyait. Je maudissais cette coupe de cheveux ridicule… Il y avait de la nourriture à disposition un peu partout, et j'avais faim, mais je ne supportais pas de manger devant des gens. Même si mon père était loin, dans un autre pays, je me sentais encore anxieuse quand il fallait manger. Et sa voix résonnait toujours dans ma tête, me disant que j'étais grosse, laide et que je n'avais pas le droit de manger quoi que ce soit de bon. Soudain, une voix m'a fait sursauter.

— Oh ! Ne bondis pas comme ça, tu vas me filer une crise cardiaque ! Pardon, mais tu es assise à ma place, je crois.

C'était un jeune homme, un des invités. J'ai balbutié quelques excuses maladroites et me suis levée promptement. Comme Susan était occupée avec Greg, j'ai attrapé une assiette garnie de petits fours, histoire d'occuper mes mains et de me donner une contenance. Je me demandais déjà à quelle heure je pourrais enfin partir.

Comme la soirée allait se prolonger, tout le monde a voulu aller dans une boîte de nuit pour continuer la fête, et Susan m'a incitée à aller avec eux. En chemin, j'ai repensé à ma vie au Kenya et ai ressenti un véritable manque. Oui, Annie me manquait, ma maison me manquait. En fin de la soirée, j'avais un peu vaincu ma timidité, et ce, grâce à plusieurs passages au bar de la boîte de nuit. Le lendemain matin, assommée par une méchante gueule de bois, Susan m'a dit qu'apparemment je plaisais à Jonathan. Ça m'a fait rire, rien de plus. Franchement, avoir un petit copain était le cadet de mes soucis.

Cet après-midi-là, Susan et moi avons été invitées par Greg, Jonathan et Andrew à Runswick Bay. Les trois frères étaient vraiment des garçons rigolos, nous les avons donc rejoints avec plaisir et nous sommes tous allés boire un verre dans le pub du coin, comme pour prolonger la fête d'anniversaire. Lorsque nous nous sommes assis, Jonathan, pour la première fois, a pris le temps d'avoir une véritable conversation avec moi.

Bientôt la drague s'est immiscée dans nos échanges. Son sens de l'humour me plaisait. Il avait un beau visage, chaleureux, et il m'a tout de suite mise à l'aise en me taquinant gentiment sur mon accent.

— Je n'arrive pas à savoir si c'est un accent américain, australien ou sud-africain, mais en tout cas, il y a quelque chose de colonial dans ta façon de parler ! a-t-il dit en plaisantant.

— Ah, ça, c'est grâce aux leçons d'élocution que mon père nous a fait suivre, ai-je renchéri avec ironie, et pour donner l'impression que je venais d'une famille normale, avec un père normal qui s'occupait bien de moi.

Jonathan était allé à l'université pour étudier le droit, mais il avait dû abandonner ses études à la suite du décès prématuré de sa mère. Il travaillait maintenant dans l'entreprise familiale de menuiserie de fenêtres avec son frère, Daryl. Il était jeune, mais j'ai été impressionnée par son respect du travail. Et puis, je le trouvais séduisant, aussi. Et surtout, je ne me sentais pas menacée avec lui, ce qui était inhabituel en compagnie d'un homme.

Quand son tour est arrivé de payer une tournée à tout le monde, je l'ai vu plaisanter avec la serveuse, au bar, et j'ai ressenti quelque chose que je n'avais jamais connu auparavant : de la jalousie. Et c'est là que j'ai compris à quel point Jonathan me plaisait. Ensuite, nous sommes allés dans une caravane pour continuer la soirée. Lorsque j'ai eu besoin d'aller aux toilettes, j'étais gênée d'utiliser un espace si petit et si proche de tout le monde. Je n'étais pas entrée dans une caravane depuis des années. Pas depuis 1981, quand mon père avait loué pour un week-end, et juste pour nous deux, une petite caravane quelque part sur la côte.

Une fois la bière terminée, Jonathan a sorti une bouteille de whisky qu'il avait reçue pour son anniversaire.

— Moi, je peux boire plus que n'importe lequel d'entre vous sans rouler sous la table, ai-je dit en riant. J'adore le whisky.

Ce n'était pas tout à fait vrai : cette boisson me rappelait surtout mon père. Mais je savais que je pouvais impressionner les gars avec ma résistance à l'alcool.

— OK, a répondu Jonathan, eh bien sache que le whisky est ma boisson préférée, alors moi je parie que tu t'écrouleras avant moi.

— Très bien, voyons ça, alors, l'ai-je défié.

Nous nous sommes donc mesurés l'un à l'autre et avons descendu, verre après verre, le liquide qui brûlait la gorge.

La bouteille a été terminée en triomphe, puis je suis allée me coucher en titubant, espérant avoir dissimulé ma timidité et mon manque d'assurance. Le lendemain matin, je me suis juré de ne plus jamais toucher à ce poison tant je me sentais mal dans la voiture, sur le chemin du retour à Leeds. Après avoir récupéré, j'ai demandé à Susan quelques informations sur Jonathan.

— Dis, il a une petite amie, Jonathan ?

— Pourquoi, toi aussi tu l'aimes bien, c'est ça ?

— Peut-être bien, oui… ai-je répondu timidement.

Susan a eu l'air ravie.

— Mais c'est super, ça ! Je vais vous organiser un truc, juste tous les deux.

Fidèle à sa parole, quelques semaines plus tard elle m'a arrangé un rendez-vous avec Jonathan. Nous nous sommes encore mieux entendus, partageant le même sens de l'humour et le goût de l'alcool. Au bout de quelques semaines, nous étions inséparables. Le plus appréciable, pour moi, c'est qu'il n'a pas mentionné ni même évoqué la possibilité d'une quelconque intimité physique entre nous, ce que j'ai pris comme une marque de respect pour ma personne. Qui plus est, il n'arrêtait pas de me dire à quel point j'étais drôle, et ça me faisait un bien fou. Pour une fois dans ma vie, je pouvais être la personne que j'avais toujours voulu être, et non l'enfant craintive et terrifiée par le prochain assaut de son père.

Environ une semaine plus tard, Susan et moi avons emménagé dans la maison de Guiseley qui appartenait mon père, à quelques kilomètres de chez ma mère. Le logement était presque vide, avec très peu de meubles, mais mon père souhaitait que quelqu'un occupe la maison. Cela ne nous dérangeait pas non plus car ni Susan ni moi n'aimions habiter chez notre mère – il y avait toujours de la poussière partout et il faisait un froid glacial chez elle, et comme elle fumait beaucoup, nos vêtements empestaient. Bien que la maison de Guiseley appartienne à notre père, sa présence en filigrane ne me perturbait pas trop. Après tout, il était accaparé par son travail et n'avait pas l'intention de revenir au Royaume-Uni.

Les premières nuits à Guiseley, j'avais du mal à dormir, déstabilisée par ce soudain changement de style de vie. Jonathan et moi apprenions à nous connaître et je devenais indépendante – une existence dont je n'avais jamais osé rêver.

Lors d'un de nos premiers rendez-vous, Jonathan et moi avons sauté dans une voiture et sommes allés à la fête foraine la plus proche. Nous avons bu de la bière à la bouteille et avons fait des tours sur tous les manèges. Puis nous nous sommes assis sur un banc.

— Kim, tu sais… Franchement, tu es la fille la plus drôle et la plus cool que j'aie jamais rencontrée.

Je me suis blottie contre lui, parfaitement heureuse. Je n'en revenais pas qu'il puisse penser ça de moi. *Jonathan ne doit jamais connaître la vérité sur ma famille, surtout sur mon père*. C'était déjà assez pénible qu'il ait rencontré ma mère, mais je lui avais simplement expliqué qu'elle buvait trop. Suite à la visite de son frère au Kenya, il avait déjà entendu dire que mon père était un peu cinglé, mais rien de tout cela ne semblait avoir d'importance dans notre relation naissante.

Je vivais déjà dans la maison depuis plusieurs semaines lorsqu'un matin, j'ai entendu la porte d'entrée s'ouvrir. J'étais dans la cuisine à ce moment-là, je n'attendais personne, et le temps que je me retourne, mon père se tenait, là, tout sourire. Manifestement, il aimait les visites surprises.

— Bonjour, papa…

Il s'est avancé vers moi, les bras ouverts, et d'instinct j'ai esquissé un mouvement de recul.

— Kim ! Comment t'adaptes-tu à ta nouvelle vie ici ?

Je me suis efforcée de paraître calme, mais intérieurement j'avais l'impression de chavirer.

— Super, tout se passe au mieux ! Et toi, papa, comment vas-tu ? Je ne savais pas que tu passerais nous voir.

Il a tiré une chaise et s'est assis lourdement. Il avait l'air fatigué. Il s'est mis à me parler de son voyage, puis il a critiqué ma mère, qu'il était aussi passé voir. Je n'ai rien dit. Le simple fait de me retrouver seule avec lui avait changé l'atmosphère de la pièce. Je suis restée debout, mes mains agrippées au plan de travail derrière moi. Comme s'il sentait ma peur, il s'est levé brusquement. Il s'est rapproché de moi mais j'ai tourné la tête. Son odeur familière de fumée froide m'a fichu un haut-le-cœur. Il m'a serrée dans ses bras et a enfoui son nez dans mes cheveux.

— Tu sens très bon, Kim.

Voilà, le même cauchemar recommençait. Il m'a attrapée par le bras, m'a fait monter à l'étage et m'a violée sur mon lit. Je n'étais pas préparée à cette attaque. Après, il est redescendu tandis que moi, je suis restée à pleurer, sidérée par ce qui venait de se passer, convaincue qu'il n'y avait décidément aucune issue à ce calvaire. Même si nous vivions dans des pays différents, ça ne changeait strictement rien : mon père avait toujours le contrôle total sur ma vie, mon être, je devrais toujours me méfier de lui.

J'ai réussi à me ressaisir et je me suis levée pour prendre une douche et me débarrasser de lui. Je savais que je ne pouvais en parler à personne, surtout pas à Jonathan – il n'accepterait jamais de rester avec moi s'il apprenait que mon père me forçait à avoir des relations sexuelles avec lui. Je suis descendue à mon tour et j'ai trouvé mon père assis à la table de la cuisine, un verre de whisky à la main, son sac de voyage à côté de lui.

— Je reste ici pour une semaine, a-t-il annoncé avec un sourire très satisfait.

J'ai tout de suite compris que j'allais subir de multiples assauts pendant cette semaine-là. Je m'en suis presque voulu d'avoir laissé les choses empirer en ne faisant pas assez d'efforts pour lui résister.

— Tu sais, on pourrait toujours partir tous les deux, a-t-il dit en se versant un autre verre. J'ai toujours envie d'être avec toi, Kim.

Mais moi, je ne supportais déjà plus de le revoir, alors j'ai pris mon manteau et je suis sortie, en lui disant que j'avais un rendez-vous avec un ami à la gare de Leeds. Je n'avais nulle part où aller, même si j'avais prévu de retrouver Jonathan plus tard à la gare, mais il était encore bien trop tôt. Tant pis, il fallait que je sorte de cette maison.

En fin de journée, quand Jonathan m'a rejointe, il m'a dit qu'il avait croisé mon père un peu plus tôt à la maison. Jonathan était passé déposer une planche de surf qu'il prêtait à son frère Greg. Pour faire la conversation, Jonathan avait demandé à mon père où se trouvait la gare, alors qu'il le savait parfaitement. Mon père avait immédiatement deviné que c'était lui que j'allais retrouver et avait envoyé Jonathan dans la direction opposée.

— Il est un peu bizarre, ton père, non ?

J'ai fait l'innocente, bien entendu.

— Tu trouves ? Comment ça ?

— Eh bien, disons qu'il ne sourit pas facilement et qu'il n'a pas eu l'air très heureux de me voir.

Certes, Jonathan avait entendu parler de notre père un peu spécial, par Greg, mais c'était la première fois qu'il le voyait.

— Oh, il est comme ça, mon père, tu sais, ai-je dit en haussant les épaules, avant de changer de sujet.

Je priais le ciel pour que mon père reparte le plus vite possible au Kenya. Et je redoutais déjà de rentrer à la maison ce soir-là, car je savais ce qui m'attendait.

17

Si mon père avait temporairement perdu le contrôle sur mon quotidien, je demeurais néanmoins inscrite à une formation de deux ans en technologie animalière à Epsom, comme il le voulait. Après m'être installée à Leeds, je ne voulais plus repartir, plus jamais. Mais de toute évidence mon père tenait à mon retour au Kenya, tout comme il tenait à ce que je fréquente ma famille le moins possible. Il m'avait à maintes reprises rappelé qu'il ne fallait parler à personne de notre secret, et de ce côté-là, il n'avait pas à s'inquiéter.

J'en avais parlé à mon médecin, oui, mais j'étais encore persuadée que personne d'autre ne me croirait.

En septembre 1985, j'ai dû faire mes adieux à Jonathan, qui a promis de venir me voir, et je suis partie vivre seule dans une maison à Stoneleigh, dans la banlieue sud-ouest de Londres. Mon père ne m'a pas donné pas un centime, il m'a dit que je n'avais qu'à faire une demande de bourse pour payer mon loyer. Quand j'ai débarqué à Londres, je n'avais que quelques livres sterling en poche, données par ma mère, mais aucun autre argent. Heureusement, au bout de deux semaines, mon père est rentré au Kenya pour régler ses affaires. Il donnait toujours des cours à l'école polytechnique mais je crois me rappeler qu'il avait postulé pour des postes ailleurs, notamment à l'université de Brunei. Lucy était toujours avec lui. Tant qu'il ne revenait pas s'installer pour de bon au Royaume-Uni, personnellement je me contrefichais de l'endroit où il irait vivre.

Pour la première fois, je vivais de façon indépendante, j'aurais donc dû me sentir libre, mais en réalité, j'étais dépassée, perdue dans cette nouvelle ville où je ne connaissais personne. J'avais à nouveau perdu toute confiance en moi, surtout depuis la reprise des viols... Et je m'en voulais terriblement de n'avoir toujours pas réussi à échapper à mon père une bonne fois pour toutes.

Si toutes ces pensées me perturbaient jour et nuit, j'avais néanmoins des choses plus concrètes et urgentes à régler. Au bout d'un jour ou deux, j'avais dépensé tout mon argent pour acheter un peu de nourriture et quelques vêtements. Les poches vides, sans personne vers qui me tourner, j'ai eu un moment de panique. Demander de l'aide à Jonathan ? C'était possible, mais je m'y refusais : il n'avait pas beaucoup d'argent lui non plus, et je ne voulais pas devenir un fardeau pour lui. Sans traîner, j'ai décidé de chercher un emploi à temps partiel. Après un après-midi sans avoir rien trouvé, l'inquiétude s'est installée. Je n'avais strictement rien pour me nourrir, ayant déjà mangé tout ce que j'avais acheté.

En désespoir de cause, je me suis rendue au bureau des aides sociales. Les demandeurs devaient prendre rendez-vous pour voir quelqu'un, mais comme j'étais au bord du gouffre, je suis restée campée devant l'entrée du bâtiment et j'ai supplié les personnes qui entraient de m'aider. Finalement, quelqu'un a eu pitié de moi et m'a laissée entrer, afin que je puisse parler à un conseiller.

— Si vous êtes étudiante, il faut faire une demande de bourse, m'a dit un employé au visage impassible derrière le guichet.

Je me suis mise à pleurer, expliquant que je ne pourrais pas en obtenir une à temps. Il faudrait des jours pour remplir le dossier et je n'avais même pas les moyens de payer le timbre pour l'enveloppe. (Plus tard, on me dira officiellement, et mon père me le confirmera, que je n'avais droit à aucune allocation, ni à un prêt étudiant, car je n'avais pas étudié à plein temps au Royaume-Uni pendant les trois années précédentes. J'attendais de recevoir de l'argent pour mon logement, mais c'était tout. Et mon père ne voulait toujours pas me donner un sou.)

Je me suis mise à sangloter.

— Je n'ai plus un centime…

Heureusement, le conseiller a eu pitié de moi et m'a donné une livre pour m'acheter quelque chose à manger. Sur le trajet du retour, je suis entrée dans tous les pubs pour demander du travail. Et l'un d'entre eux, situé juste à côté de la gare de Stoneleigh, a accepté de me prendre à l'essai. J'étais tellement heureuse que j'aurais pu sauter au cou du propriétaire. J'ai acheté du pain et du beurre, puis, une fois rentrée chez moi, assise sur mon lit, seule, j'ai mangé. Ce n'était pas exactement le nouveau départ que j'espérais.

Le lendemain, j'ai donc commencé mon nouvel emploi. Ensuite, j'ai travaillé tous les soirs, en parallèle de mes cours à l'université. Je devais vivre avec, en tout et pour tout, cinq livres par semaine. Tout ce que je pouvais me permettre de manger était du pain pitta tartiné de pâte de poulet, ce qui était toujours mieux que rien. J'avais constamment faim mais je n'avais pas le choix, il fallait que je termine mes études. Car je redoutais la réaction de mon père si je manquais le moindre cours ou, pire encore, si j'échouais aux examens.

À bien des égards, le fait que mon père ne soit pas physiquement présent pour me dire quoi faire ne changeait strictement rien : il était encore bien là, dans ma tête. Souvent, j'entendais son avis comme s'il était derrière moi, il commentait mon apparence, ma façon d'étudier, ce que je mangeais. Parfois, je devais faire des efforts pour me maîtriser, me rappeler qu'il n'était pas vraiment là. En théorie, je pouvais faire ce que je voulais, maintenant, mais en réalité, c'était faux, j'en étais incapable. Les viols de Guiseley me l'avaient d'ailleurs bien prouvé. Ça me rendait folle… Les seuls moments où tout arrêtait de tourbillonner dans ma tête, c'était quand quelqu'un m'offrait un verre au pub, ou que je dormais. Mon père gardait une emprise sur moi en refusant de me donner de l'argent et en continuant à m'envoyer deux lettres par semaine. Il y avait toujours des sous-entendus dans ces lettres et, même si ce n'était pas écrit en toutes lettres, je savais très bien où il voulait en venir. Il prenait soin de ne rien écrire qui puisse être utilisé contre lui, mais il glissait tout de même quelques phrases pour me montrer, mine de rien, qu'il me « voulait » toujours. Par exemple, il disait : « Ta chambre est exactement telle que tu l'as laissée, elle a gardé ton odeur. » Ses missives me filaient la nausée, je les mettais à la poubelle.

Mon père avait une telle présence dominatrice que lorsqu'il venait au Royaume-Uni, c'était comme si un tourbillon ravageait notre famille en quelques jours. Et évidemment, il avait des opinions très arrêtées sur les moindres faits et gestes des autres. Comme moi, je crois que Susan, Sean et Lucy avaient tous besoin de son approbation. Même ma mère l'écoutait encore et voulait constamment avoir son avis. Même s'il la dénigrait devant nous, il passait souvent boire un verre avec elle, et ils riaient ensemble. Après, quand je me retrouvais seule avec lui, il recommençait à la rabaisser.

Et quand mon père n'était pas là, son nom revenait toujours dans nos conversations lors de mes visites chez ma mère. C'était soit ce qu'il faisait, soit quand il revenait, soit ce qu'il avait dit ou fait lors de sa dernière visite. J'étais très déçue par ma propre réaction : même seule dans mon appartement, à des milliers de kilomètres de lui, je ne pouvais m'empêcher de penser à ce père indigne. Qu'est-ce qui ne tournait pas rond chez moi ?

Heureusement, Jonathan a tenu parole, il est venu me voir régulièrement. C'était un garçon facile à vivre, toujours heureux de faire ce que moi je voulais. Souvent, je proposais d'aller au pub, et quand nous allions ailleurs, je finissais quand même par aller à l'épicerie du coin pour acheter de l'alcool et en prendre avec nous, quelle que soit notre destination. Jonathan était toujours aussi respectueux envers moi, il me laissait prendre les choses à mon propre rythme. J'avais vraiment de la chance d'avoir trouvé quelqu'un comme lui. Tout se passait naturellement entre nous.

Une fois de plus, alors que je commençais à prendre mes marques dans mon nouveau mode de vie, mon père est venu tout détruire. J'étais en visite chez ma mère un week-end lorsque le téléphone a sonné. C'était mon père, il voulait me parler.

— Pour Noël, tu viens au Kenya, Kim, m'a-t-il annoncé de but en blanc.

Il n'a pas eu besoin de me demander si ça me convenait, ou de marquer une pause pour écouter ce que j'en pensais, cela ne l'intéressait pas : il ne me posait pas une question, il me donnait un ordre.

— D'accord, papa, ai-je dit calmement.

— Les billets vont être envoyés par la poste. Ne t'avise pas de rater ton vol.

J'ai raccroché, dépitée, désespérée.

Il n'y avait aucun moyen de refuser cette invitation. En fait, pas un seul instant je n'ai même pensé qu'il était possible de dire non. Après toutes ces années sous son joug, j'avais une fois de plus dit oui, comme je disais toujours oui à tout ce qu'il me demandait. J'étais encore sous son emprise, il me contrôlait encore. S'il désirait quelque chose, je m'exécutais, sans opposer la moindre résistance. J'étais incapable de m'imaginer agir autrement.

Je savais que je me jetais une nouvelle fois dans la gueule du loup, mais en plus d'être sous sa domination, une partie de moi se raccrochait naïvement à l'idée que les choses pourraient encore s'arranger. Après tout, en de rares occasions mon père avait passé plusieurs semaines sans me violer. Qui sait, je pourrais peut-être essayer de le repousser. Je croyais encore que le rêve suprême deviendrait un jour réalité, qu'il arrêterait de me violer, que nous pourrions avoir une relation normale, surtout maintenant que j'avais un petit ami. Je voulais croire qu'il pouvait encore changer, qu'un jour il cesserait de me violer et de me traiter comme avant.

C'était peut-être de la folie de retourner sous le toit de mon agresseur, mais en réalité, je n'avais pas le choix.

Bien sûr, une semaine plus tard, le billet d'avion Leeds Bradford-Heathrow-Nairobi est arrivé dans la boîte aux lettres, accompagné d'un petit mot de mon père me demandant de lui acheter les singles du Top 20.

On ne peut toujours pas trouver les derniers singles du hit-parade, ici. Et ce serait bien pour la fête que j'ai l'intention d'organiser. Tu trouveras l'argent pour les acheter dans cette enveloppe.

J'ai fermé les yeux à l'idée de ce qui m'attendait. Mon père, ivre mort, la musique à fond dans la maison. Certaines de ces vieilles chansons me ramenaient directement à lui en train de me violer. Si j'entendais *Dark Side of the Moon* de Pink Floyd ou *Telephone Guy*, ou la musique du *Rocky Horror Show* à la radio, je me précipitais pour arrêter la radio. Rien que d'entendre les premières notes de ces chansons, mon cœur s'emballait et j'étais prise de vertiges. L'idée de mettre les pieds chez lui, de me retrouver avec lui constamment derrière moi, avec son haleine de cigarettes, sa façon de me contrôler par la nourriture, de m'agresser toutes les nuits… J'ai eu envie de mourir.

Le billet à la main, j'ai vérifié qu'il y avait bien un vol de retour. Bon, au moins, j'avais effectivement un billet de retour. Je pourrais le cacher dans ma chambre pour être sûre qu'il ne me le prenne pas. J'ai aussi pensé à mon basset adoré, Annie. Elle me manquait terriblement. Au lieu de me focaliser sur mon père, j'ai préféré me concentrer sur le fait que j'allais revoir ma chienne et ma sœur Lucy.

Le jour du départ, Jonathan m'a emmenée à l'aéroport. Après notre baiser d'adieu, j'ai affiché un grand sourire, comme si j'étais une fille normale qui rentrait chez elle pour voir sa famille à Noël.

— Tu me donnes de tes nouvelles, hein ? a-t-il dit en me serrant fort dans ses bras. Ah, au fait, tu as le numéro où je peux te joindre ?

J'ai eu un petit instant de panique. Mon premier réflexe me disait de répondre, « Ah non, désolée », mais j'ai bien senti que ça paraîtrait un peu bizarre. Jonathan savait que mon père était strict et un peu curieux, mais je ne pouvais pas l'empêcher de m'appeler pendant des semaines. Alors, tout en sachant que mon père serait furieux, j'ai griffonné le numéro de notre téléphone fixe au Kenya.

— C'est cher, l'ai-je prévenu. Tu ne pourras pas appeler très souvent.

— Rien n'est trop cher pour toi, Kim, a-t-il dit en me caressant la joue une dernière fois. Je t'aime, tu sais.

En m'éloignant, j'ai continué à plaquer un sourire sur mon visage pour essayer de m'empêcher de pleurer. Mon adorable petit ami n'avait aucune idée du monde tordu dans lequel je retournais – et je ne voulais pas qu'il le sache non plus.

En m'installant dans l'avion, j'avais l'impression que chaque partie de mon corps me criait « Ne pars pas ! », et pourtant ce corps s'est forcé à entrer dans l'avion, à s'asseoir, à boucler la ceinture, et à essayer de se détendre. J'ai réussi à m'assoupir et, trop rapidement, l'avion est arrivé à Nairobi. Comme un automate, je suis sortie de l'avion, j'ai montré mon passeport au point de contrôle, puis j'ai récupéré ma valise et ai enfin franchi les portes coulissantes du hall des arrivées. Mon père était là, rayonnant, les bras tendus vers moi.

— Tu es enfin de retour, Kim. Tu m'as manqué.

En montant dans la voiture pour gagner la petite maison de Ngong Road, j'ai eu l'impression d'être une prisonnière que l'on ramène dans sa cellule. Une fois à la maison, mon père a tout de suite voulu me montrer ma chambre.

— C'est encore la tienne, a-t-il dit en souriant.

Sa chambre et la mienne partageaient toujours le même balcon, ce qui signifiait qu'il pouvait se glisser dans ma chambre sans que personne remarque quoi que ce soit.

Quand il m'a offert un verre de whisky pour « fêter mon retour », j'ai refusé.

Mon Dieu, Kim, mais pourquoi es-tu revenue ici ?

Mon seul bonheur était de retrouver Annie. Dès que je suis entrée dans le salon, elle s'est précipitée vers moi. Elle avait perdu du poids et sa robe n'était plus aussi brillante que par le passé, mais au moins elle était toujours là.

Lucy est sortie de sa chambre peu après mon arrivée pour me prendre dans ses bras. Je lui ai rendu son étreinte, mais j'avais peur de l'écraser à la moindre pression tellement elle était maigre. Ses os avaient l'air de dépasser de ses épaules et ses bras étaient squelettiques. J'aurais voulu dire quelque chose, mais je savais que le moment était mal choisi et que je lui aurais fait de la peine.

Entouré de ses deux filles, mon père s'est empressé de se resservir un verre, l'air ravi. Puis il a passé un bras autour de mes épaules et j'ai senti mon corps se raidir pour m'empêcher de m'écarter, ce que mon instinct me dictait.

— Alors, Kim a un petit ami maintenant, tu le savais, ça, Lucy ? a-t-il dit sur un ton effrayant. Mes deux filles ont des petits copains.

J'ai vu Lucy baisser les yeux sur le verre de whisky qu'elle tenait à la main. Je me suis demandé ce qu'elle pensait à cet instant. Ce n'était pas la première fois que je me demandais si mon père n'abusait pas d'elle aussi, mais je n'avais jamais pu me résoudre à dire quoi que ce soit, le sujet était complètement tabou.

Nous avons dîné tous les trois et mon père a passé tous les disques que j'avais apportés. Nous avons même dansé, tous un peu ivres, dans le salon. Ça faisait du bien de voir Lucy sourire à nouveau, mais une tristesse que je ne lui connaissais pas auparavant se lisait dans ses yeux. Quand il a été l'heure d'aller se coucher, la peur s'est réveillée. Je me suis surprise à fermer à clé la porte de ma chambre et à vouloir mettre une chaise derrière, mais en même temps je me sentais résignée. Je savais très bien que rien n'arrêterait mon père, qu'il contrôlait tout, tout le monde, comme d'habitude. Il ne me restait qu'à supporter l'assaut qui ne tarderait pas à venir, comme j'avais supporté tous les autres. Je suis restée allongée dans le lit à attendre, attentive au moindre bruit, des pas ou une respiration derrière la porte…

Il n'a pas fallu longtemps pour que la porte s'ouvre discrètement. C'était comme si je n'avais jamais été absente. Quelques secondes après, mon corps ramolli, mort, ne m'appartenait plus. Mon rêve sur un possible changement d'attitude de mon père, ou sur le fait que je sois capable de me défendre, s'est vite évanoui.

J'ai pleuré, de douleur, mais aussi parce que j'étais rongée de culpabilité. J'avais l'impression de tromper Jonathan. Je me demandais comment je pourrais supporter de le regarder en face. Je ne voulais pas qu'il sache ce que mon père avait fait, j'étais persuadée que Jonathan mettrait fin à notre relation s'il l'apprenait.

Le quatrième jour, le téléphone a sonné à la maison : c'était Jonathan. Je savais que mon père verrait cet appel comme une provocation, et j'avais raison. Il a décroché et m'a regardée quand Jonathan a demandé à me parler.

— Elle n'est pas là, a-t-il dit sans la moindre hésitation, avant de raccrocher.

Jonathan n'a pas abandonné. Il a appelé plusieurs fois les jours suivants, mais à chaque fois mon père lui a raccroché au nez. Finalement il a réussi à me joindre et j'ai pu discuter avec lui pendant environ dix minutes, en faisant comme si tout allait bien, naturellement. Je ne voulais absolument pas qu'il sache ce qui s'était passé.

Chaque soir, mon père attendait que Lucy aille se coucher, puis il se glissait dans ma chambre en passant par le balcon. Je me sentais à nouveau comme la petite fille au Kenya, totalement seule. D'ailleurs, qui me croirait, maintenant ? D'autant plus que j'étais désormais une adulte et que j'étais apparemment revenue de mon plein gré.

Jamais je ne fus aussi heureuse de rentrer en Angleterre. Le jour de mon départ, j'ai dit calmement au revoir à mon père et à Lucy, allant même jusqu'à dire que je regrettais de devoir partir. Ma sœur me faisait vraiment de la peine. Nous nous sommes embrassées une dernière fois, mais elle était devenue très distante, elle passait de plus en plus de temps seule dans sa chambre. Elle a regardé dans le vide quand mon père m'a taquinée à propos de mes cheveux, ridicules tellement ils étaient courts, selon lui, ce qui épaississait mon visage. J'avais beaucoup trop grossi, disait-il encore, je m'étais empâtée.

Quand nous sommes arrivés à l'aéroport, je me suis encore sentie mal pour elle.

— À bientôt, a dit Lucy, sans rien laisser paraître sur son visage. Tu reviens pour mon anniversaire, hein ?

Elle aurait dix-huit ans en avril, l'année de mes vingt et un ans, et voulait que nous organisions une fête ensemble. Je n'avais aucune envie de revenir dans quelques mois, mais je me suis forcée à lui sourire, sans rien répondre. Je sentais bien qu'elle ne voulait pas que je parte. Mon père m'a à son tour serrée dans ses bras, trop fort, et m'a dit au revoir.

— Tu vas me manquer, m'a-t-il murmuré à l'oreille.

Je n'ai pas pu m'empêcher de me dégager rapidement, mais il m'a attrapée par le bras.

— Il faut que tu reviennes, Kim, a-t-il ajouté, comme s'il lisait dans mes pensées. Sinon, je ne te donnerai pas d'argent pour l'université.

— Oui, papa.

Étant donné qu'il ne m'avait pas donné un sou pour ce voyage, je savais déjà qu'il mentait.

Pendant les mois qui ont suivi, j'ai essayé de ne pas penser à mon prochain séjour au Kenya. J'ai préféré me concentrer sur mes cours rébarbatifs à l'université et j'ai travaillé le plus souvent possible au pub. L'argent était un souci permanent, j'avais vraiment du mal à joindre les deux bouts et je devais vivre sur l'argent que m'avançait la banque avec ma carte de crédit. En dépit de ses promesses, mon père refusait toujours de me donner le moindre centime et insistait sur le fait qu'il ne me donnerait de l'argent que si je retournais au Kenya à Pâques. Il me suppliait, me disait que je serais plus heureuse si je retournais m'installer avec lui. Certains jours, quand je me sentais particulièrement seule, il m'est même arrivé d'être légèrement tentée, car la vie était vraiment dure : je parvenais à peine à me nourrir, je ne connaissais personne et en plus je suivais une formation qui ne me plaisait pas du tout. Ma solitude était totale. Bien sûr, je parlais à Jonathan au téléphone dès que je le pouvais, mais ce n'était pas la même chose que de l'avoir près de moi.

Souvent, le week-end, j'observais les familles dans les parcs ou dans les magasins, et je les enviais : moi, je n'avais personne. De plus en plus souvent, je me surprenais à ouvrir une canette de bière blonde, de la Carlsberg Special Brew, une bière forte et corsée avec un pourcentage d'alcool à 9 %, juste assez pour dissiper la douleur. Je détestais le goût, mais une seule canette me donnait le coup de fouet dont j'avais besoin. Lorsque ma logeuse était absente, je fauchais même des spiritueux dans ses bouteilles, en prenant soin de remplacer l'alcool par de d'eau, après.

Pâques tombait assez tôt en 1986 et mon vingt-et-unième anniversaire, en mars, approchait à grands pas. Je n'avais pas hâte d'y être. Lucy avait supplié mon père de faire également venir ma mère, pour lui faire plaisir. C'était notre cadeau d'anniversaire commun, à Lucy et à moi : mon père paierait le voyage de ma mère (je crois que Sean était parti en voyage, peut-être en Tanzanie, après son baccalauréat). J'espérais également que le fait de voyager au Kenya, de sentir la chaleur du soleil sur sa peau et de faire l'expérience d'un mode de vie différent du sien inciterait ma mère à opérer des changements radicaux dans sa vie. Je commençais à sérieusement penser que si elle continuait à fumer et à boire comme elle le faisait, elle ne serait plus là pour très longtemps. Peut-être ce voyage agirait-il sur elle comme une sonnette d'alarme ? Le fait de savoir que ma mère serait avec nous m'a aidée à me détendre à l'idée de retourner au Kenya. Mon père ne pourrait tout de même pas m'agresser si elle était là.

Trop vite, l'heure est arrivée pour moi de repartir : un autre billet d'avion est arrivé par la poste. Jonathan était triste que je ne sois pas là pour mon anniversaire, alors il m'a enregistré une cassette de chansons de Dire Straits, qu'il m'a remise avec mon cadeau, un nouveau walkman.

— Tu pourras écouter ces chansons pendant que tu seras au Kenya, comme ça, tu penseras à moi.

Personne ne m'avait jamais acheté un si beau cadeau, si personnel. Quand j'ai mis les écouteurs sur ma tête et que j'ai appuyé sur le bouton Play, j'étais très émue. Aucun doute, j'étais bel et bien en train de tomber amoureuse de Jonathan. L'amour que j'éprouvais pour lui était bien réel et le respect que nous avions l'un pour l'autre était mutuel. Il était capital qu'il ne sache jamais ce que mon père m'avait fait. Je ne voulais pas qu'il me voie comme une victime. Il m'aimait comme la personne que j'avais toujours voulu être, quelqu'un de joyeux et d'insouciant, qui faisait des blagues, travaillait dur et profitait de la vie. Ça, c'était la Kim que j'avais toujours voulu être.

Dans le vol pour le Kenya, je me suis installée dans mon siège et ai tout de suite écouté la première chanson de la cassette de Jonathan, *So Far Away*. *Si loin de toi*. Les paroles m'ont fait monter les larmes aux yeux. Ses attentions me touchaient vraiment. Je n'étais pas aussi anxieuse cette fois-ci, j'espérais que mon père comprendrait d'instinct qu'il ne fallait pas essayer de m'attaquer. Une partie de moi a une fois encore rêvé d'un possible nouveau départ dans notre relation. Peut-être pourrions-nous faire comme si rien ne s'était passé ? Peut-être qu'il commencerait à se comporter comme un père normal et que nous pourrions tous passer à autre chose ? Bien sûr, je ne pourrais jamais oublier ce qu'il m'avait fait subir, mais plus que tout au monde je voulais qu'il me voie comme sa fille, sa fille qui travaillait dur, sa fille qui avait toujours fait de son mieux, c'est-à-dire la vraie moi, plutôt qu'un simple objet sexuel.

Sur le trajet entre l'aéroport et la maison, mon père s'est mis à bavarder tranquillement, il avait l'air de bonne humeur.

— Allez, entre donc, a-t-il dit en me laissant passer devant lui sur le pas de la porte.

Lucy était là. À la vue de sa silhouette si maigre, j'ai eu un choc. Elle avait encore perdu du poids depuis la dernière fois que je l'avais vue, j'étais sûre qu'elle était désormais passée sous la barre des quarante kilos.

— Lucy… Comment ça va ?

Elle m'a regardée d'un air renfrogné, comme si j'avais dit quelque chose de mal.

— Très bien. Et toi ?

J'ai souri pour toute réponse et l'ai serrée dans mes bras. Son poids était vraiment devenu extrêmement préoccupant.

— Et maman, elle est où ? me suis-je enquise.

— Oh, elle arrivera dans quelques jours, a répondu mon père en ouvrant une bouteille de whisky.

Les retards de ma mère étaient légendaires, sa vie, toujours un peu chaotique, mais mon père lui avait bien acheté un billet pour un vol qui arriverait plus tard. Tout cela probablement pour qu'il puisse passer un peu de temps seul avec nous. J'espérais seulement que, si ma mère n'arrivait pas avant quelques jours, cela ne voudrait pas forcément dire que je serais violée avant.

Heureusement, le whisky a fait son œuvre, tout le monde s'est assez vite détendu et j'ai pu discuter avec Lucy. Puis mon père a mis *Super Trouper*, son disque préféré d'Abba, en chantant à tue-tête. Il avait l'air vraiment heureux de nous avoir toutes les deux pour lui tout seul. J'ai continué à boire, et plus je buvais, plus j'avais envie de rentrer en Angleterre. Je priais le ciel pour que rien ne se passe cette nuit-là. Mais à mesure que la soirée avançait, mon père a commencé à faire de plus en plus de remarques qui n'auguraient rien de bon.

— Dis donc, Kim, tu n'oublies pas que tu dors bien dans la chambre voisine de la mienne, hein ?

Ce soir-là, j'ai bu pas mal de verres et j'avais très envie d'aller dormir, mais mon père nous a fait veiller avec lui. Lucy a été la première à partir se coucher, après s'être endormie sur le canapé. Elle était si petite, si fragile dans son sommeil, j'en ai eu les larmes aux yeux. Je les ai vite chassées, je ne tenais pas à ce que mon père sente ma vulnérabilité. Ensuite, je l'ai interrogé sur la santé de Lucy, mais il a ri, haussé les épaules et s'est contenté de dire qu'elle était anorexique. Sa réaction m'a stupéfiée, son visage ne montrait strictement aucune émotion. C'était évident, il se fichait complètement de Lucy, de moi ou de qui que ce soit d'autre. Tout ce qui l'intéressait, c'était lui-même !

Visiblement content que nous nous retrouvions seuls, mon père m'a servi un autre whisky. Je l'ai descendu d'une traite et ai dit que j'étais moi aussi fatiguée. Je suis allée me coucher. Mon cœur battait la chamade au moment de fermer la porte de la chambre. J'ai écouté et attendu un moment avant de me mettre dans le lit. Peut-être avait-il décidé de me laisser tranquille, finalement ? J'ai fermé les yeux, épuisée. Au moment où je commençais à m'assoupir, la porte s'est ouverte dans un grincement. Mon père s'est approché du lit et a posé ses mains sur moi.

— Non, lâche-moi ! ai-je dit en le repoussant. J'ai un petit ami, maintenant, je te rappelle.

Mais il s'est glissé dans le lit et s'est pressé contre moi. Il souriait.

— Oh, allez, Kim…

— Lâche-moi ! ai-je hurlé.

Je tremblais de peur, et de colère, aussi. J'avais presque vingt et un ans désormais, et un petit ami. Comment osait-il continuer à me faire subir ce genre de chose ? Mais comme d'habitude, il m'a attrapée, immobilisée, et là j'ai senti mon corps devenir tout mou. *Laisse-le en finir*, m'a dit une petite voix familière. Ce jour-là, j'ai compris que cette petite voix m'avait aidée à survivre à une décennie de supplice, et qu'elle voulait que je survive encore ce soir, une dernière fois.

Mon père m'a plaquée, dos au matelas, il m'a violée puis s'est endormi, assommé par une sorte de coma éthylique. Allongée dans le noir, écoutant ses ronflements, j'ai pleuré et pleuré encore. Pourquoi étais-je revenue ? Pourquoi m'étais-je laissée faire ? Comment avais-je pu imaginer que ça n'arriverait pas ? Je me suis recroquevillée en chien de fusil et me suis juré de ne plus jamais remettre les pieds au Kenya. Peu importait ce que mon père dirait, s'il me menaçait, il fallait que ça cesse.

18

Le lendemain matin, mon père s'est levé tôt, il m'a préparé du jus d'orange et me l'a servi avant mon café. Comme d'habitude, il s'est comporté comme si rien ne s'était passé la veille.

Désireuse de lui échapper quelques heures, j'ai contacté Keg. J'avais conservé son numéro de téléphone et malgré les tentatives de mon père pour couper les ponts entre Keg et moi, j'avais repris contact avec mon ami et nous étions encore proches.

Après avoir passé son baccalauréat au Canada, il était revenu au Kenya pour un bref séjour avant de partir à l'université de Harvard pour étudier l'art. Il avait eu l'air très content d'avoir de mes nouvelles. Nous avons donc réussi à organiser un rendez-vous secret à l'hôtel Fairview, qui se trouvait en centre-ville, dans la partie luxuriante et feuillue d'Upper Hill. Quand il m'a vue, Keg m'a enveloppée dans une étreinte chaleureuse.

— On dirait que tu fréquentes les McDonald's, maintenant, Kim, m'a-t-il taquinée.

Il n'avait pas tort, j'avais pris du poids depuis notre dernière rencontre. Sans mon père pour me rabaisser constamment, je me sentais plus à l'aise avec mon corps, au Royaume-Uni.

— Mais j'en conclus que tu es plus heureuse, n'est-ce pas ?

J'ai acquiescé et me suis mise à lui parler de Jonathan. Keg était sincèrement heureux pour moi, même s'il a admis avoir encore des sentiments pour moi.

— Ces sentiments ne disparaîtront jamais, tu sais, Kim, a-t-il avoué dans un soupir. Je t'aimerai toujours.

J'étais très touchée mais ai préféré changer de sujet, demandant des nouvelles de sa famille et de ce qu'il faisait. Je savais que nous resterions toujours amis. Pendant l'heure que nous avons passée ensemble, il ne m'est pas un instant venu à l'esprit de lui dire ce que mon père avait encore fait la veille et Keg ne m'a rien demandé à ce sujet non plus. J'avais désormais vingt et un ans, Keg devait se dire que ce genre de chose était terminé depuis bien longtemps.

Les deux nuits suivantes, mon père a abusé de moi et le matin, il faisait comme si de rien n'était. J'ai remarqué qu'il était un peu moins violent pendant l'acte. Peut-être, me suis-je dit, parce qu'il est plus serein, d'une certaine façon. Ou peut-être craignait-il que j'en parle à quelqu'un. Je n'avais pas la réponse, mais bizarrement, je lui étais presque reconnaissante de m'avoir fait moins mal que d'habitude.

Heureusement, une semaine avant mon départ, ma mère est enfin arrivée. Et je savais pertinemment que tant qu'elle serait là, je serais en sécurité. Je n'avais jamais vu mes parents ensemble pendant plusieurs jours depuis qu'ils s'étaient séparés. Je m'attendais à moitié à ce qu'il y ait des disputes entre eux, ou que ma mère fasse une scène à un moment ou à un autre, mais rien de tout cela n'est arrivé. En fait, elle avait l'air enchantée d'être en vacances. Elle s'était acheté de nouveaux vêtements, deux ou trois robes légères et des jupes courtes, pour rentrer à la maison avec un beau bronzage. Dès qu'elle est arrivée mon père lui a proposé un verre de whisky, qu'elle s'est empressée d'accepter.

Quelques heures seulement après avoir atterri au Kenya, elle était soûle, et mon père aussi. Lucy et moi observions nos parents séparés rire et glousser ensemble, se remplir leurs verres mutuellement. En fin de la soirée, mon père se comportait comme si lui et son ex-femme étaient deux copains de longue date.

Mon père ne m'a plus violée puisque ma mère était là, mais plus d'une fois il m'a chuchoté à l'oreille, quand ma mère ne pouvait pas nous attendre, qu'il avait envie de moi.

— Tu as tout gâché en me quittant, Kim.

J'ai réussi à tenir toute la semaine suivante en faisant mine que tout allait bien, et je l'ai fait pour ma mère et pour Lucy. La dernière nuit, j'ai dormi par intermittence mais ma porte est bien restée fermée à clé jusqu'à l'aube. Au matin, je n'avais qu'une hâte, sauter dans l'avion du retour. Je voulais également que Lucy puisse partir avec nous. Elle était vraiment mal en point. Pendant tout mon séjour elle était restée anormalement silencieuse et renfermée. Alors que mon père nous conduisait à l'aéroport, j'ai abordé le sujet.

— Papa, Lucy ne pourrait pas rentrer avec maman ? Je suis sûre que ça lui ferait du bien, même si c'est juste pour un petit séjour rapide.

— Hors de question, elle doit se concentrer sur son travail scolaire ici, a-t-il tranché.

Lucy est restée muette. Lorsque nous nous sommes dit au revoir, j'ai ressenti une vive émotion. Ce n'était pas la première fois que je pressentais l'horreur de ce qu'elle subissait en coulisses.

Pendant le vol, j'ai essayé de ne pas penser à ce qui s'était passé ces derniers jours. Je rentrais chez moi, maintenant, et il fallait que je fasse abstraction de tout ça, sinon je deviendrais folle.

À mon retour, j'ai dit à Jonathan que les vacances s'étaient bien passées et que c'était super d'avoir revu ma famille. Je tenais absolument à ce qu'il pense que je venais d'une famille normale, comme la sienne. Et c'était ce que ma sœur Susan voulait aussi. Elle avait énormément de respect pour les Chown, elle les considérait comme la famille idéale de la classe moyenne. De l'extérieur, tout le monde pensait que notre père, qui s'exprimait à merveille et avait fait des études, était un type bien. Ce mirage, Susan voulait que les Chown y croient eux aussi. D'ailleurs, en dehors de la maison, jamais elle ne critiquait mon père. En revanche, elle avait beaucoup de reproches à me faire concernant ma relation avec Jonathan.

— C'est moi qui ai rencontré les Chown en premier, m'a-t-elle expliqué un jour. Ça me met mal à l'aise que toi et moi on sorte avec deux frères, alors je pense que tu devrais arrêter de voir Jonathan. Honnêtement, je ne pensais pas que votre relation durerait, sinon je ne t'aurais pas encouragée dans cette direction.

C'était vrai, l'histoire se répétait puisque la sœur de ma mère avait épousé le frère de mon père. Mais je me contrefichais de ce que Susan pouvait bien dire. Quand j'ai aperçu Jonathan, qui était venu me chercher à l'aéroport, je me suis jetée dans ses bras.

— Je suis tellement content de te revoir, Kim, a-t-il dit en m'embrassant sur le front.

Il était loin de se douter à quel point moi aussi j'étais heureuse de le retrouver.

En 1987, j'ai enfin terminé la formation que mon père m'avait forcée à suivre. J'ai réussi les examens mais ai détesté chaque minute de chaque cours, et je me suis fait la promesse de trouver un emploi dans un autre secteur.

Mon père m'appelait régulièrement pour me demander ce que je faisais. Il continuait à me faire des reproches parce que je ne me débrouillais pas assez bien ou que je ne trouvais pas assez vite un emploi. Il ne me donnait toujours pas d'argent et ne m'offrait aucune autre sorte d'aide financière. N'ayant plus un sou en poche, je suis retournée vivre chez ma mère, avenue Markham, à Rawdon. Assez rapidement, j'ai obtenu un emploi de manager stagiaire au supermarché Safeway de Chapeltown. Il fallait faire un long trajet en bus mais j'étais prête à tout pour gagner enfin mon indépendance. Un bon poste, avec des perspectives d'évolution, était le moyen le plus sûr d'y parvenir.

En vivant avec ma mère j'ai compris que sa consommation d'alcool était à présent hors de contrôle. Elle ne travaillait pas, vivait de ses allocations, passait la majeure partie de sa journée avachie dans un fauteuil devant le radiateur électrique. Malgré son alcoolisme, elle aimait toujours autant bavarder avec les gens, voire draguer un peu si l'occasion se présentait. De fil en aiguille, elle avait fini par rencontrer un voisin, Alan, qui était devenu son petit ami. Alan était un septuagénaire, et ma mère avait maintenant la quarantaine. Après avoir transmis son entreprise de menuiserie, basée à Yeadon, à ses fils, Alan était désormais à la retraite. Ma mère pensait que les fils étaient convaincus qu'elle en voulait à son argent (ce qui était faux), et ils trouvaient qu'elle buvait trop, aussi. Mais Alan était un type bien, qui semblait sincèrement tenir à ma mère, même si elle lui était souvent infidèle.

Comme je ne pouvais pas faire grand-chose pour aider ma mère, je l'ai laissée vivre sa vie tandis que moi, je me concentrais sur mon nouvel emploi. J'aimais bien être au contact des clients, ça me permettait d'améliorer mes aptitudes relationnelles, et d'ailleurs au bout de quelque temps j'ai découvert que j'étais plutôt douée dans ce domaine. J'avais toujours une approche positive des problèmes ; il y avait forcément une solution, quelle que soit la nature du problème. Il faut dire que j'abordais désormais la vie avec le sentiment que rien n'était « si terrible que ça », car pour moi, c'était simplement la réalité ordinaire. Le fait de ne plus être violée tous les soirs et de pouvoir dormir, c'est-à-dire de mener une vie normale, me procurait une véritable joie.

Cependant, un autre facteur m'aidait à vivre et à voir les choses sous un autre jour : l'alcool. Tous les soirs, je passais des heures avec ma mère, à boire « un dernier verre » : de la bière Special Brew et un mélange de cidre très fort et de cassis, un cocktail super fort fait maison, peu coûteux et qui avait bon goût. Nous regardions souvent la télé ensemble ou nous nous asseyions pour bavarder, même si maman avait généralement tendance à orienter la conversation vers elle.

Tous les matins, je me réveillais à 5 heures, avec une gueule de bois carabinée, mais j'arrivais toujours à l'heure au bus. En général, je ne retrouvais mon état normal que vers le milieu de la matinée, même si je gardais toujours le sourire avec collègues et clients. J'avais appris à « continuer à vivre » dans n'importe quelles circonstances. Après tout, c'était comme ça que j'avais vécu depuis l'enfance, en faisant semblant de ne ressentir aucune émotion.

Mais au fil des mois, j'ai eu de plus en plus de mal à supporter la vie avec ma mère. Elle a commencé à appeler régulièrement sur mon lieu de travail.

— Pourquoi tu me laisses toute seule si longtemps, Kim ? me demandait-elle quand je travaillais toute la journée. Quand est-ce que tu rentres à la maison ?

Comme ma supérieure hiérarchique était tout près de moi, il fallait que je chuchote dans le combiné.

— Maman, je suis à Safeway, je travaille, voyons. Tu sais très bien où je suis !

— Mais quand… quand est-ce que tu rentres à la maison ? marmonnait-elle, incapable d'articuler, ivre morte alors qu'il n'était pas encore midi.

À partir de ce moment-là, elle s'est mise à appeler presque tous les jours. Même quand je lui ai demandé de ne plus le faire, elle n'a pas arrêté pour autant. Une fois, elle a même dit à ma patronne qu'elle était malade, que je l'abandonnais pendant la journée, qu'elle devait se débrouiller seule alors qu'elle était souffrante.

— Kim, pourquoi laissez-vous une vieille dame visiblement très malade et incapable de s'occuper d'elle-même sans aucune aide ? m'a-t-elle demandé.

— Ma mère n'a qu'une quarantaine d'années et elle boit trop, c'est tout, lui ai-je répondu le plus honnêtement du monde, furieuse néanmoins que l'on me juge sur ce sujet.

Mais les appels n'ont pas cessé. Au bout de quelques semaines, les interruptions dans ma journée de travail ont atteint une telle fréquence que ma patronne m'a prise à part.

— Kim, ça ne peut plus durer. Votre mère doit arrêter d'appeler au magasin.

J'étais très gênée, évidemment, j'avais honte. De retour à la maison, je me suis disputée avec ma mère.

— Kim, je vois bien que je ne compte pas pour toi, a-t-elle sangloté en se versant un autre verre de son maudit cocktail. Tu en veux un ?

— Non !

— Ah, au fait, quand est-ce que tu me donnes ton loyer ?

L'ironie, c'est que même si ma mère me reprochait de trop travailler, elle insistait également pour que je paie un loyer. Comme elle était toujours à court d'argent, il fallait que je paye rubis sur l'ongle. Mais elle voulait aussi que je sois à sa disposition toute la journée et que je ne travaille pas.

Au supermarché, mes supérieurs ont commencé à perdre patience. Cette situation ne leur plaisait pas du tout. Après un nouvel appel ma mère, l'appel de trop, j'ai été renvoyée. Dépitée, je suis rentrée à la maison et ai pleuré toutes les larmes de mon corps. Ma famille bousillait un à un tous les aspects de ma vie, voilà ce que je me disais. Je n'avais pas d'autres diplômes que celui d'éleveuse d'animaux et je ne voyais pas où postuler. Rapidement, mon père est intervenu et m'a mise en contact avec l'un de ses anciens collègues, qui m'a dégoté un poste à Londres. La façon dont je l'ai obtenu était typique de mon père : il ne m'a donné aucune information, la première fois que j'ai entendu parler du poste, c'était lorsqu'on m'a contactée pour organiser un entretien. Je n'avais même pas postulé pour ce poste, c'était mon père qui l'avait fait pour moi en imitant ma signature. Même à des milliers de kilomètres de là, il exerçait encore une forme de contrôle sur moi.

Malgré ma répugnance à l'idée d'accepter une faveur de mon père, je me suis rendue à l'entretien et bien entendu, j'ai obtenu le poste. C'était à l'hôpital d'Hammersmith, j'allais travailler avec des souris dans des isolateurs SPF (*Specific Pathogen Free*, ce qui signifie que les souris étaient et resteraient saines). Ils m'ont proposé une journée de congé par semaine pour faire un *Higher National Diploma* en technologie animalière, à High Barnet College. Ça m'a donné l'impression de revenir en arrière, mais je me sentais sous pression, redevable vis-à-vis de mon père. Une fois de plus, j'ai dû faire mes adieux à Jonathan, ce qui m'a brisé le cœur, et retourner à une vie solitaire. En revanche, je n'étais pas mécontente de faire une pause dans la relation avec ma mère.

Pendant que j'étais à Londres, mon père m'a annoncé qu'il allait déménager à Brunei avec Lucy. Il avait trouvé un nouveau poste là-bas. Il se trouvait actuellement au Royaume-Uni et partait bientôt pour Brunei, depuis Heathrow. Il m'a demandé de les rejoindre, lui et Lucy, à Londres. Il m'a également demandé de les accompagner à l'aéroport cette semaine-là, en expliquant que je risquais de ne pas les revoir avant des années.

— Tu sais, j'aimerais beaucoup que tu viennes avec nous, m'a-t-il dit.

Lorsque je suis arrivée à l'aéroport pour leur dire au revoir, mon père m'a proposé sur-le-champ de m'acheter un billet d'avion pour partir avec eux. Il a fait des pieds et des mains pour rendre le projet très attrayant pour moi.

— Tu auras tout ce dont tu as besoin, Kim, a-t-il expliqué en souriant. Tu n'auras plus jamais à te soucier d'argent. Je paierai tout.

Décidément, c'était une offre bien étrange, qui n'avait aucun sens. Comment pouvais-je tout laisser tomber sans prévenir personne ? Dans les yeux de Lucy, j'ai cru lire un plaidoyer silencieux. Pour son bien, j'ai été tentée de dire oui, et aussi, je l'admets, parce que j'étais sans le sou, que je détestais Londres, que je détestais mon travail et que la perspective de retourner chez ma mère ne m'enchantait guère. Malgré cela, j'ai refusé catégoriquement de les suivre parce que je savais que je ne supporterais pas de me laisser une fois encore entraîner dans la même situation avec mon père. Lorsque la porte d'embarquement a été annoncée, Lucy s'est mise à me supplier.

— Tu vas tellement me manquer, je voudrais tellement que tu viennes avec nous, je t'en prie.

J'étais de tout cœur avec elle, je sentais le doute, l'hésitation m'envahir… Je me sentais si seule à Londres et tout mon argent partait dans le loyer. Je pouvais à peine me nourrir, et encore moins m'amuser. À cette époque, je ne voyais Jonathan que toutes les deux semaines, alors qui savait si nous avions véritablement un avenir tous les deux ?

Lucy ne me quittait pas des yeux, son regard implorant suspendu à mes lèvres. J'aurais tout fait pour arracher ma petite sœur aux pattes de mon père, pour la ramener à la maison avec moi. Nous n'aurions pas d'argent, mais au moins, nous pourrions préserver notre santé mentale. Pourtant je savais, alors même que ces pensées me traversaient l'esprit, que c'était impossible.

— Non, papa, ai-je dit fermement. Partez. Et toi, Lucy, lui ai-je murmuré à l'oreille, je compte sur toi pour rentrer à la première occasion, d'accord ?

Quand nous nous sommes levés, j'avais le cœur brisé pour ma sœur. Puis je les ai regardés s'éloigner, une horrible sensation de malaise au ventre. Je me souviens avoir pleuré à chaudes larmes après avoir dit au revoir et m'être retournée.

Jonathan et moi avons longuement discuté de mon travail à Londres et de notre avenir. Je détestais être témoin de cruautés envers les animaux, alors même si je m'inquiétais de la réaction de mon père à l'idée de quitter le travail qu'il m'avait obtenu, j'ai démissionné et suis retournée dans le Nord pour être plus proche de Jonathan, quand bien même cela signifiait vivre à nouveau avec ma mère pour quelque temps.

J'ai trouvé un emploi d'hôtesse chez Sun Alliance, une compagnie d'assurances de Leeds. Pousser un chariot et offrir des cafés gratuits au personnel n'était certes pas le job de mes rêves, mais je n'y suis pas restée bien longtemps, et surtout, j'étais contente de ne plus être dans un laboratoire d'animaux.

Au fil du temps, la situation est devenue de plus en plus pénible à la maison. Bien qu'officiellement en couple avec Alan, ma mère avait rencontré un autre type, Mike, et l'avait ramené à la maison. Le bruit de leurs nuits agitées, entre musique à fond et disputes incessantes, me rendait folle. Un soir, j'ai perdu mon sang-froid et j'ai appelé Alan.

— Tu ferais bien de venir voir ce que trafique ma mère, lui ai-je dit.

Il est arrivé très rapidement et l'a surprise dans le salon avec Mike. Après une énorme engueulade, Mike est parti. Ma mère était furieuse et m'a fait une scène.

— Pourquoi es-tu allée raconter tout ça à Alan, hein ? C'est parce que tu es amoureuse de Mike, c'est ça ? Sors de chez moi tout de suite !

Je n'avais jamais rien entendu d'aussi improbable – après tout ce que j'avais vécu avec mon père, si ma mère s'imaginait qu'un homme d'un certain âge avec une barbe était mon genre… Elle a dit à Alan que c'était moi qui avais invité Mike, mais Alan savait très bien comment maman pouvait se comporter quand elle avait bu et à son tour il est rentré chez lui sans demander son reste.

Dans sa rage, ma mère m'a fichue à la porte, littéralement. J'ai tambouriné un moment contre la porte d'entrée pour qu'elle me laisse rentrer, mais elle n'a pas ouvert. Il faisait froid et je n'avais même pas mon manteau. Je savais que ma mère était probablement affalée sur le canapé, à moitié inconsciente, alors je suis partie à la recherche d'un endroit où me mettre à l'abri. Il neigeait, il ne m'a pas fallu bien longtemps avant d'être entièrement trempée. En apercevant mon reflet dans la lumière d'une vitrine, j'ai eu un choc. J'avais dessoûlé, mais j'avais l'air fourbue et complètement débraillée. Heureusement, j'avais quelques pièces de monnaie dans mon gilet et quand j'ai repéré une cabine téléphonique, j'ai appelé Jonathan.

— Oh, Kim, ma pauvre… Tu crois que tu peux trouver le moyen de venir à la maison ? Tu pourrais rester dormir.

— Non, impossible. Je n'ai pas de voiture, il n'y a pas de bus, et il est très tard, maintenant. Et je ne tiens vraiment pas à ce que ton père me voie dans cet état.

— Tu sais, il ne te jugera p…

— C'est bon, l'ai-je coupé, ne t'inquiète pas, je vais bien trouver quelqu'un qui me prêtera son canapé pour une nuit, ai-je dit avec entrain. Désolée, ça va couper. Bisous !

J'ai raccroché. La neige tombait plus fort maintenant sur le toit de la cabine téléphonique. Me sentant vaincue, je me suis affaissée dans la cabine, et, recroquevillée, le gilet serré contre moi, j'ai fermé les yeux et ai attendu fébrilement les premières lueurs de l'aube.

Au petit matin, quand je me suis redressée, raide et endolorie, il faisait un froid glacial et la neige recouvrait tout ; je ne sentais même plus mes pieds. Je me suis dépêchée de rentrer et là, j'ai trouvé toutes mes affaires dans des sacs-poubelles balancés sur la pelouse du jardinet. J'espérais encore que ma mère me laisserait entrer pour que je puisse enfiler mon uniforme et aller au travail. La fenêtre de ma chambre était grande ouverte, un sac-poubelle noir y pendait. Des chaussures étaient éparpillées dans l'herbe, elles avaient dû s'échapper du sac resté accroché à la fenêtre. Tout était recouvert de neige. Ma mère était encore au lit, mais heureusement, au bout d'un moment elle est descendue et m'a laissée entrer, à contrecœur. Je me suis précipitée à l'étage pour me changer et pouvoir aller travailler. Au moment de partir attraper mon bus, j'ai remarqué que des bouts de mon certificat de naissance se trouvaient dans l'évier, là où ma mère l'avait… brûlé. Je pense qu'elle devait être passablement ivre pour avoir fait ça. (Plus tard, j'ai fait une demande à Somerset House et j'ai obtenu un duplicata de l'acte de naissance, mais pas l'acte intégral.) Quoi qu'il en soit, ce jour-là, j'étais en retard à mon poste, mais j'ai expliqué que notre machine à laver avait eu une fuite. Je ne voulais pas que quelqu'un sache à quel point ma vie était devenue totalement chaotique. Et je suis rentrée chez ma mère le soir. Elle m'a ouvert sans dire un mot.

Tous les soirs, après le travail, je rentrais donc à la maison et ma mère nous servait un verre chacune, ce qui la contrariait beaucoup – elle n'aimait pas partager. J'avais du mal à avoir une véritable conversation avec elle car elle ne voulait parler que de ragots dénués d'intérêt, sur les voisins ou les amis. Elle ne s'intéressait pas non plus à moi ou à ce qui se passait dans ma vie. Le seul autre sujet dont elle aimait parler était mon père. Souvent, plus elle était ivre et plus elle parlait du passé. Un soir, elle a commencé à évoquer la façon dont mon père avait été violent avec elle tout au long de leur mariage. Elle m'a raconté des histoires incroyables que je n'avais jamais entendues auparavant. Par exemple, apparemment il avait couché avec sa cousine Joyce et l'avait même mise enceinte.

— Ils ont appelé leur petite fille Ellie, alors que c'est le nom que je voulais donner à Susan à l'origine, a-t-elle avoué, les yeux dans le vide. Il a aussi couché avec une de mes sœurs.

Je ne savais pas trop si je devais la croire, mais connaissant mon père, ça ne m'a pas surprise. Elle a eu un long soupir puis a avalé une grande rasade d'alcool.

— Tu sais, ton père n'était pas un homme avec qui il faisait bon vivre au Nigeria. Une fois, je l'ai surpris en train de s'envoyer en l'air avec notre bonne, alors je l'ai renvoyée, la pauvre fille. Vous êtes trop jeunes pour vous en souvenir, mais tu sais, il me fichait la trouille. Je n'avais qu'une hâte, retourner en Angleterre. Il était tellement autoritaire.

J'ai profité de sa confession pour rebondir sur le sujet. Stimulée par l'assurance que me procurait la boisson, je voulais moi aussi lui faire part de mon expérience. Mais oserais-je lui dire ?

— Maman, papa était autoritaire et agressif avec nous aussi au Kenya, tu sais. Il nous frappait pour un oui ou pour un non.

Son regard s'est lentement déplacé du radiateur pour se poser sur moi.

— Ah. C'est bien triste, je suis désolée, mon lapin.

Elle a continué à me regarder avec compassion. Dans la chaleur de la pièce et les vapeurs d'alcool, les mots sont enfin sortis. Rapidement, facilement, j'ai continué à parler.

— Il a abusé de moi, maman, ai-je lâché. Papa m'a violée. Il m'a mise enceinte deux fois, tu sais.

Son regard est reparti vers les barreaux de la porte.

— Oh, ma chérie, je suis vraiment désolée. Ça a dû être terrible pour toi.

Je la regardais fixement.

— Tu sais qu'il était agressif avec moi aussi ? a-t-elle dit.

J'ai ouvert la bouche de sidération. C'était comme si mes mots n'avaient pas été compris.

— Maman ! ai-je dit plus fort en me levant d'un coup. Papa a abusé de moi, il m'a *violée* ! C'est mon père et il m'a mise *enceinte*. Tu comprends ce que je te dis ?

Elle a à nouveau tourné la tête vers moi. Des larmes coulaient sur ses joues creusées. J'aurais voulu la secouer, la faire réagir comme une mère qui aime sa fille devrait réagir.

— Maman, papa a commis des abus sexuels sur moi, ai-je répété une nouvelle fois.

Sur son visage décomposé, les larmes ruisselaient.

— Ça ne m'étonne pas, tu sais, a-t-elle enfin dit. Comment a-t-il pu me faire ça ? C'est vraiment affreux ! Oh, je me sens vraiment mal, maintenant, tu sais.

Incrédule, soudain redevenue sobre, je n'en croyais pas mes oreilles. J'avais enfin trouvé le courage de révéler à ma mère mon secret le plus intime, le plus sombre, et pour toute réponse elle me parlait d'elle ! Elle ne m'avait même pas demandé comment j'avais réussi à faire face à tout ça, comment je m'en sortais à présent. Comment une mère, n'importe quelle mère, peut-elle réagir de la sorte ? C'était tout bonnement stupéfiant. Je ne savais plus quoi dire.

Je suis restée assise en silence pendant que ma mère sanglotait dans son mouchoir, versant des larmes pour personne d'autre qu'elle-même. Presque tout de suite après, elle s'est endormie dans son fauteuil, comme à son habitude. J'ai éteint la cigarette qu'elle tenait encore entre ses doigts, et éteint le petit radiateur électrique, aussi, pour être sûre que rien ne s'enflamme accidentellement. Puis je me suis éclipsée. Un sentiment familier de vide abyssal m'a envahie alors que je montais me coucher. Cette sensation m'avait accompagnée pendant toute mon enfance et mon adolescence. C'était un sentiment d'une tristesse inimaginable, le sentiment d'avoir été trahie, abandonnée, le sentiment de n'avoir pas été entendue par quelqu'un censé prendre soin de moi.

Le lendemain, je me suis juré de désormais envisager mon avenir sans mon père. Pour aller de l'avant, je savais que je devais essayer d'oublier le passé. J'avais fait ce qui était en mon pouvoir : j'avais repoussé mon père, je m'étais confiée à un généraliste, à ma mère, je l'avais même dit à Joanna, la sœur de Jonathan. Elle voulait que j'aille à la police, mais je lui avais fait jurer de garder le secret. À l'exception de Joanna, personne n'avait offert son aide, personne.

Il n'y avait plus rien à faire, personne ne me croirait, et même si on me croyait, rien ne serait fait.

Ressasser le passé ne ferait de mal qu'à une seule personne – moi.

19

J'étais loin de me douter que ma mère ne considérerait pas ma confession comme quelque chose à aborder avec discrétion. Un week-end, quelques semaines plus tard, je l'ai croisée au pub. Assise dans un recoin avec quelques amis derrière un nuage de fumée de cigarettes, elle m'a aperçue dès que je suis entrée. Je ne savais pas combien de verres elle avait déjà bus, mais elle n'avait pas besoin d'en boire autant ces derniers temps, pour la simple et bonne raison qu'elle maintenait constamment son alcoolémie à un niveau élevé. Ce que je savais, en revanche, c'était que sa personnalité changeait après quelques verres. Lorsqu'elle était sobre, elle nous accordait toute son attention, mais lorsqu'elle était ivre, elle devenait complètement égoïste et soudain très satisfaite d'elle-même. Tout tournait autour d'elle et tout le monde était soit contre elle, soit victime de malchance.

— La voilà, a-t-elle marmonné. Kim, ma fille, celle dont je vous ai parlé. Celle qui a été violée par son père, mon salaud d'ex-mari. C'est vraiment dégueulasse ce qu'il m'a fait subir, ce type.

Elle s'est mise à sangloter. Des gens assis sur les tabourets de bar à côté d'elle ont pris un air offusqué. J'ai tourné les talons et suis partie par la porte de derrière. C'était insupportable. Quand j'ai revu ma mère la fois suivante, chez elle, elle a recommencé à parler de tout ça.

— Je n'arrive pas à croire ce qu'il m'a fait, a-t-elle gémi.

Franchement, Kim, c'est tellement honteux ! Comment a-t-il pu faire du mal à mes propres enfants comme ça ?

J'ai fini par craquer.

— Maman, il ne s'agit pas de toi, bon sang !

Mais il était inutile d'essayer de lui faire comprendre quoi que ce soit.

Peu de temps après, Jonathan est venu dîner chez ma mère. Il ne venait pas très souvent car il habitait à plus d'une heure et demie de chez nous, alors, quand je l'invitais, je préparais son plat préféré : du cœur de bœuf frit avec des oignons. Ce n'était pas un plat dont je raffolais, mais j'adorais cuisiner pour lui. Cela faisait deux ans que nous étions ensemble et nous étions très amoureux. Je revenais au salon après avoir ramené le plat en cuisine quand j'ai remarqué son visage défait.

— Qu'est-ce qui se passe ?

J'ai jeté un coup d'œil à son assiette, il n'avait pas encore touché au plat. J'avais pourtant fait la recette exactement comme il l'aimait.

— Ce n'est pas bon ?

Ma mère, assise à la table, tirait sur sa cigarette et évitait soigneusement mon regard. Au lieu de cela, elle fixait Jonathan avec un air de commisération. Jonathan était blême.

— Ta mère vient de me raconter ce que ton père t'a fait, Kim, a-t-il dit d'une voix blanche. Kim, je suis horrifié…

— Quoi ?

— Je ne sais pas quoi dire, a-t-il ajouté, le visage blanc comme un linge.

Il avait l'air profondément bouleversé. Je ne savais pas quoi dire non plus. J'ai jeté un regard à ma mère. Je n'en revenais pas qu'elle ait pu lâcher quelque chose d'aussi sensible pour moi. Comment avait-elle osé ? Ce secret ne lui appartenait pas, elle n'avait pas le droit de le partager avec qui que ce soit. Jonathan a repoussé son assiette, comme si la nourriture lui faisait soudain horreur.

— Excuse-moi, Kim, mais je n'ai plus trop faim.

— Il vaut mieux que tu partes, Jonathan, ai-je dit calmement. Nous en reparlerons plus tard.

Une douleur m'a transpercé la poitrine au moment où il a franchi le seuil. Ma mère s'est servi un autre verre et moi, je suis retournée dans la cuisine pour tout ranger. À elle non plus je ne savais plus quoi dire. Le lendemain, Jonathan est venu me retrouver dans un pub. Ses sourcils froncés et son regard inquiet me disaient à quel point il était encore sous le choc.

— Kim, je n'ai jamais entendu parler de ce genre de chose, a-t-il dit en essuyant ses larmes du revers de la main pour essayer de les cacher. Je n'arrive pas à croire que ton propre père t'ait fait ça.

Je ne savais pas exactement ce que ma mère lui avait dit, tout ce que je savais, c'était que je ne voulais pas qu'il soit au courant de quoi que ce soit. Sa famille n'avait rien à voir avec la mienne. Comment pourrait-il comprendre un truc pareil ? Cela ne faisait pas partie de son monde. Je voulais avant tout l'apaiser.

— C'est bon, Jonathan, je vais bien, maintenant, tu sais. Vraiment, je m'en suis remise.

— Tu étais toujours tellement joyeuse, Kim ! s'est-il soudain écrié. Jamais je ne me serais douté que quelque chose comme ça ait pu t'arriver. Cela semble irréel. Ton père est un vrai salaud ! Je savais déjà qu'il était bizarre, mais je n'aurais jamais imaginé qu'il puisse faire un truc aussi ignoble.

Il s'est à nouveau effondré, serrant ma main dans la sienne. Si j'avais pu remonter le temps et empêcher ma mère de tout lui raconter, je l'aurais fait. Jonathan n'avait jamais été confronté à la douleur que quelqu'un comme Bernard Beaumont avait infligée à notre famille, ce qui était bien normal. La plupart des parents aimaient leurs enfants et prenaient soin d'eux. C'était ma famille qui était contre nature. J'ai passé un bras autour de ses épaules.

— Allez, oublie tout ça, ai-je dit. Tu sais, je ne m'attends pas à ce que quelqu'un comprenne.

Quand il a relevé la tête pour me regarder, j'ai vu un chagrin incommensurable dans ses yeux.

— Mais je veux comprendre, moi. Je ne veux pas que nous ayons de secrets l'un pour l'autre. Je t'aime.

À mon tour je me suis mise à pleurer.

— Je sais, ai-je murmuré.

Je lui ai expliqué que je ne souhaitais pas rentrer dans les détails. Par où commencer ? Je ne voulais pas dire à l'homme que j'aimais toutes les abominations que mon propre père m'avait fait subir, j'avais trop honte. Cela me rendait encore malade, alors Dieu sait ce qu'il aurait pensé. Peut-être même se dirait-il que j'y avais pris un certain plaisir, car après tout, ça avait duré pendant des années.

— Je voudrais laisser ça dans le passé, ça appartient au passé, rien de plus, ai-je dit à voix basse mais avec fermeté.

— Kim, tu n'es pas obligée de m'en parler si tu n'as pas envie, a-t-il dit, sentant bien que manifestement, je ne souhaitais pas en dire plus, et il avait raison.

Ce que je voulais avant tout, c'était éviter que ce sujet ne devienne un point de discorde entre nous.

— Jonathan, je ne veux plus jamais qu'on reparle de ça. Plus jamais. C'est du passé maintenant, c'est fini. Mon père ne peut pas, ne peut plus me faire de mal, maintenant.

— Non, il ne te fera plus jamais de mal. Parce que je l'en empêcherai.

Quelques jours plus tard, Susan m'a invitée à prendre un verre. J'avais un pressentiment, j'étais convaincue que ma mère lui avait tout dit. Je pensais qu'elle allait m'écouter, alors pour la première fois de ma vie, je me suis préparée à tout révéler à ma sœur. Mais quand je suis arrivée, son regard m'a tout de suite fait comprendre que je m'étais trompée.

— Pourquoi vas-tu raconter à tout le monde ce que papa t'a fait ? m'a-t-elle dit avant même que nous ayons commandé un verre. À quoi tu joues, Kim ?

J'étais tellement décontenancée que je n'ai pas tout de suite pu lui répondre vraiment. J'ai balbutié quelques mots qui n'avaient rien de convaincant.

— Mais... mais, Susan, c'est vrai, tu sais, tout ce qu'il m'a fait...

— Kim, qu'est-ce que tu cherches, là ? Réfléchis un peu. Tu es en train de foutre en l'air le nom de la famille Beaumont. Je ne veux pas que les Chown soient au courant. C'est privé et ça doit le rester. Dieu sait ce qu'ils penseront de nous si ça se sait. Tu es en train de tout bousiller. Tu dois oublier tout ça. Le passé, c'est le passé.

J'étais abasourdie, sans voix. Ma sœur aînée me refusait la moindre compassion par peur d'entacher l'image de la jolie petite famille Beaumont. C'était une insulte à laquelle je ne m'attendais absolument pas. Je n'ai pas pu discuter avec elle, j'étais trop blessée. D'abord, mon père avait abusé de moi, puis ma mère s'était approprié ma douleur, et maintenant, ma propre sœur voulait me faire taire. Une fois de plus, je suis sortie de cette conversation avec le sentiment amer d'avoir été trahie. Et le pire était à venir. Lors de notre rendez-vous suivant, Jonathan a de nouveau abordé le sujet.

— Je pense qu'il faut faire quelque chose, a-t-il dit. Ton père ne peut pas s'en tirer comme ça. S'il te plaît, laisse-moi essayer de parler à Susan.

Nous avons discuté de la réaction de ma sœur en apprenant la nouvelle. J'ai dit clairement à Jonathan que Susan n'avait aucune intention de m'aider et qu'il ne devait en aucun cas en souffler mot à sa famille.

— Je l'ai mise dans l'embarras, ai-je expliqué. La honte s'est abattue sur le nom de Beaumont à cause de moi, apparemment – pas à cause de mon père, non, mais à cause de moi. Susan pense que je ne dois pas aller trouver la police. Je sais que ça ne dépend pas que d'elle, mais ce qu'elle pense m'importe, tu comprends ?

— S'il te plaît, laisse-moi essayer de lui parler, alors, a-t-il insisté.

Il voulait vraiment m'aider, et c'était bien le seul. D'un côté, je voulais qu'il essaie, et c'est ce qu'il a fait, mais quelques semaines plus tard, tous mes espoirs ont été anéantis. Jonathan avait parlé à son frère Greg et à Susan, mais ni l'un ni l'autre ne souhaitait m'aider. Même si Greg était furieux d'apprendre ce qui s'était passé, il avait fini par choisir le camp de Susan, qui ne pensait pas que la meilleure chose à faire était de prévenir la police.

Mon secret de polichinelle était condamné à demeurer un sujet totalement tabou pendant de nombreuses années.

Maintenant que mon secret était révélé, ma relation avec ma mère était plus tendue que jamais, alors quand son petit ami Alan, avec qui elle s'était rabibochée, m'a proposé une chambre, j'ai sauté sur l'occasion. La maison était située dans la même rue que celle de ma mère, je n'avais donc pas à déménager bien loin, et elle était également plus chaleureuse. Parallèlement, je retournais de temps en temps dans la maison de Guiseley car mon père m'avait proposé d'y être logée gratuitement. Même si je ne voulais pas y remettre les pieds, je n'avais pas vraiment le choix car je n'avais toujours pas un sou.

Les mois ont passé, je partageais mon temps entre la maison de Guiseley et celle d'Alan. J'ai fini par trouver un autre emploi au Bradford Golf Club, où j'ai suivi une formation de serveuse. Le côté social du travail dans la restauration me plaisait, et j'étais soulagée d'avoir échappé au travail dans les laboratoires d'expérimentation animale. Je me sentais aussi libérée de mon père ; depuis qu'il était à l'étranger, je le voyais rarement.

Lorsqu'un samedi matin j'ai entendu la clé de la porte d'entrée tourner dans la serrure, j'ai eu le choc de ma vie.

— Hellooooo !

La voix de mon père a résonné dans la maison. J'ai bondi de ma chaise, serrant encore ma tasse entre mes mains, et il a fait son apparition dans l'embrasure de la porte, bronzé, l'air détendu. L'histoire se répétait une fois encore.

— Kim ! a-t-il dit en souriant.

Je n'ai eu qu'une fraction de seconde pour poser ma tasse, déjà il s'avançait vers moi, m'attirant dans une étreinte inconfortable. Il empestait la fumée froide, ça m'a donné un haut-le-cœur. J'ai regardé derrière lui, m'attendant à voir Lucy, mais elle n'était pas là, il avait dû la déposer chez ma mère.

— Bonjour, papa.

— Comment vas-tu ? Allez, mets la bouilloire en route, je voudrais bien un thé. Il est un peu tôt pour un whisky, mais tu ne savais pas que je venais et tu n'en auras pas, je suppose. Ou bien si, peut-être ?

Il a commencé à rire et à me reluquer de bas en haut avec insistance.

— Je vois que tu as pris du poids. Tu es toujours aussi belle mais tu dois faire attention à ne pas manger de trucs malsains, hein ?

Je l'ai ignoré et j'ai croisé mes bras sur mon giron. La radio était allumée et pendant quelques minutes, nous avons eu une conversation relativement normale sur les tubes du moment que nous aimions bien. Il m'a dit qu'il était là pour s'occuper de la maison. Je crois qu'il avait l'intention de la vendre. Je me suis détendue un peu. Mais dès que j'ai baissé la garde, l'atmosphère de la pièce a changé. Je n'avais même pas besoin de le dévisager pour savoir ce qui se lisait dans ses yeux à cet instant : un croisement entre rage et une prédation sexuelle maladive. Un regard que je connaissais trop bien. J'ai fait un pas en arrière mais derrière moi il y avait le plan de travail de la cuisine.

— Tu m'as manqué, Kim…

Il s'est approché de moi et a glissé un bras autour de mon épaule, puis il s'est penché pour enfouir la tête dans mes cheveux.

— Mmh, tu sens vraiment bon…

J'ai retiré mon épaule d'un coup sec.

— Arrête !

Déjà, des larmes brûlantes me piquaient les yeux tandis qu'une sensation familière de nausée me submergeait.

— Monte dans la chambre, m'a-t-il ordonné.

Je savais ce que ça voulait dire. Un sentiment croissant d'impuissance m'a noué la gorge. Il m'a agrippée par le bras et a essayé de m'entraîner dans le couloir. Je savais ce qu'il voulait, je savais ce qui allait se passer ensuite, mais quelque chose de plus fort que ma peur s'est emparé de moi. Je ne sais pas d'où ça venait, mais je ne pouvais pas m'en empêcher, tout ça devait cesser.

— Lâche-moi, papa ! J'ai tout raconté à quelqu'un, et je l'ai dit à la police aussi ! ai-je menti. Alors, tu ferais mieux d'arrêter ! Je ne veux plus subir ça.

Mes mots sont restés suspendus dans l'air comme si, pendant quelques secondes, ni lui ni moi ne voulions croire aux paroles que je venais de prononcer. J'avais enfin tenu tête à mon père. Je lui avais dit non. Je l'avais menacé. Il a lâché mon bras comme s'il s'agissait d'un tisonnier brûlant.

— Quoi ? Qu'est-ce que c'est que cette histoire ? Personne ne te croira de toute façon, alors pourquoi moi, je devrais croire que tu l'as dit à quelqu'un ? Et à qui l'as-tu dit, à part à la police ? Espèce d'idiote, tu viens de gâcher ta vie en faisant ça !

Je savais que j'avais pris un gros risque, mon cœur battait à tout rompre.

— Peu importe à qui je l'ai dit, mais les gens sont au courant maintenant, y compris la police.

Paniquée, j'ai regardé autour de moi pour localiser la sortie la plus proche, au cas où il faudrait que je prenne la fuite. J'ai fait quelques pas à reculons autour de la table de la cuisine. Il m'a suivie, s'est approché, me dominant de toute sa taille, et il m'a dit ce qu'il comptait faire. Vu sa réaction et sa voix cinglante, il devait m'avoir crue, finalement.

— Tu vas aller voir mon avocat pour te rétracter. Je vais immédiatement prendre rendez-vous. Tu crois vraiment que quelqu'un va te croire plutôt que moi ? Tu rêves, ma pauvre !

Comme je prenais la mesure de ce que je venais de faire, tout mon corps s'est mis à trembler. J'avais réussi à dire non à mon père. Bien sûr, je risquais un châtiment terrible, alors aller voir un avocat me donnait l'impression de m'en tirer à bon compte. Je n'ai même pas envisagé de ne pas accepter tout de suite. Mon père a divagué pendant quelques minutes encore, et moi je suis restée là à le regarder, puis, quand j'ai compris qu'il n'allait pas m'empêcher de partir, je me suis dirigée vers la porte.

— C'est ça, va-t'en, alors, mais avant de partir, rappelle-toi bien une chose, ma fille : si j'étais toi, je réfléchirais sérieusement à ce que tu viens de faire. Tu te souviens qu'un jour, j'ai dit que je pouvais me débarrasser de toi, n'est-ce pas ? Eh bien, si tu persistes, je te jure que tu vas le regretter, et je te conseille vivement de réparer la grosse erreur que tu viens de commettre !

J'ai fui à toutes jambes jusqu'à l'arrêt de bus le plus proche. Me retrouver entourée d'autres personnes, qui attendaient le bus, m'a aidée à me sentir un peu plus en sécurité. Je me suis assise sur le banc au milieu du petit groupe, le temps que mon cœur retrouve son rythme normal. J'ai passé le reste de la journée à errer et je ne suis retournée dans la maison que lorsque j'ai été sûre que mon père ne s'y trouvait plus.

Il a tenu parole : le lendemain, il a appelé un avocat pour prendre rendez-vous au plus vite et a obtenu un entretien pour la semaine suivante. Il m'a aussitôt appelée et m'a dit qu'il m'accompagnerait, et que si je ne venais pas, il ferait de ma vie un enfer. Et je voulais bien le croire – la hargne que j'avais vue dans ses yeux cet après-midi-là m'avait terrifiée.

Plus tard dans la soirée, j'ai parlé à Jonathan de la demande de mon père. Il était consterné.

— Mais, Kim, m'a-t-il dit posément, tu ne peux pas faire ça. Tu devrais au contraire aller à la police et tout leur raconter. Cet homme doit être traîné en justice pour ce qu'il t'a fait. Tu ne vas pas le protéger, tout de même.

Je comprenais sa réaction, et il avait raison d'un côté, certes, mais la réalité était bien différente… Je ne savais que trop bien à quel point mon père pouvait se montrer persuasif. Il parlait si bien, il dégageait quelque chose de tout à fait crédible. Je ne saurais même pas par où commencer si j'essayais de raconter à quelqu'un ce que j'avais enduré pendant toutes ces années. D'ailleurs, de quelle preuve disposais-je ? Les bleus avaient disparu depuis longtemps, j'avais des règles normales, à présent. Je n'avais aucune photo, aucune lettre, aucun témoin. Rien ! Mon père était un universitaire qui jouissait de reconnaissance dans les facultés du monde entier. Et moi, je venais d'être licenciée d'un emploi dans un supermarché ! Les années d'abus et de maltraitances psychiques, physiques, mentales et sexuelles m'avaient laminée. Je n'aimais pas ce que je voyais dans la glace, je me trouvais grosse, hideuse et stupide. Mon père avait raison : je n'étais personne. Je me détestais et je regrettais soudain d'avoir tenu tête à mon père.

J'ai commencé à expliquer certaines de ces choses à Jonathan. En voyant son visage se décomposer, j'ai compris qu'il n'avait pas pensé aux implications.

— Jonathan, je sais déjà que personne dans ma fratrie ne me soutiendra dans cette affaire. Susan leur a dit de ne surtout pas en parler. Sean est rarement en contact avec nous. Quant à Lucy, la pauvre Lucy, elle vit avec lui et est encore sous son emprise. Ce qui les inquiète avant tout, c'est la honte qui s'abattra sur la famille si je parle. Et puis, je n'ai aucune preuve de ce qu'il m'a fait. Je ne supporterais pas d'aller à la police et de constater que personne ne me croit. Tu imagines à quel point ce serait intolérable pour moi ?

Jonathan s'est frotté les yeux pour essuyer ses larmes montantes. Le voir ébranlé comme ça à cause de moi me faisait beaucoup de peine.

— Jonathan, écoute… Si je fais ce que mon père exige de moi, on pourra enfin tous passer à autre chose.

— Mais, Kim, a-t-il insisté, cet homme mérite d'aller en prison pour ce qu'il t'a fait. Je t'assure que si seulement je pouvais l'y envoyer moi-même, je ne me gênerais pas. Quand je pense à ce qu'il a fait… ça me rend dingue.

— Je t'en prie, arrête de t'inquiéter, Jonathan. Cette histoire est la mienne, et cette décision, je l'ai prise en connaissance de cause. Fais-moi confiance, je sais ce que je dois faire pour m'en sortir.

Le lendemain, quand Jonathan est passé me voir, mon père était là, dans la cuisine. J'ai vu Jonathan serrer les poings et je l'ai rapidement fait sortir de la maison, je ne voulais pas d'ennuis.

Mon père voulait que Jonathan nous conduise chez l'avocat. Au début, j'ai refusé, puis j'ai fini par accepter.

Je savais ce que mon père cherchait à faire : il voulait faire croire qu'il était innocent, qu'il n'avait rien à se reprocher, qu'il était donc à l'aise avec tout le monde, et moi, comme toujours, j'étais totalement sous son emprise. Jonathan a eu l'air horrifié quand je lui ai demandé s'il pouvait me rendre ce service.

— Mais c'est comme si j'étais d'accord avec ce que ton père a fait si je t'emmène là-bas, a-t-il dit, impuissant. Et franchement, Kim, rien ne pourrait être plus éloigné de la vérité !

Je l'ai pris dans mes bras.

— Tu ne le ferais pas pour mon père Jonathan, tu le ferais pour moi. Si tu ne m'emmènes pas, j'irai toute seule avec mon père, tu le sais très bien.

Le jour J, il est venu nous chercher. Mon père est monté à l'arrière. Quand ils se sont salués, Jonathan, crispé, lui a simplement jeté un mauvais regard dans le rétroviseur en hochant vaguement la tête. Il agrippait le volant comme si ça avait été le cou de mon père. Tout cela n'a pas échappé à mon père, qui a calmement pris la parole.

— Désolé pour tout ce dérangement, Jonathan. Kim s'est rendu compte de son erreur et moi, je lui ai pardonné, elle a juste un peu tendance à inventer toutes sortes de mensonges.

À ce moment-là, j'ai vraiment eu peur que Jonathan n'explose de rage. Je lui ai tapoté le bras.

— Allez, on y va, ai-je dit doucement. Fais-le pour moi.

Nous avons roulé en silence. Mon père regardait par la vitre, comme si nous étions en excursion, mais je voyais bien qu'intérieurement il bouillonnait. Jonathan est resté concentré sur la route, il roulait à toute vitesse, comme si à chaque virage sa rancœur risquait de le submerger et qu'il voulait arriver à destination le plus vite possible. Lorsque nous sommes arrivés au petit cabinet d'avocat de la rue principale de Guiseley, il était livide. J'ai détaché ma ceinture de sécurité aussitôt, et mon père est lui aussi sorti de la voiture sans perdre un instant.

— Je n'en ai pas pour longtemps, ai-je dit à Jonathan.

Il a posé une main sur mon bras. Je savais exactement ce qu'il voulait dire : « Ne fais pas ça ! » Mais je ne pouvais plus faire machine arrière. Je n'ai pas réussi à le regarder dans les yeux.

— Ça ne sera pas long, ai-je répété.

Je n'avais même pas envisagé de refuser l'arrangement que mon père proposait : il devait rentrer à Brunei bientôt et il serait furieux de devoir prolonger son voyage si je disais non. Je ne voulais qu'une chose, qu'il reparte et qu'il me laisse enfin tranquille. Signer tout ce qu'il voulait était le moyen le plus rapide de l'écarter de ma vie.

Dans le bureau de l'avocat, nous nous sommes assis en silence dans la salle d'attente, puis un homme en costume nous a fait entrer dans un bureau. L'avocat était un homme âgé, avec un costume miteux et des manières très formelles. Il a d'abord trié des papiers sur son bureau, puis il est allé chercher un stylo supplémentaire pour moi. Manifestement, il nous attendait et voulait que cette affaire soit traitée le plus rapidement possible. Il a enfin pris la parole.

— Nous avons rédigé une déclaration à la demande de monsieur Bernard Beaumont concernant les allégations faites par Kim Beaumont au sujet d'une prétendue agression, que mademoiselle Beaumont a inventée de toutes pièces, elle reconnaît donc avoir menti…

Avec son vocabulaire juridique, j'avais un peu de mal à comprendre ce qu'il était en train de dire exactement. Tout ce que je savais, c'était que je me sentais totalement impuissante devant ces deux hommes. Quand j'ai senti le regard de mon père sur moi, alors que l'avocat me tendait le stylo, mes mains tremblaient.

— Signez ici, mademoiselle. Et là, et là également.

Que l'avocat ne demande même pas à avoir un entretien seul à seule avec moi m'a paru un peu étrange. Il me faisait signer ce document sous les yeux de l'homme que j'accusais de viol. Comment aurais-je pu émettre la moindre objection ? J'avais hâte d'en terminer enfin. J'ai signé sur toutes les lignes en pointillé que l'avocat m'a indiquées. Puis, vaincue, je me suis appuyée contre le dossier de ma chaise.

Avec cette signature, tu viens de te priver de toute chance d'obtenir justice, me suis-je dit. *Les dés sont jetés,* à présent.

Le visage de mon père s'était radouci, sa petite victoire lui avait redonné le sourire, un sourire d'entière satisfaction.

— Je vous remercie, Maître, a-t-il dit à l'avocat en lui serrant vigoureusement la main. Sachez que j'apprécie particulièrement le professionnalisme avec lequel vous avez traité ce dossier.

Une fois de plus, mon père prenait ses airs de grand monsieur distingué, alors que moi, recroquevillée sur ma chaise, j'étais un rebut de la société, une moins-que-rien. L'avocat avait également l'air tout à fait satisfait. Pour moi, une seule chose comptait à présent : rentrer à la maison. Mon père m'a ouvert la porte du cabinet et m'a laissée sortir en premier. Il se tenait un peu trop près de moi quand j'ai quitté la pièce. Il a attendu que l'avocat s'éloigne et soit hors de portée de voix pour me souffler, les mâchoires serrées :

— C'est terminé, Kim. Personne ne te croira plus jamais.

20

Jonathan était toujours aussi pâle lorsque je suis remontée en voiture. Nous avons fait le trajet du retour dans un silence complet. Il a déposé mon père chez ma mère. Il ne l'a pas regardé une seule fois en sortant de la voiture, mais mon père s'est tourné vers lui.

— Jeune homme, réfléchis bien avant de rester avec Kim. Personnellement, je suis désolé que tu aies été entraîné dans cette histoire.

Je me suis mordu la langue pour réprimer l'envie d'étriper mon père.

— Quant à toi, Kim, je te remercie, m'a-t-il dit en souriant.

Il a claqué la portière de la voiture violemment et Jonathan a immédiatement appuyé sur l'accélérateur. Il était au bord des larmes.

— Je n'en reviens pas que tu m'aies obligé à faire ça ! s'est-il écrié. C'est insupportable, Kim. Ton père est un monstre diabolique !

— Tu l'as fait pour moi, ai-je répété dans un filet de voix. Je t'assure que je n'avais pas le choix, tu ne sais pas de quoi il est capable.

Nous avons poursuivi le trajet jusque chez lui en silence. Je me sentais au plus mal, je n'avais plus aucune envie de parler. Jonathan était tellement perturbé que j'avais honte de l'avoir impliqué dans cette histoire. Il n'a plus abordé le sujet pendant un moment, mais quelques semaines plus tard, il m'a suggéré de chercher de l'aide psychologique auprès d'un professionnel.

— Ce que je veux, c'est t'aider, Kim. Personne ne peut surmonter tout seul ce qui t'est arrivé.

Je n'avais jamais envisagé d'en parler à quelqu'un d'autre. À quoi bon ? Mais doucement, lentement, Jonathan m'a persuadée d'aller voir quelqu'un à Leeds. Son père a même proposé de payer les consultations, car Jonathan avait raconté à sa famille ce qui s'était passé. J'y suis donc allée, prête à essayer, mais je n'y ai pas trouvé grand intérêt. Lorsque j'ai raconté à la psy ce qui s'était passé, elle s'est contentée d'écouter, tout en gardant un œil sur l'horloge accrochée au mur derrière moi, pour vérifier si l'heure était écoulée. Il n'y avait ni conseil ni empathie. Je ne voyais pas l'intérêt de ressasser de vieux souvenirs douloureux, alors j'ai cessé d'y aller.

En mai 1988, Jonathan et moi avons trouvé un emploi ensemble dans un pub, le Royalty à Otley sur Chevin. Il voulait faire une pause dans son travail à l'entreprise familiale et nous rêvions même de partir en voyage tous les deux.

— On peut faire ce qu'on veut, ai-je dit avec enthousiasme. On est jeunes et libres, pas vrai ?

Pour la première fois, je me suis dit que oui, c'était bien le cas, j'étais effectivement jeune et libre. Mon passé était bel et bien derrière moi.

C'était un pub tout à fait charmant, et travailler aux côtés de la personne que j'adorais chaque jour, c'était la cerise sur le gâteau. J'avais enfin trouvé quelqu'un avec qui je pouvais rire, quelqu'un qui cherchait à comprendre ce que j'avais vécu, quelqu'un qui croyait en moi, qui me disait que j'étais jolie, intelligente, mince. Tout le contraire de ce que j'avais entendu sur moi pendant une bonne partie de ma vie. J'avais une confiance totale en Jonathan, une confiance que je n'avais jamais accordée à personne, à l'exception de Keg. Je voulais un avenir avec lui mais je n'avais toujours pas assez confiance en moi pour le lui dire clairement, de sorte que finalement, nous avons vécu sans trop nous poser de questions, naturellement. Nous avons fini par nous installer ensemble dans une petite caravane, pendant six mois, un endroit tout à fait romantique. Vivre avec Jonathan, loin de ma famille, me rendait très heureuse.

Bien sûr, ce qui m'était arrivé était gravé à jamais dans un coin de ma tête. Les flash-back de mon passé ressurgissaient presque tous les jours. Par exemple, si j'entendais une certaine musique, je me retrouvais directement dans l'ancienne maison de mon père. J'essayais d'effacer tous ces souvenirs autant que faire se pouvait afin de poursuivre ma propre vie. Je refusais d'être définie ou détruite par ce qui m'était arrivé. Par exemple, j'ai conservé mon amour de la musique, même si parfois cela me rappelle les sévices que j'ai subis. D'un autre côté, certaines musiques me ramènent au Kenya et aux bons souvenirs que j'y ai eus, car oui, il y a eu des moments heureux, et la musique m'a aidée à tenir le coup. Aujourd'hui encore, mon amour de la musique est bien présent.

Si je me battais constamment pour rester forte, les souvenirs refaisaient néanmoins surface de temps à autre. J'étais persuadée qu'il était trop tard pour en parler à qui que ce soit, d'ailleurs je n'évoquais plus jamais le sujet, même avec Jonathan, et je me sentais très seule. Travailler au pub signifiait aussi que j'avais facilement accès à l'alcool. Les habitués m'offraient souvent un verre ou deux pendant mes heures de travail et il nous arrivait aussi de boire plusieurs verres de vin ou de bière en fin de service. Jonathan aimait bien boire lui aussi, mais pas autant que moi. Il n'a jamais remarqué que j'avais un problème avec l'alcool car cela faisait partie de notre quotidien, au même titre que le travail et les sorties entre amis. Nous buvions quelques verres certains soirs et le week-end, mais jamais de façon excessive.

Au bout de six mois, nous avons dû quitter la caravane et nous avons emménagé ensemble dans la maison d'Alan (solution qui convenait parfaitement à ma mère puisque cela signifiait que nous n'allions pas faire grimper sa facture de chauffage). Nous formions un couple très amoureux, nous parlions constamment de notre avenir. Notre objectif, c'était d'avoir un jour notre propre maison et peut-être même de fonder une famille. J'avais commencé à reprendre la pilule, même si elle me donnait encore de fortes nausées, ce qui faisait remonter les souvenirs. Encore une situation qui me donnait l'impression que mon passé était toujours bel et bien présent.

Un peu avant Noël, en 1988, je me suis soudain aperçue que j'avais un retard de règles. Mes règles étaient de toute façon très irrégulières, mais il valait mieux faire un test de grossesse juste au cas où… Assise sur les toilettes, j'avais les yeux rivés sur la ligne rouge qui a fini par apparaître sur la bandelette. Les souvenirs des années précédentes sont remontés en un tsunami dévastateur. J'ai fermé les yeux. *Kim*, me suis-je dit, *cette fois-ci, c'est différent*. L'idée d'être enceinte me faisait paniquer, surtout parce que je savais déjà que je voudrais garder le bébé. Je me suis forcée à sourire, déterminée à faire bonne figure devant Jonathan et à faire semblant d'être aux anges.

Cacher mes véritables émotions était profondément ancré dans ma nature.

Tout d'abord, je voulais être entièrement sûre que le test était fiable, alors j'ai pris rendez-vous chez le généraliste pour l'après-midi même. Ce deuxième test a confirmé que la bandelette n'avait pas menti. J'ai parlé de mes règles irrégulières au médecin, qui m'a posé des questions sur les dates de mon cycle.

— Donc, vous êtes enceinte d'environ deux mois, a-t-il conclu après notre discussion.

Tout d'abord, j'ai appelé Susan. Elle était toujours ma grande sœur et je voulais absolument partager la nouvelle avec quelqu'un. Malgré ses réticences, elle avait fini par accepter que Jonathan et moi formions un couple.

— C'est génial, Kim ! Et quand vas-tu l'annoncer à Jonathan ?

— Eh bien, tout de suite, je pense. Ce sera un cadeau de Noël un peu en avance !

Ce soir-là, une fois ma mère partie au pub, j'ai appelé Jonathan.

— Joyeux Noël ! me suis-je écriée. Tu vas être papa !

Je ne sais pas exactement à quelle réaction de sa part je m'attendais, parce que c'était un événement qui n'avait certes pas été prévu dans nos projets immédiats, mais ce que je sais, c'est que je ne m'attendais pas à ça :

— Euh… tu es sûre ?

— Sûre et certaine.

Il est resté bouche bée, la ligne était silencieuse.

Quand j'ai raccroché, j'étais effondrée. *Bon,* me suis-je dit, *il va lui falloir un peu de temps pour accepter la nouvelle.*

Plus tard dans la soirée, nous nous sommes rejoints autour d'un verre au pub. J'avais déjà commencé à me sentir nauséeuse, alors pour une fois, je n'ai pas voulu de mon verre de vin blanc habituel. Jonathan a été sincère, il m'a dit qu'il n'était pas sûr que nous puissions nous permettre d'avoir un enfant, que ce n'était peut-être pas le bon moment, mais le sourire sur son visage le trahissait et je voyais bien qu'il était heureux.

— Kim, excuse-moi d'avoir réagi comme ça, tout à l'heure. Quoi qu'il arrive, je suis sûr qu'on s'en sortira.

Quel soulagement ! J'avais eu peur que Jonathan ne veuille pas de cet enfant, mais il a admis qu'il avait simplement eu un moment de panique. Pour la première fois de ma vie je sentais que quelque chose de merveilleux m'attendait. Nous nous sommes mis à la recherche d'un appartement à louer et nous nous sommes installés ensemble à Darlington.

Lorsque notre enfant est né en juillet 1989, ma vie a été bouleversée dès le premier instant où j'ai tenu Harry dans mes bras. J'étais comblée, submergée par un amour profondément protecteur pour mon bébé. J'étais surtout déterminée à faire en sorte que mes propres enfants ne subissent jamais ce que j'avais moi-même dû affronter.

Nous avons acheté une petite maison mitoyenne de deux étages dans Rockingham Street, à Darlington, dans le comté de Durham, au nord-est de l'Angleterre. C'était assez loin de chez ma mère pour qu'elle ne puisse pas nous harceler au quotidien, mais pas trop loin non plus, de sorte que nous pouvions lui rendre visite de temps en temps. Rockingham Street n'était pas exactement le Ritz mais c'était chez nous. Une maison froide, sans chauffage, hormis une cheminée dans la salle à manger. La salle de bains était en bas, au bout de la cuisine, et il y faisait un froid glacial. Je n'avais pas de sèche-linge, il fallait faire sécher notre linge sur un étendoir ou sur la balustrade de l'escalier. Si Jonathan se levait la nuit pour aller aux toilettes, il marchait souvent sur une limace, mais comme il dormait avec ses chaussettes, il ne s'en rendait compte que le lendemain matin ! Mais tout cela ne m'affectait guère, c'était notre maison. Même mon père ne pouvait rien changer au bonheur que je ressentais.

Pure coïncidence, le petit jardin de notre maison donnait sur le jardin d'une des mamans que j'avais rencontrées à la maternité. C'était une belle surprise. Nous avons commencé à passer du temps toutes les deux pendant la journée. Comme ni l'une ni l'autre n'avait beaucoup d'argent, nous sortions au parc ou au musée, n'importe où pour rompre la monotonie de nos journées.

Naturellement, les sorties au pub n'étaient plus d'actualité, mais j'ai pris l'habitude d'acheter deux petites bouteilles de cidre (Diamond White ou Merrydown) pour les boire pendant la journée, car j'avais l'impression de mériter ce petit plaisir. Je n'avais pas bu régulièrement depuis la naissance d'Harry et après ces deux petites bouteilles, je constatais sur mon humeur des effets très positifs. Ce n'était pas suffisant pour finir ivre morte, évidemment, mais disons que j'étais tout de même pompette, ce dont je ne me rendais pas vraiment compte car je me sentais simplement heureuse d'être mère. Seulement, à mesure que le temps passait, je comptais de plus en plus sur cette dose d'alcool pour alléger certaines souffrances.

Bien que nous ne voyions plus mon père que très rarement, il occupait toujours une grande place dans mes pensées. Susan me donnait souvent des nouvelles de ce qu'il faisait. À Noël, nous l'avons vu, très brièvement, il est passé chez ma mère dans la journée. Jonathan ne l'a pas laissé s'approcher d'Harry, c'est à peine s'il l'a autorisé à regarder son petit-fils. Je suis restée à discuter avec Lucy, Susan et ma mère. Sean n'est pas venu, il menait sa vie de son côté, voyageait, et de manière générale nous n'avions pas de nouvelles de lui très souvent.

Lucy vivait toujours à Brunei avec notre père. Elle ne parlait jamais beaucoup de sa vie là-bas mais, apparemment, elle avait un petit ami, alors j'espérais que tout allait bien.

Moi, j'évitais mon père au maximum car chaque fois que je me retrouvais seule avec lui, il me disait la même chose : « Tu as tout gâché entre nous. »

Jonathan et moi avons tellement aimé devenir parents que nous avons rapidement décidé d'essayer d'avoir un deuxième enfant. Notre fille Clara est née en janvier 1991 et lorsqu'elle a eu six semaines, nous avons déménagé dans une grande maison mitoyenne de trois chambres à Harrowgate Hill, à Darlington. Il y avait un jardin tout en longueur et la maison était bien plus chaude que notre ancien logement de Rockingham Street ! Jonathan travaillait à nouveau dans l'entreprise familiale de fenêtres. Certains jours, je me sentais si heureuse qu'il fallait que je me pince pour y croire ! Avoir un garçon et une fille était un rêve devenu réalité, et pouvoir les élever dans une belle maison était merveilleux.

Susan nous a énormément aidés à la naissance de Harry et Clara. À cette époque-là, elle vivait avec Greg à Macclesfield et travaillait comme représentante commerciale pour une grande entreprise pharmaceutique. On pouvait toujours compter sur elle, elle aimait sincèrement les enfants et nous aidait souvent, en les gardant le week-end, ou en leur achetant des vêtements. J'étais heureuse que ma grande sœur fasse partie de leur vie, j'aurais voulu que ça dure toujours.

Cependant, toutes ces responsabilités supplémentaires s'accompagnaient de nouvelles craintes. Dès que j'ai eu ma petite fille dans les bras, de nouveaux flash-back ont commencé à apparaître de manière incontrôlable. Je ne pouvais m'empêcher de me dire qu'il allait forcément lui arriver des choses terribles dans la vie, et je pensais constamment à la façon dont mes parents n'avaient pas su me protéger. Pire encore, non seulement mon père ne m'avait pas protégée, mais il avait abusé de moi au-delà de l'imaginable. Me dire que ça pouvait aussi arriver à ma fille était insupportable.

Comme d'habitude, je n'ai parlé à personne de ce qui se passait dans ma tête. Je me suis simplement concentrée sur le quotidien et ai croisé les doigts pour l'avenir.

Jonathan m'a demandée en mariage et nous nous sommes mariés moins de cinq mois plus tard, le 15 juin 1991, à l'église St Andrew de Darlington. La cérémonie s'est déroulée devant tous nos amis et en présence de la famille de Jonathan. C'était une journée merveilleuse. Ma mère, Susan et Sean sont venus. Mon père n'était pas invité. Je ne lui ai pas dit de ne pas venir, mais comme il vivait toujours à

Brunei, on s'est tous dit qu'il ne serait pas là, tout simplement (en revanche, quelques années plus tard, il sera présent au mariage de Susan, puis à celui de Sean, aussi). Pour mon mariage, il m'a envoyé deux cents livres et m'a dit de les dépenser de façon raisonnable. Comme Lucy habitait encore chez mon père, elle n'est pas venue non plus. Une fois de plus, j'ai réussi à me convaincre que ce qui comptait avant tout, c'était mon bel avenir, et pas le passé.

Avec deux enfants en bas âge et en pleine croissance, les frais ont augmenté et nous avions du mal à boucler les fins de mois. Pour compléter nos revenus, j'ai recommencé à travailler le soir, acceptant plusieurs emplois à temps partiel dans des bars et des supermarchés. Nous vivions constamment au jour le jour. Toutes les heures de travail que je prenais devaient être le soir pour que Jonathan puisse rentrer à la maison et s'occuper des enfants, mais je m'arrangeais toujours pour être à la maison à 23 heures. Un jour, je me suis assise avec lui pour essayer de décider ce que je pouvais faire de ma vie, sur le plan professionnel.

— Je n'ai pas vraiment de diplôme en quoi que ce soit, tu sais. Et j'ai détesté travailler dans ces laboratoires, je ne veux pas y retourner.

Un stylo à la main, j'ai réfléchi à des idées. Comme mes diplômes étaient d'ordre scientifique, le métier d'infirmière semblait une option. C'était intéressant, j'aimais travailler avec les gens, mais je manquais cruellement de confiance en moi.

— Franchement, je ne sais pas si je suis capable de passer un vrai diplôme d'infirmière, ai-je dit à Jonathan.

— Pourquoi dis-tu ça ?

— Parce que je ne suis pas très intelligente, tu sais, dis-je, confirmant ainsi ce que mon père m'avait toujours dit et que j'avais fini par croire moi aussi.

Il m'a prise dans ses bras.

— Oh, Kim, arrête de dire des sottises ! Tu es géniale avec les gens. Tu es douce, attentionnée, tu ferais une excellente infirmière.

Ce n'était pas la première fois que je remerciais le ciel d'être tombée sur un homme comme Jonathan, un mari qui me soutenait en toutes circonstances.

Bien que les enfants soient encore petits, en 1993 je me suis donc inscrite pour suivre une formation de trois ans en soins infirmiers pour adultes à l'université de Teesside. À ma grande surprise, cela m'a plu et je me suis mise à travailler d'arrache-pied. J'étais enfin dans une voie que j'avais moi-même choisie. Le nouveau départ auquel j'aspirais depuis si longtemps était à portée de main.

À cette époque, nous avons appris que Lucy était rentrée de Brunei et qu'elle avait donné naissance à une petite fille, le 21 juillet 1993 (ma formation d'infirmière a commencé quelques mois plus tard, en septembre 1993). Même ma mère ne savait pas qu'elle était au Royaume-Uni, et encore moins qu'elle était enceinte ou avait donné naissance à une fille, ce qui fut donc un choc énorme pour tout le monde. Susan lui a demandé qui était le père mais n'a pas obtenu de réponse claire, c'était un mystère. Je craignais le pire et espérais que ce n'était pas notre père… Mais je n'avais jamais eu aucune preuve qu'il abusait d'elle.

Peu de temps après avoir accouché, Lucy, accompagnée de mon père, est retournée à Brunei avec le bébé, une petite fille. Tout cela n'avait aucun sens, mais je fus soulagée d'apprendre, quelques mois plus tard, qu'elle revenait finalement vivre au Royaume-Uni. La mauvaise nouvelle, en revanche, c'était que mon père aussi revenait s'installer au pays de façon permanente. Il a acheté une friterie à Leeds. Bien sûr, cela semblait très bizarre de passer d'un poste de professeur d'université à celui de fabricant de frites, mais j'ai préféré ne pas poser de questions sur ses choix de vie – j'ai simplement fait en sorte d'éviter le quartier où il vivait car je tenais à garder mes distances.

Il n'a pas fallu bien longtemps avant que j'apprenne que l'entreprise de mon père avait déjà fait faillite. Apparemment il ne s'entendait pas avec ses clients, il leur disait que les frites étaient mauvaises pour la santé. S'ils venaient à sa boutique plus d'une fois par semaine, il leur disait qu'ils mangeaient trop de mauvaises choses. Il avait vendu sa maison à Guiseley des années auparavant, puis la friterie, et il a dilapidé tout cet argent pour finalement se retrouver sans le sou.

Jonathan et moi n'avions pas de baby-sitter régulière, ce qui signifie que nous buvions souvent de l'alcool à la maison, plutôt qu'en sortie. C'était même devenu une habitude. Je ne demandais pas souvent à ma mère de garder les enfants car elle habitait à une bonne heure de route et nous devions aller la chercher à chaque fois, puis la reconduire. Qui plus est, j'étais très réticente à l'idée de laisser les enfants dormir chez elle. Ce n'était pas seulement une question de distance : je ne pouvais pas lui faire confiance car elle buvait toujours à l'excès, et même les enfants n'aimaient pas trop être avec elle car ils voyaient bien l'état dans lequel elle se mettait.

Je me suis mise à attendre avec impatience les vendredis, mon jour de congé de l'université, car je pouvais commencer à boire plus tôt. Je ne buvais jamais en présence des enfants, mais je buvais de plus en plus tôt le soir.

Plus j'essayais d'éviter de penser à mon passé, plus les souvenirs remontaient à ma conscience. Au début des années 1990, le *Rocky Horror Show* a été repris dans le West End et la chanson *I Love to Boogie* de T.Rex était souvent diffusée dans les publicités à la télévision. Chaque fois que j'étais seule, je changeais tout de suite de chaîne, agacée de constater le pouvoir que ces chansons avaient encore sur moi. Si j'étais avec Jonathan, je prenais soin de cacher ma contrariété – je ne tenais pas à ce qu'il recommence à essayer de me persuader de me rendre à la police.

Un après-midi, j'ai allumé la radio et j'ai fait le tour de la maison avec l'aspirateur sur la chanson *Dancing Queen* d'Abba. Clara et Harry étaient à l'école, c'était donc une de ces rares heures entièrement à moi, que je consacrais à un peu de rangement avant d'aller chercher les enfants. Alors que je fredonnais les chansons et que j'époussetais le cadre de notre photo de mariage, mon cœur s'est soudainement emballé sur les premières mesures de la chanson de Meri Wilson, *Telephone Man*, dont les paroles parlaient de « le faire dans la chambre et le couloir ».

Des flash-back de mon père me clouant au mur dans notre maison de Jamhuri Crescent et dans celle de Loresho Grove m'ont fait tourner la tête. Je l'entendais chanter, insistant particulièrement sur les mots pleins de sous-entendus scabreux.

J'ai entendu un bruit sourd. La bombe de nettoyant m'a échappé des mains. Étourdie, paniquée, j'ai fermé les yeux et me suis concentrée sur le tapis sous mes pieds, pour me rappeler où j'étais. Je me suis précipitée sur la radio pour l'éteindre. Silence. Pourtant, un sanglot incontrôlable a résonné dans le salon. C'était bien moi. Et je me suis aperçue que des torrents de larmes roulaient sur mes joues.

— Kim, tu deviens folle, ai-je dit à voix haute. Qu'est-ce qui t'arrive ?

Agacée, j'ai pris une profonde respiration pour calmer mon rythme cardiaque. Comme souvent, le tsunami de souvenirs s'est retiré peu à peu.

Jusqu'à la prochaine fois.

Il fallait vraiment que je me reprenne.

21

À présent, je ne voyais plus mon père qu'une fois par an et c'était toujours en présence de ma famille, jamais en tête-à-tête. Il vivait seul dans un petit deux-pièces sombre et miteux à Roundhay Park, Leeds (Lucy vivait maintenant à Bradford avec son compagnon Ralph, ils avaient leurs propres enfants). Il n'y avait qu'une seule fenêtre dans le salon, qui donnait sur un jardinet, et les chambres à coucher donnaient directement dans le salon, sans salle à manger séparée. Ses rideaux étaient toujours partiellement tirés. Il y avait un ordinateur dans le salon et un autre dans sa chambre, sur la coiffeuse. Il mettait du temps à répondre à la porte et à chaque visite je me disais qu'il essayait peut-être de cacher des choses.

Chaque fois, Jonathan me suppliait de ne pas y aller, mais j'insistais toujours pour le faire. Non pas parce que je tenais spécialement à voir mon père, loin de là, mais parce que, aussi fou que cela puisse paraître, il y avait toujours une partie de moi qui espérait que les choses changeraient, et que nous pourrions avoir une relation père-fille normale. J'avais de la peine pour lui, il avait l'air tellement seul. Il n'avait pas d'amis et était coincé dans cet horrible logement jour après jour. J'imaginais comment je réagirais si c'était moi. Je n'avais toujours pas accepté qu'il ne changerait jamais. J'aurais sûrement dû m'en rendre compte plus tôt, mais je n'arrivais pas à cesser de lui tendre la perche pour tout reprendre à zéro avec moi, pour lui offrir une occasion de me demander pardon, mais ça n'arrivait jamais, bien entendu.

Pendant une certaine période, j'avais réussi à tisser des liens proches avec ma famille, surtout avec Susan. Mais mon père a commencé à monter mes propres frère et sœurs contre moi. Il leur disait que j'étais infréquentable et essayait généralement de semer la zizanie entre nous tous pour me tenir éloignée d'eux. Tout ça pour que son secret soit bien gardé. Je pense qu'il s'est rendu compte, en tout cas il devait avoir eu vent de ce que j'avais révélé sur ce qu'il m'avait fait, et sur son comportement envers ma mère aussi (qui elle, voyait toujours mon père, et n'aurait pas manqué de tout lui raconter après quelques verres).

Bien qu'il ait essayé de liguer mon frère et mes sœurs contre moi, il ne pouvait pas s'en empêcher, il m'appelait encore parfois pour se plaindre, généralement au sujet de Lucy et de son compagnon Ralph. Il me racontait des choses sur eux, me disait que Ralph était un bon à rien, que Lucy était trop bien pour lui. Il reprochait aussi à ma mère d'avoir été la cause de leur rencontre (elle avait eu une relation amoureuse avec le père de Ralph avant que Lucy ne revienne en Angleterre).

J'ai également commencé à interroger Lucy sur les raisons pour lesquelles elle acceptait de laisser ses enfants seuls chez notre père. Les deux plus petites, en particulier, dormaient souvent chez lui et leur frère y allait aussi de temps en temps. À cette époque, mes frère et sœurs connaissaient mon histoire avec mon père et savaient à quoi s'en tenir avec lui, même s'ils n'admettaient pas ouvertement ce qu'il avait fait subir à chacun. Quoi qu'il en soit, j'ai également demandé aux enfants de Lucy s'ils allaient bien et ce qu'ils faisaient chez papi lorsqu'ils passaient la nuit là-bas. Parfois, ils me racontaient qu'il avait enfermé l'un d'entre eux dans un placard sous l'escalier et qu'ils jouaient à des jeux sur l'ordinateur, dans sa chambre.

Je me suis beaucoup disputée avec Lucy à ce sujet et je savais qu'elle racontait tout à notre père. Apparemment, mon père lui disait régulièrement de prendre ses distances avec moi et ma famille, que nous exercions une mauvaise influence sur elle. Il était même allé jusqu'à dire à la fille aînée de Lucy que nous n'étions pas des gens bien. Et mon père a osé dire à Lucy que ma fille Clara avait une mauvaise influence sur ses enfants. À l'époque, Clara n'avait que sept ans !

Il exerçait encore une véritable emprise sur toute la famille, même si désormais il n'avait peut-être pas autant de pouvoir sur moi qu'il l'aurait souhaité. Tout le monde cherchait son assentiment, mais étant ce qu'il est, jamais il n'a félicité un seul de ses enfants. Nous faisions tout ce qu'il demandait, tous, y compris les partenaires de mon frère et de mes sœurs. Sean est peut-être celui qui a eu le plus de reconnaissance, mais vraiment pas beaucoup. C'était comme si nous étions tous en compétition pour obtenir son admiration.

Entre-temps, Susan avait épousé Gregory, le frère de Jonathan, et ils avaient trois enfants, deux garçons et une fille. Sean était également marié à une jeune femme qu'il avait rencontrée durant ses études à l'université de Newcastle. Ils vivaient à Stoney Stanton dans le Leicestershire et avaient deux garçons, que nous voyions très occasionnellement.

À chaque réunion de famille Jonathan était sur les nerfs pendant tout le trajet. Ça me faisait de la peine de devoir lui faire subir ça, et au fond de moi je redoutais qu'un jour il s'en prenne physiquement à mon père, mais je voulais lui faire confiance, je savais qu'il ferait toujours ce qu'il y avait de plus juste pour moi. Il a toujours été très respectueux de mes souhaits, même s'il n'était pas d'accord.

En revanche, s'il y avait bien une chose sur laquelle nous étions tout à fait d'accord, c'était de tenir Harry et Clara loin de mon père. Ils n'avaient jamais le droit de s'asseoir sur ses genoux ou de se comporter comme la plupart des petits-enfants le font avec un grand-parent aimant. Nous les surveillions de très près, ne leur autorisant aucun contact physique avec lui, ne les laissant jamais, ne serait-ce qu'une fraction de seconde, seuls avec lui.

Comme à son habitude, dès qu'il en avait l'occasion mon père essayait de prendre le contrôle de la situation. Un jour, à Knaresborough, près d'Harrogate, où mon père a logé pendant quelque temps dans un mobile-home, on a décidé de faire une photo de famille avec tout le monde. Juste avant que l'appareil photo ne se déclenche, il a soudainement fourré un cigare non allumé dans la bouche de Clara. Elle devait avoir six mois à l'époque. J'ai vu rouge.

— Ça va pas, non ? Qu'est-ce que tu fais ? ai-je dit sèchement en lui arrachant le cigare des mains avant de le jeter.

Lui, il ricanait.

— Oh, c'est juste une blague, Kim.

Il voyait bien que j'étais contrariée. Il a ramassé le cigare et a recommencé.

— Laisse, juste pour la photo, a-t-il dit d'un ton soudain menaçant.

Mon instinct m'a hurlé de retirer ce cigare immédiatement de la bouche de mon bébé, mais mon père a été si rapide à prendre la photo que j'ai été prise de court.

Il ne se montrait agréable avec aucun de ses petits-enfants. Il perdait patience très vite et les envoyait promener, surtout Harry et Clara. Et chaque fois qu'il me voyait seule, même seulement quelques secondes si j'allais à la cuisine ou aux toilettes, il en profitait pour m'emboîter le pas et me dire que je lui manquais. Une fois, quand j'étais chez ma mère et que je suis allée mettre la bouilloire à chauffer pour faire un café, il m'a suivie dans la cuisine pour passer quelques secondes avec moi.

— Tu sais, je suis toujours d'accord pour qu'on s'enfuie ensemble, Kim, a-t-il chuchoté.

La plupart du temps, je l'ignorais totalement lorsqu'il tenait ce genre de propos, je faisais semblant de ne pas l'avoir entendu. Là, j'ai essayé de m'éloigner mais il a bloqué le passage.

— Ta formation d'infirmière, là, c'est de la foutaise, c'est bon pour les personnes trop nulles pour devenir médecin, tu le sais, ça, non ? Tout ce que tu vas faire, c'est torcher le cul des gens !

J'ai fixé le plancher en attendant qu'il en finisse. Cela faisait des années qu'il faisait ça : passer d'un instant à l'autre de la séduction à l'humiliation.

Harry et Clara ont bientôt été assez grands pour se rendre compte que leur relation avec leur grand-père n'était pas « normale » et ils ont commencé à poser des questions.

— Pourquoi on ne voit pas papi Bernard plus souvent ? a demandé Harry après une réunion de famille chez ma mère à Noël.

Ils voyaient ma mère tous les deux ou trois mois. Bien qu'elle idolâtre les enfants, après quelques verres elle pouvait devenir particulièrement acariâtre. Elle leur achetait souvent des cadeaux, puis elle les taquinait méchamment en reprenant les cadeaux, expliquant aux petits que ces cadeaux ne devaient être utilisés que chez elle. Mais avec mon père, c'était encore plus étrange. Lors d'une rare visite chez lui avec Jonathan, Harry et Clara ont remarqué que leur grand-père n'avait mis aucune photo d'eux aux murs, alors que des photos de leurs cousins trônaient un peu partout, et même des photos de Lisa, sa fille décédée. Ils m'ont demandé pourquoi et c'est à ce moment-là que j'ai pris la décision de leur dire toute la vérité. En premier lieu, j'en ai discuté avec Jonathan. Nous ne voulions pas que nos enfants chéris s'imaginent que des horreurs pareilles pouvaient leur arriver, mais en même temps, nous tenions absolument à ce qu'ils soient sur leurs gardes avec mon père, même si jamais on ne les laissait seuls avec lui. Déjà, il faut dire qu'ils ne l'aimaient pas beaucoup. Il était souvent grossier avec ses « blagues » et n'était pas spécialement de bonne compagnie. Je les ai donc fait asseoir et je leur ai gentiment expliqué que je ne lui avais donné aucune photo parce que leur grand-père n'était pas digne de confiance et qu'il avait déjà blessé des enfants en les touchant de façon inappropriée. J'ai ensuite expliqué ce qu'était un pédophile et je leur ai dit qu'il m'avait fait du mal quand j'étais petite. J'ai utilisé un langage simple, compréhensible pour un enfant, puis j'ai observé attentivement leurs réactions pour mesurer l'impact de mes mots.

Heureusement, ils ont accepté la nouvelle comme un état de fait, ils ont compris que leur grand-père n'était pas un homme gentil et qu'il fallait éviter à tout prix de l'approcher. Pour eux, c'était un vieux monsieur toujours de mauvaise humeur qui leur criait dessus. De toute façon, comme il n'y avait pas de véritable relation entre eux, nos enfants ne rataient rien. Par la suite, ils ont décidé qu'ils ne voulaient plus le voir du tout.

Au cours de l'été 1996, j'ai enfin terminé mes études d'infirmière et nous avons déménagé à Northallerton, dans une nouvelle maison avec un grand jardin où les enfants pouvaient jouer. Toutes ces longues heures passées à étudier, à travailler et à m'occuper des enfants étaient enfin récompensées. En revanche, ma consommation d'alcool semblait désormais faire partie de ma vie quotidienne.

À chaque Nouvel An, ces dernières années, j'avais toujours mis « arrêter de boire » en tête de liste de mes résolutions et, chaque année, à la mi-janvier, je replongeais. Cependant, j'arrivais à gérer le quotidien et, dans l'ensemble, cela fonctionnait. En d'autres termes, et dans un langage que je n'aurais pas utilisé à l'époque, j'étais une alcoolique active.

Le jour où j'ai reçu mon diplôme d'infirmière, j'ai eu du mal à croire que j'avais vraiment réussi. Et pour la première fois de ma vie, j'ai ressenti quelque chose que je n'avais jamais ressenti auparavant : un sentiment de fierté. Une fois mon nouveau diplôme en poche, je me suis promis, une fois de plus, d'arrêter de boire pour de bon. Même si je buvais encore, ce n'était pas pendant la journée. Jonathan et moi nous en tenions généralement à une soirée par semaine, hormis les week-ends.

Je me suis mise à chercher un nouvel emploi et j'en ai trouvé un assez rapidement, à l'hôpital de Northallerton, dans le service d'orthopédie. Jonathan se débrouillait bien dans son travail aussi, il était maintenant directeur de l'entreprise de son père. Nous n'étions pas vraiment riches, mais nous étions à l'aise et pouvions enfin nous offrir des week-ends en caravane et des vacances avec les enfants. De l'extérieur, j'avais bel et bien laissé mon passé derrière moi. J'avais tout d'une professionnelle de la classe moyenne, bien habillée, avec des enfants adorables, un mari et une maison.

À cette époque, mon père avait déjà laissé tomber sa friterie et était parti vivre à Sainte-Hélène, une île tropicale volcanique isolée dans l'océan Atlantique sud, au large de la côte ouest de l'Afrique. Elle faisait partie des territoires britanniques d'outre-mer et comptait une population minuscule d'environ sept mille habitants. Nous n'avions aucune idée de ce qu'il faisait là-bas, mais il devait avoir trouvé un poste dans l'enseignement universitaire. Apparemment il avait menti sur son CV, se rajeunissant d'une bonne dizaine d'années. C'est lui-même qui me l'avait dit, expliquant qu'il aurait eu du mal à être embauché autrement. Une fois encore, j'étais soulagée qu'il y ait une belle distance entre nous, mais à bien des égards, cela n'avait aucune importance. De l'extérieur, tout semblait rose, mais à l'intérieur, dans ma tête, j'étais prisonnière, car ma consommation d'alcool ne cessait d'empirer. Je me disais que je n'avais pas de problème parce que j'étais parfaitement capable de passer des semaines, voire des mois, sans boire, mais je n'avais pas non plus de bouton « off » une fois que j'avais commencé.

Au début, bien décidée à ne plus boire, j'ai consacré toute mon énergie à mon nouveau travail, d'autant plus que la vie d'infirmière était pleine de défis. Loin d'être un travail de foutaise, comme avait dit mon père, le poste impliquait d'énormes responsabilités. Je devais faire des piqûres aux patients et veiller à donner des conseils et des prescriptions adéquats. Et je devais avant tout croire en moi et en mes capacités, alors après des années où l'on m'avait rabâché que j'étais une incapable, c'était un véritable défi à relever pour moi.

Quand les enfants étaient couchés, je racontais à Jonathan les événements de la journée. J'avais toujours peur d'avoir fait une erreur dans une prescription, d'avoir mal pris la tension d'un malade. J'avais du mal à me détendre, alors j'ai recommencé à boire, pour me détendre, justement.

Le vendredi soir, j'achetais en cachette une bouteille de vin blanc en rentrant du travail, car j'avais l'impression de la mériter, et dans l'heure qui suivait le coucher des enfants, je la vidais. Jonathan remarquait bien que je buvais plus que d'habitude, mais je lui disais que tout était sous contrôle, qu'il n'avait pas à s'inquiéter. Même si je me réveillais systématiquement avec une gueule de bois le samedi matin, je cachais à quel point je me sentais mal.

Quelques mois après avoir commencé mon nouveau travail, ma consommation d'alcool a encore augmenté. J'essayais de m'en tenir aux soirées et aux week-ends, mais le soir je me disais que je méritais bien un petit verre de vin – qui n'était jamais qu'un seul verre. J'avais envie de vin dès que je rentrais du travail. À cette époque, j'ai été transférée dans un autre hôpital, puis j'ai obtenu un poste dans un cabinet médical, Blueways Medical Centre.

Les premières années, lorsque j'ai commencé à travailler dans ce cabinet, j'ai connu de longues périodes de sobriété. Je buvais surtout à la maison le week-end, mais très peu pendant la semaine. Si je finissais le travail tôt un après-midi d'été, je sortais dans le jardin avec un verre de sauvignon blanc bien frais avant que les enfants ne rentrent de l'école, pour profiter des quelques derniers rayons de soleil. Un après-midi, Jonathan est rentré et m'a trouvée endormie à l'étage, complètement soûle, et ce alors que j'avais commencé à tondre la pelouse un peu plus tôt. Plusieurs fois, il a essayé de me « me prendre entre quat-z-yeux » pour me dire que je devais réfléchir à ce que la boisson me faisait, mais j'ai toujours balayé ses sollicitations d'un revers de main. Et tout à coup j'arrêtais complètement l'alcool pendant plusieurs mois pour « prouver » à mon mari et à mes enfants que je n'avais pas de problème. Je n'avais jamais laissé l'alcool empiéter sur ma vie avec les enfants. Je m'arrangeais toujours pour qu'ils soient au lit ou chez un de leurs copains quand je voulais me mettre complètement minable.

J'ai passé des années heureuses au cabinet médical. Il m'arrivait d'avoir la gueule de bois et de prendre un jour de congé, mais ce n'était jamais bien grave. Comme je parvenais encore à jongler avec tous les aspects de ma vie, je pensais que personne ne se rendait compte de rien, même si au fond de moi je sentais que j'avais un problème avec l'alcool, et qu'il prenait de l'ampleur. En 2004, j'ai dit à Jonathan que ma consommation d'alcool m'inquiétait et que j'allais consulter mon généraliste. Je suis allée au cabinet et le médecin m'a orientée vers un psychiatre de l'hôpital voisin. Jonathan m'a accompagnée à ce rendez-vous. Je ne sais pas vraiment ce que je m'attendais à entendre de la part du psychiatre, mais j'ai été choquée par ce qu'il a dit.

— Vous êtes alcoolique, Kim. Il faut arrêter de boire, une bonne fois pour toutes.

— Mais vous ne me connaissez même pas ! ai-je rétorqué, outrée. Je ne suis pas alcoolique, j'ai juste quelques soucis à cause de certaines choses qui me sont arrivées par le passé.

Le médecin n'a pas semblé se préoccuper véritablement de mon passé, même s'il m'a posé deux ou trois questions rapides. Il m'a demandé combien de verres je buvais actuellement, et j'ai menti en lui disant que je ne buvais qu'une bouteille par jour. Jonathan a essayé de m'interrompre pour préciser que je buvais parfois plus, mais là je me suis emportée, je lui ai dit de s'occuper de ses affaires.

Le médecin m'a fixé un autre rendez-vous et j'ai quitté la pièce très en colère, pestant sans arrêt jusqu'à la voiture.

— Comment ose-t-il me traiter d'alcoolique ? Je ne suis pas une ivrogne qui se planque dans un parc pour boire une bouteille dissimulée dans en sac en papier ! Je ne suis pas débraillée, j'ai un travail, j'ai une voiture et une maison… Comment peut-il se permettre de dire une chose pareille ?

Oui, j'étais une mère de deux enfants, une femme toujours bien habillée, issue de la classe moyenne et j'avais un emploi stable dans le secteur médical. Si j'étais alcoolique, aurais-je vraiment réussi à mener ce genre de vie ?

En 2004, j'ai obtenu un nouveau poste dans un centre médical, Greenwood, pour booster ma carrière d'infirmière. C'était un bond en avant d'un point de vue professionnel, mais je n'y étais pas très heureuse. Cet été-là, ma consommation d'alcool a encore augmenté, mais cette fois-ci, quand j'ai voulu arrêter, j'ai éprouvé de grandes difficultés. L'unique bouteille de vin quotidienne que je buvais auparavant était devenue deux bouteilles, puis trois. Pas tous les jours, mais plusieurs fois par semaine.

Jonathan avait commencé à se mettre ouvertement en colère contre moi parce que je n'arrêtais pas de boire. J'en nourrissais une grande culpabilité, ce qui me donnait envie de boire davantage pour noyer ma honte. Un véritable cercle vicieux. Je commençais sérieusement à craindre de ne pas pouvoir reprendre le contrôle sur ma vie. Je suis alors retournée voir mon généraliste, même si au fond de moi je considérais que c'était une perte de temps.

Après tout, si j'étais vraiment décidée, je pouvais bien arrêter de boire toute seule, non ?

Cette fois, le psychiatre de l'hôpital, inquiet, m'a dit que je devais agir de toute urgence et accepter l'aide de l'équipe de santé mentale, sans quoi ma consommation d'alcool allait encore s'aggraver dans des proportions vraiment dangereuses. Il a pris le temps de m'expliquer en quoi mon comportement était celui d'une alcoolique. Si je continuais ainsi, les conséquences pourraient être très graves, voire fatales. Je me suis dit qu'il en faisait des tonnes, peut-être même que Jonathan et lui étaient de mèche, dans mon dos, mais j'ai continué à l'écouter. Il voulait me prescrire un médicament, du Disulfiram, également connu sous le nom commercial d'Antabuse, qui a un effet dissuasif sur les buveurs.

— Si vous buviez alors que vous preniez ce médicament, vous souffririez immédiatement de gros effets secondaires désagréables, notamment des vomissements, des éruptions cutanées et des maux de tête – voire la mort, expliqua-t-il.

C'était assez effrayant mais j'étais déterminée à prouver à mon mari que je maîtrisais ma consommation d'alcool, alors j'ai accepté l'ordonnance. Pour être honnête, c'était surtout pour que Jonathan me fiche un peu la paix. Il commençait vraiment à m'agacer. Comme un chien qui refuse de lâcher son os, il ne cessait de me harceler à propos de l'alcool.

Peu de temps après, nous avons fait le tour de l'Europe de l'Ouest dans notre caravane pour le quarantième anniversaire de Jonathan. Le dernier soir des vacances, il savait déjà que j'allais arrêter de boire à notre retour et a déclaré qu'il ferait de même. Il savait que j'allais commencer à prendre des comprimés quotidiens d'Antabuse à notre retour et voulait m'encourager. J'étais heureuse qu'il me soutienne ainsi mais je lui ai dit que j'étais sûre que ça ne serait pas si dur que ça. « Jonathan, j'ai accepté de prendre ce médicament et je vais m'y tenir, je te le garantis », ai-je dit.

J'ai donc accepté d'essayer l'Antabuse simplement pour que mon mari arrête de me harceler, mais au fond de moi, je savais que cela ne changerait rien, car à ce stade, je ne pouvais pas envisager une vie sans alcool. Tout ce que nous faisions dans notre couple impliquait de l'alcool : les sorties entre amis, les repas, la télévision, les vacances. Je ne me souvenais même pas d'une vie sans alcool avec lui ! Et si je rendais visite à ma mère, on ne m'offrait pas un café, non, mais systématiquement de l'alcool. De toute façon, c'était aussi ma tête qui avait besoin d'être soignée, pas seulement mon problème d'alcool.

Une fois de retour à la maison, toutes les promesses que j'avais faites à Jonathan ont été mises à rude épreuve. Entre le stress de mon travail, les cauchemars que je faisais parfois à propos de mon père, les chansons que j'entendais à la radio et un tas d'autres choses encore qui déclenchaient des angoisses, je mourais d'envie de prendre un verre de vin pour me détendre un peu. Mais l'alcool rendait les choses encore plus insupportables qu'elles ne l'étaient réellement. Les petits problèmes s'avéraient soudain ingérables et moi, je devenais de plus en plus égocentrique et dégoûtée de moi-même.

J'ai rapidement trouvé le moyen de boire tout en prenant l'Antabuse. Comme on ne pouvait pas me faire confiance pour prendre le médicament de mon plein gré, c'était Jonathan qui me donnait les comprimés. Une fois, il m'a surprise en train de les recracher, alors il a commencé à les écraser, puis il ne me quittait pas des yeux tant que je n'avais pas avalé la poudre mélangée à la nourriture. Puisque je savais où il stockait les tablettes de comprimés, je les ai toutes remplacées par du paracétamol pour pouvoir boire en cachette pendant qu'il était au travail. Comme j'étais suivie par l'équipe de santé mentale, une femme venait régulièrement à la maison pour me faire respirer dans un éthylotest. Une fois, découvrant avec elle que j'étais au-dessus de la limite, je me suis insurgée : la machine était forcément défectueuse ! J'ai pris un air tellement offusqué qu'apparemment j'ai été convaincante ; elle a fini par croire qu'en effet la machine devait mal fonctionner.

Comme je prenais de l'Antabuse (un médicament qui, à l'époque, ne pouvait être prescrit que par un spécialiste), je devais faire l'objet d'un suivi très régulier. Le traitement se limitait à la prise de comprimés et ne s'attaquait pas aux raisons sous-jacentes à ma consommation d'alcool. Et en premier lieu, il m'aurait surtout fallu suivre une cure de désintoxication (et prendre du Librium pour m'aider à surmonter les effets secondaires du sevrage) car ma consommation d'alcool était devenue si importante que la seule façon d'arrêter sans me mettre en danger était de réduire progressivement (ce qui était évidemment impossible seule – comment un alcoolique peut-il *réduire* sa consommation ?). Comme pour l'Antabuse, la prise de Librium était suivie de près et devait être prescrite par un professionnel de santé. Ma première dose était si élevée que pendant une semaine je n'ai pas pu mener une vie normale. J'ai été obligée de me sevrer progressivement.

Si Jonathan trouvait une bouteille de vin que j'avais cachée, il la vidait dans l'évier et confisquait mes clés de voiture pour que je ne puisse pas aller acheter de l'alcool au supermarché. Mais moi, je faisais preuve d'une ingéniosité de droguée, je demandais à des chauffeurs de taxi de me livrer de l'alcool et leur expliquais où déposer les bouteilles, au fond du jardin. Si l'un d'entre eux semblait choqué par la quantité de vin commandée, je lui disais que oui, c'était bien triste, mais que mon mari était alcoolique.

Au fond, je savais pertinemment que j'étais alcoolique et pourtant, plus que tout au monde je voulais être comme les autres, les gens normaux – pouvoir boire comme les autres, m'amuser quand je sortais, etc. À mes yeux, le psychiatre avait rendu cette éventualité tout à fait impossible car il m'avait traitée d'alcoolique devant Jonathan, qui était maintenant constamment sur mon dos ! Comment pouvais-je envisager de mener un jour une vie normale sans alcool ? Après tout, l'alcool avait toujours fait partie de ma vie, et ce depuis que j'étais toute jeune. Seulement, j'ai refusé de l'accepter et je suis devenue de plus en plus sournoise. Si Jonathan avait l'intention de me manipuler, eh bien moi aussi, je pouvais me montrer tout aussi manipulatrice, me disais-je.

Un soir, j'ai fait semblant de dormir en attendant que Jonathan s'endorme, puis je suis descendue pour continuer à boire en paix. J'avais caché des bouteilles un peu partout dans la maison, dans des endroits où je pensais qu'il ne risquait pas de regarder et de les trouver. D'ailleurs, souvent, je ne me souvenais même pas des cachettes où j'avais dissimulé toutes ces bouteilles. Il faut dire que je les planquais dans la précipitation, lorsque Jonathan ou l'un des enfants passait la porte à l'improviste, ou alors j'oubliais tout bonnement où elles se trouvaient, parce que l'alcool, ça vous dézingue la mémoire. En désespoir de cause, je cherchais sous les piles de vêtements, sous le lit, sous les matelas, dans la remise, derrière le panier du chien, n'importe où !

Une fois, un demi-verre de vin a même été retrouvé le jour où nous avons fait réviser la chaudière. Lorsque le type a ouvert la porte de la chaudière, il a trouvé le verre et l'a apporté dans la cuisine, où je me trouvais avec Jonathan. Mon cœur a fait un bond. Je n'ai pas regardé Jonathan, il savait parfaitement que ce verre m'appartenait, même si moi j'ai dit que c'était probablement ma mère qui l'avait mis là, parce que c'était une alcoolique, *elle*.

Parfois, je buvais directement à la bouteille pour gagner du temps. Je me détestais dans ces moments-là, mais je ne voyais pas de meilleur moyen de gérer la situation puisque comme ça, je pouvais cacher la bouteille à la hâte plutôt que d'avoir à cacher un verre *et* une bouteille. Bientôt, dissimuler ma consommation d'alcool est devenu un travail à plein temps. Je masquais l'odeur d'alcool de mon haleine avec du café ou une pastille de menthe gobée juste avant le retour de Jonathan à la maison.

Un soir, je ne me souviens pas exactement ce qui a déclenché cette crise, mais je me rappelle un sentiment de puits de tristesse sans fond, de désespoir ravageur qui me submergeait entièrement. Tout ce que je voulais, c'était que la douleur s'arrête et, abrutie par l'alcool, j'ai commencé à prendre les comprimés d'Antabuse. C'était plus pour voir ce qui allait se passer qu'autre chose… Sur un forum, j'avais lu que d'autres alcooliques avaient bu tout en prenant ces comprimés, et que rien de spécial ne s'était passé. Mais en quelques minutes, j'ai commencé à avoir du mal à respirer et une éruption cutanée est apparue sur tout mon corps. L'alcool m'a fait faire des choses stupides, des choses que je n'aurais jamais pensé à faire dans un état normal. Regrettant immédiatement mon geste, j'ai couru à l'étage pour réveiller Jonathan. Il m'a emmenée sur-le-champ aux urgences, où je suis restée en observation jusqu'à ce que je puisse rentrer chez moi. Quelques heures plus tard j'étais sur pied, rétablie, mais rongée par la honte de mon acte.

Jonathan a raconté à mon employeur ce qui s'était passé quand il l'a appelé pour prévenir que je ne pourrais pas aller travailler ce jour-là. Et lorsque je suis retournée au travail, je n'étais plus autorisée à délivrer des médicaments aux patients. Mon patron a également insisté pour que je fasse un éthylotest tous les matins avant de prendre mes fonctions. Ils ont été très durs avec moi. Pour une profession prétendument bienveillante, on ne peut pas dire qu'ils aient montré beaucoup de bienveillance à mon égard. Je n'étais jamais allée travailler ivre, j'avais bien trop peur de commettre une erreur. J'ai décidé de quitter cet emploi et je suis retournée à mon ancien travail à Blueways.

Mes anciens collègues n'étaient absolument pas au courant de mon problème d'alcool. Je les connaissais pourtant tous assez bien – j'y avais travaillé pendant cinq ans la première fois –, et ils étaient adorables. Ils pensaient que j'avais fait une grosse erreur en partant la première fois.

Après l'épisode des urgences, j'ai décidé une nouvelle fois de me concentrer sur l'abstinence totale. J'avais fait beaucoup de peine à Jonathan, et aux enfants aussi. Jonathan souffrait lui aussi, je voulais faire un effort pour lui, et pour moi. Quand je m'investissais pleinement, j'arrivais à résister à l'alcool. Cela ne durait jamais éternellement, mais je parvenais à le faire pendant des semaines, parfois des mois. Ce que je ne savais pas, et ce que personne ne m'avait encore dit, c'est que l'alcoolisme est une maladie et qu'arrêter de boire, ce n'est pas aussi simple que ça !

Pour faire évoluer ma carrière d'infirmière, il fallait retourner à l'université. Lorsque le centre médical a accepté de me soutenir si je souhaitais faire une maîtrise, j'ai sauté sur l'occasion. J'avais quelque chose à me prouver, à moi-même et, si je suis honnête, à mon père aussi. Parce que si je parvenais à obtenir une maîtrise, c'était que je n'étais pas si bête que ça.

J'ai passé des semaines sans boire une goutte, mais lorsque je rendais visite à ma mère, je prenais souvent quelques verres avec elle. Nous aimions boire tous les deux. Elle vivait seule désormais et la solitude lui pesait beaucoup. Souvent, je n'avais pas envie d'y aller mais je voyais ça comme un devoir – c'était ma mère, tout de même. Elle me demandait d'ajouter du Sanatogen dans son café dès le matin, alors qu'elle était encore au lit, ou alors elle le buvait séparément – « C'est un simple tonique, mon poussin, pour me donner un petit coup de fouet le matin, c'est écrit sur l'étiquette », disait-elle. C'était surtout de l'alcool à quatorze pour cent !

Bien que maman ait toujours un verre à la main, il lui arrivait de garder le même pendant des heures. Elle buvait lentement mais constamment, maintenant son alcoolémie au plus haut à toute heure. Même si elle marmonnait plus qu'elle ne parlait quand elle avait bu, contrairement à moi, elle buvait rarement jusqu'à sombrer dans un coma éthylique. À la maison, j'avais peur que si je ne buvais pas rapidement ou si je ne buvais pas tant que c'était possible, on me retirerait l'alcool dès que je serais démasquée. Ma mère, en revanche, pouvait boire tranquillement puisqu'elle vivait seule. Les seules fois où elle s'était comportée comme une ivrogne imprévisible, c'était quand elle était hors de chez elle, et là elle ne contrôlait plus du tout sa consommation.

Elle venait parfois nous voir à la maison, mais souvent, à la fin de sa visite, elle se plaignait que nous ne nous occupions pas assez d'elle. Je préférais aller la voir seule. Voir la consommation d'alcool de ma mère s'aggraver a fait naître en moi un sentiment de dégoût vis-à-vis de ma propre situation. Quand je me joignais à elle dans ses beuveries, je me disais que mon cas était loin d'être aussi grave que le sien, mais c'est une excuse très fréquente chez les alcooliques : nous ne sommes pas alcooliques car il y a d'autres personnes pires que nous ! Je m'accrochais toujours aux différences, pas aux points communs.

Ma mère avait désormais de plus en plus de difficultés à s'occuper d'elle-même. Susan a évoqué la possibilité de lui trouver une place dans une maison de retraite près de chez elle, à Embsay, près de Skipton. Son partenaire Alan était mort en 1996 et elle avait eu une autre relation avec un homme, Carl, mais il était lui aussi décédé le jour où elle s'est finalement installée à Embsay, en 2004, je crois. Désormais, elle n'avait plus personne. Mais ma sœur avait raison sur certains points : ma mère ne se nourrissait plus correctement et les toilettes étaient à l'étage, ce qui rendait les choses compliquées pour sa vessie défaillante, sans parler de ses jambes faibles, de sorte que souvent elle n'atteignait pas les toilettes à temps.

Une fois installée à la maison de retraite, maman m'a fait comprendre qu'elle détestait l'endroit et qu'elle ne comprenait pas pourquoi on l'avait placée là alors que ses amis vivaient tout près de son ancienne maison à Rawdon. Susan soutenait cependant que notre mère n'avait pas d'amis puisque personne ne lui rendait jamais visite. Finalement, ma mère s'est acclimatée à sa nouvelle vie et s'est même fait de nouveaux amis. En, revanche, elle regrettait toujours son ancienne vie, je pense. Pour nous, il faut bien l'avouer, lui rendre visite avant était bien plus aisé, l'accès à Embsay étant tout sauf facile.

Sean ne semblait pas avoir envie de passer beaucoup de temps avec sa mère. Maman m'appelait souvent pour me dire qu'elle ne l'avait pas vu ou ne lui avait pas parlé depuis des semaines ou des mois, et cet état de fait la perturbait beaucoup. Il ne semblait pas prêt à accepter sa part de responsabilité en tant que fils pour s'occuper de sa mère, pas comme Susan et moi le faisions. Lucy vivait à environ vingt-cinq minutes de voiture de chez ma mère, mais elle ne conduisait pas et à cette époque, elle et son partenaire Ralph avaient quatre enfants, donc Susan et moi n'attendions pas d'elle qu'elle en fasse autant que nous.

Ma mère est venue passer le Nouvel An 2005 chez nous. Elle n'était pas enchantée de venir chez nous car elle sentait qu'elle ne pouvait pas boire librement. Jonathan lui faisait constamment des remarques désobligeantes à ce sujet, surtout depuis qu'il surveillait de près ce que je buvais. En fait, il aurait préféré que ma mère ne passe pas ce 31 décembre avec nous car il était convaincu qu'elle avait une mauvaise influence sur moi.

Ma mère était donc de très mauvaise humeur ce soir-là : quoi que je fasse, elle me faisait savoir que ce n'était pas assez bien. Et quand elle se comportait comme ça, c'était toujours lié à l'alcool. Cette fois-ci, nous devions aller au cinéma et elle était censée nous accompagner, mais comme elle était grognon, elle a décrété qu'elle ne viendrait pas. Je savais pertinemment que c'était parce qu'elle comptait boire de l'alcool, beaucoup d'alcool, pendant que nous serions sortis. Mais elle a commencé à se plaindre de douleurs à la poitrine, alors, à son grand dam, et à celui de Jonathan, j'ai décidé de rester avec elle.

— Oh, fiche-moi donc la paix ! Je veux être seule. Va plutôt me chercher cette bouteille !

Jonathan avait monté sa valise à l'étage, elle exigeait que j'aille y prendre ses bouteilles d'alcool. Je ne le savais pas, mais quand il avait soulevé la valise, Jonathan avait senti un poids suspect et entendu du bruit de liquide. Il avait ouvert la valise et découvert qu'elle était remplie de vodka et de vin Stowells, qu'il s'était empressé de cacher parce qu'il ne voulait pas que je sois tentée, ou pire, que je cède à la tentation. Donc, quand je suis allée chercher les bouteilles, elles n'y étaient plus. À ce moment-là, ma mère s'est mise dans une colère noire, elle nous a tous accusés d'avoir volé « ses affaires » (elle ne voulait pas dire

« vodka » ou même admettre que sa valise était remplie d'alcool !). Elle a dû dire à Susan et aux autres que nous lui avions volé des affaires dans sa valise, y compris son pyjama, apparemment, car c'est à cette époque que mes frère et sœurs se sont brouillés avec moi.

De mon côté, j'étais toujours prise au piège dans mon propre cycle infernal. Néanmoins, je parvenais encore à garder mon emploi, à m'occuper de la maison, et j'essayais de ne pas succomber aux beuveries. Les enfants avaient grandi, ils étaient devenus adolescents. Harry réussissait bien ses examens et prévoyait de partir en voyage, tandis que Clara, qui venait d'avoir quatorze ans, avait commencé à préparer ses examens de fin de collège. J'étais très fière de notre famille. Malgré les hauts et les bas, mes enfants étaient ma plus grande réussite. Ce qui, en comparaison, rendait ma propre famille, les Beaumont, encore plus difficile à accepter.

Chaque année, le 31 décembre, je me faisais les mêmes promesses : arrêter de boire et essayer de me remettre des démons de mon passé. En 2007, c'est ce qui s'est passé une nouvelle fois. J'ai pris des bonnes résolutions et quelques jours plus tard, j'ai fait tout le contraire. À l'époque, j'étais encore suivie par un psychiatre qui notait tout ce que je faisais. Une résolution que j'ai tenue, cependant, fut d'écrire une lettre à mon père pour lui demander pourquoi il avait abusé de moi. Je ne voulais pas de sa compassion, je voulais qu'il prenne acte du mal qu'il m'avait fait. Je pensais que s'il s'excusait, je finirais par réussir à mieux faire face à ces souvenirs, voire à les oublier. Je voulais qu'il me dise que ce n'était pas ma faute, et que oui, un jour nous pourrions peut-être avoir une relation père-fille normale.

Tant qu'il y a de la vie, il y a de l'espoir, non ?

22

3 janvier 2007

Cher papa,
Voilà bien des années que je voulais t'écrire cette lettre, et aujourd'hui je me sens finalement assez forte, sûre de moi et équilibrée pour prendre enfin la plume. Les violences (dans toutes ses formes) que tu m'as infligées lorsque j'étais enfant ont eu un effet dévastateur sur moi pendant mon adolescence et jusqu'à l'âge adulte. Elles ont également eu des répercussions sur les relations au sein de notre famille (c'est-à-dire avec mon frère et mes sœurs) : chacun à sa manière doit apprendre à vivre avec les torts que tu nous as causés à tous : certains sont dans le déni, d'autres se sentent peut-être coupables de certains événements passés qu'ils auraient pu empêcher, et d'autres encore essaient de les aborder de front. Alors évidemment, cette situation a entraîné la suspicion entre nous, une certaine méfiance au sein de notre fratrie, ce qui m'attriste profondément. Car oui, personnellement, c'est seulement depuis deux ans que je suis enfin en mesure de commencer à affronter mon passé et à être capable de regarder vers l'avenir avec un réel optimisme et une réelle anticipation.
As-tu la moindre idée de la souffrance que tu as infligée à l'innocente petite fille que j'étais, ta propre

fille ? Parfois je n'arrivais pas à dormir la nuit, je restais éveillée, pétrifiée à l'idée que tu allais entrer dans ma chambre pour te jeter sur moi une fois encore. Je parie que tu n'as pas la moindre idée de ce que je ressentais. Je ne saurai jamais avec quel degré conscient de préméditation tu as préparé ton plan machiavélique : déménager à l'étranger était-il une façon de nous isoler, de nous éloigner de notre mère ? As-tu choisi l'Afrique parce qu'il y avait moins de chances que tu te fasses prendre ? Te souviens-tu seulement de ce que tu m'as fait ? Ou bien es-tu dans le déni, comme la plupart des agresseurs ?

J'ai poursuivi ma lettre en énumérant toutes les stratégies qu'il avait mises en place pour parvenir à ses fins, et en lui expliquant comment, moi, j'avais tout fait pour essayer d'avoir une relation « normale » avec lui. Je lui ai également demandé pourquoi il avait choisi d'abuser de moi, plutôt que de mon frère et d'une autre de mes sœurs. Et j'ai terminé ma lettre sur ces mots :

Dans un sens, vu ce que tu m'as fait subir, j'ai beaucoup de chance car des tas de femmes qui ont vécu ce que j'ai vécu ne surmontent jamais de telles épreuves. Je ne suis pas amère, juste profondément triste de n'avoir jamais vraiment eu un père qui m'ait désirée en tant que fille, une fille que l'on aime et dont un papa doit s'occuper avec respect : sur ce point-là, nous sommes tous deux perdants.

Kim

Après avoir terminé, j'ai relu ma lettre plusieurs fois. Je ne savais pas comment il allait réagir, mais je savais comment je voulais qu'il réagisse : je voulais qu'il s'excuse, qu'il reconnaisse ma douleur, qu'il me dise que ce n'était pas ma faute et que ça n'aurait jamais dû arriver. Et peut-être, oui, peut-être, qu'il acceptait que nous essayions enfin d'avoir une relation père-fille normale.

Pour quelqu'un de l'extérieur, je sais que ça peut paraître incompréhensible que je veuille me réconcilier avec mon père et construire une nouvelle relation avec lui, mais souvent, quand je buvais et que j'étais ivre, je répétais à Jonathan que tout ce que j'avais toujours voulu, c'était avoir un père normal. C'était le seul père que j'avais, évidemment, et je voulais essayer de le faire changer. J'ai envoyé la lettre par courrier recommandé pour être certaine qu'il la recevrait bien. Hors de question qu'il puisse prétendre qu'elle s'était perdue en chemin.

Désormais je voyais rarement ma famille, sauf Susan, et plus rarement Lucy. En octobre 2007, une fête était prévue pour le soixante-dixième anniversaire de l'oncle Jake. La famille serait à nouveau réunie, même mon père serait là. J'ai accepté d'y aller mais j'ai décidé de garder mes distances avec lui.

Les jours qui ont suivi l'envoi de la lettre se sont transformés en semaines. Je n'ai reçu aucun accusé de réception. Aucune réponse. Je voulais absolument confronter mon père, mais la fête n'était pas le meilleur moment, bien entendu. De plus, la douleur de le voir ignorer ma lettre comme ça était trop dévastatrice. Ce que je soupçonnais était donc vrai : il ne se sentait pas coupable, ni bouleversé ni hanté par ce qu'il m'avait fait. Pire encore, il semblait ne rien ressentir du tout. J'avais du mal à accepter qu'il puisse balayer d'un revers de main les paroles sincères que j'avais partagées avec lui. Je n'avais pas d'autre choix que de considérer son silence comme une « réponse » en soi.

Jonathan, Clara et moi sommes allés à la fête d'anniversaire. Les frères et sœurs de ma mère et mes cousins étaient là. J'ai évité de parler à mon père et ai fait bonne figure. Quant à lui, il a fait profil bas, n'a pratiquement parlé à personne et est parti tôt. J'ai essayé de me montrer chaleureuse avec mon frère et mes sœurs, par politesse, mais j'ai senti un froid entre nous. Revoir cette famille dysfonctionnelle réunie n'était pas une bonne idée. Après l'anniversaire d'oncle Jake, j'ai à nouveau lutté contre l'alcool pendant des semaines.

Et j'étais loin de me douter que c'était la dernière fois que je voyais ma mère vivante.

Le 14 décembre 2007, environ dix-huit mois après sa première crise cardiaque, ma mère m'a appelée pour bavarder un peu. Mon père lui avait envoyé une carte de Noël sans y apposer de timbre.

— Il a toujours été horriblement pingre, a-t-elle commenté.

En l'écoutant, je me suis demandé combien de fois je l'avais entendue se plaindre de mon père au fil des ans. Elle avait commencé à le critiquer avec plus de virulence depuis qu'elle avait appris certaines choses sur lui. Par exemple, si l'un de nous se plaignait de lui, elle renchérissait systématiquement. Elle évacuait enfin sa fureur, déclenchée ou non par l'un d'entre nous. Il l'avait manifestement blessée depuis toutes ces années et elle ne pouvait plus le supporter. Comment, après tout ce temps, me suis-je demandé, a-t-il pu susciter une réaction aussi violente chez elle ? Comme nous, ses enfants, elle cherchait visiblement une sorte de validation de sa part. L'emprise qu'il avait sur nous tous était phénoménale.

Ma mère s'était couchée tard après avoir bu plusieurs verres en compagnie d'un autre résident dont elle était devenue proche. Elle avait trébuché, son verre s'était brisé dans la chute et elle s'était blessée à la main. Elle avait mal, disait-elle.

— J'ai cassé un verre en tombant, m'a-t-elle raconté froidement. J'ai des éclats de verre plein la paume.

Typique, me suis-je dit. *Elle s'est encore payé une belle cuite.* Je ne pensais pas que ça pouvait être bien grave, vu ce qu'elle me disait. Je l'ai écoutée patiemment, mais comme je devais retourner à ma liste de tâches pour la journée, au bout d'une demi-heure j'ai coupé court. Harry était parti en voyage en Australie et rentrait enfin à la maison le week-end, je voulais prendre le temps d'arranger sa chambre pour son retour.

— Je te rappelle plus tard, maman, d'accord ? Demande à un médecin d'examiner ta main, quand même. Je t'appelle plus tard.

— D'accord, mon poussin. J'attends ton appel, alors.

Ma mère attendait que l'un des résidents l'emmène chez le coiffeur, où elle se faisait aussi faire les ongles. Le coup de fil écourté ne l'a donc pas troublée plus que ça. Elle était toujours très soucieuse de son apparence, ses ongles souvent assortis à la couleur de ses vêtements.

Quelques heures plus tard, mon téléphone a sonné : c'était le numéro de ma mère. J'étais dans un café avec Jonathan.

— Coucou, maman. Ça va ? J'avais l'intention de t'appeler dans une heure.

— Ce n'est pas maman, c'est Susan. Tu es toute seule ?

— Non, Jonathan est avec moi.

— Maman est morte, m'a-t-elle annoncé en pleurant.

Peu après notre conversation, ma mère avait eu une autre crise cardiaque : elle avait soixante-sept ans.

Pendant plusieurs jours, j'ai été complètement dévastée par la nouvelle. D'un côté, j'avais déjà perdu ma mère des années auparavant, quand j'étais partie vivre au Kenya, encore toute petite. Mais d'un autre côté, mon désir d'avoir une « vraie » mère n'avait jamais disparu. Même si la mienne n'avait pas vraiment été là pour moi, et que je n'avais jamais eu besoin d'elle, je ne lui en voulais pas. Nous avons souvent eu de belles discussions toutes les deux. Je me suis soudain sentie terriblement seule.

Ma mère possédait une personnalité tout à fait extraordinaire. Malgré son alcoolisme, quand elle se trouvait dans une pièce, elle était solaire, illuminant tout. Demandez à tous ceux qui la connaissaient. Oui, elle pouvait être pénible et avoir ses humeurs, mais en général, surtout quand elle n'avait pas bu, elle était géniale ! C'était toujours elle qui mettait de l'ambiance dans un groupe, et en un rien de temps tout le monde était pendu à ses lèvres. Sa bonne humeur était contagieuse. Elle pouvait aussi être incroyablement drôle. Même quand elle était ivre, on lui pardonnait des choses que beaucoup d'autres n'auraient pas laissé passer. « C'est vraiment un fieffé connard », disait-elle à propos de mon père. « T'as qu'à lui dire que tu t'en tamponnes le coquillard et que tu l'emmerdes, voilà ! » Et surtout, elle m'a dit un jour : « Oh, moi je m'en méfie comme de la pègre ! » Elle voulait dire « la peste », bien sûr. J'étais pliée de rire.

Le chagrin que je ressentais était complexe, d'une grande noirceur, et j'avais du mal à le comprendre. Je suis allée voir le corps de maman à la morgue : elle semblait enfin en paix. La paume de sa main était d'une drôle de couleur. J'ai remarqué le vernis lilas sur ses ongles, aussi. Bien qu'ils soient toujours impeccables en général, il y avait quelques éclats sur un ou deux ongles. J'ai repensé à notre dernière conversation au cours de laquelle elle m'avait dit qu'elle allait chez l'esthéticienne pour se faire faire les ongles. Ce trajet, elle ne l'avait jamais fait, elle était morte en chemin. Je n'ai pas pu m'empêcher de verser quelques larmes. Cette main, j'avais eu envie de la tenir dans la mienne quand j'étais petite fille. L'alcool avait brisé ma mère et endeuillé ceux qui l'entouraient. Tout aurait pu être si différent entre nous.

J'ai retiré une bague de sa main droite et l'ai donnée à Susan.

— Mets-la avec les autres, ai-je dit, garde tout ensemble, on fera le tri plus tard.

Malheureusement, je n'ai jamais reçu aucun des bijoux de ma mère. Quand j'ai demandé ce qu'ils étaient devenus, on m'a simplement donné quelques babioles bon marché. Encore aujourd'hui, ça me fait énormément de peine de me dire que je ne possède aucun des bijoux préférés de ma mère… Je n'ai jamais voulu qu'un seul bijou, une bague que j'aurais pu porter, par exemple, quelque chose pour garder ma mère près de moi, pour me souvenir d'elle.

C'est Susan qui a invité mon père à l'enterrement de ma mère. J'étais contrariée parce que ça n'était pas du tout ce que ma mère aurait souhaité, mais Susan et Sean étaient les deux exécuteurs testamentaires et avaient donc pouvoir sur tout. Ma mère n'avait pas beaucoup d'économies mais elle avait indiqué dans son testament que tout argent devait être divisé en quatre parts égales (entre les quatre frère et sœurs). C'est bien triste, mais les choses ne se sont pas passées comme ça et je crois que l'argent a été divisé en cinq pour inclure mon père, bien que son nom ne figure pas au testament. Je n'ai été informée de tout ça qu'après les faits et je n'ai pas voulu discuter. Ce que je sais, c'est que ma mère n'aurait certainement pas voulu que mon père ait quoi que ce soit.

Après la disparition de ma mère, j'ai vu ma famille de moins en moins souvent. Je ne suis restée en contact avec mon frère et mes sœurs que par téléphone et je ne voyais mon père que très rarement. Pour la première fois depuis des années je ressentais un certain soulagement. M'abstenir de boire est devenu un peu moins pénible. J'aimais mon travail d'infirmière confirmée et j'étais heureuse de constater que Clara et Harry se débrouillaient vraiment bien. Tous deux étaient désormais à l'université (Clara préparait une licence en gestion des affaires et des ressources humaines et Harry, une licence en géographie et politique internationale). Tous deux menaient une vie trépidante de jeunes de vingt ans.

J'avais quelques nouvelles de Lucy. Quand elle avait envie de discuter, elle m'appelait au téléphone. De temps en temps, elle amenait les enfants pour quelques jours. J'allais la chercher et je la ramenais, ou bien son partenaire Ralph faisait le taxi. Mon père n'aimait pas du tout qu'elle vienne chez moi, il essayait constamment de la persuader de ne plus me voir, il disait que je semais toujours la zizanie, qu'il valait mieux m'éviter (Lucy me confiait toujours ce que mon père disait dans notre dos). La fille aînée de Lucy, qui était proche de ma propre fille Clara, disait : « Papi trouve qu'on est tous bizarres et qu'il vaut mieux ne pas trop nous côtoyer. » J'en connaissais la raison : il devait s'inquiéter de nous voir réunis entre frère et sœurs et de savoir que je pouvais à tout instant leur raconter ce qu'il m'avait fait subir. Et l'éventualité de voir un jour la police débarquer chez lui devait quand même le tarauder.

Souvent, quand Lucy venait chez nous, elle avait envie de boire, alors je l'accompagnais, en évitant soigneusement que Jonathan nous voie. Désormais, j'avais l'impression que ma petite sœur buvait bien plus que moi, ce qui me rassurait, dans un sens. Petit à petit, comme d'habitude, j'ai commencé à boire davantage le week-end, ou lorsque j'avais un jour de congé, ou quand le stress du quotidien s'accumulait. Je faisais des efforts surhumains pour que l'alcool ne s'immisce pas dans nos vies, mais lorsque Harry et Clara sont revenus s'installer à la maison après leurs années de fac, ils n'ont pas tardé à remarquer que mes beuveries étaient devenues plus régulières. Si l'un d'eux semblait en souffrir, je m'arrêtais pendant plusieurs semaines, voire plusieurs mois, avant que quelque chose d'autre ne redéclenche mon envie et que je ne recommence en cachette.

Ma consommation d'alcool avait toujours été irrégulière, mais au fil des ans, le problème a pris de l'ampleur, même si pendant les quelques années où je me suis consacrée à mes études de maîtrise, j'ai réussi à réduire considérablement ma consommation.

En dépit de mon manque de stabilité vis-à-vis de l'alcool, en 2011 nous nous en sortions plutôt bien. Jonathan travaillait toujours dans l'entreprise familiale de menuiserie et de fabrication de fenêtres en bois à Northallerton. Son père et son grand-père l'avaient créée en 1965 (son frère aîné en était le directeur général et Jonathan est devenu directeur dans les années 1990). Nous avons emménagé dans une belle maison – une grange qui venait d'être restaurée, dans un village en périphérie de Darlington. Pour la première fois depuis des années, j'espérais enfin pouvoir laisser le passé derrière nous. Et pour la énième fois, je faisais même des efforts supplémentaires pour réduire ma consommation d'alcool.

Mon père était également sorti de nos vies. Il vivait toujours dans son HLM à Leeds mais avait rencontré sur Internet une Philippine du nom de Julie, et il était parti là-bas pour la voir. Sans rien dire à personne, il l'avait également épousée (nous ne l'avons appris que lorsqu'une de mes nièces a vu des photos de mon père et de sa nouvelle épouse). Elle avait une vingtaine d'années à l'époque, elle était donc plus jeune que ma fille, ce qui faisait une différence d'âge d'environ quarante ans. Mon père avait toujours eu quelque chose contre tous ceux qui n'étaient pas blancs, il avait même fait des remarques ouvertement racistes à l'encontre de mon vieil ami Keg. Ce mariage n'avait pas de sens. Il avait envoyé à Lucy une photo de lui là-bas, entouré de jeunes filles. Quand elle m'a montré la photo, j'ai reconnu ce sourire grivois familier et j'ai eu un haut-le-cœur.

Pourquoi avait-il choisi les Philippines et pourquoi une très jeune femme ?

Il passait souvent plusieurs mois là-bas. Ça me rendait malade d'imaginer ce qu'il fabriquait. Mais je ne pouvais rien faire pour l'empêcher de mener cette vie dépravée, alors je préférais essayer de ne pas trop y penser.

Entre-temps, à la maison la vie était devenue agréable, on s'amusait pas mal à cette époque, on passait de chouettes vacances, et j'ai même été choisie comme infirmière bénévole pour les Jeux olympiques de 2012. Pendant les deux semaines que j'ai passées dans le village olympique, la vie m'a paru merveilleuse, j'ai tout oublié de mon passé. J'ai adoré cette expérience, l'optimisme que le pays tout entier ressentait pour son avenir était devenu contagieux.

Malheureusement, mon optimisme n'était pas partagé par le nouveau cabinet médical qui m'employait. J'avais déjà travaillé dans plusieurs endroits différents et ce nouveau cabinet n'a pas apprécié que je prenne des congés pour faire du bénévolat aux Jeux olympiques. À mon retour au travail, j'ai été convoquée dans le bureau du médecin chef. Le directeur du cabinet et un autre membre du personnel m'ont dit qu'ils allaient devoir me renvoyer. Je ne sais toujours pas pourquoi et, même si j'étais bouleversée à l'époque, ces événements m'ont ouvert de nouvelles portes sur le plan professionnel. Je crois que finalement, les choses arrivent pour une bonne raison, et lorsqu'une porte se ferme, une nouvelle s'ouvre : ce fut le début de mon entreprise d'esthétique. J'avais déjà tâté le terrain pendant mon temps libre. Cela n'avait jamais empiété sur mon travail et une fois que j'ai quitté le cabinet, j'ai pu m'y consacrer entièrement.

Sans traîner j'ai vidé le tiroir de mon bureau et je suis partie, sans même dire au revoir à qui que ce soit. Je suis remontée dans la voiture et je suis restée assise en silence, la tête en vrac.

Mon Dieu, comment allais-je annoncer ça à Jonathan ?

Ce soir-là, avant que mon mari rentre du travail, je me suis assise et j'ai bu une quantité faramineuse de vin. La douleur de perdre mon emploi était insupportable, je ne savais pas comment le lui dire, alors j'ai noyé mon chagrin dans l'alcool.

En rentrant, Jonathan m'a trouvée évanouie dans le canapé. Je me suis réveillée et j'ai trouvé Clara en larmes à mes côtés. Le temps que je me redresse, l'esprit embrumé et sur le point de vomir, j'avais déjà une furieuse envie de m'enfiler un autre verre. Je ne pouvais pas supporter les regards de pitié et de honte qu'ils me lançaient. Je leur ai dit que j'avais perdu mon emploi et ils m'ont immédiatement répondu que ça n'avait pas d'importance. Mon mari et mes enfants étaient sur la même longueur d'ondes : ma santé était plus importante à leurs yeux, ils m'ont suppliée de ne pas me remettre à boire. Mais il était trop tard, j'avais appuyé sur le bouton d'autodestruction et ma dépendance s'est réveillée brusquement. J'étais entourée de ma famille qui m'adorait, mais quand je buvais je me sentais totalement seule. Je détestais l'apitoiement sur soi qui accompagnait toujours cet horrible cycle de dépendance, mais j'étais de nouveau impuissante devant cette maladie qui me consumait une fois de plus.

La dépendance n'avait jamais disparu, j'avais juste été abstinente quelque temps.

Si j'avais beaucoup bu la veille, le matin je descendais l'escalier tout doucement pour rejoindre Jonathan et les enfants dans la cuisine. Je cherchais sur leurs visages des indices sur mon comportement de la veille. Souvent, ils ne laissaient rien paraître et j'en étais soulagée. D'autres fois, en revanche, ils sortaient tout simplement de la cuisine, me laissant seule avec la haine de moi-même que je ressentais alors. Je ne me souvenais jamais de ce que j'avais dit ou fait, ni des personnes à qui j'avais envoyé des messages en état d'ébriété. Souvent, j'avais des trous noirs et la seule façon de savoir ce qui s'était passé pendant ces heures sombres était de demander à Jonathan ou à mes enfants. Peu de temps après, j'ai commencé à m'isoler, ne quittant la maison que pour aller chercher de l'alcool.

Chaque fois que je me retrouvais enfin seule, je me précipitais sur la pile de linge non repassé qui attendait depuis plusieurs jours sur le lit, ou je fouillais dans le fond de mon armoire, sous des piles de chaussures, n'importe où, parce que je ne me souvenais pas où j'avais caché ma réserve secrète. Une fois que je l'avais trouvée, je me versais un verre de vin. Parfois j'utilisais une chope ou je buvais directement à la bouteille. Un matin, je me suis réveillée et j'ai vu Jonathan debout au-dessus de moi avec une photo sur son téléphone. Sur l'écran, une femme allongée en position fœtale, dans le coma, le visage tordu par la douleur.

Cette femme, c'était moi.

— Kim, ça, c'était toi hier soir. Il faut que ça cesse.

La relation avec mon père, toujours en filigrane dans ma tête, a recommencé à faire surface. Lorsque j'étais ivre, je pensais à ce qui s'était passé, revivant les scènes d'abus dans ma tête, tout en me demandant si les choses auraient pu être différentes. Soûle, j'imaginais que mon père avait cessé d'être un pédophile et qu'il regrettait peut-être ce qu'il m'avait fait. J'imaginais qu'il s'excusait, qu'il me suppliait de le pardonner. J'imaginais qu'il avait lu ma lettre et qu'il se sentait si mal qu'il n'arrivait pas à trouver les mots pour me répondre. Pour je ne sais quelle raison, je croyais encore que des excuses ou la reconnaissance de la douleur qu'il avait causée m'aideraient à oublier le passé. Si seulement mon père s'excusait, je ne serais pas hantée à ce point-là par ce qui s'était passé. Après tout, si je ne pouvais pas demander justice, peut-être pourrais-je trouver la paix dans mon esprit en lui tendant la main ?

Après avoir emménagé dans notre grange à l'automne 2011, j'ai décidé d'inviter mon père dans notre nouveau logement, au grand dam de Jonathan.

— Pourquoi t'infliges-tu ça, Kim ? Tu n'as pas besoin de ça en ce moment, je t'assure, tu devrais plutôt te concentrer sur ton combat contre la boisson.

— Arrête de me dire ce dont j'ai besoin ou pas. C'est moi qui ai vécu tout ça, pas toi !

Le regard confus et furieux de Jonathan à chaque fois qu'on parlait de mon père me rendait malade. Je savais à quel point ce sujet le chamboulait. Je me sentais coupable d'avoir laissé mon père s'immiscer dans notre vie de couple. Je pleurais rarement mais j'étais devenue très émotive.

— Écoute, ma mère est morte ! Mon père, c'est tout ce qu'il me reste. Et peut-être qu'il va un jour commencer à se comporter comme un vrai père avec moi.

— Mais tu as déjà essayé, Kim, et tout ce qu'il fait, c'est te blesser encore plus à chaque fois. C'est un monstre et les gens comme lui ne changent jamais. Plus vite tu comprendras ça, plus vite tu pourras reprendre ta vie en main.

Peut-être qu'au fond de moi, je savais qu'il avait raison, mais la petite fille en moi qui avait toujours voulu un père ordinaire refusait d'abandonner.

Il faisait jour quand mon père est arrivé. Harry et Clara étaient sortis, ils ne voulaient aucun contact avec lui et ne comprenaient pas pourquoi je faisais ça. Moi, je voulais lui servir un bon curry et tout faire pour réparer notre relation. Avec le recul, cela n'avait aucun sens, mais l'alcool, associé à ce vieux fantasme que la vie pourrait être différente à présent, ont totalement faussé mon jugement.

J'ai acheté les ingrédients pour suivre une recette spécialement choisie pour lui. Pendant que je cuisinais et m'affairais pour que tout soit prêt à l'heure, je sentais que plus l'horloge tournait et plus j'avais les nerfs à vif. Pourtant j'étais convaincue de faire ce qu'il fallait. Jonathan semblait encore plus anxieux que moi.

— Kim, tu n'as pas besoin de t'infliger ça, répétait-il en faisant les cent pas dans la cuisine pendant que j'écrasais des épices fraîches. Ton père est un monstre, il ne changera jamais. Il ne peut pas être l'homme que tu veux qu'il soit. C'est un pédophile, Kim.

Mais j'ai préféré le faire sortir de la cuisine pendant que je mettais la touche finale à la préparation de la nourriture.

— Laisse-moi donc tranquille sinon ça ne sera pas prêt.

Mon père est arrivé, visiblement ravi de l'invitation. Il est entré dans notre maison comme en terrain conquis, il m'a prise dans ses bras sans me laisser le temps de réagir.

— Oh, comme ça a l'air bon, tout ça, a-t-il souri en entrant la cuisine avant de m'attirer à lui. Tu sens merveilleusement bon, a-t-il murmuré.

Puis il a fait un pas en arrière et m'a regardée longuement.

— Tu as pris un peu de poids, non ? Tu dois faire attention, tu sais. Les femmes âgées stockent la graisse autour de leurs hanches et de leur taille. C'est plus difficile de perdre du poids à ton âge.

Une sensation familière d'écœurement m'est remontée dans la gorge. Je lui ai lancé un regard noir et me suis dégagée de ses sales pattes.

— Papa, on mange un curry ce soir, ai-je dit avec assurance, pour changer de sujet.

Jonathan observait mon père de l'autre côté de la pièce. Il n'a pas tendu la main pour la lui serrer, il a juste fait un signe de tête pour signaler sa présence. J'étais contente qu'il n'ait pas compris ce que mon père venait de me dire. Nous sommes restés tous les trois dans la cuisine. Jonathan a fait semblant de ranger un placard pendant que je cuisinais. Je savais qu'il ne voulait pas me laisser seule avec mon père, ne serait-ce que quelques secondes.

— J'espère que tu utilises de l'huile d'olive vierge pour faire frire tes légumes, a dit mon père en jetant un coup d'œil dans la poêle.

Il est resté à côté de moi pendant que je faisais frire les oignons et l'ail. Pendant les vingt premières minutes, il m'a parlé de sa nouvelle femme, puis il s'est lancé dans une tirade sur l'Angleterre et sur le fait qu'il détestait ce pays, en particulier le climat et le mode de vie. Puis il s'est mis à parler politique.

J'avais appris à me déconnecter quand il monologuait comme ça, surtout lorsqu'il s'agissait de politique – il avait des opinions bien arrêtées et il était inutile d'entrer dans le moindre débat avec lui. Tout en l'écoutant d'une oreille distraite, je mélangeais les oignons et l'ail avec le reste des épices. Parfois il s'interrompait quelques instants pour me dire de faire autrement, et moi je l'ignorais. J'ai eu des flash-back de l'enfance, j'ai repensé à mes jambes douloureuses le dimanche, à force d'être debout en cuisine avec l'obligation de préparer le repas, et toujours cette crainte de me prendre un coup derrière la tête. Mais j'ai continué à préparer mon curry, comme si ces pensées n'existaient pas. J'ai servi à mon père un whisky et une *ginger ale*, évitant soigneusement le regard de Jonathan au moment de m'en verser une à mon tour.

Ce soir-là, j'avais plus que jamais besoin d'un verre.

Après avoir écouté mon père critiquer ma façon de faire en cuisine encore deux ou trois fois, nous nous sommes enfin mis à table. Jonathan, qui essayait de manger tout en écoutant poliment mon père, a failli s'étouffer à plusieurs reprises en déglutissant. J'avais oublié à quel point mon père adorait parler de lui-même. Cela faisait longtemps que nous n'avions pas eu d'autres membres de la famille autour de la table pour noyer ses envolées lyriques. Au bout d'une heure ou deux, Jonathan s'est excusé pour aller aux toilettes. Je savais qu'il s'y précipiterait et en reviendrait dare-dare, il ne voulait pas me laisser seule avec mon père. Dès qu'il a quitté la pièce, mon père s'est levé et s'est approché du dossier de ma chaise.

Mes cheveux se sont presque dressés sur ma tête. Mes épaules se sont crispées, j'avais peur qu'il me touche, ce qu'il a fait, très brièvement, sur les épaules. J'ai repoussé ma chaise d'un coup en arrière pour aller me chercher un autre verre de vin. Au fond de moi j'avais envie de hurler – rien que de respirer le même air que cet homme me donnait l'impression d'être souillée. Au lieu de demander des nouvelles de ses petits-enfants, il s'est mis à me parler de sa nouvelle femme.

— Elle s'occupe vraiment bien de moi, tu sais. Vous, les enfants, vous avez toujours été comme une corde autour de mon cou. Quand je vois Lucy et ses problèmes d'alcool, je me dis qu'elle est vraiment dans un sale état. Pas étonnant, remarque, vu le type avec qui elle est, cet ouvrier minable ! Tu as vu sa tête, un peu ?

Je ne savais pas quoi répondre. Si Lucy avait des difficultés à présent, c'était en partie à cause de son enfance, j'en étais convaincue. Pendant les deux heures qui ont suivi, j'ai eu du mal à continuer la conversation de manière polie. Mais mon père était à la fois bavard et agressif, on aurait dit qu'il cherchait la dispute. Ni Jonathan ni moi ne nous sommes laissés embarquer par ses provocations, mais faire bonne figure et rester cordial devenait épuisant. Je sentais que mon mari avait lui aussi envie que ça se termine au plus vite, à nous deux, nous avons réussi à écourter la visite. Jonathan s'est offert de raccompagner mon père à la gare. Après leur départ, je me suis effondrée sur notre canapé, la tête entre les mains.

Pourquoi t'es-tu imposé ce calvaire, Kim ? Pourquoi est-ce que tu t'évertues à essayer ?

Tout ce que je voulais, c'était courir à l'étage, prendre un bain brûlant et me frictionner pour me laver de cet homme ignoble. Mais au lieu de ça, j'ai à nouveau rempli mon verre. Le temps que Jonathan revienne, je m'étais endormie sur le canapé, assommée par l'alcool.

Le lendemain matin, je me suis réveillée avec une énorme gueule de bois et j'avais de nouveau les larmes aux yeux. Il fallait se rendre à l'évidence : rien n'allait changer entre mon père et moi. Il ne se sentait pas coupable de ce qu'il avait fait, il avait même encore envie de moi sexuellement ! D'un côté, ça m'a étonnée parce que je pensais être devenue trop vieille pour lui maintenant. Je savais qu'il fallait abandonner toute idée d'un changement possible entre nous.

Au cours des semaines suivantes, ma consommation d'alcool a augmenté. Après une dispute avec Clara, je me suis une énième fois juré de faire une pause. Ma fille ne supportait plus de me voir boire. Quand elle s'est mise à pleurer et à me supplier d'arrêter, j'ai compris que je devais faire un effort supplémentaire pour elle.

Parfois, j'avais l'impression d'avoir une double personnalité. Il y avait la Kim qui était perdue dans le passé et l'autre Kim, toujours partante pour relever un défi. L'un de ces défis était ma détermination à réussir dans mon entreprise d'esthétique que je venais de monter. Je devais me démarquer de la concurrence dans ce secteur en pleine expansion. J'avais déjà suivi une formation dans ce domaine mais j'ai voulu aller plus loin, continuer à me former, et j'ai obtenu d'autres diplômes avant de créer ma propre entreprise, en 2012.

Bien sûr, couper complètement les ponts avec mon père s'avérait toujours impossible. Susan et Lucy me tenaient régulièrement au courant des dernières nouvelles et mon père m'appelait aussi de temps en temps. Il parlait toujours de lui, de sa nouvelle jeune épouse et de la façon dont il essayait de faire attention à sa santé, ces derniers temps. Les années passées à boire et à fumer l'avaient finalement rattrapé, il avait décidé de perdre du poids et de diminuer sa consommation de tabac et d'alcool. Quand j'ai vu Susan et qu'elle m'a parlé de ça, j'ai même envoyé une e-cigarette à mon père pour l'encourager. Même si je ne le voyais pas, une partie de moi ne parvenait pas à se déconnecter de lui, quelque chose en moi voulait continuer à essayer d'avoir une relation normale avec lui.

Un après-midi, mon père m'a téléphoné et on aurait dit qu'il avait du mal à articuler.

— Tu as bu ou quoi, papa ?

— Non, non. Tu sais bien que je bois beaucoup moins, maintenant.

Je l'ai cru et j'en ai conclu qu'il ne devait pas être bien.

— Mais tu vas bien ? On dirait que tu as eu une attaque, ou quelque chose comme ça. Tu devrais aller voir le médecin.

— Hors de question. De toute façon, il faut bien mourir un jour, et les médecins ne servent à rien dans l'ensemble.

Plus tard, j'ai appris par Susan qu'il avait effectivement eu une attaque mais qu'on lui avait donné le feu vert pour sortir de l'hôpital. Apparemment, il était de plus en plus fragile.

— Voilà ce que c'est que d'avoir une femme bien plus jeune que lui, a-t-elle commenté en plaisantant.

Je n'ai pas ri, mais je me suis demandé s'il n'y avait pas un peu de vrai dans sa remarque.

La formation d'esthéticienne que j'avais suivie commençait à porter ses fruits, mon activité décollait certes lentement, mais j'avais déjà quelques clientes régulières. Je continuais à suivre des cours, je voulais me tenir au courant des derniers traitements et techniques d'injection, ainsi que des meilleurs produits disponibles.

Pour la première fois depuis des années, j'avais l'impression de tenir ma famille à distance. Seule Lucy continuait à m'inquiéter : elle semblait prise au piège, happée dans un vortex d'alcoolisme. Elle m'appelait souvent pour me dire qu'elle s'était brouillée avec son petit ami. Les seules fois où je me permettais de boire un verre étaient lorsqu'elle venait à la maison, et comme je la considérais alors comme une buveuse bien pire que moi, je ne me dégoûtais pas autant si je me joignais à elle.

23

Deux années bien remplies ont passé. Je travaillais dur pour développer mon activité mais la consommation excessive d'alcool me rattrapait encore parfois, par intermittence.

En avril 2015, Lucy est venue passer une soirée à la maison pour que nous prenions le temps de discuter tranquillement. Cette visite n'enchantait guère Jonathan, qui savait pertinemment qu'une fois que nous étions ensemble, ma sœur et moi, nous buvions, forcément. Mais il pouvait difficilement empêcher ma petite sœur de me rendre visite. Pour moi, c'était toujours une excuse en or ; quand quelqu'un de ma famille était là, je prenais un verre ou deux de mon alcool préféré. Comme j'avais l'habitude de le faire, je lui ai préparé à manger et nous ai servi à boire. Il nous arrivait souvent de parler jusqu'au petit matin, et notre père revenait souvent dans la conversation. Lucy m'avait raconté à quel point elle avait peur de lui quand elle était petite. Je comprenais tout à fait, mais personnellement j'avais toujours évité de lui dire exactement ce qu'il m'avait fait. Après tout, j'avais essayé des années plus tôt de révéler toute la vérité à ma famille et personne n'avait voulu aller plus loin.

Lucy s'est mise à pleurer. Elle était très contrariée car mon père s'invitait constamment chez elle. Il s'arrangeait pour débarquer quand Ralph n'était pas là, on aurait dit qu'il connaissait exactement ses horaires de travail.

— À chaque fois que je le vois, il me donne l'impression que je suis une merde ! Comment on échappe à ce genre de type, Kim ? Comment tu as fait, toi ?

— Il faut que tu arrêtes de l'inviter, Lucy, lui ai-je dit gentiment. Tu dois t'isoler et te protéger un peu plus. C'est ce que j'ai fait.

J'ai passé un bras autour de ses frêles épaules tandis qu'elle sanglotait.

— Regarde-moi, Kim. Regarde ce qu'il a fait de moi ! Je suis une épave à cause de lui !

— C'est pour ça qu'il faut qu'il sorte de nos vies, ai-je convenu.

Mon père savait que Lucy avait un problème avec l'alcool, mais il semblait l'encourager activement dans ce sens. Une fois, il y a quelques années, j'étais tellement inquiète par sa consommation d'alcool que je lui avais pris un rendez-vous chez un psychiatre dans un hôpital proche de chez elle. Lucy m'avait autorisée à organiser tout cela pour elle. Mais lorsque j'étais allée la chercher pour l'emmener au rendez-vous, mon père avait eu vent de la situation et attendait devant l'hôpital. Lucy avait eu l'air soulagée lorsqu'elle avait vu mon père, alors que moi, je lui disais qu'il fallait absolument qu'elle aille à ce rendez-vous. Je savais à quel point il avait été difficile pour elle d'accepter d'entamer cette démarche, et mon père l'en avait dissuadée, agissant comme s'il était plus expert que les spécialistes.

— Ils n'y connaissent rien, Lucy, lui avait-il dit. Ne t'approche pas des psychiatres, tu n'es pas folle.

Ils avaient tourné les talons, tous les deux, bras dessus bras dessous, et s'étaient acheminés vers la voiture de mon père. Furieuse, j'avais fait le long trajet du retour toute seule. Une fois de plus, notre père interférait dans nos vies, et dans ce cas précis, il empêchait Lucy d'obtenir l'aide dont elle avait tant besoin.

L'aide était si proche, et pourtant hors de portée.

Les semaines suivantes, dès que Jonathan partait travailler, je buvais tout ce qui me tombait sous la main. Je n'avais plus besoin d'appeler pour dire que j'étais malade le lendemain matin car j'avais ma propre entreprise. J'ai donc décidé de prendre une semaine de congé. Les sept jours suivants ont été une longue fête pour une seule personne, je buvais du matin au soir.

Chaque jour, Jonathan et les enfants rentraient du travail et me trouvaient affalée sur le canapé ou dans le lit. Chaque jour, ils fouillaient la maison pour trouver de l'alcool, mais mes cachettes étaient de plus en plus élaborées. Clara et Jonathan pleuraient et me suppliaient d'arrêter, mais rien n'y faisait, je m'en fichais désormais.

Quelques semaines plus tard, après m'être réveillée avec une nouvelle gueule de bois carabinée et un nouveau souvenir terrifiant surgissant du passé, j'ai eu un éclair de lucidité : je repensais souvent à la déclaration de rétractation que j'avais signée, et c'était à cause de ça que je craignais de ne jamais être crue. Mais Jonathan m'avait crue, lui, et il savait que mon père m'avait forcée à faire cette déclaration. Soudain, j'ai compris que je ne pouvais pas vivre comme ça plus longtemps. Après tout, ça ne pouvait pas faire de mal d'aller à la police, pour voir ce qu'ils diraient, au moins… Presque sans y penser, au cas où je changerais d'avis tout de suite après, le 9 juin 2015, j'ai décroché le téléphone et appelé la police de Durham.

— J'aimerais parler à quelqu'un au sujet de mon père, s'il vous plaît, ai-je dit simplement. Je ressens le besoin d'informer quelqu'un de ce qu'il m'a fait et pourrait même faire à d'autres enfants.

Ces mots qui sortaient de ma bouche m'ont semblé très étranges.

Était-ce vraiment moi qui avais parlé ?

L'agent de police a écouté attentivement, a posé plusieurs questions, puis il m'a informée que quelqu'un allait passer me voir à mon domicile. J'ai raccroché et suis restée assise en silence. Jonathan, qui avait entendu chaque mot de mon appel, me regardait fixement. Il avait l'air soulagé.

— Tu as bien fait, Kim, a-t-il dit.

— Alors pourquoi ai-je l'impression contraire ?

Déjà, le remords me serrait la gorge. Cette nuit-là, je n'ai pas fermé l'œil. En me retournant nerveusement dans mon lit, je ne pensais qu'à une chose : comment va réagir ma famille ? Puis j'imaginais le visage frêle de mon père au moment de l'arrestation, et pire encore, je le voyais avec les menottes aux poignets, puis placé dans une cellule aux murs gris. Rien de tout cela n'était facile à appréhender. Chercher à obtenir justice pour ce qu'il m'avait fait était la dernière chose à laquelle je pensais – je m'inquiétais davantage de ce qu'il aurait à subir, lui.

Le lendemain, Jonathan m'a dit qu'il était vraiment fier de moi, mais toute la journée, je me suis sentie vraiment mal. J'avais envie de revenir en arrière, alors j'ai pris un autre jour de congé et toute la journée j'ai noyé mon mal-être dans l'alcool, pendant que Jonathan était au travail. La police a envoyé des enquêtrices qui sont venues dans l'après-midi. Mes allégations remontaient à 1976. Je n'avais aucune preuve. Aucune preuve physique. Pas de lettres ou de photos. C'était juste ma parole contre la sienne.

Les deux policières étaient des agents ordinaires de la police de Durham. Je les ai invitées à entrer, elles ont pris place sur le canapé et je leur ai raconté les événements, chronologiquement. Enfin, j'ai essayé, mais il y avait tellement de choses à raconter, je ne savais pas trop par où commencer. Je ne savais pas non plus si elles me croyaient, et encore moins ce qui allait se passer après. J'ai essayé de minimiser ce que mon père avait fait parce que le remords s'était transformé en un sentiment de culpabilité qui dominait tout.

Elles m'ont écoutée attentivement, ont calmement pris quelques notes, puis elles sont parties.

— Nous vous recontacterons bientôt, a dit l'une des deux femmes sur le pas de la porte.

J'ai ressenti un grand soulagement après leur départ, mais quelques heures plus tard, je me suis retrouvée à rôder dans la maison, à la recherche des bouteilles que j'avais cachées. Maintenant que j'avais parlé, j'avais l'impression d'être dans un train en marche qui n'allait plus s'arrêter. Ce soir-là, j'ai tellement bu que je me suis une fois encore évanouie dans mon lit, ivre morte.

Pendant plusieurs jours, j'ai eu beau essayer de chasser de mon esprit l'enquête imminente, j'avais l'impression que mon cerveau allait exploser. Susan n'avait pas encore découvert ce que j'avais fait. Je redoutais les réactions de mon frère et de mes sœurs. Je n'avais aucune idée du moment où une arrestation aurait lieu ou, pire encore, s'il y aurait vraiment des poursuites judiciaires. Et si, comme mon père me l'avait toujours dit, personne ne me croyait ? Incapable de supporter davantage de stress, j'ai composé le numéro que la police m'avait donné et j'ai demandé en termes très clairs que toutes les allégations soient retirées.

— Je n'ai pas l'intention de faire d'autres déclarations et j'aimerais que le dossier soit supprimé, ai-je déclaré.

Je ne l'ai pas tout de suite dit à Jonathan, j'ai préféré attendre d'avoir bu quelques verres avant de lui avouer la vérité et de lui demander de ne plus jamais en reparler. La nouvelle l'a consterné.

Pour la énième fois, je me suis juré de ne plus boire une goutte d'alcool. Je me suis remise au travail, j'ai commencé une nouvelle formation et trouvé de nouvelles clientes. Il fallait absolument que je me focalise sur autre chose, je ne voulais pas gâcher ma vie avec l'alcool, comme l'avait fait ma mère. Cette fois, j'ai réussi à limiter ma consommation d'alcool au soir, je buvais uniquement avant d'aller me coucher. J'ai même réussi à convaincre Jonathan que j'étais capable de contrôler ma consommation d'alcool et je lui ai demandé de recommencer à boire un peu lui aussi, pour m'aider. Mais évidemment, les choses se sont rapidement gâtées.

Je n'arrivais plus à maîtriser les montagnes russes émotionnelles. Une minute, je me sentais pleinement en contrôle de ma vie et de mes émotions, persuadée que faire enfin appel à la police était une bonne chose, notamment grâce au soutien de Jonathan. L'instant d'après, je ne pouvais pas m'empêcher de boire, cherchant désespérément à effacer les souvenirs et les émotions qui assaillaient tous mes sens dès que je cessais d'être occupée par le travail. Chaque fois que j'entrais dans notre maison et que je refermais la porte d'entrée, je prenais une bouteille de vin pour me calmer les nerfs. Une fois de plus, je me retrouvais dans une spirale implacable : il fallait que je prenne des jours de congé, que je réorganise mon agenda, que j'annule des rendez-vous avec mes clientes, et tous les soirs je buvais à m'en rendre inconsciente. Rien ne m'arrêtait plus cette fois-ci. Les enfants et Jonathan me suppliaient de faire quelque chose, mais ils perdaient leur temps.

Nous n'avons plus eu aucune nouvelle de la police, comme je l'avais pressenti.

Les mois ont passé. Chaque week-end, ma consommation d'alcool s'aggravait de façon significative. Même si j'évitais de boire avant le travail, je m'octroyais de plus en plus de jours de congé et la situation ne faisait qu'empirer de jour en jour.

Pour m'offrir un peu de répit, Jonathan a décidé de prendre lui aussi quelques jours de congé : nous allions partir à York, dans notre mobile-home, pour « changer d'air », m'a-t-il annoncé. C'était en octobre 2015, les feuilles avaient commencé à prendre une belle couleur rousse. En temps normal, j'aurais sauté sur l'occasion de passer un peu de temps ailleurs, mais cette fois-ci, j'étais plus préoccupée par l'idée du moindre obstacle entre mon sauvignon blanc préféré et moi.

Comment allais-je réussir à m'en procurer si Jonathan était tout le temps avec moi ? Et surtout, où allais-je le cacher dans le mobile-home ?

M'imaginer à court de mon vin préféré, ne pas pouvoir le cacher ni siffler une bouteille en cachette, tout cela suffisait largement pour que je ne veuille pas quitter la maison du tout, ne serait-ce qu'un seul jour.

Malgré mon manque d'entrain, Jonathan a tout de même réservé le voyage. Avant cela, cependant, en raison de la détérioration de ma santé et de ma consommation excessive d'alcool, il avait pris la décision de dénoncer lui-même mon père à la police. Il estimait à juste titre qu'il n'y avait rien à perdre puisqu'il était convaincu que si je continuais à boire comme je le faisais, je n'en aurais plus pour longtemps. Selon lui, la façon dont je buvais à présent était une conséquence directe des maltraitances de mon père.

Le 7 octobre 2015, il s'est rendu à notre poste de police local à Northallerton, a porté plainte, et sa plainte a été transférée à la police du West Yorkshire, car c'était là que mon père vivait à l'époque. Une agente de police du nom de Jo Huddleston, de la police du West Yorkshire, m'a alors téléphoné pour prendre rendez-vous avec nous. J'ai accepté, à contrecœur : puisque nous allions à York dans notre mobile-home, nous profiterions du voyage pour aller la voir à Garforth, près de Leeds. J'ai donc informé Jonathan qu'un rendez-vous était fixé pour le 30 octobre 2015.

Bien que l'entretien à Leeds ait été confirmé, lorsque le moment est venu, je ne voulais pas m'y rendre.

— Je ne vais pas y aller, Jonathan. J'ai changé d'avis, j'ai trop peur des répercussions. Tout le monde va m'en vouloir à mort et je n'ai pas la force de me disputer avec Susan et les autres. Ils vont être fous de rage.

Au fond de moi, j'étais toujours terrifiée à l'idée qu'on ne me croirait pas, que les personnes en position d'autorité prendraient le parti de mon père comme ils l'avaient toujours fait. Il les convaincrait avec son charme habituel, et comme il me l'avait dit des années auparavant, sur le ton de la menace, lorsque j'avais signé la déclaration de rétractation chez son avocat : « Personne ne te croira jamais. » Rongée d'inquiétude, j'ai englouti un grand verre de vin ouvertement devant Jonathan. Une partie encore plus profonde de moi savait que si je ne le faisais pas maintenant et que je gardais ce secret pour moi, ça finirait par me détruire. Et pas seulement moi, mais mon entourage direct, aussi. Mon mari et mes enfants étaient désemparés et voulaient que je puisse mettre tout cela derrière moi.

J'étais une épouse et une mère, ils voulaient retrouver cette femme.

Je suis restée assise à trembler, dépassée par l'énormité de la situation, presque paralysée par la peur de ce que j'allais faire.

— S'il te plaît, viens avec moi, m'a supplié Jonathan en me prenant par la main. Tu peux même apporter ton vin s'il le faut.

Soumise, concentrée sur mon vin, je me suis glissée sur le siège passager et j'ai bu une gorgée. Lorsque nous sommes arrivés au poste de police, il m'a assurée que le droit l'emporterait, mais j'étais déjà très éméchée, et en larmes.

— S'il te plaît, fais-le pour moi, Kim, m'a suppliée Jonathan lorsque nous nous sommes garés sur le parking.

J'ai débouclé ma ceinture de sécurité et nous y sommes allés. Il y avait quelque chose de dégrisant à se retrouver dans un commissariat de police, je me suis ressaisie pendant que nous patientions. Une fois que nous avons été invités à entrer, ils ont enregistré leur premier véritable entretien avec moi. Jonathan est parti quelques heures pendant que j'endurais le très pénible processus de mon premier entretien vidéo. J'ai parlé et parlé et parlé pendant des heures. Malgré l'alcool qui courait dans mes veines, les événements étaient douloureusement clairs dans mon esprit. J'ai raconté comment le Kenya avait été de simples vacances au début, et comment mon père avait rapidement changé. Et comment avait commencé une décennie de viols et d'abus.

Cela a pris quelques heures et j'ai bu plusieurs tasses de thé alors que j'aurais préféré du vin, mais j'y suis arrivée. Après, je suis restée assise un moment, ressentant un étrange soulagement, même si je redoutais toujours le moment où mes frère et sœurs découvriraient ce que j'avais fait.

— Vous vous êtes bien débrouillée, Kim, a dit l'une des deux agentes à voix basse. Vous pouvez être rudement fière de vous.

Elle s'est présentée sous le nom de DC Jo Huddleston, officier de liaison de la police du West Yorkshire. À partir de ce jour et jusqu'à la fin du procès, elle sera mon principal – en fait, presque le seul – contact. Son attitude bienveillante mais franche m'a plu, et son regard m'a dit qu'elle me croyait et qu'elle m'écoutait sans me juger.

— Merci, Kim, a-t-elle dit pour conclure. Nous allons faire tout ce qui sera en notre pouvoir avec ces informations.

Je l'ai remerciée et nous sommes retournés à la voiture. Jonathan a pris ma main dans la sienne.

— Je suis fier de toi.

Et pendant un instant, je me suis sentie soulagée. Mais une fois encore, ce sentiment n'a pas duré. Dans la voiture, sur le chemin du retour, toutes les vieilles peurs sont remontées à la surface : qu'allait dire Susan ? Quand mon père allait-il être arrêté ? Comment allait-il réagir ? Je me sentais très mal.

Le lendemain, le 31 octobre 2015, Jo Huddleston a appelé pour dire que mon père avait été arrêté. C'est seulement à cet instant que j'ai pris conscience de la nouvelle donne : même soutenue par Jo, j'étais terrorisée à l'idée de ce qui allait maintenant se passer.

— Tu vois un peu ce que tu as fait ? ai-je sangloté auprès de Jonathan. C'est un vrai cauchemar !

Je ne pensais qu'à mon père. Comment avais-je pu faire ça à mon propre père ? Quelle sorte de personne cela faisait-il de moi ? Soudain, je redoutais que les faits et les incidents apparaissent comme un énorme fouillis. J'ai même commencé à me dire que la police ne me croyait peut-être pas, ou que je ne me souvenais pas correctement des choses. Après tout, c'était il y a trois décennies et je n'avais jamais pris aucune note, je disposais seulement de quelques photos.

Peu de temps après avoir appris que mon père avait été arrêté, Jonathan a appelé Susan pour l'en informer. Jo Huddleston lui avait déjà annoncé la nouvelle. Jonathan m'a dit qu'elle n'était pas très contente, « c'est le moins qu'on puisse dire », a-t-il ajouté. Incapable de faire face à cette situation, je suis allée me coucher. J'avais l'impression d'avoir trahi mon père au plus haut point.

Le lendemain matin, j'ai reçu de nouvelles informations sur l'affaire : mon père avait été libéré sous caution la veille ; il avait tout nié en bloc. Puis j'ai reçu un message sur Facebook de la femme de mon père, Julie, aux Philippines. Elle me traitait de « femme diabolique ».

Comment pouvez-vous faire ça à votre père, un vieil homme malade ?

Puis, le même jour, Julie a envoyé un autre message :

Kim, je vous en supplie, s'il vous plaît, laissez tomber les accusations contre votre père, il est trop vieux pour supporter tout ça. Je vous en prie, Kim, je m'inquiète vraiment pour lui, il ne peut même plus dormir la nuit, et moi je pleure jour et nuit.

Je fixais ses mots avec un sentiment d'horreur grandissant.

Qu'avais-je fait ?

J'ai relu son message plusieurs fois et ai ouvert une bouteille de vin, puis une autre à 14 heures. Elle avait raison : quel genre de fille étais-je donc ? Quel genre de personne ? Je faisais du mal à ma famille, à un tas de gens… J'ai continué à boire. Je détestais ma vie, je me détestais moi-même… tout cela, tout ce gâchis, c'était de ma faute.

Le passé est le passé, me suis-je dit en sirotant mon vin. Le passé, c'est le passé…

Quand je me suis réveillée, j'étais dans les bras Jonathan, aux services des urgences de Darlington Memorial Hospital. Il pleurait. Un médecin se tenait au-dessus de moi.

— Je l'ai trouvée inconsciente dans son lit, a-t-il sangloté. Je vous en supplie, aidez-la ! Pouvez-vous la mettre en cure de désintoxication ?

Un médecin spécialiste de la santé mentale est venu m'examiner. J'ai lutté pour me redresser. Il m'a posé plusieurs questions sur mon état d'esprit et sur la quantité d'alcool que je buvais. À présent, je buvais quatre bouteilles par jour, ce qui, vu la façon dont il a formulé la chose, m'a fait comprendre que c'était beaucoup. J'ai admis que je me sentais souvent suicidaire mais que je n'avais jamais eu l'intention de passer à l'acte. Il m'a demandé ce qui déclenchait ma consommation d'alcool et là, je n'ai pas pu m'empêcher de parler. Je lui ai parlé de mon père, de la violence et de mes frère et sœurs.

— Je veux juste que toute cette douleur s'en aille, ai-je dit entre deux sanglots.

Il m'a mise sous perfusion et m'a donné des médicaments pour me calmer.

— Je voudrais faire une cure désintoxication… Ce serait envisageable ?

C'était la première fois que je le suggérais, car je comprenais à présent que j'avais en effet besoin d'aide. De temps en temps, quand je buvais, j'avais des moments de lucidité et je me disais que oui, j'aimerais arrêter de boire.

— Oui, a renchéri Jonathan. C'est possible, docteur ?

Le médecin a secoué la tête.

— Nous ne proposons pas ce genre de prise en charge. C'est quelque chose qu'il faudrait payer de votre poche, dans un établissement privé.

Nous sommes restés à l'hôpital le temps que je dessoûle, puis nous sommes rentrés chez nous. Il était déjà tard et j'avais envie, et besoin, d'un autre verre. Jonathan, lui, était désespéré.

— Tu ne vois donc pas ce que tu t'infliges ? Tu es en train de te tuer, Kim !

J'ai haussé les épaules.

— Je vais très bien, ai-je répondu froidement. J'ai fait des analyses de sang aujourd'hui et les résultats montrent que mon foie est encore en bon état.

— Pour l'instant, oui… mais pour combien de temps encore, Kim ?

24

De la période de Noël 2015 ne subsiste qu'un triste brouillard dans mon esprit. Clara et Harry alternaient entre compassion, colère et peur vis-à-vis de ma dépendance à l'alcool.

Un jour, de but en blanc, Harry a annoncé qu'il déménageait. Il est parti en novembre 2015 et même si je ne lui ai pas demandé, je crois que son envie de partir était liée à ma consommation incontrôlable d'alcool. L'ambiance était toujours houleuse à la maison, avec Jonathan qui s'acharnait sur moi parce que je buvais, et moi qui le rembarrais systématiquement. Le déménagement soudain de Harry m'a fait un choc, certes, mais j'ai aussi compris pourquoi – à sa place, je n'aurais eu aucune envie de rester vivre sous le même toit que quelqu'un comme moi ! C'est d'ailleurs surprenant que Clara n'ait pas choisi de lui emboîter le pas. Et tout aussi étonnant que Jonathan soit resté à mes côtés, ce dont je lui suis infiniment reconnaissante. Apparemment, il voyait encore en moi une raison de rester et de persévérer. Oui, je remercie du fond du cœur toute ma famille et ma grande amie Sue de m'avoir aidée à traverser cette période.

Une fois de plus, pour essayer de mettre fin à toute cette douleur, j'ai appelé le commissariat pour leur dire que je retirais à nouveau les accusations. Jo Huddleston m'a gentiment expliqué que je devais envoyer un e-mail pour me rétracter, précisant cependant que la décision ne m'appartenait plus puisqu'ils disposaient désormais de suffisamment de preuves pour mettre mon père en examen. Une partie de moi se demande si elle n'a pas dit cela pour m'empêcher de retirer ma déclaration, car la police m'a toujours encouragée à obtenir le soutien de mes frère et sœurs dans l'espoir d'obtenir des preuves supplémentaires. J'ai tout de même écrit cet e-mail pour retirer ma plainte.

Quand j'ai avoué à Jonathan ce que j'avais fait, il était bouleversé mais il m'a soutenue.

— Je t'en prie, Kim, m'a-t-il suppliée, laisse la justice suivre son cours maintenant. Un jour, ce cauchemar sera terminé, je te le promets. Tu as fait exactement ce qu'il fallait.

— Alors pourquoi ai-je l'impression de faire constamment ce qu'il ne faut pas ?

Quelques mois plus tôt, Clara avait annoncé ses fiançailles avec Dan, son petit ami de longue date, et malgré ma descente aux enfers, j'ai réussi à me réjouir pour elle. Dan était un jeune homme adorable et j'étais persuadée que ma fille serait très heureuse. Malgré tous les bouleversements à la maison, Clara et Harry s'étaient toujours montrés très patients et pleins d'empathie. Je savais qu'au fond d'eux-mêmes, ils voulaient ce qu'il y avait de mieux pour moi et moi, j'étais vraiment fière d'eux, surtout étant moi-même devenue une épave.

Clara a fixé la date de son mariage au 24 mars 2018, soit un peu plus de deux ans plus tard. Il y avait tellement de choses à organiser et à accomplir d'ici là, et en tant que mère de la mariée, j'avais envie de rester éloignée de l'alcool pour l'aider. Clara avait bon goût, j'avais hâte d'aller acheter une robe de mariée et de choisir les décorations pour la réception. Il me tardait de m'investir dans ce projet plein de promesses positives. Elle voulait se marier dans une magnifique vieille église du village de Hurworth, où nous vivions. Nous étions passés devant à de nombreuses reprises – elle se trouvait à moins d'un kilomètre de notre maison –, nous nous étions toujours dit que ce serait un lieu idyllique pour un mariage.

Mais au fil des mois qui ont suivi, ma consommation d'alcool a augmenté encore et je me suis retrouvée incapable d'imaginer être là le grand jour. Je voulais y assister plus que tout au monde, mais j'avais peur de ne pas y arriver à cause d'une gueule de bois ou d'un verre, ou même, craignant le pire, de ne plus être là. Ma tension artérielle était extrêmement élevée malgré mes médicaments. J'oubliais souvent de prendre mes comprimés ; j'avais l'air malade, j'étais ballonnée.

Jonathan était de plus en plus souvent absent de son travail car il devait s'occuper de moi. Un jour, notre médecin généraliste lui a dit que j'avais désormais besoin de soins 24 heures sur 24, ce qui signifiait qu'il ne pouvait plus aller travailler du tout. C'est à ce moment-là qu'il a décidé de fait appel à mon amie Sue, il l'a suppliée de m'aider. Je connaissais Sue depuis de nombreuses années. Nous nous étions rencontrées par l'intermédiaire de son mari, qui était allé à l'école avec Jonathan, et ils étaient restés bons amis. Je ne sais pas si elle était au courant de mon problème d'alcool, mais elle ne m'avait jamais rien dit ouvertement et je ne pense pas qu'elle était consciente des abus que j'avais subis – je ne lui avais en tout cas rien dit.

Un matin, je suis descendue et ai trouvé Jonathan et Sue dans notre cuisine en train de discuter. Il était 7 heures, j'ai trouvé ça un peu étrange que mon amie me rende visite à cette heure-là. Je devais avoir l'air d'une loque : mes cheveux n'étaient pas brossés, j'étais ballonnée et j'avais pris du poids. Quand je l'ai vue, j'ai voulu tourner les talons sur-le-champ mais Jonathan m'a retenue. Il avait l'air un peu hésitant.

— Kim, j'ai tout dit à Sue. Elle va s'occuper de toi, moi je dois retourner travailler.

Sue faisait des petits boulots en tant que surveillante d'examens, elle était donc souvent libre en dehors des périodes d'examens, mais cela ne signifiait pas qu'elle avait beaucoup de temps libre pour autant, car elle avait beaucoup d'autres engagements, ainsi qu'un mari et des enfants dont il fallait s'occuper. J'étais sans voix, furieuse que Jonathan ait tout raconté à mon amie et qu'il lui ait demandé de me garder comme on garde un enfant.

Pour qui se prenait-il ? Et moi, pour qui me prenait-il ? Une gamine de cinq ans qui a besoin d'une baby-sitter ?

La triste réalité, que je refusais d'admettre à l'époque, c'était que j'avais effectivement besoin que l'on s'occupe de moi. Et j'étais horriblement gênée, honteuse que Sue sache désormais tout. Sans parler du fait qu'il me semblait injuste de lui demander de donner de son temps pour rester avec moi. Elle venait presque tous les jours et restait jusqu'à 17 ou 18 heures, c'est-à-dire jusqu'à ce que Jonathan rentre du travail. Même si à l'époque cette situation me déplaisait, je lui en serai toujours reconnaissante.

Un après-midi, Sue et moi sommes allées nous balader dans le village et, alors que nous déambulions dans l'enceinte de l'église où le mariage de Clara était prévu, j'ai senti de fortes émotions monter en moi. Je n'ai rien laissé paraître, évidemment. Au lieu de cela, j'ai pris les choses en main et lui ai demandé, au cas où je ne serais plus là au moment du mariage, qu'elle s'arrange pour que le photographe prenne de bonnes photos à différents endroits du jardin de l'église. En repensant à cette conversation, je me dis que je devais être passablement malade ; l'alcool affectait manifestement mon esprit, car bien sûr, c'est Clara qui aurait demandé au photographe de prendre des photos de toute façon, pas moi. J'étais consciente que je risquais de mourir avant le mariage de ma fille, mais j'ai eu tort de faire peser mes angoisses sur mon amie en lui parlant de tout ça.

— Le photographe devra prendre des photos ici et là-bas, ai-je dit en pointant du doigt deux jolis endroits. Ce serait vraiment beau avec la rivière en arrière-plan.

— Mais, Kim, tu seras là, voyons. Tu pourras lui donner toi-même tes indications.

J'ai balayé sa remarque d'un revers de main et ai souri pour tenter de tourner ma peur en dérision.

— Oui, j'espère !

Plus tard, inquiète des propos que j'avais tenus, Sue a appelé Jonathan et lui a raconté ce que j'avais dit. Lorsqu'il a essayé de me réconforter, j'ai tout nié en bloc et ai préféré noyer mon chagrin dans l'alcool.

— Kim, ça m'inquiète beaucoup que tu puisses imaginer ne pas être là pour le mariage de Clara, m'a dit Jonathan une fois les enfants sortis. Qu'est-ce qui se passe ?

Je n'avais rien à dire, je trouvais qu'il dramatisait. Bien sûr que je voulais être là pour le mariage de notre fille ! Mais la vérité, c'était que je ne savais pas à quel point mon alcoolisme aurait pris le pas sur tout d'ici là.

En février 2016, au sortir d'un long hiver, j'étais très déprimée, sans aucun projet stimulant, aucune perspective agréable à court terme. Fatiguée d'être harcelée par mon mari à cause de la boisson, j'ai pris un sac à dos, une bouteille de vin et notre cocker Oscar, et je suis allée me promener pour pouvoir boire en paix. Il faisait très froid dehors, mais je m'en contrefichais ; tout ce que je voulais, c'était être loin de Jonathan et des enfants, qui surveillaient le moindre de mes mouvements.

Je suis d'abord passée au SPAR pour acheter deux bouteilles de mon vin préféré et je me suis demandé où aller boire tout ça discrètement, sans risquer que Jonathan me confisque l'alcool. Après avoir repris le chemin de la maison, j'ai décidé que le meilleur endroit pour m'asseoir et boire en paix était près de la rivière. De l'autre côté de la route peu passante de notre maison, il y avait un petit bosquet, et un peu plus loin, la rivière. Ce n'était pas le tronçon le plus agréable de la rive, tout y semblait sombre et glauque, mais c'était en retrait, et je n'en demandais pas plus. J'ai traversé le bosquet dense et me suis assise au bord de la rivière. J'ai dû m'endormir au bout d'un moment car je me suis réveillée, une heure plus tard, au son des alertes SMS sur mon téléphone. Quand j'ai rallumé l'écran, j'ai découvert plusieurs messages de Jonathan, dont :

Où es-tu, Kim ? Je suis très inquiet.

J'ai pris une photo d'Oscar en train de renifler les abords du cours d'eau et je la lui ai envoyée, accompagnée d'un message :

Tout va bien, ne t'inquiète pas.

Le téléphone n'arrêtait pas de sonner alors je l'ai éteint, mais avant, j'ai tout de même répondu à un appel de Jonathan.

— Kim ? Où es-tu, bon sang ?

— Fiche-moi donc la paix cinq minutes, tu veux ? ai-je ronchonné, agacée qu'il ne me lâche pas un instant.

J'avais dû parler dans ma barbe, Jonathan ne comprenait rien et avait l'air très agité.

— Hein ? Quoi ? Attends, ne raccroche pas, où es-tu ? On te cherchait !

— Oh, arrête donc de faire des histoires ! Tout va bien, ai-je répété dans un soupir.

J'ai entendu Jonathan crier mon nom mais j'ai raccroché. Tout de suite après je lui ai envoyé une photo de moi au bord de la rivière. Tout le monde me harcelait à propos de mon alcoolisme, je n'en pouvais plus. Tout ce que je voulais, c'était dormir. Je me suis recroquevillée et me suis rendormie dans l'herbe boueuse.

Les heures ont passé et la nuit est tombée. Mon jean était trempé, j'étais couverte de boue jusqu'à la poitrine et j'avais très froid. Oscar se tenait toujours près de moi, il me léchait la main.

— Oh, merde !

Je me suis redressée et me suis frotté les yeux. J'avais perdu toute notion du temps. Frigorifiée et raide, j'ai dû lutter pour me relever. Déphasée, je suis revenue sur mes pas jusqu'à ce que j'arrive à une clôture avec des barbelés. Incapable de trouver un passage, je me suis mise à escalader la clôture, déchirant mon jean et me faisant une entaille à la jambe.

— Nom de Dieu !

Je savais que j'étais ivre, mais comme je ne voulais pas que, comme moi, Oscar se blesse sur le fil barbelé, je l'ai pris délicatement dans mes bras et l'ai fait passer de l'autre côté. Il est parti ventre à terre sur la route, notre maison n'était pas loin. Puis je l'ai suivi à mon tour. Bientôt j'ai entendu des voix qui m'appelaient.

— Maman !

— Kim !

Clara et Jonathan couraient vers moi, ils étaient en larmes. Jonathan m'a serrée dans ses bras sans rien dire tandis que Clara semblait à la fois en colère et totalement chamboulée.

— On s'apprêtait à appeler les hôpitaux et à prévenir la police !

Plus tard, j'ai appris qu'après que j'avais parlé à Jonathan, Clara et lui étaient rentrés précipitamment du travail et avaient passé les trois ou quatre heures suivantes à arpenter les rues du quartier dans la lumière déclinante pour essayer de me retrouver. Ils ne savaient pas ce qui m'était arrivé et étaient terrifiés. Avec les températures qui chutaient la nuit, les chances de me retrouver vivante s'amenuisaient à chaque minute. Mais sur le moment, je n'ai pas pensé une seule seconde que cette disparition de quelques heures pouvait avoir quelque chose d'effrayant. Complètement à l'ouest, j'ai minimisé mon escapade. Tout ce que j'étais capable de comprendre, c'était qu'ils étaient sortis pour me chercher et qu'ils pensaient que quelque chose m'était arrivé. Mais rien ne m'était arrivé, alors à quoi bon s'énerver comme ça ?

— Oh, laissez-moi donc tranquille et arrêtez d'en faire tout un plat.

Je suis rentrée en titubant, très contrariée qu'ils se permettent d'être en colère contre moi. Vers minuit, je me suis évanouie sur le lit, totalement inconsciente du mal que je venais de faire à mon mari et ma fille.

La seule véritable culpabilité que j'ai ressentie concernait mon père. Régulièrement je recevais des messages ou des textos de Susan et de Lucy me demandant pourquoi je faisais ça. Elles me parlaient du mal que ça faisait à mon père, de la peine de prison qu'il encourait… J'avais l'impression que c'était lui la victime, pas moi. J'en concevais une honte incommensurable. J'en suis arrivée à me demander si elles n'avaient pas raison. Peut-être que c'était à moi d'être plus forte, d'accepter ce qui s'était passé et d'aller de l'avant ? Les maltraitances et abus sexuels de mon père étaient-ils vraiment si graves que ça puisque mes propres frère et sœurs les estimaient « tolérables » ? Chaque soir et chaque week-end, je noyais les voix qui hurlaient dans ma tête en buvant. Je me sentais horriblement coupable. Après tout, ils avaient peut-être raison, j'étais peut-être simplement égoïste ?

Le lendemain, Jonathan m'a fait asseoir et une nouvelle fois il m'a suppliée d'arrêter de boire. Il avait trouvé des bouteilles cachées, il craignait maintenant pour ma vie.

Il avait loué une maison de campagne pour que je puisse essayer d'arrêter de boire.

— J'irai avec toi pour faire une cure de désintoxication de dix jours, a-t-il proposé. S'il te plaît, accepte.

J'ai accepté. En partie pour le bien des enfants et en partie parce que j'en avais vraiment ras la casquette d'être harcelée. Ça a marché. Pendant dix jours. Dès que je suis rentrée à la maison, après avoir reçu d'autres SMS de Susan, j'ai pris mon sac à dos et je suis allée acheter du vin au supermarché. Quand je suis rentrée, Jonathan était en larmes. Il m'a tendu une lettre.

— Si tu ne veux pas m'écouter, alors tu peux peut-être au moins lire ce que j'essaye de te faire comprendre depuis une éternité, a-t-il dit d'un air résigné et profondément triste.

15 avril 2016

Ma Kim chérie,

Si tu savais comme je t'aime ! Je voulais juste coucher sur le papier quelques pensées pour que tu comprennes combien je t'aime et combien je me sens impuissant à essayer de te soutenir dans ta maladie. Bien sûr, tu refuses d'en parler, ce qui signifie que je suis contraint à laisser la nature suivre son cours et à assister à la lente extinction de la petite lumière que tu portes en toi. Je crois, après tant d'années d'efforts, avoir compris que tu ne tiens pas vraiment à renoncer à l'alcool. La conséquence, pour moi, c'est que je dois te regarder partir à la dérive. Tu ne sauras jamais combien c'est difficile à dire et à accepter. Je suis un lâche et je suis mort de trouille en pensant à la façon dont tout cela va forcément finir. J'ai tout essayé, surtout ces derniers mois, mais malheureusement, en vain. Et cela fait évidemment souffrir les enfants aussi – notre bonheur

est tellement lié à ton propre bonheur. Si le pire arrive et que je te perds, je te jure que je poursuivrai ton père et que je le ferai emprisonner, quoi qu'il en coûte. Je sais qu'il est à l'origine de toutes ces souffrances et je souhaite simplement que tu aies eu le soutien de ton frère et de tes sœurs pour faire ce que tu aurais dû faire il y a des années. Je reste persuadé que si tu avais engagé des poursuites, tu en aurais retiré une grande force, tu en serais sortie mieux armée face à la vie.
Je ne peux pas supporter l'idée que tu disparaisses, que tu meures, et pourtant c'est ce qui est en train de se passer. J'ai le cœur en miettes, Kim...

J'avais envie de déchirer cette lettre, de la jeter à la poubelle, mais j'ai continué à lire. Même si au fond de moi je savais que c'était un ultime appel pour que j'arrête de boire, et que cette missive donnait à Jonathan l'occasion de me dire combien il m'aimait et combien il avait peur que je ne sois plus là très longtemps, au fil des ans j'avais appris à compartimenter les choses, c'était ma façon de faire face à des années d'abus. Je ne voulais pas qu'on me rappelle mon passé, ni ce que j'étais devenue, alors le plus simple était d'ignorer totalement ce qu'il avait à dire. Mais Jonathan a poursuivi en me disant qu'il ne pouvait pas supporter que je ne sois pas là au mariage de Clara et qu'il voulait continuer à m'aider, sans pour autant savoir comment.

L'idée d'assister au mariage de Clara sans toi à mes côtés est tout bonnement insupportable. Je sais que Harry t'aime aussi très fort (même s'il a du mal à l'exprimer) et qu'il n'attend qu'une chose, l'affection de sa mère.
J'aimerais pouvoir faire quelque chose pour t'aider car je sais que chaque jour est un calvaire pour toi. Je sais aussi que tu nous aimes autant que nous t'aimons, ce qui est un grand réconfort. Mais j'aimerais être plus

courageux, moins lâche aussi, et capable d'envisager et d'affronter la vie sans toi – mais je ne peux pas car je suis trop profondément amoureux de toi.
Je t'aime, ma chérie. Tu es ce qui m'est arrivé de plus beau et je me sens très, très chanceux d'avoir passé ma vie près de toi.

Jonathan xxxxxx

J'ai posé la lettre et pris mon vin.

Il en fait vraiment des tonnes, me suis-je dit.

Dans le brouillard de mon désespoir, j'étais incapable de ressentir de la compassion face à la détresse de Jonathan. Quand j'y repense aujourd'hui, je me dis que cette lettre d'amour, il l'a écrite alors qu'il craignait le pire. Au fond de moi, je savais pertinemment que mon mari était très inquiet et affecté par ma conduite, et que cette lettre avait dû lui faire vivre un véritable cauchemar. Je l'imaginais assis, tapant les mots sur son ordinateur portable, aveuglé par les larmes, cherchant désespérément à me faire passer un message. Pour moi, c'était plus simple de ne pas vraiment en tenir compte, et même si à l'époque je trouvais qu'il en faisait trop, je n'ai pas jeté cette lettre, je l'ai conservée parmi les cartes d'anniversaire et de Noël de Jonathan et celles des enfants que j'avais reçues au fil des ans.

Aujourd'hui, quand je la lis, je fonds en larmes.

Jonathan a refusé d'abandonner. Un soir, après le travail, il m'a dit qu'il avait parlé à Susan et qu'il pensait avoir réussi à la convaincre d'aller à son tour à la police. Il s'était arrangé pour que nous nous rencontrions toutes les deux à Saltburn, pour en discuter. Jonathan avait l'air soulagé.

— C'est une nouvelle très prometteuse, tu ne trouves pas ? Je pense que ça va rendre les choses beaucoup plus faciles pour toi maintenant.

Je vivais dans l'espoir que Susan me soutiendrait aussi, j'ai donc accepté le rendez-vous. Le jour venu, notre entretien s'est avéré tendu. Elle ne s'est pas montrée aussi enthousiaste que Jonathan l'avait espéré et n'a pas trop voulu parler de mon père.

Souvent, j'avais traversé de longues périodes d'abstinence et pendant un de ces intermèdes plus lucides, j'ai décidé d'essayer et de me donner une nouvelle chance. J'ai arrêté de boire le 30 octobre 2016 et cette période de sobriété a duré trois mois.

Le 5 décembre, pendant cette période d'abstinence, j'ai eu un deuxième long entretien vidéo avec la police à Elland Road, Leeds. La police voulait des détails précis sur les abus commis au Royaume-Uni. Ils m'avaient expliqué que mon père ne pouvait pas être jugé pour les faits survenus au Kenya et qu'ils se concentreraient donc sur les viols et les agressions commis au Royaume-Uni. Les infractions les plus graves, celles qui ont eu lieu au Kenya, pouvaient être utilisées comme « preuve de mauvaise moralité ». J'ai donc reparlé des viols commis dans le studio à Londres, dans la maison à Guiseley, au White Swan à Hunmanby et dans les hôtels londoniens lors de nos visites au Royaume-Uni lorsque nous allions voir ma mère.

Je savais pertinemment que ces viols et ces agressions n'étaient que la partie émergée de l'iceberg, mais j'avais encore peur d'attirer trop d'ennuis à mon père. Je me disais que si je racontais le minimum, il pourrait peut-être n'écoper que d'un rappel à la loi. Tout ce que je voulais, c'était qu'il reconnaisse ce qu'il m'avait fait et qu'il s'excuse – je ne voulais pas qu'il ait de sérieux ennuis.

Beaucoup de gens qui lisent ce témoignage ne comprendront jamais complètement la folie derrière tout cela. J'étais là, en train de dénoncer mon père pour m'avoir violée et agressée, mais en même temps je ne voulais pas qu'il ait d'ennuis. Cela n'avait aucun sens. Je savais qu'il était fragile et je savais aussi qu'il aimait bricoler dans son jardin et faire pousser des plantes. Comment pourrais-je lui enlever tout cela ? Plus j'y pensais, plus je me sentais coupable. J'ai donc fait un effort conscient pour n'énumérer que quelques-uns de ses nombreux méfaits (de toute façon, il y en avait eu tellement qu'il m'était impossible de les compter tous).

La police voulait rassembler davantage de preuves, notamment en prenant la déposition de Jonathan et celle de mon vieil ami Keg, avec qui j'étais restée en contact. Il aurait vraiment voulu faire quelque chose bien des années plus tôt, il était donc tout à fait partant pour raconter enfin sa version des faits, qui confirmait ce que j'avais dit, surtout en ce qui concernait le deuxième avortement. Avec ces deux témoignages, la police a décidé qu'elle avait suffisamment de preuves pour transmettre le dossier au Crown Prosecution Service (CPS). Il s'agissait désormais d'attendre de voir si le dossier était recevable pour pouvoir envisager des poursuites. Je n'ai pas bien compris le processus, mais Jo Huddleston m'a expliqué que toutes les affaires n'étaient pas prises en charge en raison du manque de preuves. Ce qu'il aurait fallu pour compléter le dossier, c'étaient les déclarations de mon frère et de mes sœurs.

— Ça m'étonnerait qu'ils veuillent coopérer, je n'y compte plus trop, lui ai-je avoué.

Mais la police avait bon espoir d'avoir suffisamment de preuves dans cette affaire.

Quatre mois plus tard, la nouvelle est soudain tombée : le CPS avait accepté d'instruire mon dossier, l'affaire serait jugée devant un tribunal. Mon père devait se présenter à la cour d'assises de Leeds le 8 juin 2017, où il plaiderait non coupable des faits qu'on lui reprochait d'avoir commis entre le 31 décembre 1977 et le 1er juillet 1985, soit six chefs d'accusation portés contre lui. Il s'agissait des faits que j'avais énumérés auparavant lorsque la police m'avait interrogée sur les viols commis au Royaume-Uni. Comme je l'ai déjà dit, ils ne représentent qu'une minorité des viols et des sévices qu'il m'a infligés quand j'étais en Angleterre.

— Voilà une excellente nouvelle, s'est réjouie Jo Huddleston.

— Vous croyez ? ai-je répondu.

J'étais pétrifiée à l'idée que mon frère et ma sœur allaient être tenus au courant. Je savais déjà qu'ils me détesteraient. Le nom des Beaumont serait sali à jamais à cause de moi, voilà ce qu'ils penseraient. *Pauvre papa*, diraient-ils, *laisse-le donc tranquille et passe à autre chose. Le passé appartient au passé.* Ils redoutaient également que l'histoire devienne publique, que les gens fassent le rapprochement et se rendent compte que cet homme était aussi leur père. Tout cela n'allait pas disparaître d'un coup de baguette magique. Et moi, je devrais aller au tribunal et le dénoncer, devant tout le monde, devant *lui*.

Comment une fille pouvait-elle infliger ça à son propre père ?

— Je sais que c'est extrêmement dur comme perspective, Kim, m'a dit Jo avec son empathie habituelle.

À ce stade, dix-huit mois s'étaient écoulés depuis mon premier entretien avec la police. Et selon Jo, il faudrait peut-être attendre encore un an avant que l'affaire soit entendue. En entendant cela, j'ai complètement craqué.

— Un an de plus ?! Et comment suis-je censée vivre avec ça pendant un an de plus ?

L'idée de devoir attendre si longtemps, sans savoir comment cela finirait, était absolument insupportable.

Alors que 2016 se transformait en 2017, nous sommes partis en vacances en Floride, où durant tout le séjour je n'ai pas touché à une goutte d'alcool. Puis, le dernier jour, je me suis retrouvée à regarder d'autres vacanciers debout dehors, en train de trinquer au coucher du soleil autour d'une bouteille. J'ai regardé avec nostalgie le vin dans leurs verres. Moi aussi j'aurais vraiment bien aimé trinquer avec eux.

Et pourquoi pas ? me suis-je dit.

J'avais passé trois mois sans boire. Peut-être qu'à présent, consciente de ce qu'une consommation excessive d'alcool pouvait entraîner comme débordements, je pourrais boire avec modération. Malheureusement, c'est une réflexion typique de l'alcoolique en plein déni. Je savais que je ne possédais pas ce « bouton off ». Il y a un dicton qui dit : « Un verre, c'est trop, et un millier, pas assez. » Dans mon cas, c'était absolument vrai. Je n'ai pas dit à Jonathan ce que je ressentais car il n'aurait pas compris et il ne m'aurait certainement pas quittée des yeux une seconde une fois que nous aurions été rentrés à la maison. Il commençait tout juste à me faire à nouveau confiance pour aller faire les courses toute seule.

Si je devais essayer de modérer ma consommation d'alcool, il fallait que je le fasse en cachette.

Voilà bien longtemps que je ne m'étais pas sentie aussi bien, certes, mais le procès qui se rapprochait de jour en jour n'était jamais loin dans mon esprit. Cette épreuve planait au-dessus de ma tête comme un nuage noir, et le seul soulagement se trouvait au fond d'un verre, du moins me semblait-il.

Dès que l'avion a atterri, j'ai eu envie de rentrer à la maison au plus vite et de me servir un verre. Un jour ou deux après, j'ai décidé de mettre mon nouveau plan en pratique. J'ai attendu qu'il n'y ait plus personne et je suis allée au supermarché. Mais une fois là-bas, j'ai été submergée par une vague de culpabilité et de paranoïa, parcourant nerveusement le petit magasin pour m'assurer qu'il n'y avait personne que je connaissais – je ne voulais pas qu'un voisin me voie avec toutes ces bouteilles d'alcool, et plus tard, qu'il demande innocemment à Jonathan si notre petite fête s'était bien passée ! Il n'y avait pas beaucoup de choix dans cette supérette, et encore moins dans le réfrigérateur à l'entrée du magasin. Il fallait que le vin soit parfait, bien frais, versé dans mon verre à vin préféré, celui en cristal.

J'ai réussi à cacher ma nouvelle consommation modérée d'alcool à Jonathan et Clara (Harry ne vivait plus avec nous à ce moment-là) pendant quelques jours. Malheureusement, cette modération n'a pas duré et une demi-bouteille de vin s'est vite transformée en une complète, puis deux. Avant même que je m'en rende compte, j'étais revenue à mes trois ou quatre bouteilles par jour et je buvais du matin au soir. La rapidité avec laquelle j'ai replongé dans une telle consommation au quotidien m'a fait un choc. C'était donc ça, ma prétendue modération ? En l'espace d'une semaine, j'étais à nouveau bel et bien sous l'emprise de la boisson. Et assaillie par un fouillis d'émotions contradictoires – tristesse profonde, honte, culpabilité, anxiété, désespoir et colère contre moi-même –, tout cela en même temps.

Une fois, après une matinée de beuverie, j'ai cru perdre les pédales, je me suis mise à me brosser les cheveux de manière obsessionnelle et à me comporter si bizarrement que Jonathan m'a immédiatement emmenée voir notre généraliste. Il a demandé au médecin de l'aider, mais elle ne pouvait m'envoyer nulle part, il n'y avait pas de place de disponible dans les centres de santé mentale de la région.

— Kim a cependant besoin d'être surveillée 24 heures sur 24, 7 jours sur 7, a-t-elle ajouté. Actuellement la boisson la met en danger de mort.

Pendant l'un de ces laps de temps d'une heure ou un peu plus où je n'avais pas encore commencé à boire, tôt le matin, j'ai supplié Jonathan de me trouver de l'aide. Je n'en pouvais plus de ce rituel quotidien, acheter de l'alcool, le planquer, le boire en cachette, dissimuler les bouteilles vides, faire de la peine à la famille, etc. Tout ce qui tournait autour de l'alcool était devenu plus prenant encore qu'un travail à plein temps et je voulais désespérément retrouver ma vie d'avant.

Mon merveilleux mari a entendu mon appel à l'aide. Je lui ai donné mon feu vert pour qu'il m'aide à arrêter de boire et il a voulu agir avant que je prenne mon premier verre de la journée et que je change d'avis. Plus tard dans la journée, il m'a dit qu'il avait réussi à me faire inscrire en cure de désintoxication pour un mois et qu'il avait versé un acompte à l'établissement de désintoxication en question, situé à Runcorn, à trois heures de route.

Au moment où il a fallu partir pour cette cure de désintoxication, je n'avais plus du tout envie d'y aller, évidemment. Malgré cela, lundi 20 février 2017 (tout juste vingt-six jours après avoir recommencé à boire), Jonathan m'y a quand même conduite. Pendant le trajet, dans la voiture, j'ai bu une bouteille de vin entière. Lorsque nous sommes arrivés, je pouvais à peine tenir debout.

J'ai tenu six heures avant de décamper. J'ai immédiatement détesté cet endroit. Il fallait partager une chambre avec une inconnue et le médecin voulait m'évaluer par FaceTime. On m'avait laissée allongée dans un lit sans même avoir été examinée par un professionnel de santé. J'avais des tremblements violents, le delirium tremens commençait à apparaître et on ne m'avait donné aucun médicament pour soulager les symptômes. Étant moi-même infirmière, je dois dire que l'endroit m'a semblé très peu professionnel. Comme je n'étais pas internée, je leur ai dit qu'ils ne pouvaient pas me garder contre ma volonté. Ils m'ont donc réservé, à contrecœur, un billet de train pour mon retour (avec l'argent qu'ils m'avaient confisqué à l'arrivée) et quelqu'un m'a emmenée à la gare.

Jonathan, effaré, m'a retrouvée à la gare de Darlington, près de chez nous. Il était très remonté contre le centre de désintoxication pour leur prestation tout à fait médiocre et leur manque évident de professionnalisme. Il avait également payé une grosse caution. Avec ma permission, il m'a réservé un autre endroit à deux heures de chez nous, à Linwood House, dans le Yorkshire du Sud, où je devais me rendre quatre jours plus tard. Naturellement, je m'inquiétais de savoir où nous allions trouver cette somme d'argent, ce n'était pas donné et nous avions déjà perdu notre caution de deux mille livres pour l'autre endroit. Mais Jonathan m'a rassurée en me disant que c'était une question de vie ou de mort, et que donc, peu importait le montant, ça en valait la peine.

Je ne sais pas où il a trouvé l'argent, mais en tout cas il m'a emmenée au centre la veille du jour de l'admission pour que je puisse voir l'endroit par moi-même et rencontrer le personnel. C'était beaucoup mieux et j'ai donc accepté d'y passer un mois, à partir du lendemain, le 24 février 2017.

Lorsque je suis arrivée le matin, j'étais très éméchée et lorsque Jonathan a ouvert la porte de la voiture, j'ai vomi sur le parking. Sans m'en être rendu compte, apparemment je m'étais aussi fait pipi dessus, sans ressentir la moindre honte sur le moment – c'est toujours le lendemain matin que la haine de soi commence.

J'ai dû endurer une semaine complète de désintoxication « sans danger » avant le début des séances. Étant en pleine phase d'alcoolisme, si j'arrêtais d'un seul coup, je risquais de mourir. D'ailleurs chaque fois que je réduisais ma consommation, j'avais des tremblements. On m'a donné des médicaments pour m'aider et du Librium pour calmer l'anxiété que je ressentais.

Le jour de mon premier atelier, j'ai rejoint timidement d'autres personnes qui étaient des patients volontaires, comme moi. Nous étions tous là pour la même raison : se débarrasser de comportements compulsifs et incontrôlables et retrouver une vie gérable. Les mots ne peuvent décrire le désespoir et la honte que j'ai ressentis. Même entourée de tant de personnes, je me sentais terriblement seule.

Comment avais-je pu en arriver là ?

Lorsque nous avons commencé les ateliers, j'ai vite compris qu'ils étaient basés sur le programme des Alcooliques anonymes (AA). Au fil des ans, j'avais assisté à quelques réunions des AA et avais décidé que cette méthode pour rester abstinent ne me convenait pas. Je n'avais d'ailleurs pas hésité à railler la proposition de Jonathan quand il m'avait suppliée d'essayer.

— Je n'aime pas tous ces trucs religieux, ce charabia sur les pouvoirs supérieurs et Dieu, ça me prend la tête. Je n'irai plus, un point c'est tout !

Et soudain, je me retrouvais dans un centre de réadaptation qui se concentrait sur les douze étapes qui mènent au rétablissement et prônait l'abstinence complète. Je n'arrivais pas à y croire, mais bon, puisque j'étais là, autant tenter le coup.

Au bout d'une semaine d'abstinence, j'ai jeté un coup d'œil à la première étape, puis je l'ai relue plusieurs fois. C'était une étape assez facile, il suffisait d'accepter son impuissance face à la dépendance, qui dans mon cas était l'alcool, et que ma vie était devenue ingérable. Comment dire le contraire ? Ma vie était devenue plus qu'ingérable. Ma consommation d'alcool avait gâché mon existence, c'était bien pour ça que je me retrouvais assise là, entourée d'autres personnes comme moi. Je savais que j'étais une épave et que c'était peut-être ma seule chance de m'en sortir, alors j'ai pris les choses au jour le jour, comme le programme nous le conseillait.

Dans le cadre de ma thérapie, j'ai dû écrire une lettre sur ce que je pensais être la source de mes problèmes dans la vie, puis m'asseoir dans un cercle d'autres toxicomanes pour partager mon histoire. Coucher sur le papier mes souvenirs d'enfance, ce n'était pas bien compliqué, mais les lire à haute voix devant d'autres personnes, en revanche… Pourtant j'ai réussi à raconter mon histoire aux autres d'une manière très concrète, en leur parlant de mon père et de ce qu'il avait fait, comme s'il s'agissait de l'histoire de quelqu'un que je ne connaissais pas très bien. Les gens sont restés assis en silence, choqués, incapables d'absorber ce que je venais de dire.

Par la suite, j'ai entendu d'autres gens raconter l'enfer qu'était devenu leur vie et ce qu'ils risquaient de perdre s'ils n'arrêtaient pas de boire. Certains d'entre eux avaient déjà perdu leur emploi, leur maison et leurs partenaires. En les écoutant, je me suis rendu compte que tous les patients du centre de désintoxication parlaient bien et étaient bien habillés. Pourtant ils venaient de toutes sortes de milieux. Ainsi, me suis-je dit, pas besoin d'être nécessairement un sans-abri sur un banc de parc pour être alcoolique, on peut très bien fonctionner normalement dans certains domaines de la vie ou être issu de n'importe quel milieu, et souffrir de dépendance à l'alcool. Tout le monde, pas seulement ceux qui souffrent des abus d'alcool, peut être prédisposé. Lorsque dans ces réunions les gens parlaient de leur abstinence, cela me donnait l'espoir qu'un jour je pourrais moi aussi être une alcoolique abstinente.

À cette époque, Susan m'a écrit une lettre très émouvante pour me dire qu'elle était de tout cœur avec moi dans ma tentative de surmonter mon problème d'alcool. Elle ne connaissait la dépendance à l'alcool que parce que cela faisait partie de son rôle lorsqu'elle travaillait dans la vente de médicaments contre la dépendance à l'alcool. Sa lettre, totalement inattendue, m'a beaucoup touchée. Plus que tout je désirais encore le soutien de mon frère et de mes sœurs. Cela rendait moins pénible l'affront que j'avais fait à mon père. Ce que je redoutais plus que tout, c'était que tout le monde me déteste et que je perde ma famille. Nous ne sommes peut-être plus aussi proches qu'avant, et mon père a peut-être détruit notre innocence, mais savoir que Susan était là pour moi pendant ma cure m'a énormément aidée.

L'emploi du temps au centre de désintoxication était très strict. Parfois, je maudissais cet endroit et je me disputais avec le personnel lorsqu'il essayait de m'empêcher de faire des choses comme boire de l'eau gazeuse ou manger des bonbons au vin, mais toutes ces règles étaient en place pour essayer d'empêcher les patients de se reposer sur une autre béquille à la place de l'alcool. Car en réalité, l'eau pétillante pouvait déclencher une envie de vin pétillant. Qui plus est, il était interdit d'utiliser des bains de bouche ou de mettre du parfum, au cas où certains auraient l'envie de les boire. Même si je buvais beaucoup, je n'aurais jamais bu mon parfum Jo Malone, ce que je n'ai pas manqué de dire au personnel. En vain, puisqu'ils ont fini par me confisquer le flacon ! Nous avons dû réapprendre à mener une vie disciplinée et à creuser les raisons de notre dépendance. Plus j'en apprenais sur les raisons pour lesquelles j'étais devenue alcoolique, plus j'étais déterminée à me donner une chance de me rétablir et de retrouver un peu de sens à ma vie. On ne peut jamais vaincre cette maladie, mais je voulais être en rémission, et le rester.

Nous avons été autorisés à sortir, mais seulement dans le centre-ville, et accompagnés par un membre du personnel. Chaque jour était difficile à passer, mais petit à petit, je sentais des forces renaître en moi.

Pendant mon mois de cure, j'ai suivi les trois premières étapes du programme AA. Accueillant désormais le programme à bras ouverts, j'ai pris la décision de suivre une nouvelle routine chaque jour, en me levant plus tôt, préparant le café du matin pour mes codétenus et laissant les tasses fumantes devant leur porte après avoir frappé et dit bonjour. J'ai également lu de nombreux ouvrages sur la dépendance et j'y ai puisé une véritable force intérieure. Pour réussir à reconstruire ma vie au quotidien, il était essentiel que j'accepte pleinement cette impuissance face à l'alcool.

Ça n'allait pas être facile.

Un mois exactement après mon admission en cure de désintoxication, et un an jour pour jour avant le mariage de Clara, j'ai été autorisée à rentrer chez moi. En respectant les règles du centre, je ressortais en bien meilleure forme que je ne l'avais été depuis des années. On nous avait appris que lutter pour rester abstinent n'était pas terminé en fin de cure, cette lutte durerait toujours, mais si je continuais à suivre le programme en douze étapes, j'avais une chance de rester abstinente.

Le jour où Jonathan est venu me chercher a été comme un nouveau départ pour nous tous. Je voyais bien qu'il était fier de moi et je ne voulais pas le décevoir, ni décevoir les enfants. Plus important encore, je ne voulais pas me décevoir moi-même. J'ai commencé à voir le monde sous un jour différent : j'étais abstinente désormais et, bien que j'aie connu des mois d'abstinence par le passé, maintenant les choses étaient différentes. Je savais surtout que plus jamais je ne pourrais toucher une goutte d'alcool. J'aimais aussi la liberté retrouvée que cette cure de désintoxication m'avait apportée. C'était comme si je voyais désormais le monde avec un regard neuf, je me sentais plus libre que je ne l'avais été depuis des années. Je devais faire en sorte que ça marche, je devais être là pour le mariage de Clara et aussi pour affronter l'homme qui avait abusé de moi toute ma vie.

Et je ne pouvais le faire qu'en restant abstinente.

— Je suis tellement content de te retrouver, Kim, m'a dit Jonathan en m'embrassant sur la joue.

Le lendemain de ma sortie de cure de désintoxication, sur le chemin de retour du travail, je me suis arrêtée devant notre épicerie du coin. Je ne buvais plus, certes, mais je me suis retrouvée à rôder autour du rayon vin. J'ai pris une bouteille de sauvignon blanc et l'ai mise dans mon panier. Je me suis demandé ce que je faisais, j'ai erré dans le magasin avec l'impression d'avoir une bombe à retardement dans mon panier. Si un membre de ma famille passait par là, j'étais foutue, on penserait que je fichais tout en l'air sur un coup de tête. Si quelqu'un me surprenait avec cette bouteille, il penserait que c'était forcément pour la boire. C'était pure folie, mais j'ai senti que j'étais en train de tester ma propre résilience. Au bout de quelques minutes, j'ai remis le vin en rayon et suis sortie calmement de l'épicerie. C'était comme si je m'étais lancé un défi et que j'avais réussi le test. J'avais trop à perdre pour me laisser replonger si facilement. J'avais fait un choix, je devais m'y tenir, pour ma famille et pour moi-même. Après, j'ai raconté à Jonathan ce que j'avais fait. Je savais que ça l'énerverait et que ça l'inquiéterait, mais je me doutais aussi qu'il serait fier de savoir que j'avais eu la force de remettre le vin à sa place.

Le lendemain, c'était mon anniversaire et aussi la Fête des mères. Nous sommes tous sortis pour fêter mon retour à la maison. Alors que nous marchions vers le restaurant du village, je n'en revenais pas de voir à quel point le monde entier semblait en Technicolor. J'ai remarqué le vert intense des arbres en bourgeons, les jonquilles qui ondulaient doucement dans la brise, les sons des oiseaux et les rires des enfants qui passaient par là. J'ai eu l'impression d'émerger d'un nuage et de me retrouver dans une vie complètement différente. La seule différence, en réalité, c'était qu'il n'y avait pas d'alcool pour me gâcher la vue.

Lorsque nous sommes arrivés au restaurant, quelqu'un a posé une bouteille de vin sur la table en face de moi pour me souhaiter bon anniversaire, mais je l'ai tout de suite passée à Clara.

— Tiens, c'est pour toi, pour avoir organisé une si belle journée, lui ai-je dit.

Elle m'a prise dans ses bras.

— Si tu savais comme je suis heureuse que tu sois redevenue toi-même, maman.

De retour à la maison, j'aurais normalement attendu que tout le monde aille se coucher pour ouvrir cette bouteille de vin toute seule, mais cette fois, je suis montée avec Jonathan pour me coucher tôt. Étendu près de moi, il m'a redit, une fois encore, combien il était fier de moi.

— Continue comme ça, mon amour, a-t-il dit. Le mariage de Clara est dans un an, concentre-toi là-dessus maintenant.

Il avait raison. Et nous savions tous les deux ce qui allait également se passer l'année à venir : le procès de mon père. Mais pour le moment, mes objectifs étaient clairs : reconstruire ma vie, vaincre l'alcool et voir ma fille chérie se marier.

J'étais toujours abstinente quand le grand jour est arrivé. Le 11 mai 2017, mon père a comparu devant le tribunal d'instance de Leeds pour son procès en première audience pour crimes sexuels ayant eu lieu entre 1977 et 1985. Il était désormais en liberté conditionnelle sous caution.

Un mois plus tard, le 10 juin 2017, j'ai reçu une autre lettre de la police du West Yorkshire pour m'informer que le 8 juin, mon père avait plaidé non coupable aux accusations et que j'étais convoquée à la cour d'assises de Leeds le 9 avril 2018. Le procès devait durer cinq jours.

Jo Huddleston m'a téléphoné pour me tenir au courant des dernières nouvelles.

— Vous êtes assise, Kim ?

— Mon Dieu, qu'est-ce qui se passe, Jo ?

— Votre père dit qu'il faudrait que vous fassiez un test ADN. Il prétend que vous n'êtes pas sa fille.

La rage m'a noué l'estomac. Comment osait-il inventer un bobard pareil ? C'était un mensonge ridicule.

— Malheureusement, je suis certaine d'être sa fille.

Qu'étais-je censée faire ? Cette requête m'a déstabilisée mais je n'ai pas été si surprise que cela, ce genre de coup bas lui ressemblait. Qu'avait-il manigancé dans sa petite tête ? Qu'essayait-il d'obtenir en exigeant ce test absurde ?

Jo m'a dit que si le test avait lieu, c'était également à moi d'en assumer le coût.

— Non, je refuse de le faire, lui ai-je répondu sèchement.

Je ne me souviens pas des raisons qui ont motivé cette décision, mais il a finalement été décidé qu'il était préférable de fournir un échantillon pour le test ADN, et je n'ai pas eu à le payer. Mais je n'en ai plus jamais entendu parler. Je ne pense pas que mon père ait lui-même fait un test ADN, je crois surtout qu'il essayait diverses ruses pour me miner et tenter de me faire replonger dans l'alcool. Si j'étais ivre, je ne serais pas un témoin crédible. Après avoir reposé le combiné du téléphone, je suis restée assise un moment, la tête entre les mains. Comment le procès allait-il se dérouler ? Mon père avait plaidé non coupable lors de sa comparution et je m'attendais à la même chose au procès.

Quoi qu'il arrive, j'étais prête. Tout à fait prête, à présent.

25

Par miracle, j'ai réussi à passer l'année suivante. Les agents de liaison de la police ont été d'un grand soutien. Je ne parlais plus du tout à Lucy, mais Susan m'appelait de temps en temps pour me donner des nouvelles de mon père. J'avais toujours espoir qu'elle me soutiendrait au tribunal, mais je voulais attendre qu'une date soit fixée avant d'aborder le sujet avec elle. Le procès devait commencer en avril 2018, deux semaines seulement après le mariage. Je n'en revenais pas.

— Pourquoi faut-il donc que ce soit si proche du grand jour de Clara ?

— Tu vas y arriver, m'a rassurée Jonathan. On est tous avec toi.

Tout s'est merveilleusement bien passé au mariage de Clara. Voir son sourire radieux lorsqu'elle est entrée dans l'église était un rêve enfin devenu réalité qui m'a emplie de joie. C'était un moment intense, plein de bonheur. Et moi, j'étais là, abstinente et capable d'être véritablement présente à chaque instant. La personne qui avait dit à son amie qu'elle craignait de manquer le mariage de sa fille semblait être quelqu'un d'autre.

Susan et Sean sont également venus à la cérémonie puis à la réception dans un hôtel voisin. Nous avons bavardé de choses et d'autres, poliment, puis Sean m'a dit qu'il avait décidé de ne pas assister au procès. Je ne voulais pas discuter de ça le jour du mariage de ma fille, mais cela ne m'a pas surprise : mon frère se tenait depuis longtemps à l'écart de la plupart des affaires familiales. En revanche, il se laissait facilement influencer, et s'il devait décider de quoi que ce soit, il faisait ce que Lucy et Susan voulaient.

En voyant Sean et Susan discuter, je me suis demandé si l'un ou l'autre me soutiendrait un jour dans cette affaire. Serions-nous un jour capables d'avoir à nouveau une vraie relation de frère et sœurs ? Une fois de plus, j'ai préféré ne pas trop penser à ma famille, je ne voulais pas que quelque chose vienne gâcher une journée aussi belle.

La date du procès étant fixée au 10 avril 2018, dix-sept jours seulement après le mariage, j'avais besoin d'autre chose pour m'occuper l'esprit en attendant la date fatidique. J'ai continué à avancer dans mon programme en douze étapes et je me suis jetée à corps perdu dans mon entreprise. J'étais très occupée au travail, ce qui m'a bien aidée à faire face. J'avais de quoi me concentrer mais mes pensées n'étaient jamais loin de ce qui allait se passer avec le procès qui approchait à grands pas. Bien qu'il y ait eu de nombreuses occasions de prendre un verre, malgré le stress et l'angoisse je n'ai pas ressenti le besoin de boire de l'alcool. Je savais aussi que si je recommençais à boire, je risquais de ne pas être à la hauteur pour le procès ou, pire encore, de passer pour un témoin peu fiable. Malgré tout, plus la date du procès approchait, plus j'étais paniquée.

Mon agent de liaison de la police, Jo Huddleston, était restée en contact permanent avec moi, elle me tenait au courant de ce qui se passait et me soutenait à chaque étape. Et ce n'était pas une mince affaire pour elle parce qu'elle n'avait pas le droit de me parler de ce que mon père avait dit à la police et, bien sûr, moi je voulais absolument savoir.

L'idée d'aller à la barre et de témoigner était effrayante mais je m'inquiétais aussi de l'effet que cela allait avoir sur mon père et sur le reste de ma famille. Est-ce que tout le monde m'en voudrait ? Aurait-il une crise cardiaque ? En mourrait-il ? Les pires scénarios tournaient dans ma tête dès que je m'arrêtais un instant pour y penser. Ma crainte la plus redoutée étant : *et si personne ne veut me croire ?*

Heureusement, avec le soutien de Jonathan, j'ai réussi à ne pas boire et j'étais trop occupée avec mon travail et le procès imminent pour penser à déboucher une bouteille. Certains soirs, j'ai dû tout de même lutter pour ne pas aller noyer mes sombres pensées dans l'alcool, mais je savais que je ne pouvais pas laisser tomber ma famille. Je devais rester forte pour réussir à affronter les semaines à venir. C'est pendant cette période que Susan m'a appelée.

— Kim, il faut qu'on parle du procès. Papa ne va pas très bien. Il est vraiment chamboulé. Il pense qu'il va aller en prison, mais écoute, il m'a tout dit et m'a assurée qu'il était vraiment désolé. Il faudrait vraiment que tu lui parles.

Je n'en croyais pas mes oreilles : *Mon père, désolé ?* Susan avait l'air d'avoir pitié de lui. Bien sûr que non, il n'était pas désolé, il était seulement désolé que les choses soient allées si loin ! Il n'avait jamais imaginé que j'irais jusqu'à le poursuivre en justice. Cependant, j'attendais ce moment depuis tellement longtemps que l'espace d'une seconde, une seconde seulement, je me suis sentie apaisée. Mais je n'avais pas non plus oublié qu'il avait eu plusieurs décennies pour s'excuser, alors pourquoi maintenant ? Lorsque j'ai demandé à ma sœur pourquoi il ne me l'avait pas dit lui-même, elle m'a répondu que son avocat lui avait demandé de ne pas entrer en contact avec moi, et qu'il ne pouvait donc pas le faire directement. Et je ne savais toujours pas si Susan allait faire une déclaration pour me soutenir. Elle m'avait dit qu'elle avait l'intention de le faire, mais elle tardait à mettre sa promesse à exécution. J'espérais qu'elle le ferait à la dernière minute mais le temps commençait à presser.

La gorge serrée, j'ai repensé à la lettre que j'avais envoyée à mon père en 2007. À l'époque, j'aurais fait n'importe quoi pour obtenir ces excuses, mais il n'avait même pas accusé réception de ma lettre, sans parler de s'excuser.

— Il ne s'est pas excusé auprès de moi, ai-je finalement répondu. Il en a eu l'occasion à maintes reprises, Susan. Maintenant c'est trop tard.

Sean a suggéré de créer un groupe sur WhatsApp pour nous trois, Susan, lui et moi. Il a dit que c'était pour parler du procès, alors j'ai accepté. Jonathan m'a déconseillé de le faire, il était catégorique, j'allais me faire piéger. Il était convaincu que les échanges seraient orientés dans un seul sens. Il avait raison car le vendredi, cinq jours avant mon contre-interrogatoire, Susan a commencé à envoyer des messages sur le groupe (Lucy n'avait pas été invitée à le rejoindre) et a passé au moins une demi-heure à me haranguer et, en fait, à faire pression sur moi pour que je ne témoigne pas contre mon père. Elle était également très contrariée de devoir parler à son fils de son grand-père (apparemment, Susan et Sean s'étaient vus à Londres pour l'annoncer à mon neveu). Elle était clairement furieuse contre moi.

— Tu te rends compte que je dois annoncer à mon fils que son grand-père est un pédophile à cause de ce procès ! s'est-elle emportée, ce qui dans sa bouche semblait vouloir dire que tout était de ma faute.

— Je suis vraiment désolée, mais moi aussi j'ai dû le dire à Clara et à Harry il y a des années. Les enfants doivent être prévenus.

Je me demande si mon frère et ma sœur n'essayaient pas de me pousser à bout. *Peut-être*, ai-je même pensé, *veulent-ils me faire replonger dans l'alcool pour que le procès se casse la figure ?*

Malgré tout, Susan m'a confirmé qu'elle voulait témoigner en ma faveur. Elle n'était pas d'accord avec ce que je faisais, m'a-t-elle dit, mais elle voulait être là pour moi. Elle m'a demandé quand j'allais témoigner et je lui ai dit que ce n'était pas avant le mercredi et que, comme on n'avait pas besoin de moi avant cette date, je ne me rendrais pas au tribunal la veille. J'ai également demandé à Sean comment il comptait se positionner. Il m'a simplement dit qu'il ne pouvait pas faire de déclaration contre son père et qu'il ne serait pas présent au tribunal pendant le procès. Point à la ligne.

À l'approche du jour du procès, début avril, Jo Huddleston m'a expliqué ce qui m'attendait exactement. Le procès commençait le mardi, mais je ne devais comparaître comme témoin que le mercredi. Je devais subir un contre-interrogatoire. Le jury et la cour disposaient déjà de ma déclaration, ils avaient vu les vidéos et j'étais là uniquement pour être contre-interrogée.

— Est-ce que je le ferai par liaison vidéo ou derrière un écran ? ai-je demandé à Jo.

— Seulement si vous en faites la demande, sinon ce sera à la barre.

J'ai réfléchi une seconde, puis j'ai dit non à la vidéo et à l'écran. Je voulais être là, physiquement, et raconter à tout le monde, les yeux dans les yeux, ce qui s'était passé. Pourquoi devrais-je me cacher ? Je ne buvais plus, ce qui m'avait pris des années, et je voulais affronter l'homme qui m'avait fait subir tout ça, sans qu'il y ait quoi que ce soit entre nous.

Jo m'a expliqué que je devais venir au tribunal le mardi pour voir la salle d'audience vide afin que je me sente à l'aise dans les lieux et que je sache où aller et à quoi m'attendre. Cela m'aiderait aussi à décider une fois pour toutes si je préférais témoigner par vidéo ou derrière un rideau pour que mon père ne puisse pas me voir, ou si je préférais me tenir directement devant la cour. Elle m'a proposé de me faire visiter les lieux, de me montrer le banc des témoins, où tout le monde serait assis. Elle me dirait également comment me servir du rideau, si finalement j'avais envie d'y avoir recours. Le délai était court, mais j'ai quand même apprécié sa démarche.

Jo a poursuivi en disant que le jour de mon contre-interrogatoire, je ne serais pas autorisée à parler à qui que ce soit et que je devrais entrer par une porte latérale afin d'éviter que quelqu'un ne tente d'altérer ma déclaration. Jonathan devait également être contre-interrogé sur sa déclaration, mais nous n'étions même pas autorisés à nous parler de ce sujet. Jo a donc organisé la visite du tribunal et on m'a fait visiter la salle le 10 avril, le lendemain de la projection de mes déclarations vidéo, qui duraient environ trois heures au total.

Deux jours avant le procès, on a demandé à Jo si je souhaitais regarder la vidéo de ma déposition à la police, pour me rafraîchir la mémoire puisque l'enregistrement datait, à présent. Elle m'a conseillé de le faire et est venue à la maison le 9 avril (deux jours avant mon contre-interrogatoire et un jour avant que je ne fasse le tour du tribunal). J'étais très nerveuse, soucieuse également de la façon dont je pouvais être perçue. Mais j'ai surtout été choquée de voir à quel point j'avais l'air malade, surtout dans la vidéo de ma première déclaration. Toutefois, en me regardant parler et raconter à la police exactement ce qui s'était passé, j'ai été soulagée. Je savais ce que j'allais dire avant même que les mots ne sortent. Un sentiment croissant de détermination m'animait : je n'avais rien à craindre du contre-interrogatoire.

La police me croyait ; le CPS croyait aux preuves. Après tout, je disais la vérité.

Maintenant que je savais à quoi m'attendre, je devais simplement tenir le coup et surmonter cette épreuve. J'y suis parvenue grâce au soutien extraordinaire de mon mari, de mes enfants et de mes amis proches. Le réconfort venait aussi du fait de savoir que je disais la vérité. Je redoutais pourtant ce que l'avocat de mon père pourrait me poser comme questions au tribunal, mais je savais que quoi qu'il dise, je répondrais avec des faits exacts et précis. Je ne pouvais pas me tromper car tout était vrai. Pendant la période précédant le procès, et tout au long de celui-ci, j'ai adopté la philosophie des AA, à savoir « un jour après l'autre ».

Susan ne s'attendait pas à me voir le 10 avril, le jour où je suis allée visiter la salle d'audience vide. Lors de notre dernière conversation WhatsApp, elle m'avait demandé quand je devais faire ma déposition et je lui avais dit que c'était le mercredi, le lendemain de ma visite. Le mardi, je suis donc arrivée au palais de justice où je devais rencontrer les policiers pour la visite. Je ne savais pas trop quoi me mettre mais je me suis habillée avec élégance et sobriété, essayant d'ignorer l'angoisse qui montait. D'un côté j'avais encore du mal à croire ce qui était en train de se passer, et de l'autre j'avais envie de tout laisser tomber. Je craignais toujours que mon père fasse un malaise et que tout soit de ma faute. Et honnêtement, j'avais également toujours peur de ce qu'il pensait de moi aussi. *Est-ce qu'il me détestait ? Est-ce que j'avais bien mérité sa haine ?* J'ai essayé de respirer profondément et de stopper le flot de pensées, puis je suis entrée dans le foyer de la cour d'assises de Leeds.

Des avocats, dossiers sous le bras, s'affairaient, circulant parmi les membres du public, attendant leur tour impatiemment. Alors que je cherchais Jo Huddleston du regard, elle est arrivée à pas pressés par un couloir voisin. En voyant l'expression sur son visage, j'ai tout de suite compris que quelque chose n'allait pas comme elle voulait.

— Kim, votre sœur Susan est là, avec votre père, a-t-elle chuchoté.

— Quoi ?

— Je voulais vous avertir parce qu'il va falloir que l'on passe devant eux, par là.

Elle comprenait exactement ce que je ressentais.

Je l'ai suivie dans le couloir où Susan était assise à côté de mon père sur des chaises en plastique. J'ai eu beau essayer de ne pas le regarder, j'ai remarqué qu'il était devenu très fragile. Il devait avoir quatre-vingts ans cette année-là et il avait cessé de se teindre les cheveux, ce qu'il faisait encore quand il partait aux Philippines pour voir sa jeune épouse, Julie. Avec sa tignasse grise, il paraissait beaucoup plus vieux que son âge. C'est peut-être son avocat qui le lui a conseillé, me suis-je dit. Malgré moi, je n'ai pas pu m'empêcher de voir un sourire en coin sur son visage – le regard habituel qu'il me lance chaque fois qu'il me voit.

Susan a sursauté en me voyant, on aurait dit qu'elle avait croisé un fantôme. Elle ne s'attendait manifestement pas à me voir, ce qui était bien normal puisque je lui avais dit que je serais là le mercredi.

— Kim ! s'est-elle écriée.

Elle a voulu me prendre dans ses bras mais je l'ai repoussée.

— Ce n'est pas ce que tu crois, m'a-t-elle dit tout bas. J'ai dû aller chercher papa pour l'amener ici. Je ne suis pas là pour lui, tu sais.

À ce moment-là, j'ai eu des haut-le-cœur en voyant, par-dessus son épaule, le visage de mon père. Son sourire en coin s'élargissait de plus en plus. Il n'a rien dit – il n'en avait pas besoin. J'ai réussi tant bien que mal à me contenir jusqu'à ce que je sois hors de leur vue, dans la salle d'audience qu'on allait me faire visiter.

Jo et un autre policier m'ont rapidement éloignée pour continuer notre visite, mais j'avais du mal à voir où je mettais les pieds à cause des larmes qui roulaient sur mon visage. La blessure et la trahison de Susan étaient si immenses que j'en ressentais une vive douleur dans la poitrine. L'agente de police m'a tendu un mouchoir en papier pendant que Jo m'expliquait quelle entrée je devais emprunter et où je devais me tenir dans la salle d'audience. Mais j'étais complètement sous le choc et j'avais du mal à assimiler les informations, je pensais à Susan assise avec mon père, à quelques mètres de là. *C'est lui qu'elle soutient, en réalité ! Alors qu'elle sait ce qu'il m'a fait !* Je me suis sentie trahie au plus haut point, j'étais inconsolable.

J'avais une main sur ma poitrine pour essayer de me calmer quand j'ai entendu quelqu'un dire : « Je ne sais pas si elle va tenir le coup. » Avec des efforts surhumains j'avais fini par accepter ce que mon père avait fait, mais que ma propre sœur me trahisse comme ça, non. Je savais que je ne m'en remettrais jamais. Je comprenais qu'elle ne soit pas assez forte pour me soutenir ouvertement, mais ce qui me semblait inacceptable, c'était qu'elle veuille le soutenir, lui !

Moi qui aurais tout fait pour elle, qui l'admirais tant...

Dix minutes plus tard, j'étais dehors, toujours à essayer de me calmer, avec Jo qui m'assurait que tout irait bien. Elle ne comprenait que trop bien le choc que j'avais eu en voyant Susan avec mon père, mais je sentais aussi qu'elle voulait que je m'en remette vite, que je ne renonce pas à venir témoigner le lendemain. Désormais, je savais que mon père allait être condamné, mais j'ignorais ce qu'il allait me jeter à la figure ou quels mensonges il prévoyait de raconter. Je me figurais même qu'il y aurait un « rebondissement » inattendu à un moment ou à un autre, mais bien sûr, je ne pouvais rien savoir avant le jour du procès.

Dans la voiture, sur le chemin du retour avec Jonathan et son frère Andrew, mon téléphone a reçu des messages de Susan. Elle essayait de me faire croire qu'elle avait simplement conduit mon père au tribunal, qu'elle ne l'aidait pas, que « quelqu'un devait bien l'amener au tribunal », qu'elle n'avait pas eu le choix. Mais moi, je savais très bien que le tribunal allait chercher les gens en voiture s'ils n'avaient pas de moyen de transport. Je ne lui ai pas répondu.

Qu'y avait-il à dire, de toute façon ?

Le lendemain matin, je me suis réveillée de bonne heure. J'avais à peine fermé l'œil mais je me sentais étrangement pleine d'énergie, je crois que je tenais par les nerfs. Je savais qu'il était désormais trop tard pour reculer, je n'avais plus le choix. Dieu sait pourtant que je n'avais aucune envie d'y aller.

En me regardant dans le miroir pour me maquiller, j'ai longuement observé ce visage, le mien, repensant à cette petite fille, en 1976, qui pensait partir en vacances au Kenya avec son papa. J'ai entouré mon corps de mes bras, fermé les yeux et imaginé la serrer dans mes bras.

Qui aurait pu imaginer que quarante-deux ans plus tard, je poursuivrais ce père en justice ?

Ce qui allait se passer aujourd'hui me faisait vraiment peur. Ce que l'avocat de la défense inventerait quand je serais à la barre, comment mon père, qui s'exprime bien et est intelligent, essaierait d'embobiner le jury. L'idée même de me tenir là sur les bancs de la défense, vulnérable, dans une salle d'audience, me donnait envie de m'enfuir en hurlant. Je sentais une forme d'hystérie me gagner lorsque j'ai entendu Harry et Clara m'appeler d'en bas.

— Maman, on est prêts, on t'attend.

J'ai épousseté les épaulettes de ma veste de tailleur et je suis descendue. Harry et Clara étaient eux aussi sur leur trente-et-un, souriants. Ils m'ont prise dans leurs bras.

— On est super fiers de toi, maman, a dit Clara.

En regardant mon mari et mes deux enfants, je me suis mise à pleurer.

— J'ai une chance folle de vous avoir tous à mes côtés, ai-je sangloté.

— Allez, a dit Jonathan. On sera toujours là pour toi, tu sais.

En entrant dans la salle d'audience, j'ai gardé la tête haute pour essayer de contrôler mes membres tremblants. J'étais morte de peur. Si quelqu'un m'avait proposé de tout arrêter à cet instant, je crois que j'aurais sauté sur l'occasion. Du coin de l'œil, j'ai aperçu Susan dans le public et mon père, dans un autre coin de la salle, sur le banc des accusés.

Quand je me suis avancée à la barre pour témoigner, un silence de mort et tombé dans le tribunal. Juste avant le début du contre-interrogatoire, des paroles me sont venues à l'esprit, comme sorties de nulle part : *Tu sais quoi, Kim ? Tu leur racontes simplement la vérité.* Ils ne peuvent pas te piéger parce que tu es honnête. J'ai légèrement bombé le torse et je me suis raclé la gorge. Je n'ai pas eu besoin d'entrer dans les détails car les deux avocats, le juge et le jury avaient tous vu la vidéo. Au lieu de cela, l'avocat de l'accusation, maître Michael Morley, a d'abord posé des questions à l'avocat de mon père, maître Allan Armbrister. Puis c'est moi qu'on a interrogée. Maître Armbrister m'a posé de nombreuses questions auxquelles j'ai répondu aussi calmement, clairement et rapidement que possible.

L'une des lignes de défense de mon père était que, enfant, c'était moi qui l'avais séduit. Une allégation tellement répugnante que j'ai eu du mal à garder mon calme.

Ah, ça doit être ça le coup de théâtre que j'avais anticipé.

À ma grande horreur, j'ai appris que mon père avait d'abord nié les allégations, puis, une semaine après son arrestation, avait admis avoir eu des « rapports sexuels consentis ».

À un moment donné, l'avocat de mon père a commencé à poser une question en disant :

— Donc, quand votre père et vous avez eu des relations sexuelles consenties à partir du moment où vous avez eu l'âge de seize ans…

— Vous voulez dire quand il m'a violée à partir de l'âge de onze ans, l'ai-je interrompu.

L'avocat de mon père a même avancé l'idée qu'une fois j'étais retournée à l'hôtel parce que *je voulais* faire l'amour avec mon propre père.

— Mais non ! ai-je protesté, en larmes. Je n'ai jamais eu envie de faire l'amour avec lui, voyons ! Tout ce que je voulais, c'était que mon père soit un père normal.

Il a poursuivi en essayant de convaincre le jury que si Jonathan n'aimait pas mon père, c'était parce qu'il était jaloux de notre relation.

Alors que quelqu'un me passait un mouchoir, j'entendais Susan sangloter elle aussi.

Au bout d'un moment, on m'a dit que je pouvais partir. Immédiatement après avoir témoigné, j'ai quitté le tribunal avec mon amie Sue. Le procès a continué, et aujourd'hui, avec le recul, je regrette de ne pas être restée pour assister au contre-interrogatoire de mon mari, qui a suivi le mien. Mais je ne connaissais pas assez bien le protocole, on nous avait même laissé entendre qu'il n'était pas recommandé qu'une victime assiste à toute la procédure.

Jonathan est resté à la barre pendant environ une heure. Apparemment, il s'est effondré à plusieurs reprises au cours du contre-interrogatoire, notamment lorsqu'il a décrit comment il avait porté plainte à la police près de trois ans plus tôt, par désespoir, parce qu'il pensait que c'était ma dernière chance de salut. Tous mes proches qui ont assisté au procès ce jour-là m'ont dit qu'il y a eu un moment presque comique, quand l'avocat de la défense, maître Armbrister, l'a interrogé sur son rôle le jour où il m'avait emmenée au cabinet de l'avocat de mon père à Guiseley, à la fin des années 1980. Lorsqu'on lui a demandé pourquoi il avait accepté, et s'il faisait toujours ce que je lui demandais de faire, il a répondu très naturellement :

— Oui. Est-ce que tous les hommes sensés ne font pas la même chose ?

Sans doute dans le but de discréditer le témoignage de Jonathan, l'avocat de la défense a insisté sur ce point. Ils ont dû en déduire que si mon mari savait ce que j'avais été contrainte de faire ce jour-là, c'est-à-dire aller dans un cabinet d'avocats pour faire une déclaration mensongère, c'était qu'il devait, d'une certaine manière, être malhonnête lui aussi.

On m'a dit qu'à un moment donné, l'avocat de la défense, après avoir marqué une pause pour créer un petit effet dramatique, a regardé Jonathan et lui a dit :

— On ne peut pas dire que ça donne une très bonne image de vous, monsieur Chown, vous ne trouvez pas ?

Des amis m'ont raconté qu'on aurait presque dit une parodie de procès, où la défense essaie toujours de discréditer le témoin de l'accusation. D'un autre côté, nous nous sommes dit que s'ils ne pouvaient pas faire mieux que ça pour défendre mon père, c'était qu'ils n'avaient vraiment pas grand-chose à proposer.

Après le témoignage de Jonathan, la séance a été levée.

Jonathan m'a empêchée de trop ruminer en suggérant d'aller déjeuner dans un café du coin. Puis nous sommes retournés au tribunal. Au moment où nous arrivions, j'ai entendu quelqu'un m'appeler.

— Kim ! Dans mes bras ! Je t'en prie, ne me rejette pas !

C'était Susan, l'air totalement désemparée. Elle a traversé la route en courant pour nous rejoindre, mais j'ai eu un mouvement de recul devant ses bras ouverts. Je ne voulais pas qu'on se dispute, pas maintenant. Pas après ce qu'elle avait fait en soutenant mon père. Jonathan l'a tenue à distance.

— Ce n'est pas le moment, Susan, a-t-il dit fermement.

— Toi, ne monte pas ma sœur contre moi ! a-t-elle crié alors que nous rentrions dans le bâtiment.

Je ne me suis pas retournée, je n'avais plus rien à lui dire.

Le lendemain, dans l'après-midi, Keg devait également comparaître par liaison vidéo, mais son témoignage a été reporté en raison d'une mauvaise organisation au tribunal. Ensuite, un membre du jury et tombé malade et comme il ne restait plus que neuf jurés, l'intervention de Keg a de nouveau été reportée. Finalement, sa déclaration a été lue dans la salle d'audience à cause de problèmes techniques. Profondément émue, j'ai écouté les mots de mon vieil ami prononcés à haute voix dans la salle. Il a raconté comment nous nous étions rencontrés, comment il avait découvert que mon père abusait de moi et comment il m'avait aidée, il y avait des années, à me faire avorter. J'ai eu les larmes aux yeux en pensant à la façon dont il m'avait sauvé la vie à bien des égards. Pendant la lecture du témoignage de Keg, j'ai regardé mon père et je l'ai vu secouer la tête, comme s'il n'en croyait pas un mot.

Si j'avais eu cet enfant, je n'aurais peut-être jamais pu lui échapper.

« Mon seul regret est de n'avoir parlé à personne de ce dont j'ai été témoin et ce fut ma plus grosse erreur (c'est ainsi que je le vois à présent, avec le recul). J'ai voulu en parler à mon père et j'ai bien failli me confier à lui à plusieurs reprises, mais je n'ai jamais eu le courage de le faire », disait la déclaration de Keg. Plus tard, il m'avouera que son père était mort sans connaître la vérité et qu'il s'en voulait terriblement. Je fixais mes mains sur mes genoux. Pauvre Keg, il s'était retrouvé au cœur d'une histoire dont il se serait bien passé. Je me suis juré de lui dire qu'il n'avait rien à regretter la prochaine fois que je lui parlerais.

Ma sœur Susan et mon père sont restés assis l'un à côté de l'autre jusqu'au contre-interrogatoire de mon père. Il était libre de s'asseoir où il le voulait à l'extérieur de la salle d'audience puisqu'il était innocent jusqu'à preuve du contraire, comme on dit. Une fois, alors que je retournais au tribunal entre deux séances, je l'ai aperçu à l'extérieur du bâtiment. Il était près de l'entrée, adossé au mur, en train de fumer une cigarette. Lorsque je suis passée devant lui, il m'a observée attentivement. J'ai essayé de ne pas croiser son regard.

Avant le contre-interrogatoire de mon père, dans une autre partie du protocole du procès que je découvrais, la transcription complète de son premier entretien avec la police a été lue, mot pour mot, y compris tous les « euh » et « hum », le cas échéant. L'avocat de l'accusation, maître Michael Morley, a lu les questions de la police et Jo Huddleston a lu les réponses de mon père.

J'avais l'impression d'assister à une représentation d'une mini-pièce de théâtre. Lors de ce premier entretien, mon propre père a nié avec véhémence m'avoir touchée de manière inappropriée. Maître Morley et Jo ont ensuite lu son deuxième entretien, qui a eu lieu quelques semaines plus tard et dans lequel il revenait sur sa première version. Cette fois-ci, il prétendait (et comme c'est pratique !) que très peu de temps après mes seize ans, je m'étais mis en tête de le séduire. Lorsque maître Morley lui a demandé pourquoi il n'avait pas mis un terme à tout ça, mon père a répondu :

— Sortiriez-vous du lit si une belle femme nue se trouvait à côté de vous ?

Je pense que ça semble aussi ridicule aujourd'hui que lorsque ça a été lu pour la première fois au tribunal !

L'un des principaux arguments de l'accusation pour faire vaciller mon père était qu'il avait concocté une nouvelle histoire et avait donc menti lors de son premier entretien avec la police. Il a déclaré qu'il avait changé sa version parce qu'il était embarrassé, mais qu'il reconnaissait maintenant que tout s'était passé, mais que c'était moi qui en avais pris l'initiative. Il a également déclaré que certaines des fois où j'avais prétendu dans mon récit qu'il m'avait violée n'avaient pas pu avoir lieu car il était bien trop occupé et n'avait pas le temps !

La semaine suivante, je suis restée dans la salle d'audience quand mon père a donné sa version des faits. Il faisait face à six accusations spécifiques. Viol sur mineure entre 1977 et 1979 dans un hôtel de Londres. Viol sur mineure au White Swan à Hunmanby. Viol d'une femme dans une chambre à coucher à Londres (deux accusations distinctes en raison des détails fournis). Viol d'une femme à Coppice Wood Crescent, Guiseley, en 1985 (également deux accusations distinctes). Comme je l'ai déjà dit, aucun des abus commis au Kenya ne pouvait être jugé par la loi britannique. Je savais qu'il allait mentir sur ces accusations. C'est exactement ce qu'il a fait.

Il a menti, menti encore, menti sur tout.

Pendant son contre-interrogatoire, mon père a admis qu'il avait eu des relations sexuelles « consenties » lorsque j'avais seize ans. J'étais écœurée : quel genre d'homme essaierait d'expliquer que sa fille pouvait « consentir » à coucher avec son propre père ? Curieusement, malgré ma colère, je ne pouvais m'empêcher de ressentir de la pitié pour lui. Là, à la barre, mon père avait l'air d'un vieil homme fatigué et fragile. Il était devenu voûté, sa voix habituellement stridente était rauque et faible. Mais il continuait à prendre tout le monde de haut : il tournait le dos à l'avocat de l'accusation pendant son contre-interrogatoire et on lui a immédiatement demandé de se retourner. Il a marmonné quelque chose dans sa barbe et s'est tourné vers le juge. Il n'a manifestement pas apprécié que maître Morley lui pose des questions ; il a également nié avoir jamais rencontré Keg.

Malgré ses dénégations, je continuais à redouter ce qui allait se passer ensuite : *s'il était reconnu coupable, pourrait-il survivre longtemps en prison ? Quel effet cela aurait-il sur lui ?*

— Est-ce que ce sera une petite peine de prison ferme ? ai-je demandé à l'avocat de l'accusation, maître Morley.

Je m'étais imaginé qu'il pourrait être condamné à quelques semaines, voire quelques mois de sursis. L'avocat m'a regardée avec incrédulité.

— Euh, madame Chown, je ne pense pas que vous saisissiez bien la situation. C'est l'un des pires cas d'abus sur enfant que j'aie jamais rencontré. Je suis convaincu que le juge pourrait envisager la peine maximale. Votre père pourrait être condamné à une très longue peine.

J'étais ahurie. Mon père avait déjà soixante-dix-neuf ans. Cela signifiait qu'il ne sortirait peut-être jamais vivant de prison. Je me sentais tellement coupable à l'idée qu'il fasse vraiment de la prison… J'espérais qu'on lui ferait peur, qu'il écoperait éventuellement d'une peine avec sursis, mais pas un long séjour en prison. *Qu'est-ce que j'avais fait* ?

— Non ! Ce qu'il a fait est si grave que ça ?

— Oui, madame Chown, c'était vraiment très, très grave, a-t-il répondu, avec une expression grave.

Soudain je me suis sentie complètement perdue. *Comment se fait-il que ce soit moi qui me sente coupable ?* J'en ai parlé à Jonathan et j'ai compris quelque chose : parce que j'avais survécu à ces années d'abus, j'avais réussi à me convaincre que ce n'était peut-être pas si grave que ça.

Peut-être que ça semblait pire que ça ne l'était vraiment ? Je n'avais rien inventé mais j'avais vécu avec pendant si longtemps que j'avais dû minimiser ce qui s'était passé dans ma tête. Et pourtant, un tribunal estimait le cas extrême. Je devais réfléchir à tout ça, mais ce n'était pas encore le moment de le faire.

— Vous devez vous dire que je suis folle, ai-je dit à l'avocat.

— Pas du tout, a-t-il répondu sans hésitation. Vous êtes une survivante.

Nous sommes partis immédiatement après cette audience.

Rien ne s'est passé comme prévu, enfin comme je l'avais prévu. Nous avons dû subir des retards dus au départ ou à l'arrêt maladie de certains jurés. À un moment donné, nous avons été confrontés à l'éventualité d'un nouveau procès car il ne restait que neuf jurés (un jury est normalement composé de douze personnes). Plus tard, j'ai découvert que cela était peut-être dû à la nature de l'accusation et aux détails donnés. J'étais hors de moi quand j'ai appris qu'il y aurait peut-être un autre procès – l'idée de devoir revivre tout cela était intolérable.

Nous faisions souvent une heure et demie de route pour assister au procès, pour nous entendre dire qu'il était à nouveau reporté pour diverses raisons. Cela signifiait un voyage aller-retour de trois heures pour rien, et cela s'est produit de nombreuses fois.

Lucy, son compagnon Ralph et certains de ses enfants sont également arrivés au milieu du procès. Sean aussi était là les derniers jours. Pas pour aider à témoigner, mais pour soutenir mon père lui aussi. Par moments, mon frère et mes sœurs sont devenus très intimidants et je me souviens que certains d'entre eux ont même tenu des propos agressifs. Une photo s'est retrouvée sur mon téléphone, montrant mon père assis à l'extérieur de la salle d'audience avec

Susan et Lucy. Lorsque Susan m'envoyait des messages pour me dire qu'elle faisait simplement le taxi pour mon père, pour l'emmener au tribunal, j'ouvrais cette photo sur laquelle ils étaient tous les trois assis confortablement.

Cette photo, d'où qu'elle vienne, en dit long.

Lucy aurait également été entendue disant à l'avocat de mon père, maître Allan Armbrister, « Je suis ici pour mon père, monsieur Beaumont ». Pour calmer mon anxiété entre les audiences, Jo Huddleston a gentiment proposé de me trouver une salle vide où me reposer.

J'avais beau être déterminée à m'en sortir, j'avais parfois l'impression que ça n'en finirait jamais.

26

Le procès a duré deux semaines. Voir mon frère et mes deux sœurs tous les trois ensemble, qui bavardaient, se soutenaient les uns les autres, m'a fait l'effet d'un coup de poignard dans le dos, mais malgré cela j'ai gardé la tête haute.

Avais-je vraiment le choix, de toute façon ?

Le 24 avril 2018, il a fallu se préparer pour l'annonce du verdict. Éreintée, en proie à toutes les émotions imaginables, je n'avais qu'une hâte ; que ce cauchemar se termine. Bien sûr, l'idée que mon père soit déclaré non coupable était une possibilité qui planait sur nous tous, mais en même temps, tout en moi était contradiction car je ne pouvais pas non plus m'empêcher de vouloir qu'il reste en liberté. Désormais il devait bien avoir compris qu'il avait très mal agi. Il était resté assis, là, à écouter toutes les preuves, sachant très bien que j'avais dit la vérité. N'était-ce pas une punition suffisante ?

La seule chose qui me faisait tenir était de savoir que j'avais dit la vérité et rien que la vérité. Je n'avais aucun contrôle sur ce qui se passerait ensuite.

Quand le jury s'est retiré pour délibérer, on nous a informés que le juge accepterait un verdict de la majorité des jurés si aucun verdict unanime n'était atteint avant midi.

Ce jour-là, à Morley, près de Leeds, à une bonne demi-heure de route, débutait également un atelier auquel je m'étais inscrite. Je ne savais pas quoi faire, mais par mesure d'autoprotection, et parce qu'il semblait peu probable que le jury prenne une décision dans la journée, j'ai décidé d'y aller. J'avais très envie de me concentrer sur d'autres aspects de ma vie. À plusieurs reprises nous nous étions présentés au tribunal pour attendre ou apprendre que le procès était ajourné, et je pensais que cela pourrait se reproduire. M'occuper de mon entreprise en pleine expansion m'aidait à garder la tête froide et à éviter l'alcool, alors au lieu d'attendre des nouvelles, j'ai décidé d'assister au cours. J'ai quitté le tribunal à 11 heures. Jonathan est resté et a dit qu'il m'appellerait s'il y avait des nouvelles dans la journée.

Malheureusement pour moi, le seul jour où je n'étais pas là fut le jour où le jury a rendu son verdict !

La formation que je suivais était en esthétique. Nous apprenions un nouveau traitement par injection (Profhilo) pour retendre la peau flasque. C'était une excellente distraction, pendant quelques heures je ne penserais plus à ce qui se passait dans la salle d'audience à quelques dizaines de kilomètres de là. J'ai mis la sonnerie de mon téléphone en mode silencieux et me suis concentrée sur la partie théorique de la formation. Puis j'ai vu un message de Jonathan :

Appelle-moi tout de suite.

Je me suis excusée et suis sortie pour l'appeler.

— Coupable, coupable, coupable ! s'est-il écrié triomphalement.

Mon père avait été reconnu coupable de tous les chefs d'accusation, sauf du premier (viol sur mineure entre 1977 et 1979 dans un hôtel de Londres). À 12 h 15 le jury était revenu et avait rendu son verdict pour trois des six chefs d'accusation : mon père était reconnu coupable des chefs d'accusation 2, 5 et 6 (à l'unanimité). Le juge leur a ensuite dit de retourner délibérer et de reconsidérer les chefs d'accusation 3 et 4, leur rappelant qu'il accepterait des verdicts majoritaires. Il n'a pas fallu longtemps avant qu'ils reviennent : sur les chefs d'accusation 3 et 4, mon père était déclaré coupable par neuf des dix jurés.

Si Jonathan jubilait, moi, j'en étais malade ; intérieurement, j'étais en état de choc. Une fois de plus, la petite fille en moi se sentait mal. J'avais mis mon père dans une situation intolérable, tout était de ma faute. Mais bien sûr, l'adulte en moi savait pertinemment que ce n'était pas vrai. J'ai pris une profonde inspiration et ai laissé une irrépressible vague d'émotions me submerger, un mélange de soulagement absolu, de bonheur, de tristesse et de confusion.

— Je viens te chercher, a proposé Jonathan.

— Non, je dois d'abord finir ma journée de formation.

Il fallait que je continue ce que j'avais entrepris. Mon père avait déjà bien assez perturbé ma vie.

Quand je suis retournée dans la salle de cours, j'ai eu du mal à me concentrer mais je me suis dit que voilà, voilà exactement ce qui doit arriver quand on maltraite des enfants. Il avait commis un crime et le système judiciaire l'avait déclaré coupable. J'ai poussé un énorme soupir de soulagement, même si un sentiment de pitié traînait encore quelque part dans ma tête.

Quelques heures plus tard, Jonathan m'attendait sur le parking à la sortie de la formation.

— Tu as réussi ! a-t-il dit en me serrant dans ses bras.

Sur le chemin du retour, je n'ai pas dit grand-chose. Je n'arrivais tout bonnement pas à me réjouir. En fait, je venais de signer l'arrêt de mort de mon père, du moins, c'était l'impression que j'avais. Il allait certainement aller en prison et il était peu probable qu'il en sorte un jour, ce n'était plus un jeune homme. Justice avait été rendue, mais rien ne me ramènerait mon enfance ou n'empêcherait les souvenirs de me hanter.

La condamnation de mon père a été ajournée au 30 avril pour que je puisse être présente en personne. Le juge a accepté d'attendre que je sois là pour lire ma déclaration de victime et pour que je puisse assister à l'annonce de la condamnation. Bizarrement, lorsque nous nous sommes présentés, mon père n'était pas là car l'administration pénitentiaire avait oublié d'aller le chercher ! Quant à Susan, elle n'était pas là non plus. Il y a donc eu un autre retard et la condamnation officielle de mon père a finalement été prononcée le 1er mai.

Nous sommes donc retournés au tribunal le lendemain. J'avais rédigé ce qu'en Angleterre on appelle une déclaration de victime, à l'attention du juge, qui a été lue à haute voix par l'avocat de l'accusation. Encore une fois, je me suis contentée de dire la vérité. Comment les abus de mon père avaient affecté la façon dont je me voyais, toute ma vie, et comment l'alcool m'avait semblé, à certains moments, être la seule réponse.

Nous sommes donc retournés dans la salle d'audience et j'ai observé le visage impénétrable du juge pendant qu'il écoutait ma déclaration. Mon frère et mes sœurs n'avaient pas fait le déplacement.

Malgré la présence indéfectible de ma merveilleuse famille, malgré les souvenirs heureux des années passées avec mon mari, en voyant nos enfants grandir j'ai toujours senti la présence menaçante d'un nuage au-dessus de moi. Ce nuage est un bagage émotionnel de honte, de culpabilité, d'incompréhension, de colère, d'amertume, de désespoir et de tristesse. J'avais des flash-back des avortements qu'il m'a fait subir, à moi, sa propre fille. Je me rendais malade en buvant de plus en plus pour atténuer la douleur. Il n'a montré aucun remords. Je n'étais rien de plus qu'un objet sexuel pour lui, une chose sur laquelle il pouvait déverser ses frustrations, sa colère, ses désirs sexuels, tous aussi extrêmes soient-ils. Je n'étais pas une personne, pas sa fille. À ses yeux, j'ai été mise sur cette planète uniquement pour qu'il puisse se servir de moi.

Bien que toute ma vie privée ait déjà été mise à nu, le pire moment du procès, et de loin, s'est produit lorsque l'avocat de mon père, maître Allan Armbrister, a fait son plaidoyer final. Selon lui, le fait que les trois autres enfants de mon père avaient été là pour le soutenir devait être considéré comme une circonstance atténuante à prendre en compte lors de la détermination de la peine. Cette déclaration m'a coupé le souffle. En le regardant parler, j'ai ressenti une fois encore ce coup de poignard me transpercer le cœur.

Même si mes frère et sœurs ne pouvaient pas accuser mon père de quoi que ce soit eux-mêmes, ils s'étaient tous serré les coudes alors que tous savaient très bien ce qu'il m'avait fait. Ils avaient fait le choix de ne pas me soutenir. Cette décision de Susan, Sean et Lucy, je l'ai prise comme un ultime rejet, une gifle en pleine figure. J'avais respecté leur décision de ne pas participer au procès, mais je ne pouvais pas leur pardonner d'avoir sciemment soutenu notre père de cette façon.

La vérité, c'était qu'ils se contrefichaient de moi ou de la vérité.

En entendant les paroles de l'avocat de la défense, j'ai repensé à nos années passées ensemble, enfants. Les abus que nous avions subis. La négligence. La promesse de Susan de me soutenir. C'était comme si l'histoire avait désormais été réécrite.

Nous avons dû à nouveau sortir de la salle d'audience, pour attendre, puis retourner à nos places pour entendre la peine de prison qui allait être prononcée contre mon père.

Je n'ai pas regardé mon père lorsque le juge Bayliss, qui l'a appelé par son nom complet, Francis Bernard Beaumont, lui a infligé une peine de prison de vingt ans. Moi, je me demandais ce qui lui passait par la tête. *Avait-il peur ? Était-il en colère ?*

En lisant le résumé du procès, le juge a décrit ce que mon père m'avait fait subir comme une « campagne de viol ». Il a dit à mon père :

— Vous êtes un homme intelligent et vous saviez parfaitement ce que vous faisiez. C'était un calcul de votre part de rabaisser votre fille, pour la rendre docile, pour qu'elle se soumette à vos exigences sexuelles.

J'ai enfin levé la tête et regardé mon père. Son visage ne trahissait rien. Pas même un soupçon de contrition pour ce qu'il avait fait.

— Emmenez-le, a finalement déclaré le juge.

Vers la fin, le juge Bayliss a fait un commentaire qui s'adressait à moi et à Jonathan. Il tenait à nous féliciter pour la dignité de nos témoignages à la barre et pour notre attitude pendant tout le procès. C'était tout à fait inattendu et ces quelques mots ont été très importants pour moi. Je n'avais aucun moyen de savoir quelle image j'avais renvoyée en témoignant et jamais je n'avais pensé une seule seconde que le juge avait observé notre comportement dans le public.

Je me suis retournée pour regarder mon père descendre les marches d'un pas mal assuré, soutenu par des gardiens de prison.

C'est probablement la dernière fois que je le vois, me suis-je dit simplement.

Dehors, dans le hall, Jonathan, notre équipe juridique et les officiers de police souriaient tous. Je ne les ai pas rejoints – tout était trop irréel. Je me sentais en état de sidération, et étrangement coupable, même si au fond de moi, je savais que j'avais bien fait. Après toutes ces années, était-ce vraiment terminé à présent ? Cela ne me semblait pas possible.

Jonathan a pris ma main fermement dans la sienne et nous sommes sortis ensemble dans la rue ensoleillée et animée, où la vie continuait, comme si de rien n'était. Pourtant, j'avais l'impression que le monde avait légèrement basculé dans une autre ère. Je ne peux pas dire que j'exultais, mais j'étais soulagée. Je ne me sentais pas vengée, mais une toute nouvelle liberté s'offrait à moi. J'ai respiré profondément et me suis demandé si mon père était bel et bien dans un fourgon en route pour la prison. Où allait-il passer la nuit ? Je me suis dit d'arrêter de me poser des questions à son sujet parce que désormais, il ne ferait plus jamais partie de nos vies.

Quelques jours auparavant, Jo Huddleston m'avait présenté un journaliste du *Yorkshire Evening Post* qui voulait me parler de l'affaire. En tant que victime de viol, j'avais le droit de rester anonyme, ce qui signifiait que les journaux locaux ne mentionneraient que le nom de mon père et pas le mien. Mais j'ai tout de suite décidé de révéler mon identité. Après tout, je n'avais pas à avoir honte – je voulais que les gens sachent la vérité sur le genre d'homme qu'était vraiment Bernard Beaumont. Il était important que le nom de Bernard Beaumont soit utilisé et non celui de Francis Beaumont, car mon père n'était connu que sous ce nom.

Le journaliste avait assisté au procès et savait déjà de quoi il retournait, je n'ai donc pas eu besoin d'en dire beaucoup plus pendant l'interview. Le jour de la condamnation, le 1er mai 2018, j'ai accordé une interview au *Yorkshire Post*. Le lendemain, mon histoire a fait la une des journaux :

UN PROFESSEUR DÉPRAVÉ VIOLE SA FILLE
DEPUIS SES ONZE ANS ET MENACE
DE LA DISSOUDRE DANS DE L'ACIDE

J'ai été choquée par le sensationnalisme des articles, et encore plus choquée de voir que mon histoire avait été reprise dans la presse nationale, avec des photos volées de mon compte Facebook. Je leur ai demandé de les retirer. Après cette expérience, je n'ai plus voulu parler à la presse, mais désormais tout le monde savait qui était mon père et ce qu'il avait fait. Ici, je tiens à souligner que je n'étais pas pleinement consciente de ce que signifiait l'anonymat.

Je n'étais pas préparée à toute cette attention des reporters et des journalistes. Ils ont néanmoins trouvé tous les moyens possibles de me contacter.

Plus tard, j'ai appris que Lucy m'avait accusée d'essayer de gagner de l'argent en racontant mon histoire, mais je n'ai jamais touché un centime. Pour moi, ça n'a jamais été une question d'argent, mais de survie, de recherche de la justice non seulement pour moi mais aussi pour d'autres survivants. En racontant ma vérité, j'espérais que d'autres trouveraient le courage de faire de même. Si je n'étais pas allée jusqu'au bout du procès, je peux dire honnêtement que je ne pense pas que je serais là aujourd'hui.

J'ai repris le travail immédiatement, cherchant à mettre tout ça derrière moi le plus vite possible, surtout l'expérience désastreuse avec les journaux. Mais à la suite de la publication de mon histoire, quelque chose d'inattendu et de remarquable s'est produit. Du jour au lendemain, j'ai commencé à recevoir des lettres, des e-mails et des messages venant de tout le pays. Les gens me disaient combien j'avais été courageuse. Combien j'avais été résiliente. Que mon père était un monstre pervers. Bizarrement, quand je lisais les lettres faisant référence à ce que j'avais vécu, je me disais : « Pauvre femme, avoir à subir tout cela. » Pour la première fois, j'ai compris que je m'étais dissociée du traumatisme, un mécanisme de protection courant chez les personnes qui ont subi des maltraitances et des abus.

Une lettre émouvante m'a été adressée par une nonagénaire qui m'a dit qu'elle aussi avait été violée dans son enfance, mais qu'elle n'avait jamais trouvé le courage d'affronter la justice. Grâce à mon histoire, elle sentait qu'elle pouvait enfin faire la paix avec ce qui lui était arrivé. Après avoir lu le compte rendu de mon procès, elle savait que peu importait le temps écoulé, un crime restait un crime.

Parmi les autres commentaires, j'ai pu lire :

Devoir revivre des événements aussi horribles, dans un tribunal public, contre votre propre père... Vous êtes une femme extraordinaire et courageuse.
Ce vieil homme fragile n'avait aucune compassion pour cette jeune fille qu'il a maltraitée... ne vous sentez pas coupable, sentez-vous puissante. Il mentait encore au tribunal, il mérite tout ce qui lui arrive.
Wahou ! C'est une femme courageuse, et grâce au soutien de sa famille elle a trouvé la force de le faire.
J'espère que d'autres se manifesteront, je suis même convaincue que ça va être le cas.

J'étais époustouflée. Était-ce vraiment de moi qu'ils parlaient ? Jamais je ne m'étais considérée comme quelqu'un de particulièrement courageux et encore moins d'extraordinaire. Le plus émouvant, ce sont les histoires que d'autres personnes ont partagées avec moi sur leurs propres cas d'abus sexuels. Par exemple :

Je suis actuellement en procès pour une longue histoire d'abus sexuels, contre mon père et son frère. Ils ont abusé de moi, de ma tante et d'un cousin. Nous nous sommes par la suite éloignés de notre famille parce qu'ils ont tous pris le parti des accusés !! C'est la même situation épouvantable que celle que vous avez déjà subie et que vous subissez encore...

J'ai vraiment été sidérée. Non seulement des gens m'offraient leur amitié et leur soutien, mais des inconnus me faisaient également part de leur histoire personnelle. Pendant très longtemps je m'étais sentie isolée, entièrement seule et dévastée par la honte, mais ces lettres m'ont prouvé que ce n'était plus le cas.

Je suis désolée que vous ayez subi une telle trahison... c'est un fardeau difficile à porter. Je sais à quel point tout cela peut isoler une personne... votre histoire m'a énormément touchée et j'ai eu envie de vous offrir quelques mots de soutien et de vous envoyer, à vous et à votre famille, toutes mes pensées les plus douces et positives.

Alors que je m'asseyais pour lire ces lettres avec mes enfants et mon mari dévoué, je me suis effondrée. Pour la première fois depuis le procès, j'ai pleuré. Cette fois, ce n'était pas de la peine ou de la douleur, mais quelque chose d'autre : de la gratitude. Je n'avais jamais été certaine de faire le bon choix en mettant mon père en prison, mais ces lettres me prouvaient que oui, j'avais fait le bon choix. En parlant et en obtenant justice plus de quarante ans après les faits, j'ai donné de l'espoir à beaucoup d'autres personnes ayant subi des abus sexuels. La justice, cependant, ne peut pas changer ce qui m'est arrivé : mon père m'a volé à jamais mon enfance et a divisé notre famille. Au moment où j'écris ces lignes, je n'ai toujours pas de nouvelles de mon frère et de mes sœurs, et ce depuis le procès.

Peu importe que les faits remontent à longtemps, ce qui compte, c'est de dire la vérité. De survivre et de rester sain d'esprit aussi, ce que les gens dans ces lettres me félicitaient d'avoir réussi à faire. Pendant tant de décennies, mon père m'avait répété à l'envi : « Qui te croira ? », mais finalement, tout le monde m'a crue. Non seulement on m'a crue, mais les gens ont également estimé que mon père méritait d'être puni. Et surtout, j'ai finalement appris à croire en moi.

Épilogue

Malheureusement, la fin d'un procès ne signifie pas la fin de tous les traumatismes. Souvent, un survivant d'abus sexuel, ou de tout autre abus d'ailleurs, peut se retrouver ostracisé par sa famille ou ses amis après avoir cherché à obtenir justice. Mon histoire n'est pas différente. Au moment où j'écris ces lignes, je n'ai toujours pas de nouvelles de mon frère et de mes sœurs.

Après avoir lu d'autres récits d'abus, et en me basant sur ma propre expérience, il semble qu'il soit assez courant qu'une famille se retrouve scindée en deux, les partisans de l'agresseur resserrant les rangs autour de l'unité familiale et niant en quelque sorte tout ce qui s'est passé. Trop souvent, les liens familiaux sur lesquels la plupart d'entre nous comptent et que nous considérons comme acquis car ils nous donnent un sentiment de sécurité et d'appartenance, s'effondrent dans des périodes de crise comme celle-ci.

Malgré le travail phénoménal effectué par différentes associations pour sauver des victimes potentielles, il semblerait que les abus sexuels sur les enfants soient plus fréquents que jamais, notamment parce qu'ils se déroulent en grande partie derrière des portes closes, sans jamais être signalés.

Il n'y a pas de réponse facile parce que, naturellement, personne ne veut d'ingérence dans son foyer. Et puis, dans le cas improbable où l'on frappe à la porte à la suite d'un signalement par un voisin ou d'un ami inquiet, l'agresseur utilisera son charme et son pouvoir de persuasion – caractéristiques que possèdent de nombreux agresseurs – pour dissiper les inquiétudes qui auraient pu provoquer un éventuel début d'enquête.

Depuis le procès, des personnes bien intentionnées m'ont dit que je pouvais désormais reprendre ma vie en main, puisque tout cela était à présent derrière moi. La triste réalité est que cela ne pourra jamais être derrière moi. Mais avec le temps, la douleur s'atténue progressivement et la fréquence des flash-back diminue.

Les émotions contradictoires que j'endure et qui se manifestent parfois sous la forme d'une culpabilité pour ce que j'ai fait en envoyant mon père en prison ont été en partie apaisées au début de l'année 2020 lorsque quelqu'un que mon père connaissait très bien m'a soudain contactée pour me dire qu'il lui avait fait la même chose qu'à moi. Comme moi, cette personne aussi a essayé d'avancer dans sa vie, mais sans jamais y parvenir de manière satisfaisante car un énorme nuage semblait toujours planer au-dessus d'elle. Elle est même allée jusqu'à faire des rapports détaillés à la police, mais finalement, à cause de la pression familiale dont j'ai parlé plus haut, cette personne a retiré sa plainte et je crains que sa souffrance ne connaisse pas de fin. Mais de mon point de vue, cette révélation a déclenché un changement radical : en une seconde, tous les restes de la culpabilité que je pouvais encore avoir ont disparu. Ainsi, même si cette personne n'a finalement pas réussi à s'aider elle-même, c'est moi qu'elle a aidée, et de ce point de vue, ma gratitude est infinie.

Je tiens à présent à dire une fois encore que poursuivre mon père en justice et devoir le confronter au tribunal ont été la chose la plus difficile qu'il m'ait été donné de faire dans ma vie. Je sais que mon frère et mes sœurs me reprochent d'avoir mis notre père en prison, mais avais-je vraiment le choix ?

J'ai reçu un message de la femme de mon père dans lequel elle laisse entendre que je dois être heureuse maintenant que je l'ai fait emprisonner. Si seulement elle savait à quel point elle se trompe ! Je ne m'attends pas à ce qu'elle comprenne un jour et je ne lui en veux pas de déverser sa colère sur moi, car elle aussi fait partie des dommages collatéraux des actes odieux de son mari.

Depuis le procès, pas un jour ne passe sans que je pense à la façon dont cette épouvantable situation aurait pu être gérée différemment. Je suis très consciente que la ligne de conduite que j'ai adoptée pour poursuivre mon père n'est pas celle qui convient à toutes les victimes et à tous les survivants.

Tout le monde n'a pas la chance de bénéficier du soutien, de la patience, de l'amour indéfectible de deux enfants adultes et d'un mari qui leur tient la main à chaque étape du processus, ou d'un vieil ami comme Keg, prêt à revivre ces horreurs pour me venir en aide. Certaines victimes étaient plus âgées au moment des faits, ce qui signifie que lorsque le moment était peut-être venu pour elles d'envisager de dénoncer les agressions, la police et les autres autorités se sont probablement montrées moins compréhensives. En outre, la protection des victimes d'abus au tribunal, protection à la fois contre l'agresseur et contre un contre-interrogatoire agressif de la part de la défense, n'était pas encore en place il y a quelques années de cela.

Ceux qui n'ont pas pu voir leur agresseur traduit en justice peuvent peut-être trouver un certain réconfort dans le fait de savoir que parfois, même des décennies plus tard, justice peut être rendue. J'espère également que d'autres agresseurs dormiront moins paisiblement en sachant cela.

Je regrette de ne pas avoir eu la force de parler, de faire quelque chose, il y a vingt ou trente ans, car en plus de m'aider moi-même, j'aurais contribué à sauver d'autres personnes, et il doit y en avoir d'autres en dehors de la personne dont j'ai parlé précédemment. Quand j'y repense, je me dis que si j'ai eu du mal à parler de ce qu'il me faisait subir, c'était non seulement parce que j'avais peur, mais aussi parce qu'à cause de lui je vivais avec un sentiment constant d'humiliation. J'étais sans valeur, moi, je buvais chacune de ses paroles et je le croyais aveuglément lorsqu'il me disait avec un petit sourire en coin : « Qui te croira ? Ce sera toujours ta parole contre la mienne. » Il savait très bien à quel point il me blessait, mais il continuait : « Non seulement tu es stupide, mais en plus tu es folle. Si tu parles de notre petit secret à quelqu'un, on se fichera de toi, ma pauvre. Après tout, qui croirait une petite écervelée plutôt qu'un professeur dévoué et travailleur ? »

En tant que survivante, j'ai toujours envie de hurler et de me ficher des claques quand je repense à ce lavage de cerveau. Et pourtant je sais qu'il ne disait cela que pour m'empêcher de le dénoncer. Mais en réalité, c'était faux, il se trompait. Malheureusement, il me répétait si souvent que j'étais stupide et peut-être cinglée que j'avais réellement l'impression de devenir folle, si je ne l'étais pas déjà, d'ailleurs. Je me souviens que mon père me disait que j'avais besoin de lui et qu'en revanche lui n'avait absolument pas besoin de moi, qu'il me rendait service en m'hébergeant, en m'habillant et en m'éduquant. « Je n'ai jamais voulu de toi, disait-il en ricanant. Ta mère non plus. Alors je n'avais pas vraiment le choix. Vous avoir ici, les enfants, ça m'empêche de faire beaucoup de choses dans la vie. Mes relations aussi ont souffert de votre présence. Aucune femme ne veut d'une relation avec quelqu'un qui a des enfants, surtout des enfants comme vous ! Mais sans moi vous ne survivrez pas dans le monde réel ! »

La triste réalité, c'est que je pensais que tout cela était vrai. Avec le temps, il m'avait rendue docile et totalement dépendante de lui. Ma vie ne m'appartenait pas, c'était lui qui la dirigeait. Je n'avais pas d'argent et je ne pouvais aller nulle part car les transports publics n'étaient pas sûrs et j'étais trop jeune pour conduire. Je ne pouvais même pas poster mes propres lettres, je devais lui demander de le faire, et toutes les lettres qui m'étaient adressées étaient envoyées à son numéro de boîte postale, dont lui seul avait la clé, ce qui lui permettait de contrôler le moindre courrier qui arrivait pour moi. Même lorsque j'ai réussi à m'échapper en Angleterre en 1985, il a réussi à me contrôler à plus de cinq mille kilomètres de distance.

J'étais sa prisonnière.

Après avoir révélé ce cauchemar au grand jour, la réaction de mon frère et de mes sœurs m'a fait penser que j'en faisais peut-être tout un plat pour rien, et depuis que mon père m'avait contrainte à retirer ma déclaration chez son avocat dans les années 1980, il m'avait souvent rappelé, de manière menaçante, que personne ne me croirait jamais, maintenant. En fait, je sais que je ne serais pas ici à raconter cette histoire épouvantable si je n'étais pas allée jusqu'au bout.

Certains disent qu'écrire un livre peut apaiser les choses, surtout lorsqu'il s'agit de partager des traumatismes passés. En ce qui me concerne, j'ai payé un lourd tribut, tant sur le plan physique qu'émotionnel, car j'ai dû replonger dans mon passé et revivre nombre d'horreurs que j'avais réussi à effacer de ma mémoire. Certaines avaient été occultées pendant des décennies. J'ai subi des retours de bâton en cours de route. Cela n'a pas été facile pour moi et certaines des choses que j'ai révélées dans ces pages ne sont pas à prendre à la légère. Il y a des choses dont même mon mari n'était pas conscient. Et tout ce que j'ai enduré entre les mains de mon père n'a pas été révélé dans cet ouvrage pour la simple et bonne raison qu'il n'y a pas assez de pages pour tout mettre par écrit.

Sachant que je suis une personne qui aime tenir sa vie privée loin des projecteurs, il me semble essentiel d'essayer d'exprimer ce qui m'a motivée à vouloir révéler aussi ouvertement certains événements très personnels de mon histoire. Je ne cherchais absolument pas à éprouver une certaine forme de gratification personnelle en décrivant ma descente dans l'alcoolisme ou certains des actes humiliants que m'a fait subir mon père. Il s'agissait plutôt d'essayer de transporter le lecteur dans l'esprit de cette enfant vulnérable et, plus tard, de l'adulte fragile que je suis devenue. D'autres victimes, j'en suis sûre, pourront s'identifier à ça. Je voulais simplement que le lecteur comprenne ce que les victimes ressentent, à la fois pendant les années d'abus et pendant les années qui suivent, lorsqu'elles essaient d'être rationnelles et de comprendre ce qui s'est passé, et pourquoi.

Je me souviens qu'au Kenya, constamment privée de sommeil, je ressentais toujours de la peur, de l'humiliation, et toujours cette incertitude quant à ce qui allait se passer plus tard dans ma vie, sur la façon dont cela perturberait à long terme une jeune personne. Parfois, il pouvait se passer un jour – ou deux, si j'avais de la chance – sans que je sois violée ou touchée de manière inappropriée, et je commençais alors à espérer et à prier pour que le cauchemar soit enfin terminé, pour toujours. Mais tout recommençait, le cycle infernal se répétait, encore et encore. Et pourtant je ne pouvais m'empêcher de garder espoir, même si à chaque fois mes espoirs étaient cruellement floués. Je ne savais jamais quand, où et combien de temps durerait chaque épisode d'abus. J'étais prise au piège, emprisonnée à tout point de vue, sans personne vers qui me tourner, du moins c'était ce qui semblait. Je n'ai jamais douté de la véracité de ses menaces sur ce qui m'arriverait si jamais je révélais les abus à qui que ce soit. Mon esprit était enfermé dans un tourbillon sans fin, j'étais plongée dans un état d'angoisse permanent.

À l'époque, je ne m'en rendais pas compte, mais j'ai été totalement privée de mon enfance et de mes années d'adolescence. La jeune fille effrontée qui sortait avec ses amis au Kenya et qui aimait être jolie et féminine s'est vite métamorphosée en une ombre introvertie qui faisait tout pour s'enlaidir et ainsi éviter d'attirer l'attention inappropriée de son père. Mes espoirs et mes ambitions se limitaient à survivre, jusqu'à ce que le cauchemar prenne fin – c'était tout ce que j'attendais de la vie.

Depuis le procès, ma façon de voir les choses a évolué, et donc les questions ont changé. Je suis passée de : « Qui me croira ? C'est ma parole contre la sienne. Ai-je la force de le poursuivre ? Comment va-t-il faire pour survivre s'il est reconnu coupable ? Et moi, puis-je vivre en sachant que j'ai privé un vieil homme de ses dernières années de liberté ? » à : « Qu'ai-je donc fait pour mériter qu'il me fasse ça ? »

Une de mes sœurs a dit à mon mari que j'avais encouragé ces abus car je m'asseyais sur les genoux de mon père. Ce qui signifierait donc que tout enfant de onze ou douze ans qui s'assied sur les genoux de son père demande implicitement à être violé… Moi, je crois que mon père m'a choisie parce que je lui rappelais ma mère – il disait toujours que je lui ressemblais et que je lui faisais penser à elle. Il s'est peut-être également dit que j'étais la plus vulnérable de la fratrie, que je serais la plus facile à manipuler, que j'emporterais son secret dans ma tombe.

Il se trompait.

Je ne découvrirai jamais la véritable raison derrière ces abus répétés. Peut-être a-t-il été lui-même maltraité et violé dans son enfance. Est-il né pédophile ? Au final, était-ce réellement de sa faute ? Une déficience physiologique aurait-elle pu se manifester par cette perversité, cet intérêt sexuel pour les enfants ? Mais je persiste à dire que si c'était le cas, il devait bien se rendre compte que ces choses-là ne se font pas. Il aurait pu chercher de l'aide, et surtout, il aurait pu, il aurait dû me présenter des excuses – il a eu de nombreuses occasions pour le faire mais n'a jamais montré une once de remords. En fin de compte, c'est cette absence de remords qui m'a prouvé combien il éprouvait du plaisir à me contrôler, à m'utiliser comme objet sexuel personnel, à me manipuler comme bon lui semblait.

Cette même absence de remords est allée jusqu'à le conduire à faire appel après le procès. Vers la fin du mois de mars 2019, j'ai été sidérée d'apprendre que mon père contestait le jugement en première instance et avait décidé de faire appel de sa condamnation. La demande d'appel serait examinée quelques semaines plus tard, le 9 avril 2019, à la cour d'appel de Londres. C'était Jo Huddleston, l'agent de police, qui avait trouvé à son retour de vacances une lettre sur son bureau l'informant du recours de mon père. Bien que Jo m'ait téléphoné dès son retour au bureau, la lettre était là depuis un certain temps. Il ne restait plus que deux semaines avant la date mentionnée. Quand je l'ai appris, je revenais d'une formation sur un week-end à Milan, et je venais de prendre un train à King's Cross pour rentrer à la maison.

J'étais toujours abstinente, en pleine possession de mes moyens, mais ce fut une nouvelle très dure à encaisser : savoir qu'il pourrait potentiellement voir sa condamnation annulée, à cause d'un point de détail, m'a tout bonnement horrifiée.

Le 9 avril 2019, devant la cour d'appel de la chambre criminelle, mon père a été autorisé à renouveler sa demande d'appel (sa première demande avait été déboutée par le juge chargé de l'affaire). Mon père ne s'est pas présenté.

L'appel a été examiné par trois juges, pour les motifs suivants :

1. le premier motif d'appel, tel que rédigé par l'avocat en première instance, affirmait que le juge avait refusé de considérer la question du consentement après que la plaignante avait déclaré qu'elle n'était pas consentante ;

2. le deuxième motif rédigé par l'avocat était qu'il y avait un écart entre le témoignage et les conclusions des parties, ce qui pouvait remettre en question la condamnation.

Cette nouvelle demande a été rejetée.

Sue Mitchell, une journaliste de la BBC, m'avait contactée avant le renouvellement de l'appel. Ayant découvert mon histoire dans le *Yorkshire Post*, elle souhaitait réaliser quelques podcasts avec moi. L'un de ces podcasts est passé sur BBC Radio 4 dans le cadre d'une émission intitulée *The Untold* (« Le Non-Dit »). J'ai appelé ce podcast « Life on Hold » (« Une vie en suspens », ma vie ayant été littéralement mise en suspens pendant plusieurs semaines) car il portait sur l'appel de mon père après sa condamnation. L'émission a été diffusée le 8 juillet 2019.

Sue a été formidable. Dans le cadre de l'émission, elle a souhaité se rendre à la cour d'appel en mon nom. Elle m'a appelée immédiatement après et, lors d'un échange émouvant, j'ai appris que l'appel avait été rejeté.

Mon combat pour rester abstinente se poursuit également. Je n'ai pas touché une goutte d'alcool depuis le jour de mon arrivée à Linwood House en février 2017, mais j'avance toujours au jour le jour. Aujourd'hui, quand je repense à la descente aux enfers de ma mère à cause de son alcoolisme, je ressens une nouvelle compassion : l'alcool a pris le contrôle de sa vie et ne lui a laissé aucun répit. Elle nous a peut-être laissés tomber quand nous étions enfants, mais je sais au fond de moi qu'elle nous aimait. Son destin aurait très bien pu être le mien, mais moi, j'avais un mari aimant, qui me soutenait, et des enfants pour m'aider à m'en sortir – ma mère n'avait personne. Elle a cherché du réconfort dans l'alcool et finalement, cela a détruit sa vie. Si je reste abstinente, c'est, entre autres, pour ma famille. Je leur ai fait vivre un véritable cauchemar et ça, c'est terminé. Et pour rester sur la bonne voie, quoi de mieux que de devenir grand-mère, ce qui m'est arrivé en 2019 ?

Dans une certaine mesure, devenir et rester abstinente a été l'une des plus grandes réussites de toute ma vie. L'alcoolisme m'avait progressivement rattrapée et je l'utilisais de plus en plus comme une béquille pour m'aider à comprendre ce qui m'était arrivé. Rester sobre m'a apporté une véritable lucidité. Le fait d'accepter mon passé supplicié en ayant les idées claires m'a permis, pour la première fois de ma vie, d'affronter correctement mes émotions, des émotions que j'ai appris très tôt à balayer sous le tapis ou à supprimer.

Je ne veux surtout pas que ce livre donne l'impression d'être une chasse aux sorcières contre mes frère et sœurs. Ce n'est pas le cas. Malgré tout ce qui s'est passé, malgré surtout l'absence de contact ces dernières années (comme je l'ai dit, à l'heure où j'écris ces lignes, aucun d'entre eux ne m'a contactée depuis le procès), j'aime toujours chacun d'entre eux et je ne leur souhaite aucun mal, ni à leurs proches. C'est à ma sœur Susan que j'ai souvent tendu la main. Même si elle ne s'en rendait pas compte je cherchais constamment son approbation dans tout ce que je faisais, car c'est elle l'aînée de la fratrie. Je crois pouvoir dire que c'est pour cette raison que je n'ai rien pu faire pour affronter mon passé pendant toutes ces années : j'avais désespérément besoin de sa permission avant de m'embarquer dans ce processus. Je comprends maintenant que, par ricochet, mes frère et sœurs doivent tous souffrir aussi, mais cette souffrance se manifeste de différentes manières chez chacun d'entre nous parce qu'en fin de compte, nous avons tous vécu des choses différentes avec notre père, et chacun a cherché à y faire face à sa manière. C'est pour ça que je ne leur en veux absolument pas et que je leur souhaite beaucoup de joie et de bonheur à l'avenir.

Dans cette situation, nous devons tous garder la tête sur les épaules et nous rappeler qu'en fin de compte, il n'y a qu'une seule personne responsable de cette situation affligeante pour nous tous, et que cette personne est actuellement derrière les barreaux où elle purge une longue peine de prison.

Je crois savoir que mon père essaie toujours de contrôler ma jeune sœur Lucy, même depuis sa cellule de prison. J'ai entendu dire qu'il l'appelle fréquemment, qu'il lui demande même d'envoyer de l'argent à sa jeune épouse aux Philippines. C'est incroyable qu'il puisse encore exercer cette emprise sur quelqu'un, même sans être physiquement présent. Je me souviens que lorsque je suis revenue du Kenya au milieu des années 1980, il me contrôlait de la même manière, à des milliers de kilomètres de distance. C'est un homme très intelligent et une fois qu'il est entré dans votre tête, qu'il contrôle vos pensées et vos actes, il est très difficile de lui échapper.

Après l'incroyable soutien public que j'ai reçu, j'ai eu envie d'aider les autres à mon tour. Alors que je continue à réfléchir à la forme que pourrait prendre cette aide, j'espère sincèrement qu'en écrivant ce livre et en le faisant lire à d'autres, au moins une personne y puisera une sorte d'inspiration, de force pour affronter son passé, ou au moins y trouvera un peu de réconfort et de compréhension, car oui, d'autres personnes ont subi le même sort, et ont miraculeusement réussi à en sortir plus fortes.

Lorsque je serai un peu plus avancée sur la voie de la guérison, et si j'en ai le temps, j'aimerais vraiment m'impliquer dans l'une des nombreuses organisations extraordinaires qui aident les femmes (ce sont principalement des femmes) piégées dans des situations extrêmement compliquées, comme ce fut mon cas. Un bon exemple d'une telle organisation est Just for Women, un centre pour femmes à Stanley, dans le comté de Durham, que je connais bien depuis quelques mois. Il y a là-bas des gens vraiment épatants qui se mettent en quatre pour aider les autres à surmonter les traumatismes subis.

Depuis que j'ai commencé à écrire ce livre, la course à pied m'a permis de me libérer. Je n'avais jamais couru auparavant, mais j'ai commencé le programme « Couch to 5K » (« Du canapé à 5 km ») lorsque je me suis mise à écrire, et à présent je cours en moyenne cinq kilomètres quatre fois par semaine. Cela m'aide vraiment à me concentrer et à rester positive pour avancer dans ma vie. Je n'aurais jamais imaginé me mettre à courir à plus de cinquante ans, mais cela m'aide vraiment.

Je suis consciente que ce livre est mon histoire, et qu'il est raconté uniquement à partir de mes souvenirs. Je me demande parfois à quoi ressemble cette histoire du point de vue des autres, en particulier de celui de mon mari et de mes enfants. Nous avons partagé d'innombrables merveilleux moments ensemble, mais oui, je me demande encore comment ils ont réussi à faire face, surtout pendant les heures les plus sombres.

Comment mon mari a-t-il pu se contenir face à mon père pendant toutes ces années, sachant ce qu'il m'avait fait ? Comment lui et mes enfants ont-ils tenu le coup en me voyant souffrir et me comporter de façon si erratique pendant les périodes les plus difficiles ? Je suis bien certaine qu'ils auraient tous des histoires très différentes à raconter, mais nous n'avons jamais reparlé de tout ça car nous préférons nous focaliser sur notre avenir ensemble. Mais un jour je veux prendre le temps de leur poser ces questions, à chacun, et de les écouter, même si c'est difficile pour tout le monde. Je leur dois bien ça.

Pour finir, je tiens plus que tout au monde à ce que le message principal de ce livre, malgré son sujet éprouvant, soit un message d'amour, de compassion, de joie et de positivité, que quelque chose de bon émerge de ce cauchemar et transforme en réalité mon rêve d'aider les survivants comme moi. Pendant toutes ces années d'enfer à vivre avec mon père, jamais je n'aurais imaginé réussir à me soustraire à son emprise, sans parler de le traîner en justice ou de raconter mon parcours dans un livre. C'est quelque chose que cette petite fille coincée au Kenya n'aurait jamais cru possible, mais je suis la preuve vivante qu'en fin de compte, tout est possible.

Remerciements

C'est un grand honneur d'avoir pu raconter mon histoire. Merci à Shannon Kyle et à toute l'équipe de Bonnier Books, en particulier à la responsable éditoriale Justine Taylor, pour avoir rendu tout cela possible. Je tiens également à remercier ma correctrice, Jane Donovan, pour sa patience et pour m'avoir aidée à faire de ce livre véritablement le mien.

Je voudrais également remercier ma merveilleuse famille, Jonathan, Clara et Harry. Sans vous trois, je n'ose même pas imaginer où nous serions maintenant, si tant est que nous soyons encore tous là. Bien que vous, Clara et Harry, ayez maintenant vos propres vies, nous sommes toujours une famille très proche. Merci de m'avoir fait comprendre ce que je devais faire et merci aussi de m'avoir fait comprendre que j'avais trop à perdre en ne faisant rien.

Jonathan, mon cher mari, sans toi, le procès n'aurait jamais eu lieu et tout aurait été bien différent. Tu as cru en moi et peu importent les obstacles auxquels tu as été confronté, tu as persévéré. Je voyais ta souffrance, je voyais tes larmes et, sous l'emprise de ma dépendance, j'ai choisi d'ignorer tout cela. Maintenant, c'est à mon tour de te dire combien tu comptes pour moi : je te dois tout, absolument tout. Tu es un homme si déterminé, si attentionné, un véritable gentleman. J'ai une chance incroyable de t'avoir dans ma vie.

Harry, mon aîné, mon seul fils, tu représentes tout pour moi et je suis navrée de t'avoir fait souffrir autant et si souvent quand je buvais, navrée de t'avoir fait subir ce que moi je vivais. Tu ne disais pas grand-chose mais je voyais bien que tu souffrais. Je sais, au fond de moi, que c'est la raison pour laquelle tu as quitté la maison, et je le comprends parfaitement. Malgré tout cela, tu es devenu un jeune homme adorable, honnête, épatant. Et tu as su garder la tête froide dans les pires moments. Je suis extrêmement fière de toi et de ce que tu es devenu.

Clara, ma cadette, ma petite fille, toi aussi tu es tout pour moi. Pardonne-moi les souffrances que je t'ai causées quand tu voyais ta mère traverser toutes ces périodes épouvantables. Pour toi aussi ça a été très dur. Peut-être es-tu restée à la maison pour soutenir ton père, nous savions toutes les deux qu'il avait grand besoin d'être soutenu. Un jour, ton mari Daniel, qui t'adore, a dit à Jonathan que ton bonheur dépendait du mien. C'est donc que tu as dû être aussi triste que moi ! Je pleure maintenant quand je pense à l'accablement que tu as dû ressentir. À travers tout

cela, tu as fait preuve d'une force et d'une détermination immenses. Je suis aussi très fière de toi et de ce que tu es devenue.
À mon cher ami Keg, merci d'avoir cru en une histoire aussi folle, une histoire dont on n'entend normalement parler que dans les journaux. Merci d'avoir non seulement cru en moi, mais d'être allé au-delà de notre amitié en m'aidant à traverser des périodes sombres au Kenya, alors que nous n'étions encore qu'adolescents. Merci également pour ta déclaration et ton soutien tout au long du procès. Je te serai à jamais reconnaissante de ce soutien indéfectible.
Jo Huddleston de la police du West Yorkshire, vous êtes une femme extraordinaire ! Je tiens à vous remercier du fond du cœur pour tout ce que vous avez fait pour moi. Vous êtes allée au-delà de votre simple devoir, vous avez cru en moi quand je ne croyais pas en moi-même. Vous m'avez tenu la main tout au long du procès et sans vous, je ne pense pas que celui-ci aurait eu lieu. Vous avez fait preuve de patience et vous avez contribué à ce que tout le processus se déroule dans les meilleures conditions. Vous avez une personnalité étonnante ; j'adore votre sens de l'humour. Vous m'avez aidée à retrouver le sourire. Je n'oublierai jamais ce que vous avez fait pour moi, ce que vous avez rendu possible. Merci.
Mes remerciements sincères à l'avocat de l'accusation, maître Michael Morley, au juge Bayliss QC et au jury, qui ont fait en sorte que justice soit rendue.
Andrew Chown, mon beau-frère, je te connais depuis longtemps. Je voudrais te remercier de m'avoir soutenue, au même titre que ton frère Jonathan, au fil des ans et tout au long du procès. Tu as pris des jours de congé pour être là, pour nous soutenir au moment où nous avions justement besoin du soutien de nos proches. Je n'oublierai jamais ce que tu as fait pour nous. Merci.
Ma chère amie Susan Smith, je te remercie de m'avoir soutenue de façon inconditionnelle pendant cette longue période éprouvante. Je n'oublierai jamais ce que tu as fait et je t'en serai toujours reconnaissante.
Mon cher cousin, Andrew Beaumont, je tiens à te remercier d'avoir cru en moi. Je n'oublierai jamais ton soutien au cours des années et pendant le procès. Merci d'avoir été là et de m'avoir fait rire, m'aidant à oublier temporairement tout ce qui se passait.
Enfin, j'aimerais aussi remercier tous les autres membres de notre famille, ainsi que nos amis qui ont cru en moi et ont pris le temps de nous soutenir, que ce soit à la maison ou en nous surprenant, Jonathan et moi, en venant au tribunal pour le procès. Cela signifie plus à mes yeux que ce que je pourrais exprimer ici sur papier – ma gratitude est infinie.

Achevé d'imprimer en juin 2021
sur les presses de la Nouvelle Imprimerie Laballery
58500 Clamecy
Numéro d'impression : 106098

Imprimé en France

La Nouvelle Imprimerie Laballery est titulaire de la marque Imprim'Vert®